ALENOR J. STEVENS

DAS URTEIL DES ROTEN DRACHEN

Originalausgabe

© 2025 Alenor J. Stevens

Lektorat: Anna Lisa Franzke
Korrektorat: Sabrina Schumacher
Covergestaltung: MostlyPremade - Nadine Most
unter Verwendung von stock.adobe.com (estherpoon)
Kapitelzierden: Desi (Mondzierde)
                & Natalie Viola (Schneeflocken)
Absatztrenner: Alenor J. Stevens
Buchsatz: Alenor J. Stevens mit Affinity Publisher

Verlag: BoD · Books on Demand GmbH, Überseering 33,
22297 Hamburg, bod@bod.de
Druck: Libri Plureos GmbH, Friedensallee 273,
22763 Hamburg

ISBN: 978-3-7693-2524-9

Weitere Informationen unter: www.alenorjstevens.com

Werte Leser*innen

Bevor ihr es euch gemütlich macht,
um diese Geschichte zu lesen, möchte
ich euch darauf hinweisen, dass im Anhang
ab S. 349 folgende Punke zu finden sind:

Content Notes, Glossar,
Personenverzeichnis und mehr Informationen

Und nun viel Spaß beim Lesen!

RUR

QURTA'BAR •

ELFENBUCHT

DARAVAL •

PHAROSAN

MYORGEBIRGE

DIE
CARDRONISCHE
SEE

DUNIS

VOLRUK-
• CLAN

DRAVADOR

MEER DES VERGESSENEN

Für meine Community

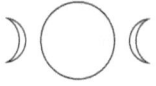

EIN NEUER ANFANG

Kinder rannten lachend und in Eile durch die Straßen, als hätten sie kürzlich jemandem einen Streich gespielt. Shin schaute ihnen nach, machte jedoch keine Anstalten, sich von der Gebäudewand aus bröckligem Sandstein zu lösen. Sier justierte siese Position und winkelte das rechte Knie an, um die Fußsohle gegen das flache Mauerwerk zu drücken. Trotz der Hitze, die sich zusehends im samtenen, lavendelfarbenen Stoff sieses Oberteils sammelte, verschränkte Shin die Arme vor der Brust. Beim Anblick sieser Schwester zog sier die Mundwinkel nach oben. In ihrer Ungeduld stapfte sie umher und knackte gelegentlich mit den Knöcheln ihrer blassen Finger.

»Ruhig Blut. Wahrscheinlich hat sich unser Auftraggeber schlichtweg in den Gassen von Daraval verirrt. Ich gebe ja zu, dass —«

Sie ließ ihr Zwillingsgeschwister nicht ausreden und unterbrach sien mit ihrer immerzu harschen Stimme. »Was fällt diesem Mistkerl ein, uns so lange warten zu lassen? Er wollte uns so dringend hier haben. Er meinte, er hätte einen Auftrag für uns.«

Wie ein aufgebrachter Dunstschakal machte sie weiterhin ihre Schritte. Allerdings blieb sie in Shins Nähe, bis sie unvermittelt neben siem an der Wand zum Stehen kam und mit ihrer Faust einmal kräftig dagegen donnerte. Ihr entwich ein frustriertes Schnauben, ehe sie ihren Blick rasch siem zuwandte. Ihre Augen funkelten wie brennende Feueropale, voll Hass und Zorn. Selten gelang es anderen außer Shin, Hibiko zu besänftigen. Aber natürlich setzte dies voraus, dass sie siem auch zuhörte.

Schmunzelnd und vollkommen unbeeindruckt von ihrer Laune begegnete sier ihrem Blick. »Gedulde dich noch einen Moment, Schwester. Und zieh' nicht so viel Aufmerksamkeit auf uns.«

Shins Bitte blieb nicht ohne Reaktion. Langsam löste Hibiko ihre Hand von der Mauer, wobei deren äußerste Schicht an einigen Stellen abbröckelte und einen Krater in der Größe ihrer Faust zurückließ.

»Immerhin halten diese Bauwerke mehr aus als früher und stürzen nicht gleich ein, wenn du dagegen schlägst«, witzelte Shin, doch erntete dafür nur ein launisches Grummeln. Demonstrativ knackte sie erneut mit ihren Knöcheln, bevor sie ihr Oberteil – ebenfalls mit weit geschnittenen Ärmeln, im Gegensatz zu siesem jedoch in einem matten Braunrot – zurechtzupfte. Trotz ihrer angriffslustigen Ausstrahlung blieb Shin entspannt und lächelte sie an. »Schlag ihm bitte nicht gleich den Kopf ein. Das wäre nicht sehr förderlich für unsere Auftragslage.«

»Ich weiß«, zischte sie siem zu. Durch ihre ruckartige Drehung schwang ihr Pferdeschwanz über ihre linke Schulter nach vorn, fiel jedoch gleich wieder nach hinten, sobald sie innehielt. Ihre Augen zog sie zu schmalen Schlitzen zusammen. »Was ist so lustig?«

Sier ging nicht auf ihre Frage ein, sondern wandte sich von ihr ab, löste sich von der Wand, um sich umzusehen. Es herrschte reger Betrieb an den Marktständen des Basars und dennoch hielt sich die Lautstärke in Grenzen. Vermutlich lag es hauptsächlich daran, dass sie sich nicht mitten ins Getümmel gestürzt, sondern stattdessen den Rand eines gemütlichen Plätzchens für sich beansprucht hatten. Hibikos kampfesfreudige Haltung zeigte ebenfalls ihre Wirkung, sodass niemand den Mut fasste, den beiden zu nahe zu kommen.

Um sich die Zeit zu vertreiben, ließ Shin siesen Blick umherschweifen und nahm den nächstgelegenen Stand in Augenschein. Er wurde weniger überrannt als die Handelsstände im Zentrum des Basars, sodass siem niemand den Blick auf die Güter versperrte. Er lockte Shins Aufmerksamkeit mit seinen ausgelegten glänzenden Metallwaren zu sich. Von Tellern, über Besteck, bis hin zu Öllampen und Schmuck fand man allen möglichen Plunder. Als erlesene Ware hätte Shin jedoch nichts davon bezeichnet. Trotzdem trat sier heran und besah eine grobbehauene Figur, die sien entfernt an einen Vogel erinnerte. Ein einflügliges Tier mit einem zerschlagenen Schnabel und einem verkümmerten linken Bein.

Die Händlerin, eine kräftig gebaute Dragodame mit bronzefarbenen, zu einem Knoten gebundenen Haaren, wandte sich siem zu, lächelte, als sie Shins Interesse an ihrer Ware bemerkte.

»Die Götter grüßen Euch. Hat der Herr bereits etwas gefunden?«

Hibiko hinter siem zischte, sodass die Händlerin vor Schreck zusammenzuckte und ihr einen teils verdutzten, teils erschrockenen Blick zuwarf. Mit einem Wink gab Shin sieser Schwester zu verstehen, sich trotz der irrtümlich gewählten Anrede zurückzuhalten und keine Szene zu machen. Heute war sie aber auch empfindlicher als üblich. Meistens störte es sie deutlich mehr als Shin, wenn jemand sien mit Herr oder Frau ansprach oder ein falsches Pronomen verwendete. Dabei war sich Shin sieser Identiät sicher. Sier sah sich weder nur als Mann noch rein als Frau und fühlte sich in siesem androgynen Körper wohl. Dementsprechend sah sier nicht ein, bei jeder kurzen Begegnung auf die richtige Anrede hinzuweisen. Dafür war siem siese Zeit zu schade.

»Guten Tag«, erwiderte Shin sachlich, behielt aber das Lächeln bei. »Wie viel verlangen Sie für dieses … Kunstwerk?«

»Neun Silberambrauri.«

»Neun …« Über diese Dreistigkeit staunte Shin nicht schlecht. Mit diesem Betrag konnte man sich über eine ganze Woche hinweg jeden Abend betrinken. »Für dieses Ding?«

»Ja?« Nun schien die Händlerin doch verwundert. Die Drago wechselte von einem Fuß auf den anderen, als wüsste sie nicht recht, wohin mit sich selbst. Unsicherheit trat auf ihre Miene. Noch während Shin die Figur zurücklegte, haderte die Händlerin mit sich. »Euch verkaufe ich sie für sechs.«

»Nicht notwendig.« Aus dem Augenwinkel sah sier jemanden auf sie zukommen und nutzte dies als Gelegenheit, das Verkaufsgespräch zu unterbrechen. »Ambar sei mit Euch.« Wahrscheinlich war der Gott des Handels eben nicht mit ihr, bei der fehlerhaften Ware, die sie anbot. Aber mit dieser Floskel wandte sier sich höflich von ihr ab und entfernte sich gemächlichen Schrittes. Hibiko folgte siem wortlos.

Shin zog den linken Arm ganz nah an siesen Rumpf und begutachtete gleichzeitig die spitz zulaufenden Fingernägel sieser rechten Hand. Erst gestern hatte sier sie etwas abgeschliffen und sie mit einer wohlriechenden Pflege versehen, die noch immer sanft an den Fingerspitzen haftete. Im Licht der Sonne glänzten siese Nägel wie polierte

Obsidiane und brachten sien zum Lächeln. »Ich glaube, nach diesem Auftrag zieht es mich nach Norden.«

Hibiko holte zu siem auf und musterte sien mit einem strengen Seitenblick. »Warum Norden?«

»Dass du das fragst, liebe Schwester.« Shin tat, als wäre sier zutiefst empört, aber natürlich war es nur gespielt. Hibiko ließ sich davon wenig beeindrucken. Mit einem Augenverdreher seufzte sier. »Wo sonst liegt das Badehaus, das ich allen anderen vorziehe?«

Sie gab ein Schnauben von sich. »Stimmt. Von mir aus.«

»Wirklich?« Freude breitete sich in Shins Brust aus und erwärmte sies Gemüt mit einer angenehmen Wärme. »Begleitest du mich ohne Widerrede? Auch wenn dies bedeutet, dass wir dort der einen oder anderen Gottheit über den Weg laufen werden?« Es wäre durchaus möglich, denn schließlich besaßen nur die Göttlichen sowie ihre eigens geschaffenen Kreaturen Zutritt zu diesem Wohlfühltempel. Shin seufzte sehnsüchtig, als sier in den Erinnerungen an die heißen Bäder und Massagen schwelgte.

Mit einem Knurren brachte sie sien zurück in die Gegenwart. »Aber zuerst kommt die Arbeit.«

»Natürlich, zuerst die Arbeit«, gab sier Hibiko recht und lugte über siese Schulter zu der unscheinbaren Gestalt, die ihnen folgte. Als hätte sier nichts Unauffälliges bemerkt, schritt Shin weiter bis zum nächsten Stand, um sich die exotischen Früchte anzusehen, die in rauen Mengen angeboten wurden. Vor einem Korb mit rotbraunen Kugeln, die teilweise violette Dellen aufwiesen, blieb sier stehen. Sier ließ siesen Blick darüber schweifen, ohne der Versuchung nachzugehen, eine davon in die Hand zu nehmen. Shin wusste genau, dass es sich um Passionsfrüchte handelte, aber diese waren derart teuer und selten, dass sie sich eigentlich nur die Reichsten leisten konnten.

Der menschliche Händler war noch zu beschäftigt mit einer anderen Kundin, um sich direkt um sien zu kümmern, aber Shin hatte ohnehin nicht wegen seiner Ware innegehalten. Sier überließ der Gestalt, die ihnen bis hierher gefolgt war, den Vortritt. Damit würde sier sichergehen, dass es tatsächlich die Person war, für die sier sie hielt. Hibiko beobachtete sien aufmerksam und wartete siese Reaktion ab.

Wie erwartet zog die Gestalt an ihnen vorbei, jedoch nicht, ohne Shin einen auffordernden Seitenblick zuzuwerfen. Mit einem Wink sieser Hand gab sier Hibiko zu verstehen, siem nachzukommen, und ging dann selbst der angedeuteten Einladung der fremden Person nach. Sie war nicht sonderlich groß, aber dem breiten Gang und den Schultern nach zu urteilen, ordnete Shin sie eher dem männlichen Geschlecht zu. Auch die kantige Form des Gesichts, die sier knapp unter dem sandfarbenen Turban erkannt hatte, unterstrich diese Vermutung. Die äußere Erscheinung konnte allerdings täuschen, stimmte häufiger nicht mit dem inneren Bild der Personen überein. Das war bei Shin schließlich nicht anders.

Wieder schnaubte Hibiko neben siem und sah umher, als beunruhigte sie etwas.

»Was ist los?« Sier konnte ihre Unruhe nicht nachvollziehen, denn in dieser Stadt hatten sie nichts zu befürchten. Wenn man den Gerüchten glaubte, verliefen sich überaus selten Gottheiten hierher. Aber selbst im Fall, dass sie einer begegneten, würde diese niemals zu ihrer beiden Schaden handeln.

Shin wollte nicht zu viele Gedanken an Eventualitäten verschwenden, da siese Schwester sicherlich etwas Banaleres beschäftigte als das, was siem durch den Kopf ging.

»Die Leute«, zischte sie Shin zu. »Sie starren uns an.«

Erleichtert lächelte sier. »Überrascht dich das? Das tun sie doch immer.« Und sier konnte es ihnen nicht einmal verdenken. Sie trugen zwar beide keine allzu auffällige Kleidung, aber es gab immer etwas zu starren. Sie verbargen ihre nachtschwarzen Haare nicht unter Turbanen oder Kopftüchern und ihre bleiche Haut leuchtete geradezu im Schein der Sonne. Dementsprechend fingen sie immer wieder die Blicke der Fremden ein, die an ihnen vorbeiliefen. Das war nichts Neues. Solange sie gerade keinem Auftrag nachgingen, störte es sien nicht. Nur Hibiko hasste es, die neugierigen Blicke auf sich zu spüren, und sie ließ sich davon oft zur Weißglut treiben. Shin beugte sich näher zu ihr. So nah, dass eine der beiden Haarsträhnen, die sier absichtlich nicht in siesem langen Pferdeschwanz untergebracht hatte, ihren Oberarm streifte. »Lass dich davon nicht irritieren.«

»Das sagst du so leicht«, entgegnete sie mit einem leisen Knurren und verzog ihr Gesicht zu einer wütenden Fratze. Bevor sie sich aber weiter in diese brennende Emotion hineinsteigern konnte, hob Shin siese Hand und brachte sie damit zum Verstummen. Die fremde Person bog nach links ab, zwischen zwei Marktstände, bei denen trockene Früchte und teure Gewürze dargeboten wurden. Die Händlerinnen hoben kurz ihre Blicke, doch unternahmen nichts, um den Fremden und die beiden davon abzuhalten, hinter ihren Ständen zu entschwinden. Stattdessen führten sie unbeirrt ihre Geschäfte fort und bedienten ihre Kundschaft.

Hinter dem Gewürzstand blieb gerade einmal so viel Platz bis zur Gebäudemauer übrig, dass Shin nur knapp neben Hibiko hätte stehen können. Damit sich aber für siese Schwester keine unangenehme Nähe ergab, blieben sie etwas versetzt zueinander, als der Fremde zum Stillstand kam und sich mit gerunzelter Stirn zu ihnen umdrehte.

»Entschuldigt, dass ich euch habe warten lassen.« Völlig außer Atem holte er erst tief Luft und rieb sich dann mit dem Handrücken den Schweiß vom Gesicht, ehe er fortfuhr. »Die Wache am Tor hat —«

»Komm zum Punkt!«, herrschte Hibiko ihn an, bevor er dazu kam, den Grund seiner Verspätung zu erläutern. Viele wären bei ihrem forschen Ton zusammengezuckt, aber diese Person schien den Umgang mit grimmigen Söldnern und Söldnerinnen gewohnt zu sein. Sie rieb sich nur über den Nacken und räusperte sich. Anders als viele überging sie Hibikos Unhöflichkeit.

Shin wollte es ihm ersparen, dass er doch wieder zu weit für Hibikos Geschmack ausholte, und mischte sich mit einem besonders höflichen Lächeln ein. »Damit meinte sie lediglich, dass Ihr uns zügig Euer Anliegen vorbringen sollt, das uns nach Daraval geführt hat.« Sier beobachtete, wie der Mann doch ein wenig nervös zwischen siem und Hibiko hin und her sah, und ergötzte sich an seinem aufgewühlten Anblick. »Aber wenn Ihr möchtet, könnt Ihr uns mitteilen, wie Ihr Euch nennt. Schließlich ist es sehr nützlich, den Namen des Auftraggebers zu kennen.« Ohne das Lächeln abzulegen, näherte sier sich mit einem übertrieben eleganten Hüftschwung und blieb kaum eine Ellenlänge vor dem Mann entfernt stehen. Er schluckte angestrengt, während sich seine hellbraunen Augen deutlich weiteten.

»Natürlich, die Dame.« Seine Stirn kräuselte sich, als er Shins Gesicht musterte. »Der Herr?« Er schien reichlich verwirrt von siesem Aussehen und wusste wohl nicht recht, für welche Anrede er sich jetzt entscheiden sollte.

Shin lachte auf und brachte den Fremden nun doch dazu, zusammenzuschrecken. »Welch binäres Dilemma die Gemeinsprache doch mit sich bringt.«

Unbeholfen räusperte er sich erneut und setzte dort an, wo Shin ihn zuvor aus dem Konzept gebracht hatte. »Amir Elaabar, mein Name. Ich habe euch hierher gerufen, um euch den Auftrag einer ehrenwerten Gottheit zu übermitteln.«

Da wurde Hibiko plötzlich hellhörig. »Welcher Gottheit?«

»Tut mir leid. Mir ist es nicht gestattet, dies zu offenbaren«, entschuldigte sich Amir Elaabar und neigte den Kopf, um ihr seine Demut kundzutun.

Wild knurrend trat sie heran. »Du unnützes –«

»Hibiko.« Da Shin siese Schwester zu gut kannte, hatte sier keine andere Reaktion erwartet. Sier hob beschwichtigend die Hand. »Wir wollen doch nicht unhöflich werden.«

Die Geste beschwichtigte sie so weit, dass sie zwar verärgert schnaubte, aber etwas Abstand nahm und siem zunickte. Sie würde sich im weiteren Verlauf des Gesprächs zurückhalten.

»Wo waren wir?« Shin tat, als hätte sier den Faden verloren, jedoch wusste sier genau, was sie als Nächstes von diesem Menschen benötigten. »Stimmt.« Erwartungsvoll streckte Shin die Hand offen aus und grinste breit. »Ihr tragt die Auftragspapiere bestimmt bei Euch.«

»Genau. Das tue ich, Herr.« Er kramte in seiner Umhängetasche und holte daraus einen schmalen Brief hervor, der mit rot schimmerndem Wachs versiegelt worden war. Als Shin ihn entgegennahm, begutachtete sier das Siegel, doch darauf waren lediglich ein paar simple Muster zu erkennen. Ihr göttlicher Auftraggeber schien demnach vermeiden zu wollen, dass sie erfuhren, wer genau sie auf den Auftrag ansetzte. »Habt Dank, Amir Elaabar. Wenn Ihr keine weiteren Informationen vorzubringen habt, dürft Ihr Euch gerne Euren anderen Aufgaben widmen.«

Shin verstand nicht, warum sich Hibiko über ihn ärgerte. Dieser Mensch amüsierte sien vielmehr und immerhin war er nicht gleich beim ersten Anzeichen ihrer Wut fortgerannt. Er war in der Lage, in ganzen Sätzen zu sprechen, obgleich ihre Ausstrahlung nicht selten Angst in anderen sterblichen Wesen hervorrief.

Amir nickte und überwand sich zu einem Lächeln. »Die Götter seien mit Euch, Herr.« Mit einem Blick an Shin vorbei schenkte er Hibiko eine knappe, dennoch respektvolle Verneigung. »Herrin.«

»Und mit Euch«, erwiderte Shin, ehe sier sich umdrehte und mit sieser Schwester im Schlepptau zwischen den Marktständen hervortrat. Was der Mensch nun tat, war siem herzlich egal, denn Shin hatte nur Augen für den Brief, den sier zwischen Daumen und Zeigefinger hielt.

»Was machst du damit?«, schaltete sich Hibiko ein, holte zu siem auf, um ihre Finger nach dem Brief auszustrecken. Mit einer eleganten Drehung nach links entging Shin ihrem unkoordinierten Überfall, ehe siem ein schadenfreudiges Lachen entglitt.

Ihr Knurren kam einer Drohung gleich. »Gib her!«

»Sicherlich nicht«, säuselte Shin und hielt es so weit von ihr weg, wie es die Länge sieses Arms zuließ. Obwohl sie den Abstand zu siem wieder wettmachte, berührte sie sien nicht, sondern warf ihrem Geschwister einen finsteren Seitenblick zu, während sie weiter über den Marktplatz schritten. »Es überrascht mich jedes Mal aufs Neue, was sich die Göttlichen heutzutage alles einfallen lassen, um uns Aufträge zu geben. Und das, ohne dass wir erfahren, wer unser wahrer Auftraggeber ist.« Nachdenklich drehte Shin den Brief mehrere Male in siesen Fingern, bevor sier sich wieder sieser Schwester zuwandte. »Früher haben sie sich nie diese Mühe gemacht. Ich frage mich, woran das liegt.«

Ratlos zuckte Hibiko mit den Schultern. Antworten würden sie erst erhalten, wenn sie das Siegel brachen und sich den Brief durchlasen. Zurück bei der Stelle an der Mauer, wo sie vor dem Treffen gewartet hatten, lehnte sich Shin wieder locker dagegen. Diesmal tat es Hibiko siem sogar gleich.

Sobald Shin den Brief geöffnet und das Papier auseinandergefaltet hatte, lasen sie gleichzeitig:

An die Klinge und das Schild,

Im Nordwestdrittel von Dravador findet ihr nahe der Westküste Volruk, den Häuptling eines ansässigen Sorkárclans. Volruks Tod ist für eine Belohnung von 1000 Ambrauri vorausgesetzt. Bringt als Beweisstücke die Hauer des Häuptlings nach Daraval. Amir Elaabar wird eure Rückkehr in der Nacht des nächsten Vollmonds erwarten.

Unter der Nachricht hatte jemand eine grobe Kartenskizze von Dravador erstellt, um den exakten Aufenthaltsort des Volruk-Clans zu kennzeichnen.

Ein stattliches Sümmchen für einen einzigen Tod. Shin konnte sich nicht daran erinnern, wann jemand Hibiko und siem zuletzt eine solch hohe Belohnung angeboten hatte. Fragwürdig war allerdings, warum die Nachricht in der Schrift der Götter verfasst worden war. Sollte nicht einmal der Übermittler wissen, was darin stand? Nur die Göttlichen und einige wenige Wesen, die durch die Hand einer Gottheit geschaffen worden waren, konnten diese Sprache lesen. Es musste demnach von hoher Bedeutung sein, dass niemand vom Ziel ihres neuen Auftrags erfuhr.

Das Geld konnten sie definitiv gebrauchen, um sich danach eine Zeit lang Ruhe zu gönnen und wie geplant nach Norden zu reisen. Für diesen Sold war siem das Risiko wert, nicht allzu viel über ihre Zielperson zu wissen.

»Beweisstücke?« Natürlich war es dieser Begriff, an dem Hibiko hängen geblieben war. »Seit wann vertrauen die uns nicht mehr?«

Siem entging nicht, dass ein seltsamer Ton in ihrer Stimme mitschwang, doch sier dachte sich nichts dabei. Shin schmunzelte. »Nicht bei dieser Belohnung.«

»Reisen wir heute ab?« Diese Frage hätte sier ihr ebenfalls als Nächstes gestellt, aber das erübrigte sich wohl, sodass sier ihr lächelnd zunickte.

»Nach Sonnenuntergang?«, hakte sie nach, mehr als Feststellung als eine ernst gemeinte Frage.

»Wie immer.« Shin legte den Brief mit einer Ecke auf siese Unterlippe, atmete ein und hielt einen Wimpernschlag lang die Luft an. Hitze sammelte sich in sieser Brust, staute sich in siesen Lungenflügeln, aber Shin genoss dieses Gefühl. Die Flammen, die wie ein wilder Vogelschwarm in siesem Inneren tobten. Mit einem Grinsen auf den Lippen stieß sier mit siesem nächsten Atemhauch einen Feuerfunken aus, der sich, sobald er das Papier berührte, gierig daran heftete und es innerhalb eines Augenblickes vollständig verschlang.

Zwischen ihnen und Daraval lagen über ein Dutzend Meilen, als die letzten Strahlen Ans hinter dem Horizont verblassten. Hibiko und Shin hatten die Stadt direkt nach dem Treffen verlassen, um nicht noch mehr Leuten aufzufallen. Sie konnten es sich schließlich nicht leisten, zu viele Spuren an einem Ort zu hinterlassen.

Vorfreude prickelte über Shins Nacken, als sier an die bevorstehende Reise dachte, und an alles, was damit verbunden war. Dennoch sah sier sich in jede erdenkliche Richtung um, ob auch wirklich niemand das Geschehnis verfolgte, das sich alsbald abspielen würde. Doch keine verräterische Seele befand sich in Sichtweite, nur kleinere Wesen wie Eidechsen und Käfer, die über den sandigen Boden hinweg das Weite suchten.

»Hibiko«, rief Shin ihr entgegen, da sie einige Schritte vor siem herhetzte. »Ich denke, das sollte genügen.«

»Endlich«, gab sie knurrend von sich, doch anstatt stehen zu bleiben, beschleunigte sie ihren Gang und rannte, als wäre ein Schwarm aufgebrachter Erdbienen hinter ihr her. Mit einem hochgestimmten Lachen stieß sich Shin ebenfalls fest vom Boden ab – so gut es der Sand unter siesen Füßen eben zuließ –, um ihr hinterherzujagen. Ehe es siem gelang, zu Hibiko aufzuholen, hüllte sich ein Schatten wie ein undurchdringlicher Kokon um sie, verbarg sie selbst vor siesen Augen. Die Düsternis wuchs im Lauf in die Länge, nahm das Dreizehnfache von Hibikos Größe an und blätterte dann nach und nach wie Schuppen von einem Körper ab. Mehr konnte Shin nicht sehen, da sier sich derselben Dunkelheit hingab, sich von ihr in einer sanften Umarmung umgarnen ließ und sogleich Hitze auf sieser Haut spürte. Shin neigte sich instinktiv nach vorne, ging mit dem Fluss des Schattens, der siesen gesamten Körper in einem Verwandlungsakt wie Hibikos in die Länge zog. Klauen formten sich an siesen Händen und Füßen. Ein Schweif zischte peitschend im Wind. Schuppen sprossen aus der weichen, blassen Haut, schwarz wie die Trümmer einer niedergebrannten Stadt. Mund, Zähne, Schultern – alles veränderte sich, doch für Shin gab es kaum etwas Natürlicheres als die Metamorphose in diese Gestalt. Mit Schwung sprang sier hoch und sammelte in siesen Vorderklauen den Wind, damit dieser sien weiter nach oben trug. Dasselbe tat Shin mit seinen Hinterläufen, sodass er bald einige Schritte über dem Boden schwebte. Es trieb sien noch näher zum Himmel, näher zum Schimmer in Zùs Fell. Der Wind folgte treu Shins Willen, ließ sien auf jene Ebene hoch aufsteigen, die sonst bloß geflügelte Wesen ihr Reich nannten.

Stille und Freiheit herrschten hier und legten sich wie eine samtene Decke über Shins Gemüt. Sier nahm die kühle Brise in sich auf, fühlte, wie siem diese sanft durch die Mähne strich.

Für solche Momente lebte Shin.

Die Ruhe.

Die Freiheit.

Die Losgelöstheit von jedweden Problemen, die sien auf dem festen Grund wieder erwarten würden. Doch vorerst lagen diese weitab von siem. Viele Meilen und Stunden entfernt.

))○((

DER PFEIL
AUS DEM NICHTS

Die Wellen unter Shin rauschten unentwegt und luden sien dazu ein, in sie einzutauchen. So gern sier es auch getan hätte, hielt sier sich zurück und betrachtete sich höchstens gelegentlich auf der spiegelnden Oberfläche des Wassers, ohne es zu berühren.

Hibiko und sier mussten sich nun beeilen, denn bald würden die ersten Sonnenstrahlen die Insel, der sie entgegenstrebten, erhellen und ihre Ankunft verraten. Sollten sie nicht rechtzeitig die Küste erreichten. Die Nacht bot ihnen Schutz. Um unbemerkt zu bleiben, waren sie gezwungen, ihre unscheinbare Gestalt anzunehmen, bevor der schützende Dunkelmantel von ihnen abfiel. Ansonsten wäre ihr Auftrag von Anfang an zum Scheitern verurteilt.

Shin ließ sich vom Wind treiben, der knapp oberhalb des Meeresspiegels entlangwehte, und zog an Hibiko vorbei. Diese war mittlerweile zu müde, um darin eine Herausforderung zu sehen, und schaute ihrem Zwillingsgeschwister unbeeindruckt nach.

»Komm! Wir sind gleich da«, ermutigte Shin sie und legte einen Zahn zu. Woher diese Energiereserven stammten, wusste sier nicht. Vielleicht war es die Neugier oder die Aufregung, die dieser Ort in siem erweckte. Dravador, auch bekannt als die Insel der Drachen, da diese im Vergleich zu allen anderen Orten auf Vaerys am meisten wilde Drachen beherbergte.

Vor über dreihundert Jahren hatte sier zuletzt einen Fuß auf diese Insel gesetzt. Dementsprechend unsicher war sich Shin, wie viel siem der Wissensstand von damals über diesen Punkt auf der Landkarte brachte. Vermutlich lebten noch immer Hunderte von Sorkári-Stämmen auf Dravador. Umso dankbarer war sier um die genaue Ortsbeschreibung, die im Auftragsbrief enthalten war.

Die Luft, die siem entgegenkam, roch jedenfalls gleich wie damals – nach Metall und erhitzter Tonerde.

Sobald sier die Gischt unter sich nicht länger spürte, ließ sich Shin fallen und landete mit einem dumpfen Aufprall auf allen vieren im Sand des rotschwarzen Ödlands. Wieder formten Schwaden aus Dunkelheit einen Wirbel um sien, ehe die Größe sieses Körpers dahinschwand und sier zur zweibeinigen Gestalt wechselte. Kaum einen Atemzug später erreichte auch Hibiko den Grund, verwandelte sich ebenfalls zurück und grummelte vor sich hin.

»Was bedrückt dich?« Shin lächelte in ihre Richtung, doch runzelte vor Sorge die Stirn, während der Wind um sie herum auf siesen unausgesprochenen Befehl hin wild an ihrer Kleidung zerrte und ihre Spuren im Sand davonwehte.

Mit mürrischem Blick verschränkte sie ihre Arme vor der Brust. »Hast du keine Bedenken?«

»Bedenken?« Ihre Frage überraschte sien und weckte sogleich das mulmige Gefühl in sieser Magengegend. Aber was nützte es ihnen, jetzt zu zweifeln? Sie waren bereits hier, so nah, dass vermutlich nur wenige Stunden zwischen ihnen und ihrem Ziel lagen.

Sier schob die Empfindung beiseite und zuckte mit den Schultern. »Es ist ein Auftrag wie jeder andere und –«

»Wir haben keinerlei Informationen über unser Ziel erhalten«, unterbrach sie Shin. »Nichts. Wir wissen nur, dass wir den Häuptling des Clans meucheln sollen.«

»Das ist mir durchaus bewusst, aber –«

Wieder funkte sie siem naserümpfend dazwischen. »Dieser Auftrag stinkt! Selbst unser Auftraggeber ist zu feige, seine Identität preiszugeben.«

Shin schmunzelte, obwohl ihre Worte sien weniger amüsierten, als beunruhigten. Sie hatte recht. Nicht zu wissen, wer sie auf diesen Auftrag angesetzt hatte, bereitete auch siem Kopfzerbrechen. »Lass das die Göttlichen nicht wissen. Unsere Meinung wollen sie nicht hören.«

Da Hibiko wusste, dass sier recht hatte, schnaubte sie lediglich verärgert und betrachtete sien mit finsterer Miene. »Ich weiß, dass sie uns etwas verschweigen.«

»Die Göttlichen?« Verwundert über ihre Feststellung runzelte Shin die Stirn. »Das tun sie immer. Du solltest dich längst daran gewöhnt haben, dass sie uns niemals Details vorlegen, sondern nur das Nötigste mit uns teilen. Wir sind nur ihre Werkzeuge.« Sier vergaß indes nicht, wo sie sich befanden, und ließ siesen Blick wachsam umherschweifen.

»Daran musst du mich nicht erinnern«, erwiderte sie grummelnd. Es schien sie so sehr zu ärgern, dass der innere Rand ihrer feuerroten Iriden kurz aufflammte und diese Reaktion wie eine Drohgebärde erscheinen ließ. Bei Shin zeigte diese keinerlei Wirkung.

»In der Nähe wird sich sicherlich ein Unterschlupf finden lassen, damit wir uns einige Stunden ausruhen können.« Mittlerweile spürte auch sier die Müdigkeit in siesen Knochen und war eindeutig zu erschöpft von der Reise, um noch einen erfolgreichen Angriffsplan auszuklügeln. Die enge Kluft, die keine fünfzig Schritte vor ihnen lag, sah vielversprechend aus, um sich dort zu verstecken.

»Mir gefällt das trotzdem nicht«, betonte Hibiko nochmals, doch sie eilte Shin nach, als sier sich zielstrebig in Bewegung setzte.

»Auftrag ist Auftrag. Demnach werden wir ihn erledigen wie jeden anderen zuvor.« Obwohl sich das ungute Gefühl in siesem Magen erneut bemerkbar machte, tat sier ihren Kommentar mit einer abwertenden Geste ab. Als sier jedoch über siese Schulter zu ihr lugte und ihren angesäuerten Blick bemerkte, seufzte Shin entnervt. »Hör jetzt endlich auf, dich zu beschweren. Immerhin geben uns die Göttlichen Arbeit, die wir auf unsere Art erledigen dürfen. Oder wäre es dir lieber, sie stets auf ihren Wegen zu begl-«

»Nein!« Ihre Stimme überschlug sich bei ihrem Ausruf und war so laut, dass sich Shin zu ihr umdrehte und abrupt vor ihr stehen blieb. So nah, dass sie sich beinahe an den Nasenspitzen berührten.

»Sei still, Schwester! Oder möchtest du, dass jemand Verdacht schöpft, noch bevor wir in die Nähe unseres Ziels gelangen?« Im Gegensatz zu ihr hielt Shin sich in siesem Ton zurück, sodass es kaum mehr als ein Flüstern war.

Sie wandte ihren Blick ab und gab sich mit einem Zähneknirschen geschlagen. Mittlerweile war Shin das Lachen vergangen. Die Bedenken, die Hibiko geäußert hatte, schwappten zu siem herüber und brachten sien erneut zum Nachdenken. Shin nahm sich vor, mit äußerster Vorsicht zu agieren, aber mehr konnte sier in diesem Augenblick nicht tun. Die Belohnung war doch viel zu verlockend, um sie auszuschlagen.

Unterhalb eines gigantischen Felsvorsprungs hatten sie Deckung gefunden und sich abwechselnd jeweils fünf Stunden ausgeruht. Der Tag näherte sich allmählich dem Abend. Noch blieb ihnen reichlich Zeit, sich eine Strategie zu überlegen, wie sie nah genug an den Häuptling gelangen könnten, um ihm ein schnelles Ende zu bereiten.

»Ich greife sie von vorne an, um sie abzulenken«, meinte Hibiko. Ihr Vorschlag war längst nicht ausgereift.

Trotzdem erschien es Shin nicht einmal so abwegig, diesen Schritt in ihren Plan mit einzubeziehen. Sier hörte ihr zu und kritzelte mit einem schmalen, vertrockneten Ast, den Shin in ihrem Unterschlupf gefunden hatte, gleichzeitig etwas in den Sand. Zuerst nur ein paar verteilte Dreiecke, dann auch Strichmännchen zwischen den abstrakten Zelten. Kein Meisterwerk. Dafür zitterten siem die Hände schon nach kurzer Zeit zu heftig.

»Wir kennen den genauen Aufenthaltsort des Häuptlings nicht, aber ich werde die Lage auskundschaften, sobald wir die Siedlung erreichen.« Um siese Kritzeleien herum zog Shin einen Kreis, um die Grenzen des Lagers darzustellen. Nachdenklich holte sier dabei ein Stück Fladenbrot aus sieser Rückentasche, die neben siem lag, und nahm einen Bissen, ehe sier weitererklärte: »Da wir nicht wissen, in welche Himmelsrichtung der offizielle Eingang zum Lager zeigt, würdest du von hier aus«, mit etwas Abstand zur Siedlung zeichnete Shin ein Kreuz in den Sand, »dein Ablenkungsmanöver starten. Falls sich irgendwelche Vögel in deiner Nähe befinden, scheuche sie auf, damit die kleinen Vorboten Unruhe bei den Sorkárwachposten säen.« Während sier ein weiteres Stück abbiss, skizzierte Shin eine Markierung um die Siedlung herum, um parallel zu Hibikos Pfeil seinen Anfangsstandort im Osten abzubilden. »Sobald die Wachen ihre Aufmerksamkeit vollständig nach Westen gerichtet haben, suche ich mir von hier aus einen Weg ins Lager und schleiche mich ins Zelt des Häuptlings. Wenn Evra uns beisteht, schläft er noch und ich werde ihm ohne Kampf das Herz durchstoßen können.«

An dieser Stelle hätte Hibiko siem für gewöhnlich zugenickt. Stattdessen zog sie die Mundwinkel nach unten und besah voller Skepsis die Kritzeleien im Sand.

»Irgendwelche Einwände?«, hakte Shin nach, doch siese Selbstsicherheit begann zu bröckeln. Ihre Pläne waren stets risikoreich, aber das gab ihrer Berufung als Assassinen auch einen gewissen Reiz. Sie lebten schon zu lange auf Vaerys, um sich mit simplen Missionen herumzuschlagen. Das war also genau ihr Fachgebiet – normalerweise. Hibiko sagte kein Wort, doch ihr Knurren erzählte siem genug. Frustriert seufzte sier und verwischte mit der Astspitze siese Zeichnung. »Dann überlege ich mir etwas anderes.«

Aus dem Augenwinkel bemerkte Shin, wie Hibiko sien mit strengem Blick beobachtete, ein wenig näher zu siem heranrückte und siem unerwartet eine Hand auf siesen linken Oberarm legte. »Nein, Shin. Dein Plan passt für mich. Trotzdem lässt mich das Gefühl nicht los, dass das Ganze noch einen Haken hat.«

»Ein Götterauftrag birgt immer Gefahren, die niemand voraussieht, mein besorgtes Schwesterchen.« Als wäre sie ein kleines Kind, tippte sier ihr mit dem Finger auf die Nase und brachte sie dadurch dazu, sofort um eine Armlänge von siem wegzurücken. Ein Schmunzeln entwich Shin, doch sier erwiderte nichts Weiteres, sondern erhob sich und klopfte sich nebenbei den feinen Steinstaub von siesem Schoß. »Auf, auf!«

Knurrend kam sie der Aufforderung nach und ging in jene Richtung voraus, welche Shin ihr lächelnd anzeigte.

Die Nacht brach still herein und nahm die letzten Farben des Sonnenuntergangs in sich auf. Die samtorangenen bis tiefroten Felswände tauchte sie in ein blasses Gemisch aus Grau, Blau und Violett.

Hibiko und Shin hatten sich über die letzten Stunden hinweg bedeckt gehalten, doch nun war die Zeit gekommen, um Shins Plan in die Tat umzusetzen.

»Aber vergiss nicht: Nur der Häuptling soll heute Revi gegenübertreten. Niemand sonst.« Sier erhob mahnend den Zeigefinger, um siese Worte damit zu unterstreichen.

»Ja, ja, ich weiß.« Sie knackte mit ihren Knöcheln, schnaubte, doch ihre grimmige Miene lockerte sich, als sie ihr Zwillingsgeschwister ansah. »Pass auf dich auf, Shin.«

»Das werde ich, Schwester«, versicherte sier ihr und würde auch alles daransetzen, sich an das Versprechen zu halten. Shin strich sich die freien Haarsträhnen hinter die Ohren, ehe sier ihr zunickte. »Ich gebe dir ein Zeichen, sobald der Auftrag erledigt ist. Danach treffen wir uns an der Küste. Vorzugsweise an der Stelle, wo wir gelandet sind.«

»Verstanden«, raunte sie Shin grob zu, aber für ihre Verhältnisse kam dieser Ton einer Nettigkeit gleich.

Mit einem gleichzeitigen Nicken verabschiedeten sie sich voneinander. Hibiko setzte ihren Weg durch die Schlucht fort, als sich Shin mit einem Windstoß nach unten vom Boden absetzte, um an die oberste Kante der rechten Felswand zu gelangen. Sier landete geschickt und rannte sogleich wie ein lautloser Schatten über die steinerne Plattform. Denn hier oben gab es keine Deckung. Shins Schnelligkeit war nun gefragt, denn auch nur ein Fehler sieserseits konnte Hibiko in eine missliche Lage bringen.

Bei dem Gedanken beschleunigte Shin siese Schritte und vertraute ganz der Nacht, die sien umgab. Baute darauf, dass sie siese Anwesenheit nicht preisgab und sien verriet.

Shins herausragender Sinn für Orientierung hatte sien nicht getäuscht. Trotz des Umwegs, den sier auf sich genommen hatte, führte dieser sien direkt zu einer Siedlung der Sorkári. Nun musste sier nur noch sichergehen, dass es sich auch um den Volruk-Clan handelte.

In geduckter Haltung näherte sier sich dem Rand der Kluft, um einen besseren Überblick über die Örtlichkeit zu bekommen. Der aufsteigende Mond half siem dabei, die Umrisse der Zelte zu erkennen, die die Siedlung ausmachten. Jedoch blieb Shin eine genaue Sicht auf den Aufbau des Dorfes verwehrt. Lediglich das mehrstöckige Zelt, das alle anderen Behausungen überragte, stach siem an der nordöstlichen Grenze direkt ins Auge. Falls sich die Tradition der Sorkári nicht über die letzten Jahrhunderte hinweg gewandelt hatte, musste dieses kunstvolle Gebilde dem Häuptling gehören.

Wenn …

Shin hoffte, dass sier sich nicht irrte. Lange war sier nicht mehr so unvorbereitet an einen Auftrag herangegangen und siem behagte diese Unsicherheit nicht. Die Umstände, der Mangel an Informationen, Hibikos Besorgnis – irgendetwas stimmte hier nicht. Zweifel waren jedoch fehl am Platz.

Ein Windstoß zerzauste siem das Haar, sodass Shins Pferdeschwanz über die Schulter nach vorne fiel. Der Wind drohte in Richtung der Siedlung weiterzuziehen, aber mit einem Wink sieses Willens wusste sier dies zu verhindern und zwang das Element stattdessen in die Gegenrichtung. Niemand sollte vorzeitig wittern, welche Gefahr den Clan aus dem Osten erwartete.

Weiterhin geduckt trat sier an die Kante, sprang und ließ sich dann vom Wind sanft nach unten tragen. Nun war siese volle Konzentration gefragt. In dem Schatten der Felskante sprintete Shin zum nächstgelegenen Zelt. Da sich in diesem Teil keine Wachen aufhielten, huschte sier innerhalb eines Wimpernschlags gleich drei Unterkünfte weiter, um dort erneut Deckung zu suchen.

Aus der Ferne hörte sier das Krächzen von Vögeln und sah diese im Westen aufgebracht in den Himmel steigen. Bisher lief also alles genau nach Plan. Trotzdem blieb Shin auf der Hut. Ungesehen, unbemerkt, unaufhaltsam. Noch schallten keine Rufe durch die Nacht. Noch schwiegen die Klingen, die Äxte, die Schilder. Doch lange ließ sich die Stille nicht mehr halten. Sier beeilte sich, die Unterkunft des Häuptlings zu erreichen, bevor jemand bemerkte, was vor sich ging. Mit geschärften Sinnen huschte Shin von Schatten zu Schatten und kam rasch voran. Jedoch kurz vor dem höchsten Zelt versperrten ihm drei Sorkárfrauen den Weg. Obwohl sie verteilt standen und sich mit gedämpften Stimmen in der Drachensprache unterhielten, machte Shin nicht den Fehler, sie als unachtsam oder gar als harmlos abzustempeln. Die großgewachsenen Wesen waren mit Lanzen und Hellebarden bewaffnet, trugen Rüstungen aus alten Drachenschuppen, die ihre dunkelrote Haut größtenteils bedeckten, und sahen sich gelegentlich nach allen Seiten um. Schon allein die Hauer, deren Spitzen nach oben aus ihren Mündern ragten, flößten Shin eine ordentliche Portion Respekt ein. Für gewöhnlich waren die Sorkári kein kriegerisches Volk, doch bewaffnete Wachen waren für den Schutz des Dorfes oft unabdingbar.

Sier verstand, was sie sagten, da sier sieses Blutes wegen ebenfalls der Zunge der Drachen mächtig war, und wollte sich davon eigentlich nicht ablenken lassen. Und dennoch. Shins Neugier zwang sien dazu, aufzuhorchen, um ihr Gespräch zu verfolgen.

»Wart's nur ab, Nandwa. Weitere werden kommen.« Mit geschwollener Brust stand die Sorkár stramm und setzte schwungvoll den Stiel der Hellebarde auf ihrer rechten Schulter ab.

»Sie werden sich nicht trauen.« Nandwa umfasste ihre rechte Faust, die in einem metallenen Handschuh steckte, mit ihrer freien und blickte angriffslustig zu ihrer Kumpanin hinüber.

»Du wirst sehen, aber Volruk ist stark. Volruk wird über alle siegen.«

Die Dritte schwieg und ließ ihren Blick wachsam umherschweifen, während sich die anderen beiden weiterhin aufgeregt, wenn auch leise, unterhielten.

Hatten sie denn den Aufruhr der Vögel nicht bemerkt? Shin musste einen Weg an ihnen vorbei finden, ohne dass sie sien entdeckten und ohne einen zu großen Umweg auf sich zu nehmen. Die Zeit dafür blieb siem nicht.

»Was wird es diesmal sein? Ein Schneehaut? Eine zweibeinige Katze? Oder ein geflügelter Schatten?«

Grummelnd nahm Nandwa etwas Abstand zu ihrer aufgeweckten Freundin und erschauderte. »Da wäre mir ein Schneehaut noch am liebsten.«

Die andere zuckte die Achseln. »Wer weiß … Da kommt was. Ich sag's dir. Noch heute Nacht.«

Sie hatten also von Anfang an Bescheid gewusst. Die Unsicherheit nagte wieder an Shin. Es war töricht gewesen, Hibikos Bedenken zu ignorieren. Doch noch war nichts verloren. Sier brauchte lediglich eine gute Ablenkung für die drei Wachen.

Für einen Moment schloss Shin die Augen, konzentrierte sich, ließ die wärmende Magie in siesem Inneren in den rechten Arm zur Handfläche bis in Daumen und Zeigefinger fließen. Sier drückte die beiden Finger aufeinander. Sobald sich die Spitzen davon berührten, formte sich eine metallene Nadel zwischen ihnen, nicht breiter als jene zwei, die sier in den Haaren trug. Ernst betrachtete Shin diese, hielt sie sich dann nah an den Mund, um sie mit siesem Drachenatem anzuhauchen – bis sie glomm.

Genug der Plauderei, dachte sier sich und warf die Nadel gezielt an mindestens fünf Zelten vorbei nach Süden. Am Fuße einer der Stoffbehausung blieb sie stecken, löste sich auf und entfachte ein Feuer, das sich innerhalb eines Wimpernschlages durch das Material fraß. Sofort stieg Rauch gen Himmel und riss die Aufmerksamkeit der drei Wachen auf sich. Zwei von ihnen rannten sofort zur brennenden Unterkunft. Eine blieb jedoch vor dem Zelt stehen. Davon ließ sich Shin keineswegs unterkriegen. Sie hielt sich zwar dort auf, ihre Wachsamkeit litt allerdings unter der Unruhe, die das offene Feuer in ihr auslöste. Diese Ablenkung wusste sier zu nutzen und zischte hinter ihrem Rücken vorbei, direkt zum Häuptlingszelt. Es war ein großes Risiko, aber die Wache hatte sien trotz dieser Aktion noch nicht bemerkt.

Beim Eingang lugte sier durch den schmalen Spalt, erkannte, wie eine Sorkár mit einem breiten Säbel in ihrer Hand auf und ab lief, als wartete sie bereits ungeduldig auf einen Angriff. Sie trug dieselbe Rüstung wie die Wachen von vorhin und hatte ihre langen, dunkelbraunen Haare, zu vielen Zöpfen zusammengebunden, um sie im Zaum zu halten. Drei Irrlichter schwirrten um sie, beleuchteten ihre große, muskulöse Gestalt in einem satten Orange. Die Spitzen ihrer Hauer glänzten in einem hellen Gold und zeichneten sie als Häuptling des Clans aus. Das musste Volruk sein.

Konzentriert streckte Shin bereits eine Hand nach dem Stoff aus, als aus dem Nichts ein Zischen an sies Ohr drang. Von einem Moment auf den anderen jagte siem ein Schmerz in den Rücken, wie sier es lange nicht erlebt hatte. In sieser Überraschung gab Shin ein Ächzen von sich, griff nach dem robusten Gewebe, um sich trotz der Wucht, die sien getroffen hatte, auf den Beinen zu halten. Völlig aus dem Konzept geworfen schwankte Shin und versuchte, einen Blick auf die Person zu erhaschen, die siem gerade einen Pfeil in den Rücken geschossen hatte. Einen Pfeil. Bei den Sorkári. Das konnte nicht sein.

Siese Gedanken überschlugen sich, doch da entdeckte Shin einen Sorkár, der mit einem in seinen Bogen gespannten Pfeil zwischen zwei Zelten stand. Sier sah die Entschlossenheit in seinen Augen. Er zielte auf sien und würde diesen abfeuern, falls sich Shin bewegte. Doch im nächsten Moment stapfte Shin auch Volruk aus der anderen Richtung entgegen, trat aus dem Zelt und packte sien am Pferdeschwanz.

»Wusste ich's doch!« Volruks Stimme grollte wie ein Gewitter über Shin hinweg, während sie an siem zerrte, damit sier vom Stoff abließ. Sier löste siese Fingernägel aus dem Gewebe und nutzte den Schwung, um sich nach ihr umzudrehen, mit der rechten Hand nach ihrem Handgelenk zu greifen und ihr einen Kniestoß in die Magengegend zu verpassen. Sie stieß die Luft scharf aus und hustete, doch Shin hatte kaum genug Kraft in den Angriff aufgebracht, um sie damit zu verletzen. Sier wiederum spürte umgehend, wie sich das Stechen durch die Bewegung verschlimmerte, sodass weiße Punkte wie winzige Irrlichter vor siesem Sichtfeld umherschwirrten. In einem Verzweiflungsakt konzentrierte sich Shin auf siese freie Hand, um in ihr einen Langdolch manifestieren zu lassen. Nichts passierte.

Stattdessen fraß sich der Schmerz Shins Rückgrat entlang in siese Brust und drückte die Flamme in siesem Inneren nieder, sodass sier nach Luft schnappte. Angst packte sien, an diesem Gefühl zu ersticken, daran zugrunde zu gehen wie ein schwacher Sterblicher. Und sier verlor jeden Bezug zu siesen Gedanken.

Sier versuchte, sich zu verwandeln, doch es bildeten sich keine Schuppen auf seiner Haut und seine Körpergröße blieb gleich. In sieser Panik bohrte Shin die Fingernägel in Volruks Haut. Mehr als ein verärgertes Schnauben hatte sie dafür nicht übrig.

Mit bebenden Lippen holte sier tief Luft, hielt diese für einen Augenblick an und konzentrierte sich auf die Magie in siesem Inneren. Doch da war keine Hitze. Nichts, was ein Feuer hätte erzeugen können. Als sier ausatmete, drang nicht einmal Rauch aus siesem Mund.

Sier schrie auf, konnte siesen Frust unmöglich in Worte fassen. »Was habt ihr getan?« Sier handelte gegen jede Vernunft und drohte, tiefer in einen Abgrund der Verzweiflung zu fallen. Shin trat nach Volruk aus, aber diese machte kurzen Prozess aus siesem Angriff, ließ sien bäuchlings auf den Boden krachen und setzte dann ein Knie zwischen siese Schulterblätter. Ein weiterer Stich durchzuckte Shin, als sie den Schaft des Pfeils umfasste und sich ein Stück zu siem hinabbeugte.

»Ergib' dich!«

Als Antwort zischte sier und lugte zu ihr hoch. Sich zu winden, wagte sier nicht, denn Volruk besaß durch den Pfeil die Oberhand.

»Gib auf, Meuchelmörder!«, forderte sie, diesmal mit mehr Nachdruck, indem sie ihre Stimme erhob und gleichzeitig den Pfeil ein Stück nach rechts drehte. Keuchend zuckte Shin zusammen, kämpfte damit, nicht vor Pein zu wimmern. Eigentlich müsste sier die Schmerzen nach all den Jahrhunderten gewohnt sein. War sier aber nicht. Nicht einmal ansatzweise. Ans Aufgeben dachte Shin trotzdem nicht.

»Weg von siem!«, hörte sier Hibikos sich überschlagende Stimme, die wie eine Welle zu Shin herüberschwappte.

Volruk hielt inne und sah zu ihr hinüber, nur um im nächsten Moment ein tiefes, grollendes Lachen von sich zu geben. »Noch eine Mörderin.«

Schwere Schritte näherten sich und dröhnten in Shins Ohren, als käme eine Meute wilder, aufgebrachter Drachen auf sien und siese Schwester zu. Bald umgab sie eine Gruppe von neun Sorkári, die ihre Waffen gegen sie erhoben.

»Weg von siem!«, wiederholte sich Hibiko und machte sich zum Sprung bereit. Ohne Zweifel hätte sie Volruk damit nicht verfehlt, doch der Häuptling hatte Shins Leben gegen sie in der Hand. Das ließ Hibiko zögern.

Volruk schien dies durchaus bewusst zu sein und nutzte es zu ihrem Vorteil. Wieder eine Eigenschaft, die Shin den Sorkári nicht zugeschrieben hätte. Für gewöhnlich hüteten sie sich davor, sich Geiseln zunutze zu machen, da solches Verhalten gegen ihr Gesetz der Ehre verstieß. Doch existierte dieses nach all den Jahren überhaupt noch? »Keinen Schritt näher.«

Mit bebenden Lippen sah Shin Hibiko entgegen, schüttelte unmerklich den Kopf, damit ihr auch ja nicht in den Sinn kam, sich vor dem ganzen Clan zu verwandeln oder die

Sorkári um sie herum mit einem Axtschlag niederzumetzeln. Ihr Zögern blieb von den Umstehenden nicht unbemerkt. Vier schritten auf sie zu, packten sie an den Armen, am Nacken, an den Haaren und zwangen sie in die Knie. Hibiko schlug nicht nach ihnen aus, sträubte sich jedoch gegen die Versuche, gefesselt zu werden. Sollte Shin ihr ein Zeichen geben, wäre sie bereit zu fliehen. Niemand wäre imstande, Hibiko festzuhalten, sobald sie anfing, sich zu verteidigen.

Sie mussten es wagen. Nun war Shin am Zug. In einer geübten Verrenkung zog sier den Arm an der rechten Seite des Körpers entlang nach oben und griff einer der beiden Haarnadeln. Sier zückte sie, einem Dolch gleich mit der Spitze nach unten in der Hand, holte im selben Atemzug aus und zielte blind auf das Erstbeste. Und tatsächlich. Es gelang siem, Volruk tief ins Fleisch ihrer Wade zu stechen, sodass diese ein überraschtes Schnauben von sich gab und ihre Aufmerksamkeit wieder zurück auf sien lenkte.

»Lästig«, knurrte sie siem ins Gesicht. Mit einer erneuten, ruckartigen Bewegung trieb sie die Spitze des Pfeils etwas tiefer in siesen Rücken hinein und brachte Shin zum Schreien. Für sien wurde es zu viel. Der Schmerz überschlug sich in siesem Kopf, schwärzte siese Sicht und riss sien mit sich. Das Einzige, was Shin noch hörte, war Hibikos Stimme, die siesen Namen rief.

IM DELIRIUM GEFANGEN

Dunkelheit. Schmerz. Eine gewaltige Person mit rot schimmernder Haut, die sich über Shin beugte. Sier erhaschte durch die beinahe geschlossenen Augen nur einen raschen Blick auf diese.

...

Ein Stechen. Ein Brennen.
Ein Zucken …
Ein Stich. Ein zweiter. Ein dritter.

...

Noch fünf weitere.
Taubheit in den Fingern. Ein Kribbeln in den Lippen. Schwere auf den Lidern. Kälte von einer Brise. Hitze wie Feuer. Finger auf der Schulter. Drei, nicht fünf.

...

Ein feuchter Atemzug, ganz sanft an der Unterlippe. Shins eigener, aber schwach und stoßweise, bevor Schmerz wie eine Welle über sien hinwegrollte.

›Wo bin ich?‹

Eine Stimme. Siese Stimme. Leise in siesem Kopf.

›Hibiko ...?‹

Jemand sprach. Nicht Hibiko, nicht sier. Der Mund war wie zugeklebt. Jemand anderes, jedoch undeutlich. Shin verstand kein Wort.

›Schwester ...?‹

Die Brust fühlte sich schwer an, als säße jemand auf siesem Rücken. Sier bekam kaum Luft, versuchte, danach zu schnappen, doch der Körper gehorchte siem nicht. Die Lunge genauso wenig wie der Mund.

...

Wieder die Stimme eines anderen. Ruhig, besänftigend.

...

Das Gefühl, zu ersticken, übernahm die Oberhand und verschlimmerte sich durch die Taubheit in den Gliedern weiter. Shin wollte sich bewegen, wenigstens einen Finger, einen Zeh – doch wieder nichts. Der Verstand schien losgelöst vom regungslosen Körper. Nur der Schmerz blieb und jagte siem heiße Schauer über den Rücken.

Hände berührten sien, zerrten an siem und hoben sien an den Schultern an.

›Wem gehören sie? Diese Pranken ...‹

Ein beißender Geruch drang Shin in die Nase. Der Drang, zu husten, zu würgen, zu niesen ergriff sien, ehe der Gestank siem die Sinne hinfort ätzte. Aber sier war nicht in der Lage, sich zu wehren. Sier kämpfte gegen den schwarzen Dunst, der mit dem Geruch einherging. Wehrte sich, als hinge sies Leben davon ab. In Gedanken, doch der Kampf war bereits entschieden, und nicht zu siesen Gunsten ...

»SCHWESTER ...?«

M it einem Lappen tupfte jemand Shin den kalten
Schweiß von der Stirn, während sier fürchterlich fror
und zitterte. Woher kam nur diese bittere Kälte, die siem
regelrecht die Kehle zuschnürte? Sogar Shins Zähne klapperten so heftig, dass sies ganzer Kiefer vibrierte.

Sier lag auf sieser rechten Seite und hatte die Decken, in
die sier gewickelt war, bis ans Kinn hochgezogen. Es waren mindestens drei Lagen, und doch fühlte es sich nach zu
wenig an. Sie spendeten siem kaum genug Wärme, ließen
jeden frostigen Windhauch zu siem durch.

Unter größten Mühen öffnete Shin die Augen einen Spalt,
blinzelte und ließ siesen Blick umherschweifen, ohne tatsächlich etwas wahrzunehmen. Siese sonst so hervorragende
Orientierung verweigerte siem den Dienst, sodass sier verwirrt und regungslos liegen blieb. Doch bald hefteten sich
siese Augen an ein Gesicht, das siem sofort in Erinnerung
rief, warum es siem derart schlecht erging. Er, dieser Sorkár
mit diesem vermaledeiten Bogen. Wenn sier ihn in die Finger
bekam, würde sier mit Freuden eine Ausnahme von sieser
Regel machen, niemand anderen als das Ziel auszumerzen.

Shin versuchte, ihn mit siesem Blick zu fixieren, scheiterte jedoch kläglich. Zu rasch fielen siem die schweren Lider

zu. Sier krallte sich fester in die Decken und schnaufte wütend zwischen den nach wie vor klappernden Zähnen. Schritte entfernten sich, bis sie nicht länger zu hören waren. Hatte sich der Bogenschütze etwa zurückgezogen? Sobald Shin wieder auf den Beinen war, würde sier es ihm heimzahlen. Ohne Zurückhaltung. Ohne Gnade. Er hatte keine verdient, da er es gewagt hatte, sich hinterrücks an sien heranzuschleichen und sien mit einem Pfeil zu Fall zu bringen. Unfassbar! Solch ein Fehler durch einen einzigen Moment der Unachtsamkeit war siem noch nie zuvor unterlaufen. Nicht in all den tausend Jahren.

Jemand sprach leise. Flüsternd, um siese Sinne nicht zu überanstrengen. Doch die sanften Worte beruhigten sien nicht, da siem die Stimme nicht bekannt vorkam.

Wieder zwang sich Shin, die Augen zu öffnen, unternahm dabei auch einen Versuch, sich ganz langsam auf siesen rechten Ellbogen zu stützen. Ein Stich zwickte siem durch die Bewegung schmerzlich in die Seite. Genau an der Stelle, wo der Pfeil sien getroffen hatte, sodass siem davon übel wurde.

»Nah, liegen bleiben«, flüsterte ihm dieselbe Stimme entgegen, während dieser Jemand vor sien trat und Hände sien ganz sachte an der Schulter zurück auf die Liege drückten. Die Schwäche, die sich durch Shins gesamter Körper zog, fachte die Wut nur weiter an. Frust nagte an siesen Knochen und Gelüste nach Rache formte sich in sieser Kehle zu einem bleiernen Klumpen.

Bevor Shin sich um siese Gefühle kümmern konnte, musste sier erst wissen, wo siese Schwester war und ob es ihr gut ging. Die Sorkári, die Shin kannte, würden Hibiko nicht quälen, doch hätten diese auch keine Fernkampfwaffe benutzt. Dieser Bogen! Dieser Pfeil! Das hätte nicht sein dürfen. Etwas stimmte hier nicht.

»Schwester …«, presste Shin angestrengt hervor und legte sich widerwillig auf die Seite. Siem wurden die Decken bis über die Schulter gezogen, doch sie nützten kaum etwas. Sier fror nach wie vor, als wäre sier nackt in einen Schneesturm hineingeraten und zu lange dem Frost ausgesetzt gewesen. Für gewöhnlich kannte sier keine Kälte, liebte den Schnee und zog ihn dem erhitzten Sand der Wüsten nur allzu gerne vor, aber das hier war etwas anderes. Kein natürlicher Frost, sondern durch einen unbekannten Ursprung hervorgerufen. Shins Gedanken waren noch immer zu verworren, um sich einen Grund für den gescheiterten Angriff zusammenzureimen. Bald würde sich eine Erklärung dafür finden lassen, doch zuerst …

»Schwester«, sagte Shin erneut, etwas lauter als zuvor, aber siese Stimme klang dennoch kratzig, als hätte sier seit Tagen nichts getrunken. Auch siese Kehle fühlte sich trocken an, doch das war nun nicht wichtig. Sier wollte sie sehen, musste wissen, dass sie wohlauf war. »Wo … ist sie?«

»Ganz in der Nähe«, antwortete die Stimme flüsternd. Der Sorkár beugte sich langsam zu siem hinab, um ihm erneut mit dem Lappen den Schweiß von der Stirn zu wischen, und strich siem auch gleich einzelne Strähnen sieses Haars aus dem Gesicht nach hinten. »Um deine Schwester musst du dich nicht sorgen.« Mehr sagte er nicht, sondern wandte sich wieder ab. Er trug mehrere Fellschichten übereinander, zusammen mit biegsamen, jedoch blätterlosen Ranken, die das Oberteil um seine Taille zusammenhielten. Seine grau durchzogenen Haare trug er kurz – hinten gar kürzer geschoren als vorne. In gemächlichem Gang näherte er sich der Feuerstelle, die sich etwa drei Schritte vom Fuß der Liege entfernt befand. Er rührte dort in einem kleinen Kessel, den er vor einiger Zeit in die Mitte der hell glühenden Asche gestellt haben musste, und warf Kräuter hinein, um den Inhalt weiter abzuschmecken. Erst hatte Shin den Duft nicht aktiv wahrgenommen, doch nun drang dieser siem in die Nase, sodass Shins Magen trotz der Schmerzen und des Schüttelfrosts knurrte.

Sier beobachtete den Sorkár dabei, wie er nach dem rußigen Tuch griff, das neben der Feuerstelle lag, um damit den Kessel aus der Hitze herauszuheben. Er trug diesen zum Holztisch, der von Kräuterbündeln, vollen Schalen, Gläsern, Steinen und dergleichen geradezu überquoll. Wieder schwand Shins Kraft, die Augen noch länger offen zu halten, aber von der Müdigkeit ließ sier sich nicht so einfach niederringen.

»Kann ich sie sehen?«

»Nicht heute«, erwiderte der Sorkár geduldig und stand mit dem Rücken zu siem. Damit Shin ihn trotzdem hören konnte, hatte er seine Stimme leicht erhoben. Dennoch war sier kaum imstande, sich auf das Gesagte des Sorkárs zu fokussieren.

»Warum bin ich … noch am Leben?«, fragte sier, erwartete eigentlich keine Antwort. Siese Gedanken schwirrten von einem Thema zum anderen, was es siem erschwerte, sich auf irgendetwas zu konzentrieren. Jedoch versuchte Shin, bei sieser Frage zu bleiben und nicht gleich wieder an Hibiko zu denken.

»Dank Rulris' Gnade. Während seines Monats versuchen die Clans meinesgleichen unnötiges Blutvergießen zu vermeiden. Auch das des Feindes.« Und sogleich hörte Shin seine Schritte, wie er an die Liege trat und etwas auf dem Boden abstellte. Sier blinzelte, erkannte, dass der Sorkár seine Hände nach siem ausstreckte, sien ganz vorsichtig auf den Rücken drehte und gleichzeitig ein wenig nach oben zog. Ächzend kam Shin in eine sitzende Position, wagte es aber nicht, sich zu wehren. Damit hätte sier sich nur selbst geschadet. Der Sorkár gab sich tatsächlich Mühe, sien nicht zu abrupt zu bewegen. Trotzdem schwindelte Shin, riss sich aber zusammen, um es vor siesem Gegenüber zu verbergen. Genug der Schwäche. Nur, weil sier körperlich angeschlagen war, bedeutete das nicht, dass sier sich auch geistig ergeben musste.

Die Decken rutschten von siesem Oberkörper und lieferten sien der umgebenden Kälte aus, da sies weitgeschnittenes Oberteil kaum die Schultern bedeckte. Einzelne Strähnen fielen siem ins Gesicht und blieben an den Schläfen kleben. Um stabiler sitzen zu können, lehnte sier sich ein Stück vorwärts. Ein fürchterlicher Schwächekrampf überfiel sien, brachte sien erneut zum Zittern, sodass sier die Arme um sich schlang.

Es stach und zerrte unangenehm an der Wunde, aber sier biss die Zähne zusammen. *Keine Schwäche zeigen*, wiederholte Shin immer wieder im Stillen, wie ein Mantra, um siesen Willen an keiner Stelle bröckeln zu lassen.

Während Shin versuchte, siese Selbstbeherrschung wieder zu gewinnen, hatte sich der Sorkár von siem gelöst, sich gebückt, um nach dem zu greifen, was er zuvor auf dem Boden abgestellt hatte. Kurzzeitig schnellte Shin ein Gedanke durch den Kopf. Was wäre, wenn sier diesen Sorkár dazu bringen würde, den Bogenschützen hierher zu locken, damit sier sich bei ihm revanchieren konnte? Wenn sich Shin geschickt anstellte und sich die richtigen Worte zurechtlegte, würde es sicherlich klappen – wie all die Male zuvor.

»Du solltest essen.« Mit diesem simplen Kommentar riss der Sorkár Shin aus siesen Gedanken, sodass sier angestrengt blinzelnd zu ihm herübersah. Er hielt eine Schale in der linken Hand und einen schlichten Löffel aus schwarzem Holz in seiner rechten.

Der Inhalt roch überaus köstlich, auch wenn es wegen des verquirlten Eis, das darin schwamm, nicht sonderlich appetitlich aussah. Trotzdem würde die Brühe sien wärmen und das Gemüse, die Kräuter und das Ei siem neue Kraft schenken. Mit bebender Hand nahm Shin das Besteck entgegen, bevor der Sorkár die Schale auf siesem Schoß absetzte. Sie war angenehm warm, nicht zu heiß, obwohl Dampf aufstieg. Selbst der Holzlöffel fühlte sich in siesem geschwächten Zustand ungewöhnlich schwer an.

Konzentriert schöpfte Shin einen Löffel der Brühe und brachte ihn zittrig zum Mund, ohne dabei etwas zu verschütten. Sie schmeckte tatsächlich so köstlich, wie sie roch. Der Sorkár stützte sien mit einer Hand zwischen siesen Schulterblättern, beobachtete Shin dabei, wie sier es schaffte, fünf weitere Löffel zu füllen und zu essen. Bis …

»Ich weiß, wer du bist.« Nach wie vor klang seine Stimme beherrscht, doch ein gewisses Misstrauen schwang deutlich darin mit. Shin hielt in der Bewegung inne, ehe sier den Löffel zurück in die Brühe sinken ließ. Sier verzog keine Miene. Nicht einmal, um zu lächeln, wie sier es sonst immer tat.

»Und wer bin ich?«, hakte sier nach, aber mehr als ein Flüstern kam nicht heraus. Ein Teil von siem hielt es für einen Trick. Dass dieser Sorkár nur so tat, als sei ihm siese Identität bekannt, um sien aus der Reserve zu locken. Ein deutlich kleinerer Teil von Shin schien jedoch zu wissen, dass sies Leben am seidenen Faden hing, wenn sier die Wahrheit sprach. Ein Gefühl, das siem lange nicht mehr Gesellschaft geleistet hatte, kroch siem über die Wirbelsäule in den Nacken und verfestigte sich in sieser Kehle zu einem unangenehmen Kloß: Angst.

»Shin, die Klinge der Göttlichen, erschaffen vor langer Zeit, um den Gottheiten zu dienen. Die Legenden über dich und deine Schwester wurden in etlichen Schriftrollen und Büchern überliefert.«

»Ich bin beeindruckt.« Nun rang sier sich doch ein Lächeln ab, obwohl die Angst sien nicht losließ und die Wut noch immer in siesem Inneren tobte. »Viele kennen meinen Namen. Allerdings hatte ich nicht damit gerechnet, dass er auch unter euresgleichen bekannt ist.« Das Zittern erschwerte es siem zwar weiterhin, aber sier versuchte, weiterzuessen, um sich nichts anmerken zu lassen.

»Allein Rulris und Volruk verdankst du dein Leben«, sagte er in schroffem Ton, machte dabei keinerlei Anstalten, Shin seine Unterstützung zu verwehren. Sier schluckte den letzten Bissen herunter, als er schmunzelnd zum Sorkár herüberlinste.

»Du hättest es demnach bevorzugt, mein Leben zu beenden?« Durch die Veränderung in seinem Gesicht wusste Shin, dass sier damit mitten ins Schwarze getroffen hatte. Die Wachsamkeit in seinen Augen erzählte siem genug.

»Das entscheide nicht ich«, wich er Shins Frage geschickt aus und verfiel in Schweigen. Mehr würde sier ihm nicht entlocken können. Nicht zu diesem Zeitpunkt.

5. Rulris 689, ZF, 3Z

DER SCHAMANE DES VOLRUK-CLANS

Als Shin blinzelnd die Augen öffnete, stand der Sorkár, der sien im Laufe der letzten beiden Tage gepflegt hatte, direkt neben der Liege und reichte siem eine kleine Schale mit Wasser. Er musste bemerkt haben, dass sier aufwacht war.

»Trink das«, wies er sien an und hielt es Shin geduldig hin. Unter Schmerzen setzte sier sich auf und nahm die Schale wortlos entgegen. Zu durstig war sier, um sich dagegen zu entscheiden.

Sier kippte es regelrecht hinunter, merkte rasch, dass es unmöglich nur Wasser sein konnte. Dafür schmeckte es zu bitter. Gift war unwahrscheinlich, da er ja gestern erklärt bekommen hatte, dass die Sorkári sien in Rulris' Monats verschonen würden. Ohne die Nase zu rümpfen, löste Shin siesen Mund von dem Gefäß und sah zum Sorkár, der sich nicht von der Stelle bewegt hatte.

»Wie fühlst du dich?«

Vor Überraschung kräuselte sich Shins Stirn. »Wie umsichtig von dir, mich nach meinem Befinden zu fragen.« Es kam siem nicht in den Sinn, ihm zu offenbaren, wie schwach sier sich fühlte und wie sehr sien die Schmerzen in siesem Rücken plagten. »Besser als gestern.«

»Gut.« Diese Antwort schien ihm zu genügen, er griff dann trotzdem nach Shins Kinn, um siesen Kopf noch etwas weiter in seine Richtung zu drehen. Sier wollte protestieren, doch als der Sorkár anfing, siesen Mund und siese Augen zu untersuchen, hielt Shin still. Seine Miene blieb gleichgültig. Allerdings verlieh ihm die Geduld in seinem Blick eine gewisse Sanftheit, was sien bei einem Sorkár eigentlich nicht hätte überraschen sollen. Schaukämpfe liebten sie und sicherlich gab es hin und wieder die eine oder andere leichte Verletzung, aber was sie über alles verachteten, war der Krieg. ›Sinnloses Abschlachten von Unschuldigen‹ nannten sie es. Aus sieser Sicht lagen die Sorkári damit nicht ganz richtig, aber das gehörte eben zu ihrer moralischen Vorstellung, genauso wie zu ihrem Glauben.

Er ließ von siem ab und nahm die Schale aus sieser Hand. »Du wirst deine Schwester gleich treffen, aber«, mit einem drohenden Funkeln seiner hellgoldenen Pupillen hob er den Zeigefinger, »komm nicht auf die Idee, zu fliehen. Die Wunde würde sich wieder öffnen und daran könntest du sterben.«

Shin riss sich zusammen, nicht krampfhaft zu schlucken, und setzte stattdessen ein Lächeln auf. »Dir gefällt es bestimmt, mir das unter die Nase zu reiben. Es würde dir schließlich Freude bereiten, mich tot zu sehen.« Sier konnte sich den Spott in sieser Stimme nicht verkneifen.

»Würde es nicht«, entgegnete er mit einem Seufzen und wandte sich von siem ab, um die Schale auf seinem übervollen Tisch abzustellen. Dort verharrte er einen Augenblick, mit dem Rücken zu siem. »Volruk will morgen mit dir sprechen. Dann wirst du wissen, was dir und deiner Schwester bevorsteht.«

»Der Tod, nehme ich an.«

»Volruk wird über euch urteilen. Sie ist der Häuptling, nicht ich.«

Obwohl er nach wie vor Ruhe ausstrahlte, schien seine mit Geduld geladene Fassade allmählich Risse zu bekommen.

»Besitzt du innerhalb deines Clans kein Mitspracherecht? Bedeuten deine Worte dem Häuptling nichts?«, bohrte Shin weiter nach, während sier sich wieder auf siese rechte Seite legte und den Sorkár indes nicht aus den Augen ließ. »In welcher Verbindung stehst du zu –?«

»Hüte deine Zunge!«, unterbrach er sien und drehte sich abrupt zu Shin, ohne sich von der Tischkante fortzubewegen. »Ich schulde dir keine Antworten.«

Shin seufzte gespielt enttäuscht. »Wahrscheinlich nicht, aber ich kenne noch nicht einmal deinen Namen, obwohl wir schon so viel Zeit miteinander verbracht haben.«

»Benrál.« Er holte hörbar Luft und entließ diese schnaubend. Mit einem Stirnrunzeln schien er über etwas nachzudenken, schwieg jedoch und näherte sich der Feuerstelle, um davor in die Hocke zu gehen. Allmählich bekam Shin ein Bild von Benrál, obgleich es noch ein wenig verschwommen und lückenhaft wirkte. Aber nicht nur seine Worte verrieten siem etwas über ihn. Das Zelt, die Einrichtung, die Utensilien – alles um sie herum erzählte Benráls Geschichte. Das Offensichtlichste war wohl, dass er sich um die Kranken und Verletzten im Clan kümmerte, und da er sien gar mit Namen kannte, traute sich Shin sogar, anzunehmen, dass es sich bei ihm um einen erfahrenen Schamanen handelte. Sier sollte sich, wenn siem das eigene Wohl am Herzen lag, vielleicht zurückhalten, um ihn nicht zu verärgern. Mit wütenden Schamanen war niemals zu spaßen. Besonders nicht, wenn sie schon etwas älter waren und sich in ihrem Handwerk auskannten.

Von draußen hörte Shin laute Stimmen, die sich Benráls Behausung näherten. Darunter auch Hibikos. Unvermittelt horchte sier auf und stütze sich auf dem Ellbogen ab, um einen Blick zum Zelteingang zu werfen.

»Nicht aufstehen«, ermahnte der Schamane sien wie am Vortag, erhob sich und trat zum Eingang. Er kam nicht einmal dazu, den Stoff zur Seite zu schieben, denn eine andere, dunkelrote Hand griff bereits danach.

Eine der Sorkáriwachen, die Shin vor zwei Tagen bei ihrem Gespräch belauscht hatte, schritt hinein, doch sie war nicht alleine. Mit festem Griff um den linken Oberarm ihrer Begleiterin zerrte sie Hibiko neben sich ins Krankenlager. Erst wehrte sich siese Schwester noch dagegen. Als sie Shin jedoch erblickte, lehnte sie sich ruckartig nach vorn, um sich dem Griff der Sorkár zu entwinden, doch diese ließ nicht locker.

»Mäßige dich, habe ich gesagt!«, fuhr sie Hibiko an, blieb stehen und zog siese Schwester absichtlich ein Stück zurück.

Hibiko stieß einen lauten Frustschrei aus, dachte nicht im Entferntesten daran, ihrem Befehl zu gehorchen. Sie zerrte an ihr, aber die Fesseln, die ihre Arme an ihren Rücken gepresst hielten, schränkten sie dabei deutlich ein. Dadurch verschwendete sie höchstens ihre Energie und erreichte damit nichts. Dennoch fauchte und schrie sie weiter, ohne auch nur irgendein verständliches Wort zu verwenden.

»Schwester.«

Beim Klang sieser Stimme hielt sie inne und fixierte sien mit ihren rot glühenden Augen. Ihre Brust hob und senkte sich in viel zu rascher Regelmäßigkeit, während sie knurrend ihre Zähne zeigte. So weit schien sie unverletzt zu sein, doch in ihren Augen erkannte sier, dass sie sich wiederum fürchterliche Sorgen um sien machte. Wie sier um Hibiko. Trotz ihrer Wut schien sie sich genügend unter Kontrolle zu haben, dass sie siesen Namen nicht laut vor den Anwesenden aussprach.

»Lass mich los, du einfältiges Stück Dreck!«, keifte sie die Wache an, aber diese zeigte sich davon unbeeindruckt.

»Schwester, nicht.« Shin schüttelte innerlich siesen Kopf über Hibiko und ihr loses Mundwerk. »Ich bezweifle ja, dass sie dich loslässt, wenn du dich dermaßen gegen sie sträubst.«

»Sobald sie ihre dreckigen Finger von mir nimmt, höre ich damit auf«, stieß Hibiko aus, wobei sich ihre Stimme vor Wut überschlug und die letzten Worte schrill über ihre Lippen kamen. Welch ein Dilemma! Sier sah ein, dass weder die Wache noch Hibiko nachgeben würden.

»Lass sie zu ihm«, mischte sich Benrál ein und unterstrich seinen Befehl mit einer Geste seiner linken Hand. Die Wache nickte ihm zu. Hibiko hingegen fauchte ihn an, obwohl er gerade zu ihren Gunsten gehandelt hatte. Sie war manchmal wirklich unverbesserlich.

Eine hervorstechende Ader an der Schläfe der Wache zeigte ihre schwindende Geduld gegenüber Hibiko. Dennoch führte sie siese Schwester zu Shin an die Liege. Gefesselt blieb sie trotzdem, aber immerhin standen sie nun nah genug, um sich mit siem zu unterhalten.

»Was ist passiert?«, fragte sie. Die Maske der Wut fiel von ihr ab, als wäre sie nie da gewesen. Sowohl die Wache als auch der Schamane schienen vergessen und es war ihr sogar egal, dass sie ihre weiche Seite sahen.

»Ich habe die Lage unterschätzt, Schwester. Das ist alles.« Shin war klar, dass sier den wahren Grund herunterspielte, aber bevor sier nicht selbst in Erfahrung gebracht hatte, wer hinter der Vereitlung sieses Plans steckte, würde sier Hibiko vorerst nichts verraten.

»Was alles?« Ihre Augen weiteten sich, als sie mit ihrem Kinn auf siese Seite zeigte.

»Du bist verletzt und siehst furchtbar aus.«

»So schlimm kann es nicht —«

»Doch! Ist es!«, fuhr sie sien an und knurrte dabei. »Wenn du dich im Spiegel sehen könntest, würdest du dich erschrecken.«

»Ach, Schwester, du übertreibst.« Sier lächelte sie an, in der Hoffnung, sie würde sich dadurch etwas beruhigen. Allerdings fasste sie es ganz anders auf und schnaufte laut.

»Wer war das?«

Shin schaute absichtlich etwas gedankenverloren zu ihr hoch, als hätte sier ihre Frage nicht begriffen, denn genau diese hatte sier eigentlich umgehen wollen.

Als Shin weiter schwieg, hakte Hibiko nach. »Wessen Pfeil war das?«

»Ich weiß es nicht«, erwiderte Shin, doch die Halbwahrheit versetzte siem sogleich einen Stich in die Brust, denn sier hasste sich jedes Mal dafür, wenn sier Hibiko anschwindelte. Sie vertraute siem und sier nutzte es aus.

»Das kann nicht sein. Ich weiß, dass dich Volruk verletzt hat, aber von wem stammte dieser verdammte Pfeil? Wenn ich diese Person in die Finger bekomme, dann —«

Dieses Mal lag es an Shin, sieser Schwester ins Wort zu fallen. »Du wirst nichts unternehmen. Ende der Diskussion!«

Sie knurrte lauter. Ihr Körper bebte gar vor Zorn und dennoch sah sie davon ab, weiter darauf zu beharren, dass Shin mit einem Namen herausrückte. Sier kannte ohnehin nur das Gesicht des Bogenschützen.

Grummelnd wandte sie ihren Blick ab und lenkte das Gespräch dann in eine andere Richtung. »Haben sie dich auch hungern lassen?«

Shin lachte kurz auf, bereute es gleich, da das plötzliche Zusammenzucken in siesem Rücken schmerzte. Sier sog die Luft scharf ein, hatte sich aber schnell wieder unter Kontrolle. »Nein, Schwester, tatsächlich hatte ich lange nicht mehr so gutes Essen im Magen.«

»Wirklich?« Das Grollen in Hibikos Stimme zeigte klar, dass sich die Sorkári eher nachlässig um ihre Bedürfnisse gekümmert hatten.

Trotz der ernsten Lage reagierte Shin gespielt entsetzt und atmete dabei auf. »Das ist doch unerhört! Aber bitte, liebe Schwester, was hast du denn getan, dass sie dir eine einfache Speise verwehren?«

Hibiko grummelte und druckste herum, als wäre sie nicht wirklich bereit, darauf zu antworten.

»Schwester?« Sier wollte nicht lockerlassen, denn je mehr sier darüber wusste, was Hibiko verbrochen hatte, je eher war sier auch imstande, ihr zu helfen und die hitzigen Gemüter der anderen zu besänftigen.

»Ich habe mich an deine Bitte gehalten und niemanden getötet. Reicht das als Antwort?«

Langsam schüttelte Shin den Kopf. »Nein, nicht einmal ansatzweise.«

Als ob sie sich nun doch an die Anwesenheit der Wache erinnerte, lugte sie zu ihr hinüber, blickte dann wieder zurück zu siem, ehe sie dieselbe Geste wie sier wiedergab und dabei ihre Lippen aufeinanderpresste.

»Wie du meinst, Schwester.« Shin streckte siese linke Hand nach ihr aus und griff auf Taillenhöhe nach ihrem Oberteil, da sier nicht an ihren Arm, geschweige denn ihre Hand herankam. Diese Berührung musste reichen. »Es tut gut, dich wohlauf zu sehen.« Wieder lächelte sier sie an. Wärme breitete sich in Shins Innerem aus und nahm siem für einen Augenblick die Schmerzen. Sier wünschte sich, dass sie hierblieb. Hier bei siem. Sich weiter mit siem unterhielt, damit sier die Konsequenzen, denen sie sich bald stellen mussten, für einige Stunden aus seinen Gedanken tilgen konnte.

»Ebenso«, murmelte Hibiko, deutlich weniger verständlich als sier, aber es sollte ohnehin nur siem gelten. Bei der

Vorstellung, dass die Sorkári sie gleich wieder voneinander trennten, war Shin zum Schreien zumute. Deshalb verkrallte er sich regelrecht im Stoff ihres Oberteils und zog sie näher zu sich.

Benrál trat heran, blieb zu Hibikos Rechten stehen. »Hast du ihm noch etwas Wichtiges zu sagen?«

Das Knurren grollte erneut in ihrer Brust. Sie drehte sich abrupt um und schnappte nach ihm. Der Schamane schien bereits mit einer solchen Reaktion gerechnet zu haben, neigte den Oberkörper nach hinten, um außerhalb ihrer Bissreichweite zu gelangen. Die Wache zog Hibiko an den Haaren nach hinten, um ihren entfachenden Zorn zu zügeln, ehe Benrál sie fest am Kiefer packte.

»Wagt es nicht, sie zu verletzten!« Aufgrund der unterschwelligen Drohung in siesem Ausruf erntete Shin von beiden einen finsteren Blick, selbst vom Schamanen, der seine Miene der Geduld bisher aufrechterhalten hatte.

»Es liegt nicht in unserer Absicht, ihr wehzutun, aber wir werden uns verteidigen, sollte sie uns gefährlich werden«, erklärte Benrál und hörte sich damit sehr vernünftig an.

Shin seufzte schwer und zupfte an ihrem Oberteil. »Schwester. Bitte, tu, was sie sagen.«

Soweit es Benráls Griff zuließ, sah sie zu siem herab, doch ihre Augen funkelten vor Zorn, sodass siese Bitte sie kaum erreichte.

»Einen Scheiß werde ich tun!«, keifte sie und versuchte, sich aus den Griffen der Sorkári zu winden – jedoch ohne Erfolg.

»Schwester! Sei –!«

»Nein!«

»Bitte …«

Doch sier musste sie loslassen, damit Benrál und die Wache sie unter Kontrolle halten konnten. Sie zerrten sie von siem weg. Benráls Finger glitten von ihrem Kiefer und er trat näher an die Liege.

Eine Scharade aus Fluchwörtern floss aus Hibikos Mund und mündete bald in einem weiteren Versuch, sich aus der Gewalt der Wache zu befreien. Sie trat in alle Richtungen aus und schnappte wie eine wild gewordene Greifenharpyie nach ihnen. Gläser zerbrachen. Andere Gefäße kippten um. Bei all dem Chaos war Shin drauf und dran, sich zu erheben und dazwischenzugehen, aber Benrál tauchte neben siem auf, um sien zurück auf die Liege zu drücken.

»Lass mich!« Sier holte mit der linken Hand aus und traf mit der Faust gegen die Seite seines Brustkorbs. Mehr, als dass er die Luft scharf ausstieß, passierte allerdings nicht. »Falls sie ernsthaft zu Schaden kommt, dann …«

»Dann was?« Volruk trat ein und brachte alle Anwesenden allein durch ihre Gegenwart für einen Moment dazu, innezuhalten. Sie hingegen blieb nicht stehen, sondern schritt mit geballten Fäusten zu Hibiko hinüber und schlug ihr die rechte gegen die Schläfe. Der Körper sieser Schwester erschlaffte unter dem Griff der Wache.

Eiseskälte schob sich siem in den Rachen und stahl Shins Atem. Dennoch schien sier noch genug Luft in sich zu tragen, um aufzuschreien. Dieser Schrei mündete in einem Knurren, das siem wiederum die Hitze in den Kopf trieb. Shin konnte es nicht fassen, wollte den regungslosen Körper sieser Schwester nicht sehen, aber sier war nicht imstande, den Blick abzuwenden.

»Hör auf, so einen Aufstand zu machen. Du führst dich auf, als hätte ich sie getötet«, entgegnete Volruk, ehe sie sich den Wachen zuwandte. »Bringt sie zurück. Und verpasst ihr einen Maulkorb.«

Shin beobachtete mit höchster Konzentration, wie die Wache Hibiko auf die Arme hob und sie aus dem Zelt hinaustrug.

»Was dich betrifft«, begann Volruk und baute sich neben der Liege auf, »solltest du dich besser schonen. Sonst reißt du die Wunde wieder auf.«

»Wie großzügig von dir, mich daran zu erinnern. Ich hätte es beinahe vergessen.« Shins Stimme troff vor Sarkasmus, doch siese Miene blieb ernst.

»Vergreif' dich nicht im Ton!«

»Das würde ich niemals wagen«, entgegnete sier trocken.

Sie packte sien an den Haaren und zwang sien, sie direkt anzuschauen. »Das tust du gerade.«

Hass stieg in Shin auf, breitete sich aus wie ein saures Gift und brannte siem unangenehm in der Wunde. Wäre siem dieser Bogenschütze nicht in die Quere gekommen, hätte sier sie längst mit einem Klingenstreich in Revis Reich verbannt. Sier war diese Konversation so leid und wollte Volruk nicht noch mehr Anlass dazu geben, diese unnötig in die Länge zu ziehen.

»Es lag nicht in meiner Absicht, dir zu nahe zu treten.« Die Gefühle mochten sien aufwühlen, doch siese Maske verharrte wieder tadellos auf siesem Gesicht, offenbarte nichts. Nicht die leiseste Regung. Nichts, was Volruk hätte verraten können, was in Shins Kopf vorging.

Kritisch musterte sie sien, begegnete siesem Blick, um von der Gleichgültigkeit darin enttäuscht zu werden. Mit einem frustrierten Schnauben ließ sie von siem ab, drehte sich weg und donnerte aus dem Zelt. Shin sah ihr nach und zerbrach sich den Kopf darüber, wie sier trotz sieser Schwäche den Auftrag noch zu Ende führen konnte. Das und wie sier zusammen mit sieser Schwester nach getaner Arbeit von diesem Ort floh.

6. *Rulris 689, ZF, 3Z*
RURÁK

Das Feuer knisterte warm und endlich war auch die Kälte vollständig aus dem Zelt gewichen, sodass Shin nicht länger vier Decken benötigte. Eine reichte aus, um sien warm zu halten. Sier lag bäuchlings auf der Liege, da siem jede andere Position entweder Unbehagen oder Schmerzen bereitete. Ein Seufzen entglitt siem, während sier gelangweilt siese Fingernägel begutachtete. Aber viel gab es nicht zu sehen. Trotz der mangelnden Pflege wiesen sie keine Makel auf – weder Kratzer noch abgeschlagene Stellen. Immerhin. Wie es um sies Gesicht stand, wusste sier nicht. Nach Hibikos Aussage von gestern offenbar nicht sonderlich gut, aber das war gerade Shins kleinste Sorge. Quälende Langeweile und Gedanken, die sich um Hibiko und den unausgeführten Auftrag drehten, schlugen siem auf den Magen. Daher hatte sier seit dem Morgen noch nichts zu sich genommen.

Erneut kam Benrál mit einer Schale auf sien zu und stellte sie demonstrativ zu sieser Rechten auf der Liege ab. Doch sier ignorierte sie.

»Iss.« Seine Stimme blieb kühl und ruhig, spiegelte nichts von seiner Missgunst wider, die Shin bereits mehrere Male in seinen Augen erkannt hatte.

Shin lenkte sich weiter damit ab, die filigranen, tätowierten Linien zu betrachten, die sich über seine Finger und beide Handrücken zogen, und schwieg. Es war deutlich besser, den Mund zu halten, anstatt sich dem Sarkasmus hinzugeben und den Schamanen zu verärgern.

»In der Brühe ist auch deine Medizin drin«, offenbarte Benrál ihm und verdiente sich damit gleichzeitig Shins volle Aufmerksamkeit zurück. »Du brauchst sie, um wieder auf die Beine zu kommen.«

Sier legte siese Hände unter den Kopf und bettete siese linke Wange auf sie. »Weshalb solltest du wertvolle Medizin für mich verschwenden?«

»Niemandem unter Rulris' Gnade wird Hilfe untersagt. Du brauchst sie, also bekommst du sie. Wenn es sein muss, flöße ich dir dein Essen ein.«

»Das klingt fast wie eine nett gemeinte Drohung.« Müde schmunzelte Shin, dachte jedoch über die Worte des Schamanen nach. Seine Absichten schienen rein, obwohl ein misstrauischer Unterton erneut den Klang seiner Stimme begleitete.

»Fass es so auf, wie du willst«, erwiderte er knapp und zeigte auf die Schale. »Jetzt iss.«

»Ich kann gerade nicht«, gestand Shin. Es führte wohl kein Weg an der Wahrheit vorbei. »Mich plagen Bauchschmerzen.«

»Dagegen kann ich dir etwas geben.«

»Das musst du nicht.« Siem war mulmig zumute, mit ihm derart offen darüber zu sprechen. Das gehörte sich nicht, und wenn dann nur mit sieser Schwester.

Die Falten auf seiner Stirn mehrten sich und zogen sich bis über seine Nase. »Das ist keine Entscheidung, die du für dich triffst. Du nimmst es ein, damit du essen kannst.«

Wie Benrál dabei derart geduldig bleiben konnte, war Shin ein Rätsel. Siem zerrte diese Diskussion bereits an den Nerven, schon allein, weil sier kaum die nötige Energie dafür besaß. Shin mochte es nicht, in welchem beunruhigenden Ausmaß die Verletzung sien einschränkte, aber was sier noch mehr hasste, war die Tatsache, dass Benrál siem seine Hilfe regelrecht aufdrängte. Damit war Shin vollkommen überfordert, denn für gewöhnlich versuchten siese Gegner nicht, sien zu retten, sondern hätten diese Gelegenheit genutzt, siem ein für alle Mal den Garaus zu machen. Doch sier wollte sich nicht darüber beklagen, sich nicht querstellen und gab mit einem Seufzen nach. »Was würdest du gegen meine Bauchschmerzen verabreichen?«

»Das hier.« Der Schamane suchte zwischen seinen Hunderten Zutaten offenbar nach etwas ganz Bestimmten. Lange dauerte es jedoch nicht, bis er bei seinem Arbeitstisch nach einem Glas griff, das durch einen Korken verschlossen war. Sobald er es in Shins Sichtfeld hielt, schüttelte er den gelben Inhalt leicht, der wie kleine Würfel innerhalb des Gefäßes umherpurzelte.

»Was ist das?« Nach diesen Stunden der Langeweile frönte Shin dieser Abwechslung und konnte dementsprechend nicht widerstehen, nachzufragen.

»Kandierte Ingwerwurzel aus Dunis.«

Verwundert zog sier die linke Augenbraue nach oben. »Dunis. Ihr betreibt Handel mit ferniasischen Händlern?«

»Nicht nur. Die Kaufleute kommen aus allen Teilen der Welt.«

Aber natürlich. Wie sonst hätte er an diese beachtliche Vielfalt an Zutaten gelangen sollen? Alle alchemistischen und medizinischen Kostbarkeiten waren wohl kaum allein auf dieser Insel zu finden. Es gab sicherlich welche, die er auf Dravador geerntet oder abgebaut hatte, aber den Rest musste er sich anders beschafft haben.

Während Shin überlegte, fuhr Benrál fort. »Vier Fußstunden westlich von meinem Clan gibt es einen Hafen, wo mittlerweile fast täglich Schiffe einlaufen.«

»Handelsschiffe, nehme ich an.« Dann war dieses Ödland nicht länger so abgeschottet wie damals.

Welch eine Überraschung.

Der Schamane nickte geduldig, öffnete das Glas und kippte drei Würfel auf seine offene linke Handfläche. Erwartungsvoll sah er vom Ingwer zu Shin und wieder zurück, als ob er sien still aufforderte, sie zu nehmen.

»Wie faszinierend.« Shin griff nach allen dreien gleichzeitig, musterte sie für einen Moment kritisch, bevor sier sich einen davon in den Mund schob.

»Zerkauen«, erklärte Benrál siem. Und das tat Shin auch, aber sier war trotz des Wissens über Ingwer, nicht vor dessen Schärfe gefeit. Schon nach zweimal kauen, breitete sich die Prägnanz der Wurzel auf sieser Zunge aus und erreichte siese Kehle. Sier hustete und erstickte fast am scharfen Schmerz. Da nützte auch die Süße nichts, die diese vermaledeite Wurzel umgab. Aus dem Augenwinkel bemerkte sier, wie sich Benrál im Zelt bewegte und im nächsten Moment mit einer Schale Wasser neben siem stand. Unter Tränen würgte Shin den Rest des gezuckerten Heilmittels hinunter, bevor sier sich die beiden anderen ebenfalls einwarf, sie zerkaute und hinunterschluckte. Erst danach griff sier nach dem Wasser, um alles gründlich hinunterzuspülen.

Keine Frage. Es war nicht das erste Mal, dass sier Ingwer zu sich genommen hatte, aber sier konnte sich nicht daran erinnern, jemals eine Wurzel von solcher Schärfeintensität gekostet zu haben. Sier hoffte, dass sie dadurch umso besser wirkte, aber diesbezüglich blieb wohl einfach abzuwarten.

Wegen des brennenden Gefühls auf der Zunge verschluckte sier sich auch noch am Wasser und hustete erneut.

»Nicht so hastig«, ermahnte Benrál sien, aber Shin erhob nur abweisend die Hand. Sier brauchte seine Ratschläge nicht – besonders nicht jetzt.

»Was machst du da?« Volruks Stimme donnerte vom Eingang zu ihnen, aber sie klang keineswegs verärgert, vielmehr amüsiert. »Verträgt er dein Essen nicht?«

»Scheint so.« Benrál blieb ruhig, doch Shin entging das Schmunzeln nicht, das über seine Mundwinkel huschte. Sie machten sich also über sien lustig. Sollten sie doch, solange sie dazu noch in der Lage waren. Volruk würde das Lachen ohnehin bald vergehen. Eher, als ihr lieb war.

Shin hustete einige Male, bevor sier sich fing und mit zusammengezogenen Brauen ihrem Blick begegnete. Ihre kupferfarbenen Augen funkelten vor Belustigung und wirkten so anders als Benráls. Sie schienen viele Geheimnisse vor der Außenwelt zu verbergen. Mysterien, die nicht in die falschen Hände gelangen durften und für welche die eine oder andere Gottheit sie offenbar tot sehen wollte. Sier kniff die Augen zusammen, setzte jedoch gleichzeitig ein freundliches Lächeln auf, um siese wahren Absichten zu verhüllen. Sogleich verschwand Volruks Lachen und wich einem strengen Ausdruck. Genugtuung stieg in siem auf, zog siese Mundwinkel noch ein kleines Stück nach oben.

»Genug der Zeitverschwendung.« Sie unterbrach den Blickkontakt zu siem, um sich zu sammeln und neu anzusetzen. »Ich bin nur gekommen, um dich über das Urteil zu informieren, das ich über dich fällen werde.«

»Welches Urteil?«

»Unterbrich mich nicht, Verräter! Ich bin mir immer noch nicht sicher, ob ich dir deine Zunge lassen oder sie nicht doch lieber rausschneiden soll, damit du niemandem mehr ins Wort fällst.« Das war eine deutliche Ansage. Shin zweifelte nicht daran, dass Volruk sie in die Tat umsetzen würde.

Auf dieses Risiko verzichtete sier jedoch freiwillig und untersagte es sich, sie ein weiteres Mal zu unterbrechen. Schweigen sackte zwischen sie, schuf etwas Abstand zur Drohung, aber die Spannung im Zelt wurde dadurch nur unerträglicher. Shin atmete tief durch, um Ruhe zu bewahren. Immerhin musste sier einen kühlen Kopf behalten, gegenüber Volruk, Benrál, aber ebenso wegen Hibiko. Es genügte, dass sie sich bereits von ihren Gefühlen leiten ließ und sich nicht darum scherte, welchen Schaden sie damit anrichtete. Wenn sie sich weiterhin derart danebenbenahm, würde es sich der Häuptling sicherlich bald anders überlegen und sie doch noch vor Ende des Monats hinrichten lassen. Sier musste dies um jeden Preis verhindern. Selbst wenn es bedeutete, dass sier sich bei Volruk einschmeichelte, um ihre Gunst zu gewinnen. Dafür war sich Shin nicht zu schade.

Mit hochgezogener Oberlippe und gerümpfter Nase setzte sie bei der Erklärung an, wo sie zuvor geendet hatte. »Am letzten Tag des Monats richte ich über dich und deine Schwester. Bis dahin gewährt euch Rulris' Gnade die Zeit, mir und meinesgleichen zu beweisen, dass von euch keine Gefahr für uns ausgeht und dass ihr es wert seid, am Leben gelassen zu werden.«

Shin starrte sie an, während zu viele Gefühle auf einmal auf sien niederprasselte. Sier spürte, wie siem die Gesichtszüge entglitten, jedoch konnte sier mit angespanntem Kiefer eine gleichgültige Miene aufrechterhalten.

Was dachte sie sich dabei? Und wie konnte sie es wagen, auf diese Art über die Klinge und das Schild der Göttlichen zu urteilen?

Shin wurde ganz klamm in der Brust, sodass sier Mühe hatte, frei zu atmen. Sies Gesicht verharrte in derselben kontrollierten Maske, doch siese Hände ballten sich zu

Fäusten, bis die Knöchel weiß hervorstachen und die feinen Linien auf siesen Fingern dadurch deutlicher zur Geltung kamen. Kein Wort verließ siese Lippen. Ihre Drohung lag siem zu sehr im Nacken, als dass Shin ihr siese Meinung kundtun wollte. Doch noch etwas anderes plagte sien: die Angst davor, ihr aus Wut ein Feuer ins Gesicht zu speien, sobald sier den Mund öffnete. Diese Art von Tod wollte sier ihr eigentlich ersparen, denn niemand verdiente es, auf diese schmerzhafte Art zu sterben. Dann doch lieber kurz und schmerzlos durch einen gut gesetzten Klingenstreich.

»Aber«, sie setzte eine Pause, um ihrer Erklärung eine noch bitterere Note zu verpassen, »sollte ich erkennen, dass ihr die Sicherheit meines Clans bewusst bedroht, bringe ich euch um. Euch beide.« Sie begegnete siesem starren Blick und schnaubte verächtlich. »Verstanden?«

Shin zuckte zusammen, blinzelte mehrere Male und spürte, wie diese Bewegung den Schmerz in siesem Rücken wiedererweckte. Sier schluckte krampfhaft, während sich sies Kiefer vehement anspannte. Da Shin ihr nicht antwortete, wunderte es sien nicht, dass sie weiter auf sien zustapfte, nach siesen wirr zusammengebundenen Haaren griff und sien daran ein Stück näher zu ihrem Gesicht zog.

»Habe ich mich zu undeutlich ausgedrückt?«

Ächzend zwang sier sich zu einer Antwort. »Nein.« Mehr als ein Flüstern war es nicht, doch es schien Volruk zu reichen. Sie entließ sien sogleich aus ihrem festen Griff, sodass Shin zurück auf das Krankenlager glitt und bebend liegen blieb. Sie ging hinaus, während Benrál zu siem trat, um sich um den Verband zu kümmern.

Shin suhlte sich im Hass, in der Verachtung, die sier gegenüber Volruk hegte, wälzte sich im Zorn, der siem die Hitze
bis in die Zehen und Fingerspitzen trieb. Ihre Ignoranz hätte sien erfreuen sollen, aber stattdessen wirkte sie wie Öl,
das das Feuer der Wut nur weiter anfachte. Glaubte sie
wirklich, sier verweilte mit sieser Schwester in dieser Siedlung, bis der Monat endete?

Sicherlich nicht! Wenn sie sie nicht freiwillig ziehen ließen,
so schwor sich Shin, würde sier entgegen seiner gewohnten
Vorgehensweise Gewalt anwenden, um sich und Hibiko die
Flucht zu ermöglichen. Zu verharren war keine Option. Bis
dahin galt es jedoch, den Auftrag auszuführen. Wie Shin
das anstellen sollte, wusste sier selbst nicht. In diesem Zustand nicht, so viel war siem klar, aber sobald sier wieder
länger als ein Abortgang auf den Beinen stand, führte kein
Weg an diesem *Wie* vorbei. Hoffentlich hatte sier sich bis
in ein paar Tagen einen plausiblen Plan zurechtgelegt.

Shin seufzte mit bebender Unterlippe. Irgendwie hatte
sier sich diese ganze Angelegenheit anders – nein, einfacher vorgestellt, aber es würde siem eine Lehre sein, die
sier nicht so rasch vergaß.

Da siem die rechte Schulter vom ständigen Liegen mittlerweile schmerzte, drehte sier sich vorsichtig auf den Rücken. Dabei achtete Shin darauf, sies volles Gewicht nicht
auf die Wunde zu verlagern, denn diese pochte noch immer
bei jeder kleinsten Berührung. Sier hielt für einen Atemzug
die Augen geschlossen, um sich von nichts ablenken zu
lassen, doch siem entging nicht, dass sich der Schamane

von seinem Platz beim Zutatentisch entfernte und zum Ausgang schritt. Mit leicht gehobenen Lidern linste Shin zu ihm, horchte und erkannte im Licht der Sonne, die gegen das Zelt strahlte, durch den Stoff hindurch eine Silhouette. Ein Sorkár natürlich, aber wer war die Person und was suchte sie hier?

»Pass auf, Rurák! Er ist gefährlich und du solltest ihn trotz der Verletzung nicht unterschätzen.« Immerhin der Schamane hatte begriffen, zu welchen Taten Shin fähig war, aber ihm war ja schließlich auch bekannt, um wen es sich handelte.

»Das hatte ich nicht vor. Ich meine, ihn zu unterschätzen, aber warum wurde ich überhaupt als Wache zugeteilt?« Diese tiefe Stimme klang entfernt vertraut, als hätte sier sie schon einmal gehört. Doch Shin gelang es nicht, ihr ein Gesicht zuzuordnen.

»Niemand hat sich freiwillig gemeldet. Daher hat sich Volruk kurzerhand entschieden, dass du für den Gefangenen verantwortlich bist. Du hast ihn schließlich zu Fall gebracht«, erwiderte Benrál gleichgültig.

Nach kurzem Zögern folgte eine weitere Frage seitens seines Gesprächspartners. »Was, wenn er gesehen hat, wer ihn mit dem Pfeil getroffen hat?«

Betretenes Schweigen war Benráls Antwort.

»Benrál? Gibt es da etwas, das ich wissen müsste, bevor ich den Gefangenen bewache?« Rurák klang verunsichert, aber mit einem lauten Schnauben schien er diese von sich wegzufegen und bohrte weiter nach. »Oder weiß Volruk mehr?«

»Nein, tut sie nicht«, entgegnete Benrál abwesend, als wäre er in Gedanken vertieft. »Sieh es als Möglichkeit, an dieser Aufgabe zu wachsen.«

»In Ordnung.« Wieder atmete er die Luft scharf aus und lachte dabei sogar leise. »Wenn ich mir dein Gesicht so anschaue, scheint es ziemlich schlimm zu sein, was du mir verschweigst.«

Durch den Schatten, den das direkte Sonnenlicht warf, erkannte Shin, wie Benrál ihm auf die Schulter klopfte.

»Pass einfach auf.«

»Das werde ich.« Die Ruhe in seiner tiefen Stimme verwirrte Shin. Wie konnte er angesichts der Gefahr, der er gleich gegenübertreten würde, die Nerven behalten? Und zu seinem Nachteil kannte sier nun seinen Namen: Rurák.

Shin formte diesen mit siesen Lippen. Vergessen würde er diesen keinesfalls. In der Tätigkeit als Assassine trugen Namen Macht in sich. Sobald man den Namen einer Person oder eines Wesens erfuhr, war es ein Leichtes, diese oder dieses ausfindig zu machen, zu verfolgen und schlussendlich zu töten. So viele unterschätzten den Wert ihres Namens, gingen leichtfertig damit um.

Sobald Rurák das Zelt betrat, trafen sich ihre Blicke. Shin rappelte sich auf siese Ellbogen, beobachtete, wie der Sorkár Schritt um Schritt näher kam. Daher entging siem auch nicht, dass er mit seinem rechten Bein humpelte. Nicht nur ein wenig, sondern auf jene Art, die ihn mit Sicherheit einschränkte, sollte er versuchen, schneller zu gehen oder gar zu rennen.

»Besitzt Volruk derart wenig Achtung vor mir?«, erhob Shin siese Stimme. Dank Benráls Brühe klang sie nun deutlich klarer als die Tage zuvor.

Seine Brauen zuckten, doch sonst rührte sich seine neutrale Miene kaum. »Wie meinst du das?«

Wie töricht, das zu fragen, dachte sich Shin und verzog den Mund zu einem breiten Grinsen. »Möchtest du wirklich, dass ich es ausspreche, oder«, sier hob siese rechte Hand und zeigte auf sein schwächeres Bein, »genügt dir diese Geste?«

Rurák senkte von selbst seinen Blick, um sein rechtes Bein zu betrachten. Nicht lange. Für zwei, drei Atemzüge vielleicht, ehe seine roten Augen wieder zu siem zurückkehrten und ihn erneut ruhig betrachteten. »Wenn du mich beleidigen willst, musst du dir etwas Besseres einfallen lassen.«

Shin warf ihm einen finsteren Blick zu. »Keine Sorge, das werde ich. Darauf kannst du Gift nehmen. Ich wette, Benrál bewahrt sicherlich so einiges an Zutaten auf, mit denen du dich innerhalb eines Wimpernschlags in Revis Arme befördern könntest. Nur zu, nimm eines davon. Du würdest mir einen immensen Gefallen damit tun.«

Das war selbst für sien sehr tief gezielt und zudem geschmacklos, aber wieder verfehlte sier damit die eigentliche Absicht. Entgegen allen Erwartungen lächelte Rurák geduldig und fachte mit seiner Reaktion die Glut in Shins Brust weiter an.

»Da gibt es nichts zu lachen!«, fauchte sier und zeigte ihm die Zähne. Die Anspannung zerrte an sieser Energie, versetzte ihm einen Stich in den Rücken, aber sier ignorierte es. Shin wollte diesem Sorkár nur noch dieses Lächeln aus dem Gesicht vertreiben. Es war wie ein Zwang. Ein Gefühl, das sich wie ein Wurm durch siese Gedärme fraß. Und er war schuld daran. Dieser vermaledeite Sorkár!

»Volruk und Benrál haben mich vor dir gewarnt«, sagte er nüchtern, als begänne er ein Gespräch über das Wetter. Die Gelassenheit, die er dabei an den Tag legte, machte Shin nur noch rasender.

»Haben sie das?« Mittlerweile klang sies Ton so gehässig, dass es sich für sien anfühlte, als würde sier unsichtbares Gift speien.

»Ja.« Wieder diese Ruhe und eine dermaßen angenehme Achtsamkeit in diesem einen Wort, dass nicht mehr viel fehlte, bis sich Shin trotz der Schmerzen zwingen würde, sich zu erheben und ihm eine zu scheuern. »Ich meine, ich weiß, was du bist.«

Für einen Moment blieb siem die Spucke im Hals stecken, bevor sier sich darum bemühte, kontrolliert durchzuatmen. Dennoch richtete sier den Blick stier auf Rurák. »Und was?«

»Ein Meuchler und ein Verräter«, erwiderte der Sorkár.

»Vielleicht bin ich das, vielleicht auch nicht.« Es war ein mickriger Versuch, Rurák zu verwirren – ganz besonders für Shins Verhältnisse. Aber siem fiel es tatsächlich schwer, bei all den Gefühlen, die sich zwischen seine Gedanken schoben, einen klaren Kopf zu bewahren.

»Du tötest für Geld, meinte Volruk.« Sein Lächeln verschwand. Endlich.

»Kann sein.« Worauf wollte dieser Sorkár hinaus? Sollte er im Auftrag von Volruk Informationen aus siem herausquetschen? Shin dachte nicht daran, ihm irgendetwas zu verraten.

»Würdest du auch deinesgleichen für Geld ermorden?«

Keine Antwort. Shin schuldete ihm nichts. Ihm am allerwenigsten. Seinetwegen lag sier hier. Seinetwegen war der Plan schiefgegangen. Rurák war der Grund sieses Scheiterns.

Knurrend stemmte sich Shin mit den Armen in eine sitzende Position, ließ kein Indiz zu, was siese Schmerzen verraten hätte. »Du ...!«

Ein Funke der Überraschung blitzte im Gold seiner Augen auf. Er war nicht darauf vorbereitet, dass sier plötzlich auf die Beine kam, wenn auch etwas wackelig, und sich dann auf ihn stürzte.

»Du bist schuld an allem!«, schrie sier ihm entgegen, bevor siem nach dem vierten Schritt die Knie unter siesem Gewicht nachgaben. So viel zur Selbstbeherrschung.

Sier kippte nach vorn, landete unsanft auf beiden Knien und den Handflächen. Die Welt drehte sich. Der Boden schwankte, sies Sichtfeld flackerte schwarz. Diese Schwäche labte sich an siesem erschüttertem Selbstwertgefühl und machte siem zu schaffen – mehr als der Schmerz der Wunde.

Wortlos trat Rurák heran, ging vor Shin in die Hocke und streckte seine Hände nach siem aus, um siem unter die Arme zu greifen.

Fauchend wich Shin zurück und entzog sich seiner Reichweite. »Nimm deine Pranken von mir!«

»Stell dich nicht so an wie ein Kind.« Er atmete hörbar durch die Nase aus, nicht wütend, sondern einfach etwas angesäuert, und rutschte ein Stück näher an Shin heran.

»Vergleiche mich nicht mit einem Kind!« Unabsichtlich überschlug sich siese Stimme. Ruráks Kommentar hatte das Fass endgültig zum Überlaufen gebracht.

Sier schlug blindlings nach ihm aus, traf ihn jedoch nicht, sondern spürte stattdessen seinen festen Griff um sies rechtes Handgelenk, als er sien packte. Auch mit links hieb sier nach ihm. Zu Shins Schande verfehlte dieser Schlag ebenfalls.

»Würdest du bitte aufhören, dich zu wehren?«

Shin war nicht fähig, dieser Bitte überhaupt nachzukommen. Siese Kraft verließ sien von einem Moment auf den anderen endgültig und sier wäre zu Boden gefallen, hätte Rurák sien nicht aufgefangen.

Selbst der Kopf schien Shin unglaublich schwer, sodass sier kaum imstande war, ihn aufrechtzuhalten. Die Erschöpfung und die Schmerzen, die sier zuvor ignoriert hatte, holten sien auf einen Schlag wieder ein. Statt der Worte, die Shin auf der Zunge lagen, entglitt siem nur ein Ächzen.

Frustriert musste Shin akzeptieren, dass Rurák seinen freien Arm unter siese Kniekehlen schob und sien einfach hochhob. Siem war es zuwider, dass sies Kopf gegen

Ruráks Brust sank und siem Halt gab. Sier fühlte sich ihm vollkommen ausgeliefert, kämpfte indes gegen die Angst an, die drohte, siem die Kehle zuzuschnüren.

Er legte Shin zurück auf die Liege und deckte sien zu. »Es tut mir leid. Ich habe nicht damit gerechnet, dass das Gift dermaßen lange bei dir wirkt.«

»Welche Art von Gift?«, presste Shin hervor. Gift ... Nicht nur ein Pfeil, sondern auch noch Gift! Das ergab natürlich Sinn. Wieso war sier nicht von selbst darauf gekommen? Es musste siesen Verstand zusätzlich vernebelt haben.

»Ich werde mich darum kümmern, aber du solltest dich ausruhen«, versprach er und musterte sien mit einem schuldbewussten Blick.

Welches Gift hatte er bloß ... verwendet ...?

7. Rulris 689, ZF, 3Z

EIN WENIG GESELLSCHAFT

Pünktlich mit den ersten Strahlen der Sonne war Shin aufgewacht. Doch selbst ihr angenehmes Licht sowie die Wohlklänge der Vögel vermochten nicht, siese Laune zu heben. Sier vermisste Hibiko und nach den Ereignissen des vergangenen Abends kämpfte sier damit, siese Gefühle in den Griff zu bekommen und die Selbstbeherrschung zurückzuerlangen. Shin konnte sich nicht erklären, warum sier derart aus der Haut gefahren war. Es passte nicht zu siem, so hitzköpfig zu agieren. Selbst die Emotionen, die in siem tobten, rechtfertigten eine solche Torheit nicht. Sier musste sich endlich zusammenreißen, um sich eine Überlebenschance zu sichern.

Heute hatte sich Shin nicht geweigert, zu essen, auch wenn das flaue Gefühl im Magen es siem nicht gerade erleichterte, die Speise drin zu behalten. Trotzdem brauchte Shin alles, was sier bekommen konnte, um sich zu stärken. Eine solche Schmach wie am gestrigen Abend wollte sier kein weiteres Mal erleben. Vor Schwäche zusammenzubrechen, war in siesen Augen eine Lächerlichkeit, die sier sich niemals erlauben durfte. Was würden die Göttlichen von siem denken, wenn sie erfuhren, was passiert war? Würden sie sien und siese Fähigkeiten überhaupt noch ernst nehmen?

Langeweile war an diesem Tag nicht Shins größte Sorge, sondern die zermürbenden Gedanken, die sien schlichtweg nicht mehr losließen und schier ins Unendliche wuchsen. Jedoch gehörten die Gottheiten nicht zum einzigen Punkt, der Shin beschäftigte. Dieser Sorkár Rurák ging siem nicht mehr aus dem Kopf. Sein ganzes Erscheinungsbild hatte einen festen Platz in siesen Gedanken eingenommen und verspottete sien nun. Es lächelte siem auf diese ruhige Art entgegen, die sien erzürnt hatte. Der Sorkár fuchtelte mit dem Pfeil, an dessen Spitze getrocknetes Blut klebte, vor sieser Nase herum, um sien zu provozieren. Natürlich streute er damit auch weiter Salz in die Wunde.

Sier konnte sich nicht erklären, warum sien diese Situation in eine existenzielle Krise stürzte. Oder vielleicht war dies falsch ausgedrückt. Sier wollte es nicht wahrhaben, da sier genau wusste, woran es lag. Nur es sich eingestehen wollte sier nicht. Konnte sier nicht. Würde sier nicht.

»Geht es dir nicht gut?« Als wären die Gedanken nicht schon schlimm genug, drang Ruráks Stimme an sies Ohr. Ruckartig drehte sich Shin zu ihm um. Da sier mit dem Rücken zum Eingang lag, hatte sier nicht bemerkt, wie Benrál das Zelt verlassen und Rurák es betreten hatte.

»Nein!«, fauchte Shin ihn an und krallte sich in der Decke fest, um ihm nicht gleich an die Gurgel zu springen. Mit zusammengekniffenen Augen starrte sier ihn an, atmete bebend und kämpfte innerlich mit sich. Wo blieb siese Selbstbeherrschung? »Was kümmert es dich?«

Shin versuchte, sich zu zügeln, sich zum Durchatmen zu zwingen und tatsächlich holte sier etwas verzögert Luft, bevor sier diese in einem langen Atemzug ausstieß.

So geduldig wie der Schamane stand er einen großzügigen Schritt entfernt neben der Liege, beobachtete sien mit entspannter Miene, während er sich den langen, geflochtenen

Zopf über seiner rechten Schulter zurechtrückte. »Nur weil du eine gefangene Person bist, muss ich dich nicht wie eine behandeln.«

»Warum nicht? Plagt dich vielleicht das schlechte Gewissen?« Sier konnte nicht anders, als ihn wütend anzugrinsen. Die Gehässigkeit in sieser Stimme war wohl kaum zu überhören.

Seine Brust hob und senkte sich, doch seine Miene blieb von Shins Worten unberührt. »Ich kann verstehen, dass du gekränkt bist.«

Seufzend verdrehte sier die Augen und schüttelte leicht den Kopf. »Das bezweifle ich. Außerdem hast du mir nicht geantwortet. Versuchst du etwa, mir auszuweichen?«

»Im Gegenteil.« Er musterte sien ernst. »Mir ist es wichtig, dass du dich erholst und die Möglichkeit ausschöpfst, dich unter Beweis zu stellen.«

»Hat Volruk dich dazu angestiftet? Bist du etwa ihr Schoßhündchen und machst immer genau das, was sie dir befiehlt?« Shin grinste breit, wandte siesen Blick nicht von ihm ab, während sier sich aufsetzte und sich die losen Strähnen aus dem Gesicht strich. Siese Haare waren ein einziges Nest, weswegen es rein gar nichts brachte. Mit diesem Auftreten konnte sier nicht erwarten, dass sien überhaupt jemand für bare Münze nahm. Weder die Göttlichen noch Volruk oder Rurák. Sier musste schrecklich aussehen – zerzaust, schmutzig, ungepflegt.

»Das hat sie nicht.«

»Nicht?«, entgegnete Shin im selben sarkastischen Ton wie zuvor.

Ohne sien aus den Augen zu lassen, verschränkte Rurák die Arme vor der Brust und schluckte sichtbar. »Es ist vielleicht nicht die beste Wortwahl, es ein schlechtes Gewissen zu nennen, aber so etwas in der Art. Ich meine, du bist in

unser Lager eingedrungen und wolltest meine Mutter kaltblütig meucheln.«

Shins Augen weiteten sich. »Deine Mutter?« Sier lachte
auf, zuckte dann durch den Stich in siesem Rücken zusammen. »Ich hätte sie jetzt nicht wirklich für einen mütterli-
chen Typ gehalten.«

»Ihr Blut ist nicht das meine. Sie hat mich als Kind gefunden und bei sich aufgenommen«, erläuterte Rurák überra-
schenderweise und überrumpelte Shin damit mit einer weiteren unerwarteten Wendung.

»Tatsächlich.« Sier versteckte siese Neugier hinter dem
mokierenden Grinsen. »Und warum erzählst du mir das?
Gibt es niemanden im Dorf, der dir zuhört?«

Schweigen. Das verriet Shin alles, was sier für den Augenblick hatte wissen wollen. Ein hohes Ansehen schien
Rurák trotz seiner Stellung als Volruks Ziehsohn nicht zu
genießen, wenn keiner das Gespräch mit ihm suchte. Oder
mieden sie ihn gar?

Seltsam aufgeregt dank dieser Erkenntnisse gelang es siem
nun endlich, siese wirren Gefühle beiseite zu schieben, ehe
sier damit begann, die ersten Ideenfäden eines Plans zu spinnen. Es wäre töricht, eine solche Gelegenheit nicht auszu-
nutzen, da sie siem derart offen dargeboten wurde. Ruráks
Einsamkeit machte den Sorkár zu einer perfekten Spielfigur,
um durch ihn näher an seine Ziehmutter zu gelangen und
mehr über sie in Erfahrung zu bringen. Dafür würde sich
Shin bloß geschickt anstellen und den Fehltritt korrigieren
müssen, mit dem sier Rurák gerade vor den Kopf gestoßen
hatte. Für diese verheißungsvollen Ideen schluckte Shin den
Hass gern hinunter und setzte mit einem Seufzen ein freund-
licheres Lächeln auf. »Ich wollte dir nicht zu nahe treten.«

Sier unterdrückte den unterschwellig verachtenden Ton in
sieser Stimme, sodass es klang, als würde sier es tatsächlich

ernst meinen. Stirnrunzelnd betrachtete Rurák sien, schien jedoch dem Frieden nicht ganz zu trauen.

»Wirklich. Ich muss mich für mein Verhalten und für die Frage entschuldigen. Es war unangebracht.«

Verwirrung trat auf sein Gesicht, ehe sein Blick in alle möglichen Richtungen abschweifte, als würde ihn Shins rascher Launenwandel vollkommen überfordern. Sein linker Arm löste sich von seiner Brust und er kratzte sich am Kinn. Er schien angestrengt über etwas zu grübeln, vergaß dabei fast zu blinzeln.

Shin musterte ihn aufmerksam, hielt sies Lächeln aufrecht und wartete darauf, dass er etwas sagte. Als selbst nach fünf Atemzügen nichts folgte, legte sier den Kopf schief, wobei siem erneut Strähnen ins Gesicht fielen. Im Frust blies sier sie sich von der Stirn, seufzte dann aber, als sie einfach wieder an dieselbe Stelle zurückfielen und sien an der Nase kitzelten.

»Soll ich dir helfen?«

»Wobei?«

»Deine Haare zu entwirren.« Er verringerte den Abstand zu siem gänzlich, um den Knäuel aus willkürlich zusammengebundenen Strähnen zu berühren. »Sie könnten sonst verfilzen.«

»Ich nehme an, dass ich dich ohnehin nicht davon abhalten kann, mir dabei behilflich zu sein?«, entgegnete sier ihm in neckischem Ton und schaute grinsend zu ihm hoch. Als wäre es ihm unangenehm, wandte Rurák seinen Blick ab, tat dann aber so, als suchte er nach etwas Bestimmtem. Shin lachte innerlich bei diesem Versuch, seine Verlegenheit zu verbergen, verkniff sich aber jeglichen Kommentar dazu.

Rurák nutzte die Gelegenheit gleich, um die oberen der aufeinandergestapelten Kästchen, die neben dem Zutatentisch standen, zu durchsuchen. Lange dauerte es nicht, bis er eines davon unter einem anderen hervorzog, um es auf den Tisch zu stellen, den Deckel zu entfernen und den Inhalt genauer zu inspizieren. Er schwieg indes konsequent. Die Sorkári schienen generell ein eher wortkarges Volk zu sein oder vielleicht vermittelten auch einfach nur Benrál und Rurák diese Eigenschaften. Eigentlich hätte Shin die letzte Person sein sollen, die andere in vorgegebene Schubladen steckte. Doch nun hatte sier sich selbst dabei ertappt. Oder hatte sier es immer wieder getan, ohne dass es siem aufgefallen wäre? So genau hatte sier bisher nie darauf geachtet, aber für gewöhnlich blieb siem auch nicht viel Zeit, über solche Dinge nachzudenken. Ironischerweise, wenn man bedachte, dass sier seit Tausenden von Jahren auf Vaerys wandelte.

Mit einem flachen Kamm in seiner linken Pranke drehte sich Rurák wieder zu siem um und lächelte sien an. »Das hier sollte helfen.« Zwischen Daumen und Zeigefinger hielt er den hörnernen Gegenstand, als hätte er gerade etwas Seltenes aus dem Kästchen hervorgezaubert.

Shin beobachtete ihn kritisch, doch bewunderte den Sorkár, wie er sich an solch einem schlichten Ding erfreuen konnte. Das Lächeln wirkte so unschuldig und rein, als wäre es das eines Kindes, obwohl Rurák diesen Teil seines Lebens längst hinter sich gelassen hatte. Sier ertappte sich dabei, wie Neid in siem aufstieg, aber sier war nicht bereit, diesem Raum zu geben, sondern sier erstickte dieses Gefühl im Kern – wie bei jeder unangebrachten Empfindung.

Ruráks frohe Miene trübte sich, als er Shins Blick begegnete. Furchen traten auf seine Stirn und ließen ihn binnen eines Wimpernschlages um Jahre älter wirken. »Hast du Schmerzen?«

»Nein«, log Shin, sah weg. Es ziepte nach wie vor an der Stelle, wo Ruráks Pfeil siese Haut durchstoßen hatte. Sier glaubte auch nicht, dass der Schmerz – trotz der Mittel, die Benrál siem verabreichte – so schnell vergehen würde. Dafür hatte Rurák mit seinem Gift gesorgt.

Während der Sorkár schweigend zur Liege zurückkehrte, rückte Shin weiter in die Mitte, um ihm hinter sich etwas Platz zu machen. Kaum setzte er sich, platzte sier mit der Frage heraus, die auf sieser Zunge brannte. »Was hat es mit diesem Gift auf sich?«

Anstelle einer sofortigen Antwort löste er das Band aus Shins Haar und gab sich dabei die größte Mühe, nicht zu sehr daran zu zerren. Sier hingegen biss sich auf die Zungenspitze, um ihn nicht mit einem ungeduldigen Kommentar dazu zu bringen, mit der Sprache herauszurücken.

»Darum habe ich mich bereits wie versprochen gekümmert«, erwiderte er knapp und machte nicht den Anschein, als würde er eine ausführliche Erklärung mit siem teilen.

»Inwiefern?«, bohrte Shin deshalb nach.

»Die Wirkung sollte sich laut Benrál in einigen Tagen verflüchtigt haben.« Das erklärte rein gar nichts, sondern gab Shin damit nur mehr Anlass zu weiteren Fragen.

»In ein paar Tagen?«, wiederholte sier und seufzte frustriert, doch Rurák schien sich davon nicht ablenken zu lassen. Er entwirrte weiterhin Strähne um Strähne von Shins langem Haar und strich sie eine nach der anderen glatt.

»Ja.«

Erneut zögerte sier einen Augenblick, in der Hoffnung, Rurák würde sich endlich erklären. Tat er aber nicht. Er wich den Fragen aus, wie er es tags zuvor bereits getan hatte, und brachte sien mit seiner Ruhe wieder an den Rand der Weißglut.

»Bekomme ich auch Antworten?«, fragte Shin mit Nachdruck. Sier vernahm ein leises, tiefes Lachen hinter ihm.

»Du lässt nicht locker, oder?«

»Wenn ich von dir nur Gegenfragen erhalte, sicherlich nicht. Du hast mir Antworten versprochen.« Eine neue Strategie war gefragt und Shin hoffte, er würde auf sie hereinfallen.

»An dieses Versprechen kann ich mich nicht erinnern«, erwiderte er in einem solch beiläufigen Ton, als kümmerte es ihn nicht wirklich, was sier sagte. Es nützte demnach alles nichts. Er würde siem nichts verraten, keine Frage beantworten, selbst wenn sier sich noch so darum bemühte.

Shin murrte verärgert vor sich hin.

Als täte er es nicht zum ersten Mal, befreite er siese Haare nach und nach von den lästigen Knoten, die sich über die Tage hinweg gebildet hatten. Dabei begann er mit den Spitzen und arbeitete sich immer weiter nach oben bis zu Shins Kopfhaut.

»Wenn du dauerhaft so angespannt bist, wird die Wunde länger brauchen, um zu heilen.«

»Wahrscheinlich«, erwiderte Shin rasch, um nicht in Ärgernis zu versinken, und atmete ein weiteres Mal tief durch. »Herumzuliegen fördert die Heilung ebenso wenig. Du kannst dir nicht vorstellen, wie schmerzhaft Langeweile sein kann.« Wenn sier schon nicht an Informationen darüber gelangte, was genau sien geschwächt hatte, wollte sier sich zumindest dem Punkt annehmen, seine Sympathie für sich zu gewinnen.

»Das kann ich nachvollziehen.« Sier hörte das Lächeln in Ruráks Stimme und wusste, dass sier nah genug an der Wahrheit den richtigen Weg gefunden hatte.

»Immerhin jemand.«

»Langeweile kann in Verbindung mit Einsamkeit sehr mühselig sein«, entgegnete er überraschend offen.

»Findest du?« Sier setzte absichtlich eine Pause, um ihn zum Nachdenken anzuregen, ehe sier fortfuhr. »Gibt es denn nichts, womit du beides vertreiben könntest? Leute, auf die du dich immerzu verlassen kannst?«

Er hielt inne, räusperte sich und strich mit dem Kamm weiter durch sies Haar, das mittlerweile deutlich glatter geworden war.

»Nicht wirklich …«

»Woran liegt das?«, fragte sier und drehte sich ein Stück – soweit es die Schmerzen zuließen – nach rechts, um über die Schulter einen Blick auf Rurák zu werfen. In seinen roten Augen schimmerte eine Traurigkeit, die siem unerwartet einen Stich in die Brust versetzte. Rasch wandte sier das Gesicht wieder geradeaus und starrte die Decke zwischen siesen Fingern an. Was war gerade geschehen? Dieser Ausdruck – weswegen ging siem dieser derart nah?

»Die anderen halten sich lieber von mir fern. Sie glauben, ich sei von den Göttern verflucht.« Er lachte auf, doch dieses Mal fehlte jede Ruhe und Leichtigkeit darin. Vielmehr klang er auf eine Weise verloren, die Shin nicht einmal fremd war. Aber nein, sier ließ es nicht an sich heran und verfolgte weiter den Plan.

»Aus meiner Sicht wirkst du nicht verflucht.«

»Aber das bin ich.«

»Wegen deines Beins?« Eine Frage ins Blaue, aber Ruráks Schweigen bestätigte, dass sier damit den Nagel auf den Kopf getroffen hatte. »Das ist doch lächerlich. Keine Gottheit würde dich ohne Grund auf diese Art verfluchen. Warum sollten die Göttlichen so etwas tun?«

»Ich weiß es nicht.«

»Ach, Unsinn! Das ist kein Fluch, sondern lediglich ein Hindernis, mit dem du lernen musst, umzugehen … Hey, Vorsicht!« Unvermittelt zerrte er an einer Strähne, sodass sich Shin nach ihm umsah und seine gedankenverlorene Miene erblickte.

Blinzelnd ließ er siese Haare los. »Es tut mir leid, aber …«
Er senkte seinen Blick. »Wie soll ich das anstellen?«

»Womöglich kenne ich da einen Weg, der für dich infrage
käme. Wenn du mir Gehör schenkst.«

Ruckartig sah er zu siem auf und hing sofort an siesen
Lippen. »Wie lautet dieser?« Jedes Misstrauen schien vergessen in Anbetracht des Angebots, das Shin erwog, ihm
anzubieten.

»Bevor ich es dir verrate, muss ich eines erwähnen: Es
wird nicht einfach.«

»Ja?« Nun hatten sich die Machtverhältnisse gedreht. Er
sprühte förmlich vor Ungeduld, während sier von Atemzug
zu Atemzug die Ruhe in sich sammelte.

»Ich kann dir beibringen, wie du aus deiner Schwäche
eine Stärke formst. Das Bein mag dich momentan noch ein-
schränken, aber das soll sich bald ändern, wenn …« Shin
drehte sich gänzlich zu ihm um, damit sier tatsächlich in
der Lage war, jede Reaktion in seinem Gesicht zu erfassen.
Und es lohnte sich. Rurák schien mit sich zu hadern, abzu-
wägen, was er tun sollte. Auf Volruks Rat hören oder …

»Es könnte sich ändern, wenn ich dir zeige, wie du dich
damit bewegen kannst und deine Feinde vielleicht eines Tages sogar übertriffst. Der Nahkampf würde dir durch meine
Hilfe nie wieder Probleme bereiten. Was hältst du davon?«

Bei der letzten Frage kehrte doch ein Hauch von Misstrau-
en in seinen Ausdruck zurück. »Was verlangst du dafür?«

Zuverlässig gehorchten siem beide Mundwinkel, als sier
ihm sies schönstes und freundlichstes Lächeln schenkte,
das sier zu bieten hatte. »Nichts Weltbewegendes, sondern
nur etwas Gesellschaft.«

Als hätte er bereits das Schlimmste befürchtet, atmete
Rurák erleichtert auf und lächelte sogar zurück. »Und
wann können wir damit beginnen?«

»Gleich morgen.« Der aufkeimende Triumph schien sien von innen schier zu zerbersten, aber sier ließ sich nach außen hin nichts davon anmerken. Wenn Rurák siem derart bereitwillig aus der Hand fraß, würde es ein Leichtes werden, siese Intrige bald in die Tat umzusetzen. So viel stand fest. Und noch blieb siem dafür genug Zeit.

EINE HAND WÄSCHT DIE ANDERE

Beinahe zur selben Zeit wie am vorherigen Tag löste Rurák den Schamanen ab. Sobald sich die beiden darüber ausgetauscht hatten, welche Medizin Rurák Shin zu verabreichen hatte, trat Benrál ohne ein weiteres Wort aus dem Zelt. Shin hatte ihn mehrmals darum gebeten, siese Schwester zu sehen, doch der Schamane hatte jede Bitte, die Hibiko betraf, ignoriert. Es blieb siem nichts anderes übrig, als die Situation vorerst hinzunehmen.

Rurák kam lächelnd auf sien zu, ohne sich darum zu bemühen, seine Vorfreude zu verbergen. Diesmal saß Shin bereits aufrecht im Schneidersitz, auch wenn selbst das siem nach wie vor Schmerzen bereitete. Aber es war schlichtweg nicht mehr möglich, den ganzen Tag über zu liegen.

Sier band sich gerade die Haare neu zu einem hohen Pferdeschwanz zusammen, als Rurák vor siem zum Stehen kam und erwartungsvoll zu siem herabblickte.

»Womit beginnen wir?«

»Mit deiner Standhaftigkeit«, erwiderte Shin frei heraus und grinste ihm entgegen.

Das Lächeln des Sorkárs wirkte von einem Moment auf den anderen verlegen. Natürlich war siem vollkommen bewusst, warum. Trotzdem zog sier ihn nicht damit auf, sondern lehnte sich vor, um Rurák siese linke Hand ohne Vorwarnung flach auf seinen Bauch zu legen und dagegen zu drücken. Wie erwartet stolperte er nach hinten, wohingegen Shin trotz Schmerzen das Gleichgewicht bewahrte und im Schneidersitz verharrte.

Entsetzen stand ihm ins Gesicht geschrieben, während Shin amüsiert auflachte und unschuldig mit den Schultern zuckte. »Ich wollte mich lediglich davon überzeugen, wie viel Arbeit uns bevorsteht, und ich bin zu dem Schluss gekommen, dass wir ganz am Anfang beginnen werden.«

»Ich besitze Kampferfahrung.« Obwohl Shin ihn offenkundig mit siesem Schubser überrumpelt hatte, klang er ruhig und sachlich.

Sier bemühte sich nicht, sich ein zynisches Lachen zu verkneifen. »Das habe ich gespürt. Allerdings würde ich behaupten, dass du dich mit dem Nahkampf nie auseinandergesetzt hast.«

»Das habe ich.« Er presste seine Lippen aufeinander, wobei seine schmächtigen Hauer beide Mundwinkel spannten. »Nur nicht sehr erfolgreich.«

»Das dachte ich mir bei deiner Haltung.«

Die Falte zwischen seinen Brauen vertiefte sich und zog sich bis über seine Nasenwurzel. »Was ist daran falsch?«

»Du verlässt dich zu sehr auf deine starke Seite.« Sier lächelte ihm zu, um ihn ein wenig zu beruhigen, und tatsächlich fiel ein Teil seiner Anspannung von ihm ab. »Auf den ersten Blick sticht deine Einschränkung zwar nicht hervor, aber dafür umso mehr, sobald du dich bewegst.«

»Das ist mir bewusst.« Er schlug sich tapfer damit, sich nicht zu verletzt zu zeigen, aber Shin sah es ihm trotzdem an. Sein Bein war ohne Zweifel ein Thema, über das er nicht gern sprach.

»Ist es das?« Sier bedachte ihn mit einem kritischen Blick.

»Sicher.« Wie zu erwarten, nahm der Sorkár eine abweisende Haltung an, indem er die Arme vor der Brust verschränkte und sich breiter vor siem aufstellte. Dass ihm Letzteres dabei nicht wirklich behagte, erkannte Shin an dem leicht schräg gestellten Fuß seines rechten Beins. Die Erkenntnis darüber drückte überraschend siese Laune und ließ sien etwas fühlen, was sier länger nicht wahrgenommen hatte: Mitgefühl. Der Sorkár tat siem leid – warum auch immer. Sier kannte Rurák nicht lange genug, um solche Emotionen zu rechtfertigen. Und für sien als Auftragsmörder waren sie schlichtweg fehl am Platz.

»Es soll nicht wie eine Beleidigung rüberkommen, aber ich glaube, du unterschätzt, wie andere deine Schwäche wahrnehmen. Man sieht, wie sehr sie dich verunsichert, aber ich erkenne ebenfalls, dass du dich bisher nicht darum gekümmert hast, etwas an dieser Tatsache zu ändern.« Shin hielt inne, um ihm einen Moment zu gewähren, das Ausgesprochene sacken zu lassen.

In Schweigen gehüllt stand Rurák da und starrte zu Boden. Er machte viele Atemzüge lang keine Anstalten, sich jemals wieder zu rühren, weshalb Shin es in die Hand nahm, ihn aus dieser Starre zu erwecken.

»Sieh es als Herausforderung. Oder als eine Möglichkeit, deinem Clan zu beweisen, dass du trotz deiner ›Schwäche‹ Rulris' Tugenden Kraft und Mut folgen kannst.«

Rurák hob seinen Blick, begegnete siesem mit einer Entschlossenheit, die Shins eigene Kampfeslust aufwallen ließ. Sies Herz pochte wie wild und sier wäre am liebsten aufgestanden, um ihm zu demonstrieren, wie man kämpfte – ganz gleich, ob mit oder ohne Waffe. Aber Shin hielt sich zurück. Vorerst mussten mündliche Ratschläge genügen, um Ruráks Selbstbewusstsein aufzubauen.

»Wenn du meinst.« Er klang wenig überzeugt, doch dank Shins Ausdruck schien er nicht gänzlich den Mut zu verlieren. Trotzdem tippte er mit dem rechten Fuß immer wieder gegen den Boden. »Aber wo beginnen wir damit?«

Siese Mundwinkel zogen sich zu einem verschmitzten Grinsen nach oben. »Kein Grund, nervös zu werden und das zu vergessen, was ich dir vor wenigen Augenblicken gesagt habe. Ich werde keine akrobatischen Meisterleistungen von dir verlangen.«

Etwas zerknirscht überwand er sich zu einem Lächeln und hörte mit dem nervösen Tippen auf.

»Schon besser, aber ich verspreche dir, dass du mich mehr als einmal verfluchen wirst, wenn ich dich zu dem verdonnere, was mir vorschwebt.«

»Was bedeutet das?«, fragte er stirnrunzelnd, während die Zurückhaltung in seiner ruhigen Stimme nicht zu überhören war.

In bedachten Bewegungen streckte Shin siesen Rücken und beugte sich mit einem verheißungsvollen Grinsen ein kleines Stück nach vorn, stützte sich dabei mit den Ellbogen auf siesen Knien ab. »Du machst demnach keinen Rückzieher?«

»Nein.« Jede Unsicherheit schien wie fortgefegt, was Shin nur noch mehr erfreute. Er machte es siem so einfach, ihm näherzukommen. Mit etwas Fingerspitzengefühl und Geduld würde sier es zustande bringen, an alle nötigen Informationen zu gelangen, die sier benötigte. Da war sier sich absolut sicher.

»Das freut mich, dann hör mir jetzt ganz genau zu.«

ERMUTIGUNG

Der Schweiß lief Rurák in schmalen Rinnsalen über die Stirn und seine Schläfen, während Shin an der Kante der Liege saß und den Takt der Kniebeugen vorgab. Siese Beine baumelten entspannt über den Rand des Nachtlagers, aber siese Stimme klang streng und ließ keine Widerworte zu.

»… fünfundsiebzig … sechsundsiebzig … siebenundsiebzig – was soll das? Habe ich etwas von Ausruhen gesagt?«

Schwer atmend stemmte er seine Hände mit dem Oberkörper leicht nach vorn gebeugt gegen seine Hüften und versuchte, wieder zu Atem zu kommen. »Nur kurz, um –«

»Nichts da. Weitermachen!«, verlangte Shin, aber genoss es insgeheim, ihm Befehle in diesem herrischen Ton zu geben. Seit er vor etwa einer Stunde seine Wache angetreten war, überlud sier ihn regelrecht mit Kraftübungen und bisher hatte sich Rurák auch sehr gut geschlagen, doch so langsam kämpfte er mit Erschöpfung. »Oder ist dir dieses bisschen bereits zu viel? Sollen wir aufhören?« Sier provozierte ihn absichtlich mit einer höheren Tonlage, um ihn anzustacheln.

Er gab ein langgezogenes Knurren von sich, ehe er sich wieder aufrecht hinstellte und sein Oberteil zurechtzupfte. Aus dieser Ausgangsstellung machte er mit der nächsten

Kniebeuge weiter. Seine Augen starrten dabei ins Nichts, nicht zu Shin, nicht zu der Person, welcher er die Schmerzen zu verschulden hatte. Sier respektierte dieses Durchhaltevermögen, verstand jedoch im selben Gedankengang nicht, weshalb er in seinem Clan wie ein Außenseiter – oder gar als jemand Minderwertiges – behandelt wurde. Sein Volk musste doch sehen, dass seine Stärke nicht in der Kraft seines Körpers lag, sondern vielmehr in seinem Willen, etwas durchzuziehen. Waren sie tatsächlich so blind?

Unnachgiebig zählte Shin weiter, bis sier die Hundert erreichte und Rurák mit einem einfachen Klatschen seiner Hände aus seiner Übung befreite. »Das machen wir jetzt jeden Tag.« Sier schenkte ihm ein zufriedenes Lächeln, als er mit geöffnetem Mund vor sich hin schnaufte und sich mit dem Handrücken den Schweiß von der Stirn wischte.

»Allerdings«, Shin hob den Zeigefinger, um mit dieser Geste siese Worte zu unterstreichen, »werde ich mir für jeden weiteren Tag eine zusätzliche Übung ausdenken. Wir wollen uns ja steigern, nicht wahr?«

Noch immer nach Atem ringend nickte Rurák siem zu. »Sicher.«

»Das wollte ich hören.«

»Hast du noch etwas Weiteres für mich?«

Bei dieser Frage stutzte Shin und schnaubte amüsiert. »Hast du etwa noch nicht genug? Ich dachte eigentlich, wir könnten es für heute dabei belassen.« Sier stützte sich mit den Händen zu beiden Seiten seiner Hüften auf der Liege ab und rutschte unruhig an derselben Stelle umher. Siem tat mittlerweile ausnahmslos jede liegende und sitzende Position weh – besonders aber sies Hintern fühlte sich an, als hätte sier sich ihn wund gescheuert. »Aber wie du möchtest. Dann solltest du an deinem Gleichgewicht arbeiten, und zwar an der Balance deines schwächeren Beins.«

Obwohl Rurák nicht so wirkte, als würde er sich davon unterkriegen lassen, murrte er stirnrunzelnd und presste seine Lippen zu einer geraden Linie zusammen. »Und wie sieht das aus?«

Froh um diese indirekte Aufforderung rutschte Shin von der Kante und landete leise auf siesen Füßen, ehe sier einen Schritt nach vorne trat. Als hätte sier etwas Verbotenes getan, hob Rurák seine Hand und zeigte auf das Schlaflager hinter siem. »Setz dich sofort wieder hin!«

Mit einem Schulterzucken lächelte sier, dachte nicht daran, seinem Befehl nachzukommen, sondern zeigte dem Sorkár, wonach er gefragt hatte. Sier hob das rechte Bein an, um dann den Fuß derselben Seite gegen die Innenseite des linken Knies zu stützen. Die Hände legte sier übereinander auf den Bauch und überprüfte den tiefen Atemzug, der ihn hob und wieder sinken ließ. Der Verletzung wegen kostete es sien mehr Konzentration als sonst. Dennoch schwankte sier nicht, sondern verharrte im Gleichgewicht mit der Welt.

»Ich bin doch kein Kind«, unterbrach Rurák das angenehme Schweigen und brachte Shin damit gleichzeitig zum Schmunzeln.

»Zierst du dich etwa?«

»Das hat damit nichts zu tun.«

»Natürlich nicht.« Der sarkastische Ton brannte siem auf der Zunge wie eine neu erwachte Flamme und die Versuchung wurde groß, ihr gar eine Form zu geben. Shin widerstand jedoch, um an deren Stelle ein gewöhnliches Gespräch fortzuführen. »Aber ich muss dir widersprechen. Auf einem Bein zu stehen, hat nichts mit kindlichen Spielereien zu tun. Dies hier gilt allein der Übung des Gleichgewichts.«

»Du solltest trotzdem nicht —«

»Tse, tse, tse. Ich kenne meine Grenzen«, fiel sier ihm ins Wort. »Demnach brauchst du dich nicht darum zu sorgen. Sieh lieber zu, dass du hierbei nicht versagst.« Shin wandte siesen Blick nach unten zum Fuß, ehe sier das Kinn auffordernd reckte und ihn voller Erwartung ansah. Dabei atmete sier kontrolliert, blinzelte langsam und blieb gelassen.

Allein ein Zucken verriet Shin, dass Rurák plante, sich auf das falsche Bein und somit auf sein gesundes zu stellen. Mit einem einzigen kritischen Blick wusste sier das zu verhindern. »Nicht dieses.«

Ruráks Kiefer spannte sich an, bevor er schnaufend sein gesundes Bein um eine halbe Handbreite anhob. Leider kam er nicht dazu, in dieser Position zu verharren. Viel zu rasch stellte er den Fuß zurück auf den festen Grund und stierte verunsichert auf seine nackten Zehen.

Shin beobachtete ihn gespannt. Unzählige gemeine Kommentare lagen siem auf der Zunge, doch sier schluckte allesamt hinunter, wie Tage zuvor siese chaotischen Empfindungen. Sie waren ebenso wie jene fehl am Platz. Um ihn nicht zu kränken, schwieg sier.

Shin setzten den rechten Fuß ab, schritt rückwärts zurück zur Liege und ließ sich am Rand nieder. »Du hast dich niemals darin geübt, auf einem Bein zu stehen«, schlussfolgerte sier und bemühte sich, kein Urteil in siesen Worten mitschwingen zu lassen. Sie verursachten selbst auf diese Weise Schaden, den sier nicht beabsichtigt hatte. Scham stieg Rurák in die Wangen, färbte sie in ein tieferes Rot als der Rest seines Gesichts. Er schluckte krampfhaft, sodass sein Kehlkopf auffällig an seinem Hals hervortrat und für einen Augenblick Shins Aufmerksamkeit stahl. Ein klammes Gefühl legte sich um siese Kehle und hinderte sien daran, normal zu schlucken. Anders als Rurák hatte sier gelernt, es sich nicht anmerken zu lassen, weswegen sier sich räusperte, kontrolliert den Atem ausstieß und ein Lächeln aufsetzte, was sich nun fürchterlich falsch anfühlte.

»Wir können uns ein anderes Mal um deine Balance kümmern.«

Rurák schüttelte heftig seinen Kopf, sodass sein dicker Zopf über seine Schulter nach hinten glitt. »Ich werde deswegen doch nicht schon aufgeben.«

Bei seinem Anblick fühlte Shin, wie sies eigenes Lächeln bröckelte, aber sier gab sich die größte Mühe, es aufrechtzuerhalten. Die emotionale Schwere haftete unangenehm am Innern sieser Kehle, sodass selbst ein weiteres Räuspern nichts brachte. Stattdessen senkte sier die Stimme. »Dann komm näher.«

Erst da sah Rurák auf. Seine Lippen bebten um seine Hauer, während ein schwacher Schimmer in seinen Augen glänzte. Er kämpfte sichtlich mit sich – so sehr, dass er den Tränen nahe schien. Da nun seine Aufmerksamkeit auf siem ruhte, lockte sier ihn mit einem Wink sieser beiden Hände wortlos zu sich.

Endlich setzte er sich in Bewegung und schritt auf sien zu. Dabei war sein Hinken stärker als sonst, als hätte der Schlag gegen seine Psyche es weiter verschlimmert. Shin streckte ihm ermutigend die Hände entgegen, in welche er, ohne zu zögern, seine eigenen legte. Es brauchte keine Erklärung, keine Anweisungen, damit Rurák einen zweiten Versuch unternahm, sich auf sein schwächeres Bein zu stellen. Er schwankte zwar, aber er gab nicht auf.

»Siehst du? So schwierig ist es nicht«, sprach sier ihm aufmunternd zu und spürte sogleich, wie Ruráks bebende Finger noch mehr Halt an siem suchten. Es passierte so überraschend, dass Shin kurzzeitig erschrak, aber sier widerstand dem Drang, siese Hände zurückzuziehen. Das wäre ebenfalls nicht richtig gewesen. Also ließ sier ihn gewähren, bot ihm die Hilfestellung, die er benötigte, und vergaß für einen Augenblick sogar, aus welchem Grund er das alles überhaupt tat.

10. Rulris 689, ZF, 3Z

WIE EIN SCHATTEN

Mit der Erlaubnis des Schamanen wagte Shin es, im Stehen siese Arme ein wenig zu dehnen, um die Müdigkeit aus ihnen zu vertreiben. Dasselbe tat sier auch mit siesen Beinen, indem sier sie abwechselnd anwinkelte, um die Dehnung in den Oberschenkeln zu spüren, ehe sier sie ausschüttelte. Jede Bewegung übte sier mit Bedacht aus, um siesen Rücken nicht allzu sehr zu belasten. »Wie geht es meiner Schwester?«

»Gut«, erwidert Benrál knapp und ging, wie die Tage zuvor, nicht weiter darauf ein. »Lass weiterhin Vorsicht walten.« Er näherte sich Shin mit frischen Verbandsutensilien, Salben und einem Tonbecher dampfenden Tees.

Gähnend rieb sier sich über den Hintern und konnte allein bei den Gedanken, endlich wieder freier herumzulaufen, siese Freude kaum im Zaum halten. Natürlich blieb diese sorgfältig unter siesser Fassade verborgen, doch sier genoss es trotzdem sehr, wie viel neue Energie siem dieses Gefühl spendete.

Ohne dass Benrál sien darauf hätte hinweisen müssen, zog sier sich das Oberteil über den Kopf, um dem Schamanen freie Sicht auf siesen Verband zu gewähren. Sier drehte ihm den Rücken zu, stützte sich indes mit beiden Händen an der Kante der Liege ab, ehe Benrál begann, die Bandagen zu lösen. Er hatte den heißen Tee und die Utensilien auf dem Krankenlager abgestellt, sodass der Dampf der aufgebrühten Kräuter in Shins Nase stieg. Sier schnupperte daran, doch der Tee roch nicht anders als die letzten Male – nur dass die saure Note stärker hervorstach als sonst.

»Soll ich das jetzt zu mir nehmen oder noch damit …« Shin verstummte jäh und sog die Luft scharf ein, als Benrál die Wunde mit einer brennenden Flüssigkeit abtupfte. Siese Fingernägel bohrten sich regelrecht ins Holz, sodass es knirschte, als fräßen sich Würmer durch es hindurch. Mit zusammengebissenen Zähnen lugte sier über die linke Schulter zum Schamanen, der – davon unbeirrt – die Wunde inspizierte. Er ging dabei nicht gerade zimperlich vor, weshalb es ziepte und zog. Shin konzentrierte sich auf einen bestimmten Punkt an der Zeltwand, auf eine Stelle, die einmal mit einigen geübten Nadelstichen geflickt worden war. Sier zwang sich dazu, regelmäßig zu atmen, hinein in den Schmerz, um ihn dadurch ein Stück weit bewusst zu lindern.

»Sie ist leicht entzündet, aber es hält sich im Rahmen«, teilte der Schamane siem mit. Als er die Salbe auf die empfindliche Stelle schmierte, zuckte Shin erneut zusammen.

»Benr…« Rurák kam hineingerauscht, blieb aber stehen, nachdem er seinen Blick angehoben hatte. »Ich wusste nicht, dass du damit noch nicht fertig bist. Soll ich lieber draußen warten?«

»Meinetwegen musst du das nicht.« Er sollte ruhig sehen, welchen Schaden er angerichtet hatte, ohne dass Shin ihn bewusst darauf hinweisen musste. »Außer es ist dir unangenehm.« Sier grinste breit und hielt es auch aufrecht, als Benrál erneut mit dem Daumen über die Verletzung fuhr.

In Ruráks Gesicht spiegelte sich ein Chaos an Gefühlen wider. Er sah zwar nicht verlegen weg, aber die dunklere

Färbung um seine Nase verriet genug. Auch die tiefe Falte zwischen seinen Brauen und der flüchtige Blick, der siesen Rücken streifte, offenbarten siem reichlich über das schlechte Gewissen, das Rurák bei siesem Anblick quälte. Die positive Wärme in siesem Bauch verflüchtigte sich, sobald Benrál ein Heilblatt gegen die klebrige Stelle am Rücken drückte und sien durch die Berührung eine Schmerzenswelle heimsuchte. Vollkommen unberührt davon machte sich der Schamane daran, einen neuen Verband um siesen Rumpf zu wickeln. Shin war mittlerweile flau im Magen, aber riss sich zusammen, das vergangene Frühstück drin zu behalten.

»Nimm den Mund nicht zu voll und ruh dich aus, aber nicht hier. Rurák bringt dich zu deinem neuen Nachtlager.« Unnötigerweise übte der Schamane noch ein weiteres Mal direkten Druck auf die Wunde aus, als würde der Verband dadurch besser halten.

Mit einem entgleitenden Ächzen klappte siem der Mund auf, während sier nach vorn kippte und gegen die schwarzen Punkte auf siesem Sichtfeld ankämpfte. Shin hatte eine grobe Ahnung, warum er das getan hatte. Nicht aus Mutwille oder Grausamkeit heraus. Nein, tatsächlich vermutete sier, dass er siem damit nur siese Schwäche nochmals verdeutlichen wollte – als Warnung, dass Shin nicht auf dumme Gedanken kommen sollte.

Rurák ließ den Abstand zwischen siem und ihm verschwinden und legte Shin eine Hand auf die Schulter. Die Wärme seiner Berührung irritierte sien, doch sier zitterte bereits zu sehr, um nochmals zusammenzuschrecken. »Kannst du nicht vorsichtiger sein?« Für seine Verhältnisse klang seine Stimme geradezu forsch und das ließ Shin aufhorchen.

Der Schamane hingegen wandte sich ihm mit geduldigem Ausdruck zu – wenig beeindruckt von Ruráks Tonfall. Er blinzelte bloß, packte alles von der Liege zusammen, um den beiden im nächsten Moment den Rücken zuzuwenden. Die Stimmung drückte siem schwer auf den Magen, weshalb sier nicht länger zögerte, nach dem Oberteil griff, um sich dieses wieder überzuziehen, und sich, wenn auch etwas schwankend, von der Liege löste. Mit einem schwachen Lächeln erwiderte Shin Ruráks besorgte Miene, bevor sier an ihm vorbei zum Ausgang steuerte. Vorbei an der Feuerstelle hinaus in die Sonne. Die plötzliche Helligkeit raubte siem die Sicht, doch als Wiedergutmachung streichelte die Wärme von Ans Auge siem sanft über die Wangen, die Nasenspitze, die Stirn. Unerwartet führte diese kleine Reizüberflutung gar dazu, dass siese Nase kitzelte und sier niesen musste.

Ein samtenes Lachen erklang aus Ruráks Mund, sodass sich Shin – noch mit dem rechten Handrücken an sieser Nase – ihm zuwandte. Er zupfte an seinem Zopf, ehe er seine Hand wieder sinken ließ.

»Wirst du mir von nun an wie ein Schatten überallhin folgen, sobald du mir meinen neuen Käfig gezeigt hast? Oder übernimmt das eine andere Wache?«

Rurák stellte sich neben Shin, blickte zu siem und machte Anstalten, siem eine Hand zwischen die Schulterblätter zu legen, damit sier sich in Bewegung setzte. Sier wich der Berührung aus, beobachtete stattdessen Ruráks Miene. Eine Antwort bekam sier jedoch nicht.

Shin betrachtete die feinen Tätowierungen auf siesen Fingern. »Sag nicht, du wurdest dazu verdonnert. Welch ein Jammer!« Wieder ließ Shin einen sarkastischen Unterton miteinfließen, hoffte, dass Rurák ihn auch so auffasste.

»Ich mache nur das, worum Volruk mich bittet«, erwiderte er mit gedämpfter Stimme, während er ruhig geradeaus schaute.

Er führte sien an einer Reihe von abstrus geformten Zelten vorbei. Jedes für sich war ein Kunstwerk, aber teilweise fragte sich Shin, wie diese Konstruktionen aus Stoff, schwarzem Holz und Seilen überhaupt aufrecht stehen konnten. Sier hatte sich zuvor nie genau damit beschäftigt. Warum auch? Architektur war nie ein Bereich gewesen, der sich mit siesen Interessen überschnitt. Wenn sich diese Langeweile allerdings weiterhin in siesen Alltag schlich, würde sich Shin über den Aufbau der Zelte einen groben Überblick verschaffen. Für den Fall, dass sich nichts Besseres fand.

Eine Gruppe schreiender Kinder tauchte plötzlich aus einem der Zelte zu sieser linken Seite auf, sie quiekten und riefen sich gegenseitig motivierende Ausrufe zu. Die Hälfte der Kinder ignorierte sien, doch die anderen drei hielten kurz inne, starrten sien teils mit weit aufgerissenen Augen teils mit einem kritischen Stirnrunzeln an. Shin erwiderte ihr Starren mit einem breiten Grinsen, das ihnen offensichtlich einen kleinen Schreck einjagte und sie dazu brachte, die Flucht zu ergreifen. Es tat siem schon fast ein bisschen leid, dass sie sien direkt als Gefahr abstempelten, aber was sollte sier auch anderes erwarten?

»Kein Kommentar dazu?«, holte der Sorkár Shin aus siesen Gedanken.

»Wozu?« Sier hatte kurzzeitig den Faden verloren, was siem sonst nie passierte, aber so unachtsam, wie sier gerade war, lag siese Konzentration auf allem und gleichzeitig auf nichts Bestimmtem.

Das Lächeln kehrte auf Ruráks Gesicht zurück, doch er erwiderte nichts.

Damit erweckte er Shins Misstrauen. »Was habe ich verpasst?«

Sier ärgerte sich über die eigene Unaufmerksamkeit und zog unabsichtlich eine Schnute, bevor sier siese Maske nach einem Seufzen wieder unter Kontrolle bekam. Rurák lächelte weiter, als würde er sich an siesem Unwissen ergötzen. Shin ging schweigend neben ihm und hatte mittlerweile die Lust verloren, sich umzusehen.

»Es war nichts von Wichtigkeit«, erklärte Rurák, tat einen ausfallenden Schritt vorwärts, um sich siem mit dem nächsten in den Weg zu stellen.

Shin entglitt ein entnervtes Seufzen und verdrehte die Augen. »Wie du meinst.« Dennoch kratzte es genügend an siesem Ego, dass sier seinen Blick mied, sich räusperte und das Thema wechselte. »Ich wäre dir sehr verbunden, wenn ich meine Kleidung zurückbekommen dürfte.«

Betretenes Schweigen.

»Wo ist sie?«, fragte Shin, nun deutlich harscher als zuvor, doch im Angesicht des Zorns, der in siem aufflammte, klang siese Stimme geradezu zahm.

Sier hörte ein Kratzen von Nägeln auf Haut und nahm Ruráks stärker werdenden Geruch wahr. Neben dem Duft von Lagerfeuer, der an ihm haftete, stank er vermehrt nach Schweiß. In sieser Ungeduld stupste sier ihm mit dem Finger gegen die Brust.

»Ich habe dich etwas gefragt.« Ein Knurren vibrierte in siesem Inneren, während sier ihn böse anfunkelte.

Ruráks Brustkorb hob und senkte sich rascher als gewöhnlich. Seine Stirn glänzte im Sonnenlicht durch die kleinen Tröpfchen, die sich dort gebildet hatten.

»Raus mit der Sprache!«, presste Shin hervor und ballte siese Hände zu Fäusten, bereit, sie jederzeit einzusetzen.

Ein weiteres krampfhaftes Schlucken seitens Ruráks. »Volruk bewahrt diese bis zum Urteil auf.«

»Wie bitte?« Hitze stieg siem in den Kopf und erschwerte es siem, klar zu denken. Sier zwang sich, durchzuatmen und vom Ärger abzulassen – was leider nur bis zu einem gewissen Grad half.

»Ich habe das Blut aus deinem Oberteil gewaschen, wenn dich das beruhigt. Seltsamerweise ist trotz des Pfeils kein Loch im Stoff zurückgeblieben.« Er hatte seine Hände beschwichtigend erhoben, als wäre Shin ein gefährliches Raubtier.

Zitternd vor Wut packte sier auf Brusthöhe Ruráks Oberteil und ließ keinen Abstand zwischen ihnen zu. Immerhin hatte sich die Magie in den Fasern durch den Pfeil nicht verändert, sondern hatte ihre Aufgabe erfüllt und den Schaden in sieser Bekleidung behoben. »Ich werde mich erst ›beruhigen‹, sobald ich sie wieder an mir trage. Vorher keineswegs. Ihr könnt nicht von mir verlangen, dass ich bis dahin in diesen Lumpen herumlaufe.«

Trotz zitternder Zähne fand Rurák seine Stimme wieder. »Das erwartet auch niemand von dir. In deinem Zelt liegen Kleidungsstücke bereit, die dir besser passen sollten als diese.« Seine roten Augen huschten an siem herab, ehe sich ihre Blicke wieder trafen.

Überraschung legte sich über die Hitze der brodelnden Wut und gab ihr einen deutlichen Dämpfer. »In meinem Zelt? Bringst du mich nicht zu meiner Schwester?«

Mit aufeinandergepressten Lippen schüttelte er langsam den Kopf. »Das darf ich nicht.«

Shin zog sich noch näher an Rurák heran, berührte mit sieser Nasenspitze beinahe sein Kinn, doch ließ sier nach einem weiteren Seufzen von ihm ab und spürte mit dem Abflauen sieser Wut, wie siem schwindelte. »Natürlich nicht.«

Damit Shin nicht gegen ihn fiel, stieß sier sich von ihm ab und nahm dafür in Kauf, dass sier einige Schritte von ihm weg stolperte, ehe sier sich wieder fing. Den beißenden Schmerz schluckte sier gänzlich hinunter, zusammen mit all dem Chaos, das sien daran hinderte, die Fassung zu bewahren. Sobald sier sich so weit gesammelt hatte, um sich gerade hinzustellen, erkannte sier rechtzeitig eine Bewegung aus siesem rechten Augenwinkel. Sier erhob mahnend siese Hand, ehe sier den Blick in diese Richtung wandte. »Nicht jetzt!«

Rurák zog seine Hand zurück, schenkte ihm dabei sogar ein verständnisvolles, wenn auch zögerliches Lächeln, ehe er mit derselben Hand eine fließende Geste nach vorne machte. »Dort ist dein Zelt. Gleich neben meinem.«

Mit einem unbehaglichen Gefühl, das sich tief in Shins Knochen fraß, trat sier in die kleinere der beiden Behausungen ein und sah sich direkt um. Sie besaß nur eine Ebene, wie sier es für gewöhnlich von anderen Zelten kannte, aber es war trotzdem hoch genug aufgestellt worden, sodass selbst großgewachsene Sorkár aufrecht darin gehen konnten.

Shin hätte eigentlich mit einer spärlichen Einrichtung gerechnet, aber es war mit allerlei Tüchern, Federn und Schuppen geschmückt. Das Nachtlager ausgekleidet mit einem Kurzhaarfell wirkte ebenfalls einladend und die Decken sahen bereits von Weitem angenehm weich aus. Auf einem niederen Holzmöbel, das siem kaum bis zu den Knien reichte, stand eine Schale mit Wasser, daneben ein kleiner Stapel mit Wolltüchern. Jedoch fehlte eine Feuerstelle.

»Du wirst in unserer Anwesenheit essen, nicht alleine. Das ist bei uns Brauch«, erklärte Rurák, als hätte er diese Feststellung siesem Blick angesehen.

»Dann werde ich dies respektieren«, erwiderte Shin heiser und ließ dadurch mehr von sich durchsickern als beabsichtigt. Warum musste siese Maske genau vor Rurák bröckeln und Risse bekommen? So war das nicht geplant.

»Wenn du dich erleichtern musst, sag es den Wachen vor dem Zelt.« Sein mitleidiger Blick gab siem den Rest.

»Wie angenehm.« Sier fühlte sich bei dem Gedanken, erneut nach Erlaubnis für dieses alltägliche Bedürfnis zu fragen, wie Dreck. Immerhin war sier nicht länger auf fremde Hilfe angewiesen, wenn es darum ging, sich zu erleichtern. Allerdings war das nur ein kleiner Trost. Normalerweise prallten solche Dinge an siem ab, als wäre es nichts, aber vielleicht lag es daran, dass sier für heute schon zu viel hatte unterdrücken, ignorieren oder hinunterschlucken müssen.

»Dürfte ich einen Moment für mich allein sein?« Siese Stimme war kaum mehr als ein Flüstern, aber nach wie vor verständlich genug, damit Rurák es hörte. Shin räusperte sich, um aus ihr doch noch ein wenig Kraft herauszuholen. »Oder hat Volruk dir aufgetragen, mich zu keinem Zeitpunkt aus den Augen zu lassen?«

Die Falte zwischen seinen Brauen vertiefte sich. »Ein Moment sollte möglich sein.« Ohne weitere Worte kam er sieser Bitte nach und achtete sogar darauf, dass selbst der Zelteingang gänzlich geschlossen war.

Schwester ... Der Gedanke an sie versetzte siem einen Stich ins Herz, erinnerte sien schmerzlich daran, wie wenig sier es gewohnt war, sie nicht an sieser Seite zu haben. Shin schluckte schwer, umarmte sich selbst, ehe sier bemerkte, wie eine einzelne Träne siem über die Wange rann. Ohne ihr die Möglichkeit zu geben, auf sieser Haut anzutrocknen, wischte sier sie mit dem Handrücken weg und schüttelte angewidert den Kopf.

Diese Gefühlsduselei musste aufhören. Sier konnte sich diese Schwäche nicht leisten, obwohl sier selbst nicht wusste, warum diese an diesem Ort derart stark zum Vorschein trat. Vorzugsweise brachte Shin das so rasch wie möglich unter Kontrolle, damit sier wieder in der Lage war, sich aufs Wesentliche zu konzentrieren. Den Auftrag hatte sier nicht vergessen und nach wie vor wollte sier um jeden Preis darauf verzichten, herauszufinden, was es mit den im Brief angedrohten Konsequenzen auf sich hatte.

»Tut mir leid.« Shin drehte sich um siese eigene Achse, um zu erkennen, dass bloß Rurák mit einer Entschuldigung eingetreten war. »Mehr Zeit kann ich dir leider nicht geben.«

Tief in siesem Inneren fand sier die Kraft, ihn anzulächeln. »Immerhin hast du mich angehört und nicht ignoriert. Dafür danke ich dir.«

»Keine Ursache.« Nachdenklich ließ er seinen Blick umherschweifen, ehe er sien mit seinen Gold leuchtenden Iriden fixierte. »Hättest du weitere Ratschläge für mich?«

Mit all dem Kummer und Chaos, das unter sieser Oberfläche lauerte, kam siem diese schlichte Frage gerade gelegen, sodass sier sich sogar ein wenig darüber freute. »Natürlich habe ich das. Mehr als genug.«

11. Rulris 689, ZF, 3Z
DER TÖRICHTE PFAD DES HOCHMUTS

A ls Shin den nächsten Atemzug laut ausstieß, lagen Ruráks Hände in siesen. Abwechselnd betrachtete sier erst seine linke, dann seine rechte Hand, fühlte, wie er zitterte, während er einbeinig nach seinem inneren Gleichgewicht suchte. Innerhalb der letzten Tage hatte er sich enorm verbessert, obgleich er Shin noch immer als Stütze benötigte. Aber das kümmerte sien nicht. Das war es nicht, was sien an dieser Situation störte. Im Gegensatz zum Sorkár machte sier keinerlei Fortschritte. Bisher hatte er nichts von Belang für den Auftrag ausgeplaudert und wie es sieser Schwester erging, wusste sier ebenfalls nicht. Daher war es schier unmöglich, sich einen gescheiten Fluchtplan zurechtzulegen.

»Langweile ich dich?«, fragte er Shin mit einem entschuldigenden Lächeln und stellte sich zurück auf beide Füße.

Noch halb in Gedanken sprach sier das Erste aus, was siem in den Sinn kam. »Nein.« *Wirklich sehr eloquent*, schalt sier sich. Selbst Fernis, der Gottheit des Zorns, wäre dazu eine bessere Erwiderung eingefallen, obwohl er nicht für seine Redegewandtheit bekannt war.

»Das klingt jetzt aber nicht sehr überzeugend.«

»Vielleicht nicht«, entgegnete Shin und entzog ihm siese Hände, wobei Ruráks Daumen siese Finger mit leichtem

Druck streifte. »Oder vielleicht habe ich mir etwas anderes für dich überlegt. Etwas Praktischeres.«

»Und das wäre?« Seine Neugier war geweckt, was siem ein zufriedenes Lächeln entlockte.

»Durch praktischere Übungen würdest du noch mehr lernen. Allein durch Kraftaufbau erreichst du nicht genug, um wirklich besser zu werden, aber ich glaube, das ist dir bewusst.«

»Stimmt.« Wieder nur eine ruhige, kurzangebundene Antwort. Was Shin jedoch irritierte, war das Lächeln, gefolgt von einem Schnauben, das er sanft ausstieß, während er siem tief in die Augen sah. Die Furche zwischen seinen Brauen fiel siem nun weniger auf, dennoch blieb siese Aufmerksamkeit kurz an ihm haften. Sier dachte darüber nach, wie viele Zwillingsmonde Rurák bereits auf Vaerys lebte und wie lange er die Schmach innerhalb seines Clans hatte ertragen müssen. Nicht ohne Grund hatte er zum Bogen gegriffen, sich in jener Kunst der Waffen gewidmet, die aus der Distanz enorme Gefahr barg und ihn vor dem nahen Kampf fernhielt. Nicht ohne Grund hatte er es derart lange vor sich hergeschoben, sich um das eigentliche Problem, sein schwächeres Bein, zu kümmern. Dabei hätte Shin es nicht einmal als Schwäche bezeichnet, wenn es nach siem ginge. Es machte ihn nur schwach, weil andere es ihm einredeten und er es ihnen glaubte.

»… mir eigentlich zu?«, führte Rurák den Satz zu Ende, der Shin allmählich ins Bewusstsein einsickerte.

Hastig blinzelte sier mehrere Male und merkte erst jetzt, wie sehr sier gedanklich abgeschweift war. »Wie bitte?«

Rurák lachte auf. Dieser tiefe Klang vibrierte so angenehm in Shins Ohren, dass sier für einen Moment wie gebannt vor ihm stand, ehe sier ihm mit angehaltenem Atem einen fragenden Blick zuwarf.

»Du hast mir nicht zugehört«, stellte er grinsend fest, ließ siem dieses Mal keinen Raum, um etwas zu entgegnen. »Das macht nichts. Ich habe dich gefragt, wie diese praktischen Übungen aussehen und …« Nun entstand doch eine Pause, in der er zögerte und abwägte, ob er siem seine zweite Frage tatsächlich stellen sollte.

»Was liegt dir auf der Zunge?« Da Shin nun wieder gänzlich in die Gegenwart zurückgekehrt war, lag es an siem, von sich abzulenken und die Zügel des Gesprächs zwischen ihnen wieder zu übernehmen.

»Wir haben uns doch schon einige Male unterhalten, aber ich kenne noch nicht einmal deinen Namen.« Er lachte unsicher auf, als wäre es seine Schuld, dass er sich nicht danach erkundigt hatte.

»Sind Namen denn so wichtig?« Eine törichte Frage. Besonders sier wusste ob der Bedeutsamkeit von Namen, aber sier beabsichtigte damit nur, Rurák sanft vom Thema abzubringen. Bei der nächsten Gelegenheit würde sier …

»Mir schon. Wie möchtest du genannt werden?« Seine Augen durchdrangen sien mit einer Intensität, die weit bis zu sieser Seele reichte, und brachten sien für einen Atemzug lang aus dem Konzept.

»Ich …« Shin schluckte, überrascht von der Art, wie Rurák die Frage formuliert hatte. Er hatte sien nicht gefragt, wie andere sien ansprachen, sondern wie sier genannt werden wollte. Aus sieser Sicht war das ein enormer Unterschied und irgendwie fühlte sier sich dadurch verstanden. Nicht, dass sier von irgendwem eine Bestätigung für siese Art zu leben brauchte. Dennoch breitete sich ein warmes Gefühl in sieser Brust aus. Mit einem etwas zu erzwungenen Räuspern rang Shin um Fassung, atmete durch und setzte ein kontrolliertes Lächeln auf. »Wie nett von dir, mich derart höflich zu fragen. Nur weiß ich nicht, wie gefährlich es für dich werden könnte, wenn du meinen wahren Namen kennst. Den Namen, welchen mir die Göttlichen geschenkt haben.«

»Die Göttlichen?« Er runzelte die Stirn, als kaufte er siem diese Geschichte nicht ganz ab, aber sier sah ihm ebenfalls an, dass er es niemals wagen würde, sich dagegen auszusprechen. »Dann muss es ein schöner Name sein.«

Shin schnaubte überrascht, sagte jedoch nichts, sondern überließ es ihm – trotz sieses Vorhabens, die Führung über diese Konversation zu nehmen –, das Gespräch fortzusetzen. Sier war geradezu fasziniert von seiner Sicht auf die Dinge und wie er sie ansprach.

»Soll ich ihn für mich behalten, wenn du ihn verrätst?«

»Kannst du das denn? Ein Geheimnis für dich bewahren?« Sier ließ es wie eine Herausforderung klingen und unterstrich es mit einem hämischen Grinsen.

»Ich denke schon.«

»Du denkst?«, piesackte sier ihn und verschränkte dabei langsam die Arme vor der Brust.

Rurák lächelte zu sieser Überraschung ebenfalls, denn die unterschwellige Beleidigung schien an ihm abzuprallen wie an einem undurchdringlichen Schild. »Ich bin sicher, dass ich das hinkriege.«

»Mein Name lautet Shin«, offenbarte sier ihm und spannte ihn nicht länger auf die Folter. Sofort vertiefte sich die Falte zwischen seinen Augenbrauen, während ein grübelnder Ausdruck auf seine Miene trat.

»Diesen Namen habe ich schon einmal irgendwo –«

»Denke nicht zu viel darüber nach«, ermahnte Shin ihn mit erhobenem Zeigefinger und lächelte dabei, obwohl sier gerade selbst nicht wusste, warum sier bei der Offenbarung sieses Namens eine derartige Erleichterung empfand. Es war nicht das erste Mal, dass sier jemandem siesen Namen verraten hatte. Dennoch fühlte es sich eigenartig an – wie etwas, dass sier niemals zuvor getan hatte. Doch sier nahm sich siese eigenen Worte zu Herzen und schob dieses törichte Gefühl beiseite. »Wir sollten unsere Energie lieber voll und ganz auf den Kampf richten.«

»Kampf?« Seine sonst so ruhige Stimme zitterte leicht, bevor er schluckte. Er ließ sich so schnell aus der Reserve locken, dass Shin nicht anders konnte, als zu schmunzeln.

»Keine Sorge, du hast nichts zu befürchten. Schließlich trage ich doch keine Waffen bei mir und ich bin außerdem verletzt. Was könnte ich da schon gegen einen ausgewachsenen Sorkár wie dich ausrichten?« Wieder bemühte Shin sich darum, ihm mit dem sarkastisch gewählten Wortklang klarzumachen, dass sier es nicht ganz ernst meinte.

Doch er schien es besser zu begreifen, als Shin gedacht hatte. »Ich habe nicht vergessen, wie gefährlich du sein kannst und warum du Volruks Groll auf dich gezogen hast. Vielleicht erwecke ich in dir den Eindruck, naiv zu sein, aber ich mache nicht den Fehler, dich zu unterschätzen.«

Shins linker Mundwinkel zuckte, während sier ihn mit angehaltenem Atem beobachtete. Dieser Sorkár traf einen Punkt in siem, den sier selbst missachtet hatte: Sier hatte ihn absolut falsch eingeschätzt und sich damit direkt in eine Sackgasse manövriert. Ihm würde sier niemals Informationen entlocken, die Volruk schadeten. Diese Erkenntnis frustete sien mehr als erwartet und raubte siem die rechten Worte. Sier hatte sich zu sehr darauf verlassen, dass sier mit Rurák ein leichtes Spiel haben würde, indem sier ihm ein wenig Gesellschaft gegen seine Einsamkeit schenkte. Aber sier hatte es gründlich vermasselt und musste nun all siese Ansätze über den Haufen werfen, um sich eine gänzlich neue Herangehensweise zu überlegen. Wegen sieser zu spitzen Zunge.

Rurák bezog sies Schweigen natürlich auf seine Aussage. »Liege ich damit richtig? Wirke ich in deinen Augen so naiv?«

Zum ersten Mal seit langer Zeit fiel siem tatsächlich keine gescheite Antwort ein, denn sies Kopf war vom Frust und von der Wut auf sich selbst wie leergefegt. Und das feuerte das Inferno in siem weiter an, brachte sien an den Rand einer Gefühlsexplosion, die nicht einmal sier erleben wollte.

»Geh!« war das Einzige, was siem entwich. Sies Kiefer spannte sich an, die Zähne klapperten leise gegeneinander, in siesen Ohren grollte und pochte es.

»Aber …« Weshalb auch immer er widersprach, dieses ›aber‹ brachte das Fass zum Überlaufen.

Ohne Vorwarnung preschte Shin vor, schrammte mit dem Rücken knapp an ihm vorbei, drehte sich indes um eine Vierteldrehung nach links und kam direkt hinter ihm zum Stehen. Mit einem zurückhaltenden Tritt seines quergestellten Fußes traf sier Rurák in der rechten Kniekehle, sodass dieser nach vorne wegknickte. Unbewusst tat er mit seinem anderen Bein einen Schritt vorwärts, während er mit dem Knie seines schwächeren Beines auf dem Boden aufkam. Doch bevor sein Oberkörper der Wucht des Falls hätte folgen können, hielt Shin diesen auf, indem er ihn an beiden Schultern ergriff. Dabei benötigte er jede Selbstbeherrschung, um ihm die Spitzen sieser Fingernägel nicht in die Haut zu treiben. Beide Zeigefinger ruhten an der Wurzel seines Halses, drohend, jederzeit bereit, ihn zu verletzen, wenn er auf dumme Ideen kam. Shin spürte sogar, wie Ruráks Adamsapfel zuckte, hinauf- und wieder hinunterwanderte. Weiterhin zitternd vor Wut beugte sier sich vor, so weit, dass siese Lippen beinahe sein linkes Ohr berührten.

»Bitte geh«, hauchte sier ihm zu. Rurák erschauderte unter der Berührung sieses Atems und nickte rasch. Da er es nun endlich verstanden hatte, ließ sier die Hände von ihm gleiten und trat einen Schritt zurück, um sicherzugehen, dass sier selbst in diesem Moment der Unberechenbarkeit keine Fehler beging.

Wortlos erhob er sich, doch wandte sich kurz nach siem um, bevor er ging, mit einem Blick, der Shin einen Dolchstich direkt ins Herz versetzte. Er wirkte nicht verletzt, nicht gekränkt – aber etwas war da in seinen Augen, was Shin dort nicht sehen wollte.

Mindestens eine Stunde musste vergangen sein, ehe es Shin gelang, sich endlich wieder von der Stelle zu rühren. Sier hatte sich nach der Sache mit Rurák im Schneidersitz ans untere Ende sieses Nachtlagers gesetzt und seither nicht aufgehört, in kontrollierten Atemzügen Entspannung in siesen Körper zu bringen. Mit der Ruhe klärten sich Shins Gedanken und das Gewitter in siem. Wie hatte sier sich nur derart von sieser Wut hinreißen lassen können? War es die Verletzung, die siem jede Art von Fassung abrang? War es Rurák mit seinem immerzu ruhigen Lächeln? Oder war es der Erkenntnis zuzuschreiben, dass auch siem nach all den Jahrhunderten an Erfahrung derlei Fehler unterlaufen konnten? Und dass solche Missgeschicke für Hibiko und sien tödlich enden konnten? Was es auch war, es bereitete Shin Unbehagen. Es brachte sien dazu, nachzudenken. Sich genauer damit zu beschäftigen, wann sier angefangen hatte, alles auf die leichte Schulter zu nehmen und sich als Klinge der Göttlichen über andere zu erheben. Wenn sier wirklich derart einfach durch einen Sorkár aus der Fassung zu bringen war, konnte sier sich wohl kaum mächtig nennen, geschweige denn unantastbar. Und diese Wunde. Sie war mehr als nur eine Erinnerung an siese eigene Sterblichkeit. Sie hatte siem einen ordentlichen Denkzettel verpasst, weshalb sier sich davor hüten würde, diesen törichten Pfad des Hochmuts weiter zu beschreiten.

Überheblichkeit war gefährlich und brachte selbst Gottheiten zu Fall. Sier hatte es mit siesen eigenen Augen gesehen, es nun am eigenen Leib erfahren.

»Shin?« Nichts weiter als ein Flüstern, aber sier erkannte die Stimme sofort. Sier hob die Lider und sah Rurák im Zelteingang stehen.

»Ich hätte nicht gedacht, dass du es sein würdest, der mich nach unserer kleinen, missratenen Konversation aufsucht.«

»Hast du mit Volruk gerechnet?«

»Natürlich, und zwar mit einer Waffe in der Hand, um mich damit niederzuschlagen«, legte Shin siese Gedanken offen und war über siese Ehrlichkeit selbst überrascht.

»Sie würde dich nicht einfach …« Aber er brachte den Satz nicht zu Ende und schien es sich ein zweites Mal durch den Kopf gehen zu lassen, was er hatte sagen wollen.

Im Gegensatz zu Ruráks Miene, die seinen Zweifel und seine Unsicherheit widerspiegelte, blieb siese kühl, zeigte ihm nichts. »Sie würde es tun.«

Schweigend kratzte er sich am Kinn, presste die Lippen aufeinander und betrachtete sien eindringlich. Shin tat dasselbe mit ihm, sehnte sich einen Augenblick danach, zu wissen, was in seinem Kopf vorging. Womöglich gab siem das Antworten auf sies eigenes Dilemma, in dem sier gerade feststeckte.

»Eigentlich bin ich nicht hier, um mit dir darüber zu reden. Ich würde dich lieber ablenken.« Shins Brauen zuckten nach innen, doch ehe sier den Mund öffnete, sprach

Rurák weiter. »Und zwar möchte ich dich im Dorf herum-
führen. Ein wenig Bewegung kann ja nicht schaden und
vielleicht bringt es dich auf andere Gedanken.«

Shin hielt jeden bissigen oder gehässigen Kommentar zurück, der siem in den Kopf schoss, und schob sie beiseite,
bevor sie siem über die Zungenspitze entwischten. Sier
nahm Ruráks Geste für das an, was es war: Wohlwollen.

Lächelnd erhob sier sich, klopfte sich den Staub von der
Kleidung und nickte ihm zu. »Ein Spaziergang durch das
Dorf, wie aufregend.« Na gut, an der Vermeidung sieses
sarkastischen Untertons würde sier in Zukunft noch arbeiten.

»Wer hier wohnt, muss ich dir nicht erklären«, entgegnete
Rurák mit einem Wink seines Fingers in Richtung des
Häuptlingszelts. Im Licht der Nachmittagssonne wirkte es
deutlich imposanter als bei Nacht. Die Farbenpracht der
Planen harmonierte trotz ihrer Vielfalt perfekt miteinander
und erinnerte Shin witzigerweise sofort an die Farben von
Paradiesvögeln, obwohl sier in dieser Gegend wohl kaum
welche finden würde. Darüber, wie genau das Zelt aufge-
baut war, wagte sier es nicht, sich den Kopf zu zerbrechen.
Architektur war nie siese Stärke gewesen, auch wenn sier
sich stets in jedem Gebäude, jedem noch so verwirrenden
Gassenlabyrinth, zurechtfand.

»Ist es mir erlaubt, überhaupt in die Nähe von Volruks Lager zu treten?«

»Unter meiner Aufsicht schon.«

Shin zog eine Augenbraue hoch. »Du bist dir deiner so
sicher?«

»Was dich betrifft, ja.« Mit etwas zu viel Selbstbewusstsein für siesen Geschmack stellte er sich mit sicherem Stand neben sien.

Dafür erntete er ein verächtliches Schnauben. »Du solltest dich davor hüten, mir zu vertrauen. Wer weiß, was ich des Nachts plane. Vielleicht erdolche ich dich im Schlaf, sobald sich mir die Möglichkeit ergibt.«

»Würdest du nicht.« Kurz, als würde die Knappheit seiner Worte die ehrliche Meinung in ihnen unterstreichen. In siesem Kopf hingegen sorgte es für reichlich Verwirrung, denn sier konnte es nicht nachvollziehen, woher dieses plötzliche Vertrauen kam. Sier hatte es sich nicht verdient. Vielmehr hätte Shin erwartet, dass siese Kommentare Rurák mit Misstrauen erfüllten. Die Sicherheit in seinem Blick, das warme Lächeln auf seinem Mund – es deutete nichts auf Feindseligkeit siem gegenüber hin.

»Warum bist du dir dessen so sicher?«

»Gefühl, Intuition, Erfahrung – such dir etwas aus.«

Fragen über Fragen zeichneten sich auf Shins Stirn ab, da sier es aufgegeben hatte, siese gleichgültige Maske zu wahren. Bei ihm brachte es ohnehin nichts. Er durchschaute sien – wie auch immer er es anstellte. Oder gab es zumindest vor, als wüsste er genau, was in siem vorging.

»Aber zerbrich dir darüber nicht deinen hübschen Kopf und komm mit, bevor Volruk uns erwischt.« Sein etwas zu gehetzter Blick und das plötzlich unsichere Lächeln erzählten mehr als genug.

»Sagtest du nicht …?« Rurák packte sien bereits am Handgelenk und zwang sien dazu, ihm zu folgen. Shin sträubte sich nicht dagegen und entzog sich ihm auch nicht, sondern hielt mit ihm Schritt. Die Wärme, die von seiner Hand ausging, breitete sich über siesen Arm aus, kribbelte an der Stelle, wo er sien berührte, während Shin nicht so recht wusste, was sier mit dieser Empfindung anfangen sollte. Sie widerstrebte der Kühle in siesem Inneren, doch zögerte sier, sie, wie alle anderen Gefühle, die sien störten, hinunterzuschlucken. Möglicherweise interpretierte sier zu viel hinein, da mit siem ohnehin seit Tagen etwas nicht stimmte – was nach wie vor Rurák und seinem vergifteten Pfeil zuzuschreiben war.

An einer Behausungsreihe entlang, flugs vorbei an einer Gruppe plaudernder Sorkár, hetzten sie weiter, bis Rurák vor dem Eingang eines Zelts anhielt. Die beiden Wächterinnen, die dort postiert waren, erweckten direkt die Vermutung, dass es sich hierbei nicht um eine normale Unterkunft handeln konnte. Der Sorkár stoppte abrupt. Shin hingegen kam leichtfüßig zum Stehen, ohne gegen Rurák zu donnern. Sier kniff siese Augen zu schmalen Schlitzen zusammen, während beide Sorkári sien mit grimmigen, wenn nicht gar verachtenden Blicken durchlöcherten.

»Rurák, was hat der hier zu suchen? Du weißt doch, dass das Schneehaut seine Schwester nicht besuchen soll«, meinte die Wache zur rechten in schnippischem Ton, klopfte mit dem stumpfen Ende ihrer Lanze auf den Boden, um ihren Worten mehr Eindruck zu verleihen. Shin widmete dieser Geste keine Beachtung. Stattdessen horchte sier auf, als sier Hibikos Stimme hörte, die durch die Zeltplane hindurch die wüstesten Flüche und Beleidigungen ausspie.

»Schwester«, entglitt es siem unbeabsichtigt. In siem zog sich alles zusammen und erinnerte sien schmerzlich daran, dass Hibiko – im Gegensatz zu siem – wahrscheinlich mit Gewalt festgehalten wurde. Sier wollte es sich gar nicht ausmalen. Dennoch brannte sier darauf, sie zu sehen, sie zu umarmen, bei ihr zu sein, mit ihr zu reden – Dinge, die sonst immerzu selbstverständlich gewesen waren und die sier nun in einem Moment der Unachtsamkeit verlieren könnte.

»Lasst mich sien sofort sehen!« Ihr Ton überschlug sich und mündete rasch in einem grellen, rauen Kreischen. Die linke Wache zog entnervt die Nase kraus und schnaubte hörbar, während die sich rechte weiterhin Rurák widmete.

»Bring ihn weg! Volruk –«

»Sien, ihr Drecksstücke! Nicht ihn!«

Die Wächterinnen warfen sich gegenseitig fragende Blicke zu, schienen nicht recht zu verstehen, worauf siese Schwester hinauswollte. Dafür, ihnen zu erklären, was es damit auf sich hatte, besaß Shin gerade nicht die Geduld und ließ es fallen.

Als hätte Hibiko nicht dazwischengeschrien, setzte die Wache erneut an. »Volruk möchte ihn nicht in der Nähe ihres Lagers sehen.«

Obwohl ihre Worte einem Fauchen glichen, blieb Rurák gelassen und ließ sich dadurch nicht aus der Reserve locken. »Es wird nichts passieren und wenn, trage ich die volle Verantwortung.«

Mit geschwollener Brust und gerecktem Kinn trat die rechte Wache vor, wirkte durch diese Anspannung sogar größer als Rurák. »Ich hoffe, du hast nicht vergessen, wo dein Platz ist.« Shin erkannte keine Belustigung, noch sonst etwas in dieser Richtung in ihren hellroten Augen, aber der Ton, in welchem sie mit dem Sorkár sprach, gefiel siem ganz und gar nicht. »Immer noch ganz weit unten in der Rangordnung.«

Sier sah zu ihm hinüber, aber da er keine Anstalten machte, sich gegen diese Unverschämtheit zu wehren, ergriff sier stattdessen das Wort für ihn. »Würde Rulris eine solche Demütigung gegenüber jemandem von deinesgleichen dulden? Ich denke nicht.«

»Volruk hätte dir die Zunge rausschneiden sollen …« Ihre Knöchel stachen hell hervor, als sie den Griff um ihre Lanze festigte, aber sie schien sich so weit unter Kontrolle zu haben, dass sie ihre Waffe nicht kopflos auf sien richtete. Jedoch machte sie einige hastige Schritte auf sien zu – zähnezeigend und mit einem lauten Knurren, das aus den Tiefen ihrer Kehle entsprang. Rurák stellte sich schützend vor Shin, hob dabei die Hände, als könnte er sie allein mit dieser Geste beschwichtigen.

»Ich bring sien zurück«, erwiderte der Sorkár in gedämpften Ton, hielt dabei seinen Kopf leicht gesenkt. Als Shin nach unten sah, bemerkte sier, dass sich Ruráks rechter Fuß leicht nach innen gedreht hatte. Offensichtlicher hätte er seine Unsicherheit und Unterwürfigkeit der Wache gegenüber nicht zeigen können.

»Na los! Machen, nicht reden!« Sie sprach den Befehl mit solch einer Wut aus, dass ihr Spucke aus dem Mund spritzte. Normalerweise hätte sich Shin an ihrem Anblick ergötzt, aber für gewöhnlich lag das Leben von sieser Schwester und siem nicht in den Händen derjenigen, die sies Amüsement auf sich zogen.

»Lasst sien rein!«, rief Hibiko weiter, klang dabei fast verzweifelt, da sie ebenso darunter litt, dass man sie voneinander getrennt hielt.

Ein Ruck durchfuhr sien, lenkte sien instinktiv zum Eingang, zu sieser Schwester. Sie mochten sie räumlich voneinander fernhalten, aber ihre Verbindung würden sie niemals zerbrechen können. Diese reichte zu tief, war zu stark, zu alt. Ehe sier dazu kam, sich an Rurák vorbeizuschlängeln, hielt er siem seinen linken Arm in den Weg. Er drängte sien in die Richtung, aus der sie gekommen waren. Ein Kopfschütteln reichte, damit sich Shin zischend umdrehte und im nächsten Atemzug von den Wachen entfernte.

Weg vom Zelt.

Fort von sieser Schwester.

Es widerstrebte siem, kostete sien enorme Kraft, sich nicht gegen Rurák zu wehren. Rasch brachten sie etwas Abstand hinter sich, eilten schweigend nebeneinander her. Unvermittelt packte er Shin am Oberarm und hielt sien fest. Ohne Widerworte ließ sier es zu, ignorierte das erstickende Gefühl, das sien heimsuchte.

Die Kinder, die ihnen entgegenrannten, stoben auseinander, um ihnen auszuweichen. Sie lachten nicht, da sie anscheinend merkten, dass etwas nicht stimmte.

Rurák behielt Shin nah bei sich, sodass sie sich gelegentlich an den Hüften streiften. Die Nähe irritierte sien, aber was sollte sier tun? Sier wollte keine Szene machen, nicht noch mehr Aufmerksamkeit auf sich ziehen. Für heute genügte der Trubel, den sier verursacht hatte. Und der bittere Nachgeschmack von Ruráks Demütigung klebte siem unangenehm am Gaumen.

»Es tut mir leid«, entschuldigte er sich schnaufend, ohne stehen zu bleiben. Seine Hand an siesem Arm schwitzte, rutschte beinahe ab, aber er festigte seinen Griff und schien zu vergessen, dass es eventuell wehtun konnte. Shin hielt den Schmerz jedoch aus, da sien etwas anderes deutlich mehr interessierte. »Warum entschuldigst du dich?«

»Es hat nicht geklappt«, schnaubte er angestrengt, kam vor Shins Unterkunft zum Stehen und schaute zerknirscht zu siem.

Shin schmunzelte und rollte mit den Augen. »Muss ich dir denn alles aus der Nase ziehen?«

»Es hätte dir sicher gutgetan, deine Schwester zu sehen.«

Als Rurák seine Pranke von siesem Oberarm löste, atmete Shin erleichtert aus. »Hätte es tatsächlich.« Sier brauchte für den Moment etwas Abstand, trat zwei Schritte von ihm weg, dafür näher zum Zelteingang und schob dort den schweren Stoff beiseite.

»Danke.« Über siese Schulter hinweg suchte sier nach seinen goldenen Augen. Erstaunen weitete sie, ließ Rurák so unschuldig und naiv wirken, doch der Tag hatte Shin eines Besseren belehrt. »Für den Versuch zumindest.«

Sier lachte leise vor sich hin, wartete aber keine Antwort ab, sondern zog sich in sies Zelt zurück. Sier behielt das Lächeln noch eine ganze Weile auf siesen Lippen.

DIE TRADITIONEN
DER SORKÁRI

Zu einer viel zu frühen Stunde jagte Rurák Shin aus siesem Nachtlager und überredete sien zu einem Spaziergang.

»Was war derart dringlich, dass du mich aus dem Zelt gescheucht hast?« Shin hob fragend die rechte Augenbraue, während Rurák sien mit einem unschuldigen Lächeln an den Zelten entlangführte.

»Warte es ab«, meinte er bloß und machte nicht den Eindruck, als würde er Shin mehr über sein Vorhaben verraten.

An diesem Morgen machte siem die Wunde mehr zu schaffen als üblich, doch sier ließ sich nichts anmerken. Tags zuvor hatte sich der Schamane nochmals ausgiebig um die Verletzung gekümmert und sien damit beruhigt, dass die Entzündung zurückgegangen war, obwohl die Stelle teilweise noch immer wie Feuer brannte. Sier hatte also nichts zu befürchten, was das anging. Trotzdem zog siem auch jetzt der Schmerz unangenehm bis zum Rückgrat und zwang sien dazu, etwas langsamer zu gehen. Dank Ruráks Hinken fiel das aber nicht auf.

Unruhe erwachte in siem – keine negative, vielmehr durch Neugier ausgelöst. Ruráks freudiger Ausdruck hatte sien angesteckt, sodass sier es kaum erwarten konnte, zu erfahren, wohin er sien brachte.

Offenbar war Shin nicht allein mit diesem Gefühl, da aus allen Richtungen Sorkár zusammenkamen, um sich im südwestlichen Teil der Siedlung in einem Kreis um einen weitläufigen Platz zu versammeln. Nur wenige Wachen waren mit dabei, aber sier reckte dennoch kaum merklich den Hals, um sie im Blick zu behalten. Sollte sier es wagen, sich in diesem Getümmel davonzuschleichen, siese Schwester aufzusuchen und sie zu befreien? Wenn sier ... aber nein, Rurák stand zu nah bei siem, hielt sien dafür zu fest, um unbemerkt zu verschwinden. Die erregten Gespräche mündeten bald in einem lauten Summen, das den Ort überflutete und ihm mehr Leben einhauchte. Die Luft vibrierte regelrecht vor Aufregung, Vorfreude und Spannung, wobei Shin die einzige Person zu sein schien, die nicht wusste, was vor sich ging.

Eine Sorkár in einer kunstvoll hergestellten Lederrüstung trat auf den Platz. Mit ihren breiten Schultern und der dunkelroten, fast mahagonifarbenen Haut hob sie sich deutlich von der Masse ab. Jubel brach aus, als sie ihre Fäuste triumphierend in die Luft warf und mit einem selbstbewussten Gang weiter zur Platzmitte schritt.

Rurák lehnte sich siem leicht entgegen. »Das ist Tarlas, Benráls Tochter. Sie ist jung, aber zeigt schon jetzt das Potenzial, vielleicht bald zu einem starken Häuptling aufzusteigen. Heute will sie endgültig beweisen, dass sie vor nichts Angst hat.«

Mit einem leichten Kopfschütteln schnaubte Shin verächtlich. »Und wie? Jeder fürchtet sich vor etwas. Selbst die angeblich Furchtlosen.«

»Du etwa auch?«

»Natürlich.« Es wäre töricht, etwas anderes zu behaupten, aber das behielt Shin für sich und führte es nicht weiter aus.

Mit einem Seufzen ließ Rurák das Thema fallen und fuhr mit seiner Erklärung fort. »Sie wird kämpfen, um sich Respekt,

Vertrauen und Anerkennung zu verdienen. Und am Ende wird sich herausstellen, welcher Rang im Clan ihr zugeteilt wird.«

Shin stieß ein verächtliches Schnauben aus. »Lächerlich. Ohne den Einsatz ihres eigenen Lebens wird sie niemandem beweisen, dass sie sich vor nichts und niemandem fürchtet.«

»Trotzdem ist diese Art von Schaukampf eine unserer wichtigsten Traditionen. Nicht jeder traut sich, gegen einen wilden Drachen anzutreten«, erklärte Rurák.

»Natürlich nicht. Derlei Auseinandersetzungen könnten tödlich enden.« Shins Stimme troff förmlich vor Gehässigkeit. »Kommt bei diesen Kämpfen überhaupt jemand ernsthaft zu Schaden oder hat dabei den Tod gefunden?«

Sies höhnischer Ton traf Rurák offenbar überraschend, sodass seine Brauen zuckten und sein Mund sich vor unterdrücktem Entsetzen öffnete. »Das nicht, aber —«

»Das dachte ich mir.« Sier musste wirklich aufhören, ihm ständig ins Wort zu fallen. Tatsächlich war es siem dieses Mal aus Gewohnheit passiert und nicht mit Absicht.

»Das wäre doch übertrieben.« Ungläubig schüttelte er den Kopf, schnaufte laut aus, behielt jedoch seinen Blick auf Shin.

»Ist es das?«

»Ich finde schon.«

Wieder ein leises Lachen, das siem unabsichtlich entglitt, aber sier war auch zu verwundert über diese Lebensart, als dass sier sich die Mühe gab, sich zusammenzureißen. »Dann seid ihr alle Narren in diesem Scheinparadies.«

»Musst du gleich meine gesamte Sitte beleidigen? Du meintest, du würdest unsere Bräuche achten.«

Shin ließ den Blick zu Tarlas schweifen, die in Kreisen über den Platz schritt, teils stur vorausstarrte, teils den

Sorkári freudig entgegenlächelte und dafür noch mehr bejubelt wurde. Eine Antwort blieb aus. Rurák hätte sie ohnehin nicht gehört, da aus Südosten Flügelschläge die Luft wie Peitschenhiebe durchschnitten und ein grelles Brüllen die Stimmen der Sorkári verstummen ließ. Im Gegensatz zu allen anderen verharrte Shin ruhig an Ort und Stelle, entspannte sich sogar, da sier nun endlich wusste, was zu erwarten war. Sier musste sich nicht einmal nach dem Wesen umsehen, sondern erkannte allein schon an dem Lärm, der über ihre Köpfe hinwegzog, dass es sich um einen wilden Drachen handelte. Die Wucht der Flügelschläge zerzauste Shin das Haar, aber sier verharrte ungerührt neben Rurák, während dieser staunend die Augen aufriss und mit seinem Blick das majestätische Wesen verfolgte. Ein Raunen stob durch die Anwesenden und ließ erst nach, sobald die gewaltigen Klauen des bronzeschuppigen Drachen den Boden berührten. Die grünen Augen funkelten aufgeregt, als sie die Menge um sich herum betrachteten, blieben einen Atemzug lang an Shin hängen. Sier blinzelte ihm wiederum langsam zu. Der Drache grummelte zwar, wandte sich dann jedoch rasch Tarlas zu, die ihn bereits mit offenen Armen willkommen hieß und eine kurze Rede hielt. Während er ihr zuhörte, schwenkte er seinen Schweif bedrohlich in alle erdenklichen Richtungen, als versuchte er absichtlich, die Sorkári auf größtmöglichen Abstand zu halten. Er mochte die meisten dadurch einschüchtern oder sie damit in Erstaunen versetzen, aber Shin durchschaute ihn, da die zerkratzten Schuppen auf seinem Rücken, die zerschrammten Hörner und die Schwanzspitze, bei der ein Stück fehlte, eine ganz eigene Geschichte erzählten. Eine Geschichte voller Gewalt, Vertrauensbrüchen und Verlusten. Er spielte sich nur so auf, um dies alles zu vertuschen, um als stark und mächtig zu gelten, auch wenn die Zeit längst deutliche

Spuren auf ihm hinterlassen hatte. Shin beobachtete ihn und sein Gehabe, achtete dann aber bald auf die Sorkár, die ihn pries und auf sein Vertrauen plädierte.

Der alte Drache gab ihr Getrampel als Antwort und hieb mit seiner linken Pranke nach ihr. Sie duckte sich unter dem Angriff hinweg, hüpfte gleichzeitig um einige Schritte rückwärts, um außerhalb seiner Reichweite zu gelangen. Ab diesem Zeitpunkt gab sie es auf, den Respekt des Wesens durch Worte zu erlangen. Es mussten wohl oder übel Taten folgen. Ohne Waffen, ohne Schild und nur mit leichter Rüstung bekleidet rannte sie um den Drachen herum, rollte unter einem Schwanzhieb hinweg und erntete mit ihrer Aktion Gejubel.

Auch der nächste Tritt des Drachen ging daneben, denn Tarlas reagierte schneller, nutzte dabei den ausschweifenden Angriff des Drachen, um den rechten Hinterlauf anzupeilen, der noch fest auf dem Boden ruhte. Ihr Clan feuerte sie an, grölte, brüllte, aber Shin hatte dafür nicht viel übrig.

Ohne ihn vorzuwarnen, wand sier sich mit einem Ruck aus Ruráks Griff, der sich mittlerweile gelockert hatte, drehte sich weg und schritt davon.

»Bleib stehen!«, rief er siem hinterher. Sier gab sich nicht die Mühe, schneller zu gehen, sodass er gleich zu siem aufholte und nach sieser linken Hand griff. »Kannst du mir erklären, was das soll?«

»Das könnte ich, aber ich würde es vorziehen, es dir nicht inmitten dieses Trubels zu erläutern.«

»Ich würde mir das eigentlich gerne ansehen.« Hin und her gerissen zwischen dem aufwühlenden Ereignis und seiner Pflicht, sien zu bewachen, wanderte sein Blick von Shin zum Drachen und Tarlas zurück zu siem.

»Dann tu das, aber ohne mich.« Sier wandte sich von ihm ab, zerrte am Arm, doch er entließ sien nicht ein zweites Mal so einfach wie vorher.

»Shin, bitte«, flüsterte er kaum hörbar und schaute siem mit großen Augen flehend entgegen. Was aus seinem Mund gekommen war, kümmerte sien nicht, sondern sier hatte eben nur Gehör dafür, dass er siesen Namen ausgesprochen hatte. Dementsprechend war Shins freie Hand schneller auf seinem Mund, als er zu denken imstande war.

»Du sollst meinen Namen nicht benutzen, verstehst du das nicht?«, zischte sier, wütend auf ihn und auf sich selbst – dafür, dass sier sich auf die Torheit eingelassen hatte, Rurák siesen richtigen Namen zu verraten. Shin drückte sich an ihn, um so nah wie möglich an sein Ohr zu gelangen. »Halte dich gefälligst an dein Versprechen!« Siem war bewusst, dass dies einer Drohung gleichkam, und spürte auch, wie Rurák unter sieser Berührung erschauderte und angestrengt schluckte.

Mit einem Nicken gab der Sorkár siem zu verstehen, dass er es begriffen hatte, und atmete schwer aus, als Shin siese Hand von seinem Mund löste. Seine Wangen nahmen einen dunkleren Ton an und in seinen Augen blitzte etwas auf, das sien zwang, den Blick sofort von ihm abzuwenden. Im selben Moment trat sier auch zwei Schritte von ihm weg und entfernte sich weiter vom Kampf zwischen dem alten Drachen und Tarlas. Dieses Mal folgte Rurák siem sogar ohne Widerrede, machte allerdings auch nicht den Anschein, sien jemals wieder loszulassen.

»Es war ein Versprecher. Tut mir leid.«

»Dann bemühe dich beim nächsten Mal darum, dass es nicht wieder passiert.«

Hinter ihnen zerrissen ohrenbetäubende Jubelrufe die sonst friedliche Atmosphäre der Siedlung, pflanzten damit erneut Unbehagen in Shins Brust. Die Menge an Leuten war nicht das Problem, sondern die Lautstärke, der sier ausgeliefert war. Lange war es her, seit sier im letzten großen

Götterkrieg gekämpft hatte. Jahrtausende waren seither vergangen, und doch – immer während bestimmten Situationen – blitzten Erinnerungen vor siesem inneren Auge auf. Schmerzverzerrte Gesichter, aufgerissene Münder, Blut, das aus klaffenden Wunden spritzte und überall klebte, auch an siesen Händen. Ein Feld, gepflastert von Leichen, denen sich Revi nach und nach annahm. So viel Tod, dass Shin die Übelkeit emporkroch und siem zudem ein Kloß im Hals das Schlucken erschwerte.

Die Bilder verschwammen, als sich etwas direkt vor siesem Sichtfeld bewegte – eine rote Hand, die alles vertrieb.

Rurák und sier kamen abrupt zum Stehen und erst da merkte Shin, wie sehr sier zitterte. Wahrscheinlich versuchte sier vergebens, es vor Rurák zu verbergen. Dennoch blinzelte sier mehrere Male, um aus dem Starren herauszukommen, und atmete tief durch.

Er schenkte siem ein zurückhaltendes Lächeln. »Bist du immer so angespannt?«

»Nicht immer …« Shin hielt inne, bevor sier sich verplapperte, und kniff siese Augen zusammen. Er hatte sien doch beinahe mit dieser liebreizenden Masche um den Finger gewickelt. »Woher ziehst du diese Schlüsse? Ich bezweifle, dass ich dir jemals einen Anlass dazu gegeben habe, zu denken, ich sei angespannt.«

Er umging die Frage direkt. »Aber das bist du seit Tagen, was ich verstehen kann.« Mit zerknirschter Miene wandte er sich ab, doch blieb sein Blick an Shins Handgelenk hängen, das er noch immer fest umklammert hielt. »Es gibt sicher Angenehmeres, als die gefangene Person eines fremden Volkes zu sein.«

»Das sicherlich, aber …« Aber was? Was hatte sier eigentlich sagen wollen? Siem war die Erwiderung innerhalb eines Wimpernschlags einfach so entfallen.

Anstatt nachzuhaken, lächelte er sien entschuldigend an, ehe sich die Furche zwischen seinen Brauen tiefer zog. »Gibt es etwas, das ich tun kann, um dir die Wartezeit bis zum Urteil erträglicher zu machen?«

»N-nein …« Was sollte dieses Gestotter? Hatte sier jetzt auch noch vergessen, wie man sich ordentlich ausdrückte? Sier räusperte sich, um sich zu fassen, und setzte eine freundliche Miene auf. »Ich wäre damit bedient, wenn wir uns weiter deinen Kampffertigkeiten widmen könnten.«

Seine Lippen formten sich zu einem O, soweit es seine Hauer zuließen. »Das müssten wir auf eine spätere Stunde schieben. Volruk hat mich nämlich beauftragt, dir deine Tagesarbeit zu zeigen.«

»Arbeit?« Siese rechte Augenbraue schnellte vor Unglauben nach oben. »Volruk möchte also, dass ich arbeite. Was hat sie sich denn für mich ausgesucht?«

Schmunzelnd zog Rurák an siesem Handgelenk und setzte sich wieder in Bewegung. »Nichts Schlimmes, glaub mir, aber ich zeige es dir lieber gleich, statt es dir zu erklären.«

So wortgewandt wie eh und je.

»Luven? Bist du da?« Rurák streckte seinen Kopf in eines der kleineren Zelte hinein, das jedoch durch die Auswahl an sich davor türmenden Pflanzenkisten deutlich von den anderen abhob. Shin betrachtete währenddessen die violetttürkisen Blüten, die an den Stielen über den Rand der Kiste baumelten, sah jedoch davon ab, sie zu berühren. Pflanzenkunde gehörte definitiv nicht zu siesem Fachgebiet.

Daher ließ sier lieber Vorsicht walten, anstatt sich eine Vergiftung oder Verätzung an sieser Hand zuzuziehen.

»Hier drüben!«, flötete eine weiche, feminine Stimme im Zelt, ehe Rurák eintrat und Shin dadurch mitzog. Drinnen herrschte das reinste Chaos. Überall lagen Töpfe, Kisten und Glasbehälter in allen Größen und Formen herum, teils leer, teils gefüllt mit Pulvern, Flüssigkeiten oder Bestandteilen von Pflanzen oder Wesen. Gefühlt alles bewegte sich unterhalb dieser Plane zwischen den herumliegenden Utensilien und den rudimentär aufgebauten Holzregalen. Käfer, Schlangen, kleine Vögel und weitere undefinierbare Kreaturen buhlten alle gleichzeitig um siese Aufmerksamkeit, aber tatsächlich fand sies Blick rasch den spitz zulaufenden Schweif, der in der Luft hin und her zuckte. Dieser führte zu einem schmalen, bekleideten Hintern, direkt an der Kante eines gut vier Schritt hohen Kessels. Sie bemühte sich darum, sich mit ihren dunkelgrauen Klauen an ihren Füßen abzustützen. Erfolglos. Bei ihrem Versuch, ihren Oberkörper wieder aus dem Kessel hinauszuhieven, rutschte sie mit ihrem rechten Fuß an der metallenen Oberfläche aus, verlor den Halt und fiel mit dem Kopf voraus scheppernd in den Kessel hinein.

»Luven!« Im Schreck rannte Rurák zu ihr und vergaß für einen Moment, Shin weiterhin festzuhalten, sodass sein Griff endlich von siem abfiel. »Hast du dir wehgetan?«

»Nein?« Es klang mehr wie eine unsichere Frage, als eine Feststellung. Als Nächstes folgte ein Ächzen. »Ähm, Rurák? Ich brauche doch Hilfe.«

Siem schenkte er keinerlei Beachtung mehr, sondern humpelte auf das metallene Gefäß zu, um sich über dessen Rand zu beugen und der Nayruni aus ihrer misslichen Lage herauszuhelfen. Vorsichtig zog er sie hoch, wodurch Shin endlich einen Blick auf ihr Gesicht erhaschen konnte. Ihr klebte ein zerdrücktes Blatt an der linken Wange. Ihre Stirn wirkte etwas dunkler als ihre sonst graubraune Haut, was wahrscheinlich mit dem Aufprall im Kessel zusammenhing, doch es passte zu ihrem zerstreuten Ausdruck, den sier in ihren graubläulichen Augen erkannte. Wenigstens schienen ihre kleinen Hörner keinen Schaden davongetragen zu haben.

»Huch! Du hast sien also mitgebracht?«, fragte sie an Rurák gewandt, während sie die Tücher zurechtrückte, die kunstvoll zu einem Kleid zusammengeknotet ihren Körper umschlangen. Und sier hatte sich noch gewundert, ob sie nur die eng anliegende Stoffhose trug.

»Ja …« Der Sorkár schien noch nicht fertig gesprochen zu haben, aber Luven kletterte wie selbstverständlich aus dem Kessel, nun etwas weniger tollpatschig als zuvor, und strich sich das krause, schulterlange Haar zurecht, während sie auf Shin zutrat.

»Ich kann immer helfende Hände gebrauchen.« Knapp vor siem blieb sie stehen, musterte sien so genau, dass sich ihre Nasenspitzen beinahe berührten. Shin bewegte sich absichtlich nicht, um sie nicht zu irritieren, schmunzelte jedoch bei ihrer Unverfrorenheit.

»Ich bin Luven und du bist die zweite Person der berüchtigten namenlosen Gefangenen. Das habe ich schon mitbekommen«, säuselte sie lächelnd vor sich hin, musterte sien dabei umso eindringlicher. »Ihr seht euch tatsächlich ähnlich, bis auf wenige Züge. Da …« Sie tippte mit der Fingerspitze gegen siese rechte Augenbraue. »Und da …« Dasselbe tat sie auch bei siesem linken Ohr. Bei der zweiten Berührung zuckte sies linkes Augenlid, eher aus einer instinktiven Reaktion heraus, als dass sie siem wirklich auf die Nerven gegangen wäre. Ihre Neugier war vielmehr erfrischend und erweckte in siem direkt eine gewisse Sympathie ihr gegenüber. »Nur ist sie ein bisschen lauter als du. Sie mag es nicht, wenn ich sie anstarre, und sie hat mich mit bösen Worten beworfen, wie sie es bei Volruk tut.«

Shin seufzte. »Ja, das hört sich leider sehr nach meiner Schwester an. Nimm es nicht persönlich. Sie benimmt sich gegenüber allen so harsch.«

»Außer bei dir«, warf sie ein und traf damit direkt ins Schwarze. Nur nahm das Gespräch allmählich eine Richtung an, in welche es Shin überhaupt nicht hatte lenken wollen.

»Wobei soll ich dir denn zur Hand gehen?« Darin, gewissen Themen auszuweichen und eine Unterhaltung in andere Bahnen zu lenken, war sier ein Meister sieses Fachs.

»Oh!« Mittlerweile hatte sie ihr Haar so weit gebändigt, dass zwischen den dunklen Locken dunkelblau schimmernde Hörner hervorlugten. »Bei allem Möglichen. Kräuter hacken, trocknen, Zutaten haltbar machen, Rezepte umsetzen … Ich hoffe, du kannst kochen.«

»Ich besitze rudimentäres Wissen darüber.«

»Das ist in Ordnung.« Sie klatschte einmal in die Hände, ehe sie sie gegeneinander rieb. »Dann fangen wir am besten gleich damit an.« Der wandernde Blick ihrer Augen fand zu siem zurück. »Du kannst gehen, Rurák. Ich denke, ich hab' sien ganz gut im Griff.«

Shin setzte bereits an, doch der Sorkár reagierte etwas schneller. »Denkst du oder weißt du es?«

»Letzteres natürlich. Was denkst du denn? Und jetzt, schuh!« Sie machte eine wegwedelnde Geste mit beiden Händen in seine Richtung, als versuchte sie, eine Taubengruppe von einem Platz zu verscheuchen. Amüsiert beobachtete Shin das Schauspiel, wunderte sich allerdings darüber, dass Rurák ohne Widerworte abzog. Nur ein letzter, seltsamer Blick streifte siesen und ließ sien mit einem eigenartigen Gefühl zurück.

»Nicht einfach nur rumstehen! Die Knospen zupfen sich nicht allein von den Ästen.«

13. *Rulris 689, ZF, 3Z*
ÜBERRASCHUNG MIT FOLGEN

Mit dem Handrücken wischte sich Shin den Schweiß von der Stirn. Siese Handflächen klebten vom Harz, das aus der Rinde der Äste hervortrat. Vor einigen Stunden hatte sier den Versuch unternommen, mit den Handschuhen, die Luven siem hingelegt hatte, die Knospen zu zupfen. Dadurch hatte sier aber das nötige Gefühl in siesen Fingerspitzen verloren und die Handschuhe wieder ausgezogen. Sie lagen nun neben siesem rechten Knie, unbrauchbar für diese Art von Arbeit. Sier beugte sich nach vorn, um nach einem neuen Ast zu greifen. Einem von den fünf übrigen Zweigen.

Seit sier sich nach dem Frühstück im Schneidersitz hingesetzt hatte, brachte Luven andauernd neues Gezweig und damit einen weiteren Arm voll Arbeit. Was sien am meisten frustrierte, war die Schale, die sier jeweils stets bis zum Rand hin mit den frischen Knospen füllte. Doch Luven wurde nicht müde, das Gefäß zu leeren und wieder vor sien zu stellen. Für eine solche Art von Beschäftigung war sier schlichtweg nicht geschaffen worden.

Angewidert betrachtete Shin siesen Daumen und Mittelfinger, wie die Kuppen wegen des Harzes aneinanderklebten, wenn sier sie auch nur leicht aufeinanderdrückte. Ein

Surren schwirrte Shin am linken Ohr vorbei, ehe ein kupfrig schimmernder Käfer in sies Sichtfeld hineinflog und auf dem Fingernagel sieses ausgestreckten Mittelfingers zur Landung ansetzte. Erst merkte das Tier nicht, welchen Fehler es gerade begangen hatte, doch sobald es versuchte, ein Bein vor das andere zu setzen, kam die Erkenntnis – die kleinen Gliedmaßen blieben am Harz haften. Das klebrige Material hinderte den Käfer daran, sich fortzubewegen. Konzentriert beobachtete Shin ihn dabei, wie er seine silbern schillernden Flügel entfaltete und sie in solch einem Tempo bewegte, dass sie kaum mehr als solche erkennbar waren. Dennoch – trotz all der Anstrengung – lösten sich zwei von seinen sechs Beinchen nicht von siesem Finger.

»Was machst du denn mit diesem armen Kupferkar?« Luven trat wie aus dem Nichts neben sien, ging in die Hocke und streckte ihrerseits einen Finger nach dem Käfer aus.

»Nichts. Er hat sich selbst in diese Lage manövriert«, erwiderte Shin, um den Vorwurf in ihren Worten von sich zu lenken. Trotzdem lehnte sier sich der Nayruni leicht entgegen, bis sie sien berührte, um den Käfer aus seiner misslichen Situation zu befreien. Sie tat es geschickt, als wäre es nicht das erste Mal, dass sie ein solch kleines Wesen rettete, und lächelte sien an, sobald sie den kupfernen Käfer von ihrem Finger sicher auf ihre offene Handfläche befördert hatte.

»Du hättest ihm ruhig helfen können.«

Shin hob die Augenbrauen und zeigte ihr siese Hände. »Ich bezweifle, dass ich ihm eine große Hilfe gewesen wäre. Wahrscheinlich hätte ich dadurch nur sein Ende heraufbeschworen.«

Ihr Mund verzog sich nach rechts, während sie sich mit dem Zeigefinger ihrer freien Hand gegen die Unterlippe tippte. »Hast recht. Brauchst du ein nasses Tuch, um das abzuwischen?«

»Gern.«

Schwungvoll erhob sie sich und tänzelte zurück in die Ecke des Zeltes, in der sie sich mit ihrem Anteil an neuen Ingredienzen eingerichtet hatte. Neben dem großen Topf mit den Knospen, die Shin für sie abgepflückt hatte, standen dort drei Kisten mit dreierlei Blumen, deren Namen siem nicht bekannt waren. Sie griff nach einem Tuch, das über der Kante einer Kiste lag, und warf es siem zu. Sier fing es auf, begann sogleich, sich die Hände daran abzuwischen.

»Jedes Wesen macht Fehler und verdient weitere Chancen.«

Shin war bewusst, dass sie damit auch sien meinte, aber sier verkniff sich einen Kommentar. Im nächsten Moment wandte sie siem den Rücken zu. Sie richtete ihre Aufmerksamkeit wieder vollends auf ihre Tätigkeit. Da Luven dazu neigte, sich in Dinge zu vertiefen, sah Shin eine Möglichkeit, sich unbemerkt davonzustehlen. Sier erhob sich vorsichtig, darauf bedacht, kein Geräusch zu verursachen.

»Ich bin sogar der Meinung, dass zwei zu wenig sind, egal, ob dieses Wesen zwei Jahre oder zwei Jahrtausende lebt. Das Geschenk von Mystrilia wird zu leichtfertig weggeworfen.«

Shin ließ sie nicht aus den Augen, während sier sich in lautlosen Rückwärtsschritten dem Zeltausgang näherte und Luven weitersprach.

»Das Leben ist in jeder Form einzigartig und einmalig, selbst nach einer Wiedergeburt, weil Revi sicher nicht jedem diese Chance gewährt.«

Ohne innezuhalten, schob Shin die Zeltplane vorsichtig zur Seite. Jedes noch so kleinste Geräusch wurde durch Luvens Selbstgespräch geschluckt.

»Deshalb werde ich bei Volruk ein gutes Wort für deine Schwester und dich einlegen, sobald es zu einem Urteil kommt. Ich möchte nicht …« Ihre Stimme versiegte, sobald sich Shin zwischen den Planen hindurchschlängelte und mit einem raschen Blick in alle Richtungen die Lage auskundschaftete. Evras Glück war an sieser Seite, denn in der näheren Umgebung stand lediglich eine einzige Wache mit einigen Schritten Abstand zu Luvens Zelt. Sie patrouillierte von Shin weg und vernahm auch nicht die leise unter seinen Sohlen knirschenden Kiesel, als sier geduckt in die entgegengesetzte Richtung schlich, entlang der benachbarten Zelte. Ohne die Planen zu berühren, setzte sier einen Fuß vor den anderen, um so unauffällig wie möglich voranzukommen. Dabei hoffte sier, dass niemand auf siesen Schatten achtete, der zu dieser Tageszeit von innen erkennbar sein würde, hielt teilweise sogar die Luft an. Kein Aufschrei, kein Rufen, kein Gemurmel.

Bisher schien Luven sies Verschwinden nicht bemerkt zu haben, aber darauf durfte sier sich nicht allzu lange verlassen. Je rascher sier sich fortbewegte, desto größer die Wahrscheinlichkeit, dass Shin die Unterkunft sieser Schwester tatsächlich erreichen würde.

Ein weiteres, stilles Gebet entsandte sier an Yggdravarios, den Gott der Illusionen und der Täuschung, auf welchen sier sich immerzu verlassen konnte. Selbst wenn er zu diesem Zeitpunkt so weit weg, gar unerreichbar schien. In siesem Herzen war er anwesend, wachte über sien – das spürte Shin.

Zurecht.

Niemand schlug Alarm, als sier von Zelt zu Zelt schlich, immer im blinden Winkel der Sorkári, die teils plaudernd, teils schweigend an siem vorbeischlenderten. Sier nutzte jeden Schatten, jeden Pfosten, jede herumstehende Kiste, die groß genug war, bis sier hinter Hibikos Lager innehielt, um von dort aus einen Blick um die Ecke zu wagen.

Drei Wachen sicherten das Zelt – zwei davon mit allzu bekannten Gesichtern. Am Tag des Überfalls waren sie siem bereits im Weg gewesen, und nun taten sie es erneut. Nur machte sich Shin dieses Mal nicht die Mühe, keine Spuren zu hinterlassen. Also zog sier sich wieder um einen Schritt zurück, duckte sich tief und atmete indes durch. Siese Magie war nach wie vor geschwächt, rauschte siem nicht unvermittelt durch die Adern, wenn sier sich auf sie konzentrierte. Erst nach einigen Atemzügen bildete sich die altbekannte Wärme in sieser Brust. Von dort aus breitete sie sich quälend langsam aus und floss weiter in siesen rechten Arm, über den Ellbogen in siese Handfläche. Mithilfe einer Stichflamme aus Schatten und violettem Feuer bildete sich ein kleines Messer, nicht länger als siese Hand. Es würde reichen, für den Augenblick zumindest, aber sier würde sich bald darum kümmern müssen, siese Magie wieder vollends unter Kontrolle zu bringen. Dies konnte kein Zustand sein, womit sich Shin abfand. Für den Moment schob sier diese Sorge allerdings beiseite, stellte sies linkes Knie auf dem Boden ab, um mehr Halt zu gewinnen, und stach mit der Klinge in den Stoff. Sie war scharf, gefährlich und durchtrennte die dicke Plane ohne Zurückhaltung, als sier sie nach unten bis zur Kante durchzog. Sier atmete dabei beherrscht, hörte dadurch, wie sich etwas oder jemand innerhalb des Zeltes rührte. Die Klinge löste sich aus sieser Hand und verschwand zurück ins Nichts, als sier durch das entstandene Loch hindurchkroch.

Das Rasseln von Ketten schepperte in siesen Ohren. Kleidung raschelte. Hibiko drehte sich mit einem kehligen Laut so weit zu siem um, wie die metallenen Fesseln es zuließen. An beiden Handgelenken waren diese befestigt worden und reichten relativ straff gezogen bis zu den zwei Pfeilern, zwischen denen siese Schwester saß und welche sie daran hinderten, sich aus der Mitte der Behausung fortzubewegen.

Ihre Augen funkelten hell bei siesem Anblick. Das Knurren verstummte und sie begann, heftiger an den Ketten zu zerren. »Nicht«, ermahnte Shin sie flüsternd und huschte zu ihr hinüber. Sier eilte um sie herum, um direkt vor ihr auf die Knie zu fallen und sie zu umarmen. »Sei still, Schwester, sonst hören sie dich.«

Shin spürte ihr Nicken an sieser Schulter. Allerdings auch, wie etwas Ledriges gegen die Seite sieses Halses drückte. Nur ungern löste sier sich von ihr, doch sier musste es tun, um sie besser in Augenschein zu nehmen und zu erkennen, was sie ihr angetan hatten.

Durch eine Halbmaske, die jemand ihr aufgezwungen hatte, schnaufte sie laut, doch sie hielt still, als sier sich an den Schnürungen an ihrem Hinterkopf zu schaffen machte. Sie bebte, glühte regelrecht vor Zorn und Shin fühlte mit ihr. Die Glut in siesen Gedanken erhitzte sies Gemüt, aber sier zwang sich selbst zur Ruhe. »Beruhige dich, Schwester! Ich bin ja hier.«

Die Knoten lösten sich, sodass sier die Maske endlich von Hibikos Mund und Nase ziehen konnte. Sier erschreckte sich, als sier die zerplatzte Unterlippe sieser Schwester erblickte, und ließ die Maske fallen. »Musstest du dich unbedingt mit ihnen prügeln?« Mit siesem Daumen berührte sier ihr Kinn und inspizierte kopfschüttelnd ihren Mund. Sier entdeckte eine dünne Schicht schimmernder Salbe darauf und seufzte. »Immerhin hat jemand die Stelle verarztet.«

Sie zischte siem direkt ins Gesicht, schnaubte verärgert und atmete dabei dunklen Rauch durch ihre Nase aus.

»Schwester, mäßige dich!«, erwiderte sier mit ernster Miene und hielt dem vernichtenden Blick stand, mit dem sie sien bedachte. Sier verstand nicht, warum sie in diesem wichtigen Moment nicht ein einziges Mal ihre Wut zügeln konnte. »Sie werden uns hören, wenn —«

Entgegen sieser Bitte schienen die Worte ihren Zorn regelrecht zu beflügeln, bis es unter der Haut ihrer Brust und ihrer Kehle in einem hellen Orange zu leuchten begann. »Sollen sie nur kommen! Sollen sie nur alle brennen!«

Sier duckte sich gerade noch rechtzeitig unter ihrem Flammenstoß weg, ehe die Hitze über siesen Kopf hinweg flimmerte und in alle Richtungen zerstob. Erschrocken hielt sich Shin die Ohren zu, rang stoßweise nach Luft und versuchte, dabei nicht in Panik zu verfallen. Hibikos Überreaktion, das heftige Klirren der Ketten und siese ständige innere Unruhe machten es siem nicht leicht. Ein Rauschen setzte sich in siesem Gehör fest, während Bilder vor siesen Augen aufblitzten – Gottheiten, die sich bekriegten, sich die tiefsten Wunden zufügten und doch nicht fielen. Sterbliche, die an ihrer Seite kämpften und einer nach dem anderen getötet wurden. Teilweise mit nur einem Schwertstreich. Und Blut, überall Blut, das in allerlei Farben schimmerte. Dunkelrot, golden, saphirblau, pechschwarz … Es vermischte sich zu einem dreckigen Farbton, der den Boden unter ihren Füßen tränkte. Shin zitterte, doch ganz gleich, was sier tat, wie sehr sier sich bemühte, die Erinnerungen beiseitezuschieben, es wollte siem nicht gelingen.

Schritte näherten sich dem Zelteingang. Laute Rufe erklangen und erhöhten die Alarmbereitschaft in der Siedlung noch weiter. Die Chance zur Flucht war nun vertan – das war Shin bewusst. Aber sier verharrte unbewegt vor sieser Schwester, hörte, wie die Wachen eintraten und ihre Waffen zogen. Keiner von ihnen kam jedoch dazu, Befehle auszusprechen, da Hibiko ebenfalls aufs Äußerste angespannt war, bei ihrem Eintreten direkt tief Luft holte und sie im nächsten Moment mit einer glühend heißen Feuerzunge willkommen hieß. Jemand schrie auf, rannte weg, während die anderen beiden in der Lage waren, den Flammen zu entkommen. Chaos brach aus. Das Feuer heftete sich an die Zeltplane, breitete sich in einem rasenden Tempo aus und zerfraß alles, was seinen Weg kreuzte. Sier musste etwas unternehmen, helfen, doch wem? Sieser Schwester? Nein, um zu fliehen, war es nun zu spät. Dafür hatte sie gesorgt und mit ihrem Feuer siese Pläne zunichtegemacht. Wenn sie beide überleben sollten, gab es nur noch eine Möglichkeit …

Es kostete Shin enorme Überwindung, sich aus der Starre zu lösen und die Hände von siesem Kopf zu nehmen, um sich so weit aufzurichten, dass sier Auge um Auge vor Hibiko kniete.

»Verzeih mir, Schwester …« Shin drückte ihr siese linke Hand auf den Mund, umarmte sie fest, während es sien innerlich zerriss. Sie wand sich unter siesem Griff, aber die Ketten hielten sie so weit unter Kontrolle, dass es ihr niemals gelingen würde, sien abzuschütteln.

»Bitte sieh es nicht als Verrat an«, flüsterte sier ihr mit zittriger Stimme ins Ohr. Sie gab einen unterdrückten Schrei von sich. »Es ist zu unserem Besten. Für unser beider Überleben.« Aber natürlich begriff sie nicht, wie sier es meinte.

Da nun kein Feuerstrahl die Sorkár aufhielt, kämpften sich diese mit schweren Schritten zu ihnen vor. Shin sah sie zwar nicht, aber sier spürte ihre Anwesenheit, hörte Schreie, Rufe, teilweise sogar wimmernde Kinder. Sier hatte nicht gewollt, dass das geschah. Keine Unschuldigen hätten zu Schaden kommen sollen.

Sier drückte sich so vehement an siese Schwester, dass sier nicht imstande war, sich gegen jemanden zu wehren. So kam es, wie es kommen musste. Hibiko verlor gänzlich ihre Beherrschung, wand sich hin und her, doch sier zog siese Hand nicht zurück, bis sier plötzlich einen deftigen Schlag gegen den Hinterkopf abbekam und zusammensackte. Die

Dunkelheit fiel umgehend über sies Bewusstsein einher, ohne dass sier auch nur eine weitere Regung sieser Schwester registrierte.

14. Rulris 689, ZF, 3Z

EIN FREUNDLICHES GESICHT

S hin?« Kaum mehr als ein Flüstern drang an sies Ohr, doch es reichte, um das Pochen in siesem Kopf zu verstärken. Sier verzog das Gesicht, ächzte auf, wagte es nicht, die Augen zu öffnen.

»Shin? Bist du wach?« Die tiefe Stimme erhob sich leicht und die Sorge darin war nicht zu verkennen. Jemand beugte sich über sien, sodass sier den warmen Atem auf siesen Wangen spürte. Kaum merklich zuckte sier zusammen, als ein Daumen sie Stirn berührte und siem eine Strähne sieses Haars aus dem Gesicht strich.

»Was ist mit meiner Schwester?« Siese eigene Stimme dröhnte siem in den Ohren, bereitete siem Übelkeit. Sier konnte sich nicht mehr genau daran erinnern, was geschehen war. Nur die Schreie und die Flammen waren noch allzu präsent.

»Mach dir keine Sorgen um sie. Ihr geht es gut.« Dennoch seufzte Rurák schwer, als wäre das nicht alles, was er sagen wollte.

»Ja?«, hakte Shin nach, erleichtert, diese Worte aus Ruráks Mund zu hören. Sier traute sich, siese Lider ein wenig zu heben, um den Sorkár direkt über sich zu entdecken. So etwas wie persönlicher Freiraum war ihm wohl nicht bekannt.

»Dich hat es deutlich schlimmer erwischt. Benrál meinte, dass du dich heute schonen solltest.« Sein Zopf hing ihm ausnahmsweise einmal nicht über der rechten Schulter und legte damit den Blick auf seinen kantigen Kiefer und seinen breiten Hals gänzlich frei.

Eigenartig, worauf sier gerade achtete ...

»Was du nicht sagst.« Trotz des Schwindels rappelte sier sich auf und hielt sich leicht nach vorn gelehnt den Kopf.

Er hob seine andere Hand, um sien aufzuhalten, doch ein angedeuteter Wink mit sieser brachte ihn ins Zaudern. »Du solltest nicht –«

»Lass es!«

»Aber –«

»Nein! Behalte dein Mitleid für dich!«

Als sier den Kopf anhob, zerfurchten ihm tiefe Sorgenfalten das Gesicht. »Mitleid? Ich weiß, dass du das nicht brauchst. Ich wollte dir nur meine Gesellschaft anbieten.« Er hielt kurz inne, ehe er auch den Rest aussprach. »Als Freund.«

Unsicher, was Shin damit anfangen sollte, lachte sier auf und zog die Augenbrauen nach oben. »Freund?« Mit einem ungläubigen Kopfschütteln wandte sier den Blick ab, bereute jedoch die Bewegung sofort, sodass sier den Kopf wieder in siese Hände legte. »Du bietest mir nach dem, was gestern geschehen ist, deine Freundschaft an? Ist das nicht töricht? Würde Volruk das überhaupt zulassen?«

»Nein.« Er lachte ebenfalls leise auf, ehe seine ernste Miene zurückkehrte. »Würde sie nicht, aber du brauchst es.«

»Dem wage ich zu widersprechen. In meinem Berufsfeld hält man sich von solcherlei fern, um sich Kummer zu ersparen«, offenbarte Shin ihm aus einer eigenartigen Laune heraus, seufzte und konnte nicht anders, als erneut nach dem schimmernden Gold unterhalb seiner Brauen zu suchen. »Warum würdest du dich überhaupt dazu verpflichtet fühlen, mir deine Zeit und dein Vertrauen zu schenken, obwohl du mich doch derart offensichtlich durchschaut hast?« Wieder schlich sich dieser gehässige Klang in siese Stimme. Dieses Mal nicht sieser Ungunst willen. Vielmehr lag es daran, dass sier sich vor Ruráks Augen entblößt fühlte, als würde er mit seinem goldenen Blick direkt in sies Inneres sehen.

Er lächelte verständnisvoll, zuckte dabei ganz leicht mit den Achseln. »Es ist keine Pflicht, mit jemandem befreundet zu sein. Ich …« Ein Räuspern verschluckte mehrere Worte. Shin nahm an, dass er dafür schlichtweg nicht genug Mut zusammenbrachte, um sie verständlich auszusprechen. »Ich meine, du könntest es ja versuchen.«

Wieder zog Shin eine Augenbraue nach oben. »Könnte ich?«

»Was wäre schon dabei?« Siese Zurückhaltung schien Rurák zu verunsichern, aber es sah nicht danach aus, als würde er so schnell aufgeben.

Wenn sier die Tatsache beiseiteschob, dass dieser Sorkár siem mit einem Pfeil in den Rücken geschossen und sien dadurch erst in diese missliche Lage gebracht hatte, wäre es vielleicht möglich. Sier mochte seine Gesellschaft, schätzte die Ruhe, die er ausstrahlte, und freute sich über die Fortschritte, die sie im Bereich des Nahkampfs bereits zusammen erzielt hatten. Obgleich Freundschaften in der Vergangenheit selten Gutes gebracht hatten. Aber womöglich durfte sier sich einmal in siesem Leben der Naivität hingeben, dass diese Hoffnung trotz den Erfahrungen, die dagegensprachen, existierte. Dass sier doch nicht dazu verdammt war, niemals jemanden einen Freund oder eine Freundin zu nennen.

»Aber deine Übungen werden dadurch nicht leichter.«

Rurák lachte auf, strahlte regelrecht, als hätte sier ihm gerade die Monde vom Himmel gepflückt. »Das erwarte ich auch nicht.«

»Hervorragend. Worauf wartest du dann noch? Heute werden wir uns nicht mit Kampffiguren befassen können, aber du bist weiterhin dazu in der Lage, deine Übungen durchzuführen.« Trotz des Pochens grinste sier breit und legte sich dann endlich wieder hin. Sier hörte ihn noch leise lachen, ehe er von sich aus anfing, Kniebeugen zu machen.

Währenddessen starrte Shin gegen die schräge Decke sieser Unterkunft, dachte darüber nach, was Rurák in ihrem Gespräch erwähnt hatte. Absurd, was er vorgeschlagen hatte. Dennoch freute sich ein Teil tief in siem und Shin brannte darauf, zu erfahren, wie es sein würde, mit jemandem wie Rurák – oder überhaupt irgendjemandem – befreundet zu sein.

15. Rulris 689, ZF, 3Z

GESANG DER
ERINNERUNGEN

Schneehaut!«, dröhnte es von außerhalb sieses Zelts, während Shin damit beschäftigt war, sies nasses Haar durchzukämmen. Auf sieser Haut lag durch die feinen Wassertröpfchen ein Schimmer, der nun nach und nach verschwinden würde. Immerhin hatte sier sich bereits angekleidet und saß im Schneidersitz auf siesem Nachtlager, als Volruk den Stoff am Zelteingang zur Seite riss und eintrat. Sie stapfte auf sien zu, ihr Gesicht dunkel angelaufen und ihre Haare in einem einzigen Nest zusammengebunden. Um ihrem Ärger nicht weiter Material zu geben, hielt Shin inne, legte den Kamm beiseite und musterte Volruk vorsichtig. Dunkelrote Halbkreise lagen unter ihren Augen. Jedoch verharrte ihr Blick klar auf siem, unberührt vom Mangel an Schlaf, den ihr die letzten Tage und Nächte beschert hatten.

»Deine verfluchte Schwester ist dem Wahnsinn verfallen.«

Sier erhob sich von siesem Lager, atmete ein und, sobald sier gerade stand, wieder aus. Es überraschte sien nicht, dass sich Hibiko nicht länger ruhig verhielt. Nicht nach dem, was Shin ihr angetan hatte. Sie schien es nicht verstanden zu haben, welche Gründe sien dazu bewogen hatten, sie zu hintergehen. Unglücklicherweise. Denn damit hatte sier sie vor dem sicheren Tod bewahrt. Aus einem

Bauchgefühl heraus traute sier es Volruk zu, dass die Sorkár sieser Schwester eine Lanze zwischen die Rippen gerammt hätte, wenn die Situation vollständig außer Kontrolle geraten wäre. Trotz Rulris' Gnade.

»Antworte, Schneehaut!«, brüllte sie Shin an, packte nach siesem Oberteil und zog sien näher zu sich heran.

»Eine Antwort verlangt nach einer Frage, die zuvor gestellt wurde.« Sier sprach es vollkommen gleichgültig aus, damit kein Sarkasmus, kein Hohn den Worten einen falschen Sinn einhauchten. »Was möchtest du wissen?«

Volruk schnaubte siem direkt ins Gesicht, sodass sier ihren warmen, streng riechenden Atem roch und sier sich zusammenreißen musste, deswegen nicht die Nase zu rümpfen. Ihr schien nicht bewusst, in welche Gefahr sie sich brachte. Siem derart nah zu sein, ohne Wachen, ohne Schutz, war sehr unbedacht von ihr. Nur der Gedanke an siese Schwester, die als Druckmittel gegen sien benutzt werden konnte, hielt sien davon ab, eine Klinge zwischen siesen Fingern zu beschwören und den Auftrag – aller Übels Anfang – zu einem prompten Ende zu bringen. Es wäre so leicht und so schnell vorbei. Ein falscher Atemzug. Ein einziger Gedanke …

»Willst du, dass ich sie am Leben lasse?«, fuhr sie Shin an, sodass kleine Spucketröpfchen auf siesem Nasenrücken, siesen Wangen und auf siesem Kinn landeten. Ein Schauder durchzuckte sien, gepaart mit Ekel und Hass war dies eine grässliche Angelegenheit, die herunterzuschlucken sien enorme Überwindung kostete.

Shin knurrte sie an, presste jedoch siese Lippen aufeinander, um die Zähne nicht zu entblößen. Stattdessen nickte sier langsam und hielt ihrem herausfordernden Blick stand. Ihre Finger gruben sich tief in den Stoff sieses Oberteils hinein, brachte sien nach wie vor in Bedrängnis.

»Dann sag mir, wie ich sie beruhigen kann. Sie soll endlich still sein.« Ihr linkes Auge zuckte, als stände sie am Rande eines heftigen Wutausbruchs, der hemmungslos über sien niederprasseln würde, sobald sie sich ihm hingab.

»Jagt sie den Kindern mit ihrem Geschrei Angst ein?«, entgegnete Shin mit gleichgültiger Miene, anstatt Volruks Befehl entgegenzukommen.

»Nicht nur den Kindern, bei Rulris! Allen!« Sie schüttelte sien einmal ruckartig, wovon siem schwindelte. »Raus damit, sonst bin ich gezwungen, sie anders zum Schweigen zu bringen!«

Blankes Entsetzen trocknete siese Kehle aus und ermahnte sien, es nicht zu weit zu treiben. Volruk würde nicht zögern, auf ihre Worte Taten folgen zu lassen. »Nein, nicht«, brachte Shin hervor und schluckte krampfhaft – nicht mehr gänzlich in Kontrolle über siese Fassung. »Ich kenne genügend Wege, sie ohne Gewalt zu beruhigen. Lass mich zu ihr, dann …«

»Dann was? Beim letzten Mal hat das schon nicht geklappt.«

Ihre feuchte Aussprache trieb sien schier in den Wahnsinn. Einen unvernünftigen Moment lang wünschte sich Shin gar, sich auf dieselbe Art siesen Gefühlen zu ergeben, wie es siese Schwester tat. Für einen Atemzug stellte sier sich vor, in welchem Chaos das enden würde. Wie viele Tote sier in der Konsequenz daraus zu verantworten haben würde. Zahlreiche Unschuldige, die siem kein Haar gekrümmt hatten. Shin mochte ein gnadenloser Assassine sein, wenn es darum ging, siese Opfer rasch in Revis Umarmung zu befördern, aber mit dem Tod von Unschuldigen würde sier sich nicht abfinden können. Wollte sier auch nicht. Ganz gleich, welcher Ruf siem anhaftete. Sier war keine blutrünstige Bestie, gewissenlos schon gar nicht.

»Dann singe ich ihr eine Melodie vor«, erwiderte Shin kühl, bevor sier Volruks Geduldsfaden weiter strapazierte.

Ihre Augenbrauen zuckten bei der Frage, die ihr offensichtlich dabei durch den Kopf ging. »Singen? Hört sie dir überhaupt zu?«

»Sie wird aufhorchen und meiner Melodie folgen. Das verspreche ich dir.« Shin taumelte einige Schritte rückwärts, als Volruk sien abrupt losließ. Bei ihren Launen tat Rurák siem schon beinahe leid. Wie hatte er nur einen derart ausgeglichenen Charakter entwickeln können, wenn seine Ziehmutter ein ungeduldiges, lautes Biest war? Eigentlich konnte Shin sie sich ohnehin nicht als Mutter vorstellen, aber was wusste sier schon davon? Was es bedeutete, ein Elternteil zu sein. Sier würde niemals Kinder in die Welt setzen. Dafür hatten die Gottheiten gesorgt, als sie Hibiko und sien erschaffen hatten.

»Nicht so schnell! Versprich nichts, woran du dich nicht halten kannst, Schneehaut!« Drohend hielt sie ihren Finger gegen sien erhoben, zeigte siem knurrend die Zähne. Shin sah darüber hinweg, strich sich das zerknautschte Oberteil glatt, im Versuch, das Zittern in siesen Fingern loszuwerden. Die Bedrohung von Hibikos Leben machte siem mehr zu schaffen als jeder Auftrag der letzten Jahrhunderte. Ein Fehltritt, ein falsches Wort und das Leben sieser Schwester wäre verwirkt.

»Ich werde nichts Unüberlegtes tun und meine Schwester mit einem Lied besänftigen.«

Grummelnd schloss Volruk ihren Mund. »Du solltest Luven danken. Sie hat mich darum gebeten, dir und deiner Schwester eine Chance zu geben. Lass es mich nicht bereuen.« Wieder blitzte ein heller Glanz in ihren Iriden auf, der sien dazu brachte, nicht einen Wimpernschlag lang an ihren Worten zu zweifeln. Sier nickte ihr zu und sagte nichts weiter.

»Komm!« Volruk wandte sich nicht von Shin ab, bis sier an ihr vorbeiging und sie sich dann an siese Fersen heften konnte. »Du weißt ja, wo du sie findest.«

Shin hoffte, dass die Gottheiten hiervon niemals etwas erfuhren. Sies Ruf und der sieser Schwester hingen davon ab. Aber nein, ihr Leben bedeutete nun so viel mehr als Shins Ansehen.

Selbstsicher schritt sier voran, überlegte und schneiderte sich einen Plan zurecht, der siem für siesen Geschmack deutlich zu viele Lücken besaß, um ihn auch nur ansatzweise auszuführen. Sier musste sich für den Augenblick damit zufriedengeben, Volruks Befehl nachzukommen, um ihr keine Gründe zu geben, sie beide – Hibiko und Shin – vom Antlitz der Welt zu tilgen.

Shin hörte siese Schwester bereits von Weitem, vernahm ihre Schreie, die klangen, als würde sie jemand gerade der schlimmsten Folter unterziehen. Aber das hätten sie nicht gewagt. Die Sorkár folterten nicht – aus Prinzip. Und dafür war Shin sehr dankbar. Immerhin musste sier sich nicht mit derartig fürchterlichen Gedanken herumquälen.

Als sier vor dem Zelteingang innehielt und zögerte, verpasste Volruk siem einen Stoß in den Rücken, berührte dabei natürlich genau die Stelle, die siem noch immer Schmerzen bereitete. Shin sog scharf die Luft ein, stolperte und widerstand der Versuchung, sich nach Volruk umzudrehen. Sie sollte sich nicht über seine Ungunst erfreuen. Stattdessen widmete sier siese Aufmerksamkeit voll und ganz Hibiko, die wild umherbrüllend an ihren Ketten zerrte und aussah, als wäre sie direkt aus der Gosse Qurta'bars entsprungen. Staub und Dreck trug sie übers ganze Gesicht verschmiert. Ihre Augenwinkel waren von Tränen der Wut verkrustet. Der Pferdeschwanz hatte sich mittlerweile gelöst, sodass ihr Haar in fettigen Fäden herabhing und ihr wildes Aussehen dadurch noch unterstrich. Die Halbmaske, die die Sorkári ihr erneut angelegt hatten, machte es nicht besser. Sobald sie Shin erkannte, verstummte sie, starrte sien an mit einer Mischung aus Freude und Enttäuschung. Erst erweckte sie den Anschein, als würde sie sich beruhigen, doch Shin wusste, was siem nun blühte. Für siesen Verrat …

»Du hast mich hintergangen!« Ihr Brüllen überschlug sich selbst durch die Halbmaske hindurch schon in der Mitte des Satzes, sodass das letzte Wort in einem Kreischen mündete, das siem in den Ohren wehtat. Jedoch litt nicht nur sies Gehör. Auch sies Herz zog sich bei ihrem Vorwurf schmerzlich zusammen.

»Scht, Schwester«, begann Shin, während sier langsam auf sie zuging und keinen Schritt unüberlegt setzte. »Es war niemals meine Absicht, dich zu verraten. Ich —«

»Lügner!«, kreischte sie dazwischen. »Alles nur Lügen!« Ihre dunkelroten Augen flammten hell auf, als würde ein gleißendes Feuer darin brennen, ihre Vernunft verzehren und sie vergessen lassen, dass Shin ihr Zwillingsgeschwister war. Manchmal passierte das, wenn auch selten und nur in den Momenten, in denen sie sich in ihrem Zorn verlor. Dennoch ging sier mit offenen Armen vor ihr in die Knie, lächelte sie an, als würde sie Shin nicht gerade weitere Beleidigungen an den Kopf werfen.

»Hast du dich mit ihnen verbündet und unseren Auftrag vergessen?«

»Alles wird gut, Schwester.« Sie sträubte sich gegen siese Umarmung, aber das war siem gleich. Behutsam legte sier ihr sies Kinn auf die rechte Schulter und begann zu summen. Da im Gegensatz zu siesem letzten Besuch keine Gefahr drohte, konnte sie sich voll und ganz auf siese Singstimme konzentrieren. Erst besaß das Summen keine erkennbare Melodie, doch bald formte sich daraus ein Lied. Siese Kehle vibrierte, wechselte in einem flüssigen Übergang von den hohen zu den tiefen Klängen, unberührt von Hibikos Windungen. Sie schrie noch einmal, knurrte laut, lauschte dann bald Shins Summen, ehe sier die Augen schloss, den Mund öffnete, um zu singen. Sier verlor sich sofort im alten Lied, das sier bereits seit sieser Kindheit kannte, und erschauderte unter den Gefühlen. Sie schwemmten über Shin hinweg, erfüllten sien und brachten sien dazu, Hibiko mit siesen Armen enger zu umschließen.

Die bekannten Klänge und Worte in der alten Zunge ihrer Heimat lockten Rückblicke hervor – Bilder aus der Vergangenheit, wie sie beide lachten und sich gegenseitig durch die Straßen der Stadt jagten. Unbeschwert. Ohne jegliche Sorgen …

Shin sang weiter, ließ die Erinnerungen zu und schwelgte in ihnen, um gänzlich im Lied aufzugehen …

»Ich bin schneller als du«, prahlte Shin lautstark, während sier weiter durch den Schnee rannte und einen kurzen Blick über siese Schulter zurück wagte. Hibiko hatte beinahe zu siem aufgeholt. Es fehlte sogar nur noch ein Stück, bis …

»Bist du nicht!« Sie erwischte sien am Rückenteil sieses Gewandes, stolperte und riss Shin mit sich zu Boden. Beide landeten weich im Schnee, sie jedoch auf siem.

»Du hast geschummelt«, beschwerte sier sich, ehe sie siem den Kopf ins frostige Weiß drückte.

»Habe ich nicht«, meinte sie und lachte auf, doch im nächsten Moment wand sich Shin unter ihr, bäumte sich auf und warf sie neben sich. Trotz der eisigen Kälte froren sie nicht, denn das Feuer in ihrer Brust hielt sie warm und reichte von ihren Zehen- bis in die Fingerspitzen. Wirklich wohl fühlte sich Shin in siesem durchgeweichten Gewand trotzdem nicht. Und dreckig war es auch.

»Ich möchte zurück.« Demonstrativ schüttelte sier die tropfenden Ärmel und verzog das Gesicht.

»Jetzt schon?«

Shin nickte vehement und presste siese Lippen zu einer geraden Linie zusammen. Als sier sich aufrappelte, spürte sier plötzlich einen festen Griff um siesen rechten Oberarm. Hibiko half siem hoch und lächelte sien an. Sobald sie sich von siem gelöst hatte, tippte sie siem willkürlich gegen die Brust.

»Hey!« Shin rieb über die Stelle, wo sie sien berührt hatte, und musterte sie mit fragendem Blick. Ihre Augen kniff sie zu schmalen Schlitzen zusammen, verwirrte sien damit nur noch mehr. Sie drehte sich prompt um, rannte los und ließ Shin überrascht stehen.

»Was soll das, Schwester?«, rief sier ihr nach.

Anstatt siem zu antworten, lachte sie schallend auf. »Wer schneller zurück ist!«

»Nicht du!«, zischte Shin, doch ließ auch sier sich von Hibikos Lachen anstecken. Sie rannten die Straße entlang an verwunderten Elfen vorbei, die ihnen nachsahen. Die meisten kannten Shin und Hibiko und duldeten ihre lauten Spielereien kommentarlos. Die beiden waren eben erst Kinder und wussten nichts von den Gefahren, die die Welt in sich barg.

Völlig außer Atem kamen beide vor der Tür eines kleinen Hauses zum Stehen. Während sich Shin noch auf siesen Knien abstützte, um siese zu rasche Atmung zu beruhigen, klopfte Hibiko gegen das fein geschliffene Holz und wartete.

Shin horchte sofort auf, als sier Schritte aus dem Haus hörte, und hob siesen Blick. Sier machte sich bereits auf den Empfang gefasst, da sies triefender Anblick der Person dahinter sicherlich keine Freude bereiten würde. Die Schiebetür wurde beiseitegeschoben und ein schlanker, großgewachsener Feuerelf mit leuchtend roten Haaren stand vor ihnen.

»Shin! Hibiko! Wo habt ihr euch wieder herumgetrieben?«, fragte er mit erhobener, jedoch kratziger Stimme und strafte sie mit einem tadelnden Blick. »Und wie seht ihr beide aus? Kommt sofort hinein!«

Ohne Widerworte kamen sie seiner Anweisung nach. Hibiko machte jedoch einen deutlich erheiterten Eindruck, im Gegensatz zu Shin. Sien plagte das schlechte Gewissen, dass sier ihn erzürnt hatte. Er schloss die Tür hinter ihnen und sofort wärmte sich der weitläufige Raum angenehm auf. Der kleine Bereich im Eingang wurde durch eine Stufe vom Wohnraum getrennt, wo schon ein reichlich mit Speisen gedeckter Tisch auf die beiden wartete. Fast hätte Shin die nasse Kleidung vergessen, aber der Feuerelf stellte sich siem in den Weg, ehe sier auch nur in die Nähe der Stufe kam.

»Nein! Zuerst ziehst du die Schuhe aus oder willst du etwa den Boden ruinieren?«, sagte er in strengem Ton, so-

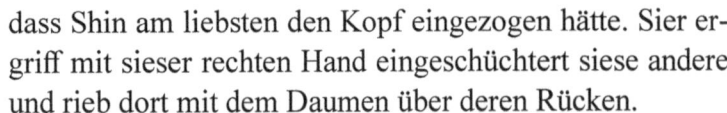

dass Shin am liebsten den Kopf eingezogen hätte. Sier ergriff mit sieser rechten Hand eingeschüchtert siese andere und rieb dort mit dem Daumen über deren Rücken.

»Ach, Fernis.« Wie ein Windhauch glitt eine elegante Gestalt durch den Türrahmen des Nebenraumes hinein. Die Schritte des Eiselfen verursachten keinerlei Geräusche, aber er machte sich dafür durch das Schnalzen seiner Zunge bemerkbar. »Du bist viel zu streng mit siem. Und wir wissen doch beide, dass du gegen ein bisschen Zerstörung nichts einzuwenden hast.«

Der Eiself schenkte Fernis ein breites Grinsen, entlockte diesem jedoch nur ein Knurren. »Nicht diese Art von ... Du weißt schon, was ich meine, Yggdras.«

»Natürlich.« Yggdravarios schnaubte belustigt. »Aber du musst bedenken, dass sie noch immer Kinder sind.«

»Trotzdem sollten sie die Regeln befolgen, um nicht noch mehr aufzufallen.«

Mit einem dunklen Lachen winkte Yggdravarios Fernis' Sorge ab. »Mach dir darum keine Gedanken. Sie benehmen sich genau so, wie es die hiesigen Kinder in ihrem Alter tun, und bisher haben sie auch keinen Unsinn getrieben.«

»Keinen Unsinn?« Der Zweifel in Fernis' Stimme war unüberhörbar. »Und genau du sollst in der Lage sein, das zu beurteilen?«

»Vielleicht nicht, aber das tut ohnehin nichts zur Sache.« Die eisgrauen Augen wandten sich von dem Feuerelfen ab, zu Shin. »Komm her zu mir. Dann trocknen wir dich ab und stecken dich in frische Kleidung.«

Sier zögerte nicht, diesem Angebot nachzukommen, und schob sich – mit etwas Abstand – an Fernis vorbei. Mittlerweile hatte sier sich sieser Schuhe entledigt, weswegen Fernis sien auch nicht davon abhielt, den Holzboden zu betreten. Bevor sies grimmiger Ziehvater es sich anders überlegen konnte, huschte sier zu Yggdravarios und ließ sich von ihm an den Schultern berühren.

»Du verhätschelst sien zu sehr …«

»Und du nicht genug«, erwiderte der Eiself sanft.

Das glühende Funkeln in den Augen des Feuerelfen jagte siem Schauer über den Rücken, sodass sier sich an Yggdravarios' Gewand festklammerte.

»Sie sind Kinder und brauchen die Zuneigung.«

»Als ob *du* sie ihnen geben könntest«, entgegnete Fernis in verachtendem Ton, beachtete Hibiko nicht, die an ihm vorbeischritt, als wäre nichts dabei und sich dann auf ein Kissen beim Tisch setzte.

»Ich bemühe mich, Fernis. Darin dürftest du dich ebenfalls üben. Denn du bist es, der Shin gerade Angst einjagt. Nicht wahr?« Yggdravarios neigte seinen Kopf etwas, um Shins Blick zu begegnen. Unsicher schaute sier von ihm zu Fernis und wieder zurück, doch rasch verwandelte sich diese Verunsicherung in Entschlossenheit.

»Ich habe keine Angst vor dir«, sagte sier an Fernis gewandt und lächelte schüchtern. Von einem Moment auf den anderen wurden seine Gesichtszüge weicher, bis sie sich gänzlich entspannten und er seinen Blick mit einem Seufzen abwandte.

»Wolltest du nicht gerade etwas mit siem erledigen?«, lenkte Fernis von sich ab und gesellte sich zu Hibiko.

»Das war doch gar nicht so schwer.« Yggdravarios schmunzelte zufrieden und schenkte Shin wieder seine volle Aufmerksamkeit.

Die Erinnerung brach abrupt ab, als der letzte Ton über Shins Lippen glitt und die darauffolgende Melodieleere sien zurück ins Hier und Jetzt warf. Sier riss siese Augen auf, überrascht darüber, dass genau diese Bilder aus der Vergangenheit sien eingeholt hatten. Ein derart altes Erlebnis, von dem sier geglaubt hatte, es längst vergessen zu haben. Und ohne Zusammenhang … Allerdings … Wenn sier genauer darüber nachdachte, meinte sier sich schwach daran zu erinnern, dass Yggdravarios siem nach dem Essen jenes Lied vorgesungen hatte, mit dem sier gerade siese Schwester beruhigte.

Hibiko zitterte in Shins Armen, schwieg und schmiegte ihren Kopf an siesen. Ein sanftes Gurren entfloh ihrer Kehle, doch atmete sier sogleich erleichtert aus.

»Es tut mir leid, Schwester. Ich wollte dir nicht das Gefühl geben, dass ich nicht länger zu dir stehe. Mein Handeln sollte lediglich zu deinem Besten sein. Verstehst du?«, flüsterte Shin ihr zu. Sier genoss ihre Nähe, ihre Wärme und nahm ihren bekannten Duft in sich auf. Dabei kümmerte es sien nicht, dass sie strenger roch als sonst.

»Ich verstehe es.« Sie grummelte vor sich hin und blieb siem ganz nah.

Shin konnte nicht anders, als zu schmunzeln, und löste sich langsam von ihr, damit sier ihr Gesicht erkennen konnte. »Schwester, ich bin nur froh, dass …« Sier linste zu Volruk hinüber, die noch immer kaum drei Schritte entfernt zu siem stand. Dasselbe tat auch Hibiko, zog im selben Zug ihre Mundwinkel nach unten und rümpfte die Nase. Damit sie nichts Falsches sagte, legte Shin ihr siesen Zeigefinger auf die Lippen, fing so erneut ihre Aufmerksamkeit ein. Kaum merklich schüttelte sier den Kopf – als Warnung, dass es nun besser war, den Mund zu halten, schenkte ihr jedoch ein warmes Lächeln.

»So! Das reicht.« Volruk packte sien am Oberarm und zwang sien zurück auf die Beine, ehe sie Shin zum Zeltausgang zerrte. Dennoch verharrte Hibiko ruhig an ihrem Platz, schrie nicht auf. Sie zog nicht an ihren Ketten, sondern bedachte Shin mit einem traurigen, sorgenvollen Blick, der sich siem ins Gedächtnis brannte.

SINNESWANDEL

Möchtest du nichts essen?« Rurák ließ sich zu Shins Linken auf siesem Nachtlager nieder, stützte sich dann mit einem Arm auf dem angewinkelten Knie seines gesunden Beines ab. Er wies mit seiner Hand auf die Schale mit Fruchtstücken und Nüssen, die vor siem auf dem Boden stand.

Shin seufzte nachdenklich und spielte mit mehreren Strähnen sieses offenen Haares. »Mir ist der Appetit vergangen.«

»Weswegen? Ist etwas passiert?«, fragte er zögerlich. »Volruk hat sich nur spärlich mit mir darüber unterhalten, was zwischen dir und deiner Schwester vorgefallen ist.«

»Ich möchte nicht darüber reden.« Ohne Rurák eines Blickes zu würdigen, strich sier die Haare zu einem Strang zusammen und warf sie sich über die Schulter nach hinten.

»Wie du willst, aber essen musst du trotzdem. Ich weiß, dass du gestern Morgen zuletzt etwas zu dir genommen hast.«

Genervt verdrehte Shin die Augen. »Du brauchst mich nicht zu bemuttern. Dafür bist du zu jung und ich bin zu alt.«

»Will ich wissen, wie alt du genau bist?« Er lachte sanft, aber schien sien keineswegs mit seiner Frage bedrängen, sondern vielmehr ablenken zu wollen.

»Nein, lieber nicht. Es ziemt sich nicht, derart unverfro-
ren danach zu fragen.« Trotzdem stahl sich ein Lächeln auf
siesen Mund, ehe sier sich zu ihm drehte. »Das sind
schlichtweg Dinge, die dich nichts angehen.«

»Aber …«, er streckte einen Finger nach siem aus und berührte siese Wange, »ich würde gerne mehr über dich erfahren.«

Shin schwieg, versuchte, die Hitze zu ignorieren, die siem
durch die unerwartete Berührung in die Wangen stieg. Der
Kontakt wühlte sien mehr auf, als er sollte, erweckte
Hoffnung in siem, die keinerlei Existenzberechtigung besaß. Durfte Shin dieses Empfinden überhaupt zulassen?
Schließlich hatte sier Rurák ja versprochen, seine Freundschaft anzunehmen. Doch was bedeutete das? Sier war sich
nicht sicher, inwieweit sie eine Beziehung eingehen konnten. Selbst freundschaftlicher Natur.

Wenn Volruk davon erfuhr, blühten Rurák und siem zweifelsohne eine Strafe. Und jener Auftrag verschwand ebenfalls nicht einfach im Nichts. Wenn sier und siese Schwester ihn nicht ausführten, verpasste Shin die Chance auf diese enorme Summe an Geld. Doch war ihm diese wirklich
so viel wert?

Beim Gedanken daran entglitt siem erneut ein schweres
Seufzen.

Rasch zog Rurák seinen Finger wieder zurück, doch sein
Blick ruhte weiterhin auf siem. »Was geht in deinem Kopf
vor?«

»Wie ich bereits sagte: Ich möchte nicht darüber reden. Es
würde dich ohnehin nur belasten.« Sier lehnte sich vor und
griff nach der Schale, um sie auf siesem Schoß abzustellen.

»Aber dafür sind Freunde da. Um über Probleme zu reden
und vielleicht gemeinsam eine Lösung zu finden.« Seine
Worte klangen verlockend, jedoch hielt sien eine Blockade

166

in siesem Inneren davon ab, ihm sies Herz auszuschütten. Bei Hibiko fiel siem das immerzu leicht, aber sie war auch siese Zwillingsschwester und seit jeher mit siem verbunden. Darin lag wohl der größte Unterschied.

»Gewähre mir dafür noch etwas Zeit«, erwiderte Shin und nahm sich ein Stück der rotorangenen Frucht, um es genauer zu inspizieren. Nicht, weil er der Speise nicht traute, sondern tatsächlich nur, weil sien Appetitlosigkeit plagte.

Er nickte siem zu. »Kann ich sonst etwas tun, um deine Laune zu heben? Ich meine, Früchte helfen da ja nicht.«

Schulterzuckend biss Shin ab und kaute darauf herum. Rurák schien einfach nicht aufgeben zu wollen.

»Kämpfe gegen mich«, antwortete sier, sobald sier das Zerkaute hinuntergewürgt hatte.

»J-jetzt gleich?«

»Warum nicht?« Shin grinste breit, stellte die Schale neben sich auf das Kissen und lehnte sich zu Rurák hinüber. »Ich wollte dir doch ohnehin weitere Kniffe zeigen, damit du dich in deinem Clan endlich unter Beweis stellen kannst.«

»Heute habe ich dafür zu wenig Zeit, weil einige Vorbereitungen für die nächsten Tage anstehen«, sagte er und kratzte sich dabei am Kinn.

»Vorbereitungen? Ach ja, das Fest zu Ehren von Rulris beginnt morgen, wenn ich mich richtig entsinne.« Shin erhob sich, um sich wie eine Katze einmal ordentlich nach oben hin durchzustrecken. Allerdings verpasste siem die Wunde ein unangenehmes Zwicken, das sien zusammenfahren ließ.

»Dann möchte ich dich nicht davon abhalten, den anderen zu helfen. Dieses Fest ist für euch Sorkári schließlich das wichtigste Ereignis innerhalb eines Zwillingsmondes.«

Rurák nickte, ging jedoch nicht weiter darauf ein. »Tut die Verletzung immer noch weh?« Wieder nahm sier diesen besorgten Unterton in seiner Stimme wahr.

»Nein«, log Shin und wandte sich grinsend zu ihm um. »Es ist alles wieder beim Alten.«

Er verzog den Mund vor Skepsis und offenbarte damit, dass er siem kein Wort glaubte. Glücklicherweise beließ er es dabei, kam mit Schwung auf die Beine und legte siem – wieder vollkommen unerwartet – die Hand auf die Schulter. »Ich bringe dich zu Luven und hole dich später wieder ab.«

»Meinst du, sie möchte überhaupt noch, dass ich ihr unter die Augen trete? Ich habe mich doch unter ihrer Aufsicht davongeschlichen.«

»Das ist richtig, aber sie kann niemandem lange böse sein. Glaub mir«, meinte er. Absolute Sicherheit funkelte im Gold seiner Augen.

»Gut zu wissen.« Ganz nebenbei schob sier sich einige Strähnen hinter die Ohren, bevor sier das Band von siesem linken Handgelenk löste und sich die Haare zu einem Pferdeschwanz zusammenband. Dabei konnte sier es nicht lassen, ihn verschmitzt anzugrinsen.

Rurák zog seine Hand zurück und verschränkte seine Arme vor der Brust, während Strenge das Lächeln von seinem Gesicht vertrieb. »Das heißt aber nicht, dass du ihre Güte ausnutzen sollst.«

»Das werde ich nicht.«

Erneut schwieg er, während sich die Falte zwischen seinen Brauen tiefer in seine Haut grub. Als Shin an ihm vorbeischritt, streifte sier ihn absichtlich am Arm und schaute mit einem Seitenblick lächelnd zu ihm hoch.

»Wollen wir?«

Luven verlor tatsächlich kein Wort über siese frevelhafte Tat von vor drei Tagen. In freundlichem Ton wies sie Shin an, was sier zu tun hatte, ließ sien Wurzeln mit Mörser und Stößel zu Pulver verarbeiten, bis siem die Finger wehtaten. Damit sier sich nicht erneut davonschleichen konnte, stand eine Wache direkt neben dem Eingang, die sien zu keinem Zeitpunkt aus den Augen ließ.

Vielleicht war diese Arbeit Luvens Art von Rache, aber jedes Mal, wenn sier einen kurzen Blick über siese Schultern warf, wirkte sie nicht, als bereiteten ihr siese Mühen Freude.

Erneut unterbrach sie ihre eigene Arbeit, um sich neben sien zu setzen und ihre Hände nach siesen Arbeitsutensilien auszustrecken. »Darf ich?«

Mit vor Krämpfen zitternden Händen reichte Shin es ihr und ballte diese zu Fäusten, sobald sie siem die beiden Materialien abgenommen hatte. Der Fluch, der auf siesen Tätowierungen lag, sorgte dafür, dass sier kaum zu etwas anderem als zum Kämpfen zu gebrauchen war. Er erschwerte siem selbst die leichte Arbeit, die Luven von siem verlangte. Aber das musste die Nayruni nicht wissen. Schließlich war sier ein uralter, mächtiger Drache, die Klinge der Götter, eine Bestie, geschaffen durch die Hände zweier Unsterblicher. Sier durfte wohl dazu fähig sein, Schmerzen ohne Jammern zu ertragen.

»Du verkrampfst dich zu sehr« stellte Luven fest und zerstieß den Rest der getrockneten Wurzel mit einer Leichtigkeit, die Frust unter siese sonst entspannte Maske trieb.

»Und sowieso, warum ruhst du dich nicht ein wenig aus? Die Arbeit rennt uns ja nicht davon … größtenteils.«

Shin stutzte und zog die Augenbrauen nach oben. »Größten… Warum frage ich überhaupt nach?«

»Kann ich nicht sagen«, antwortete sie trotzdem mit einem Schulterzucken, ohne sich von der Arbeit ablenken zu lassen. Ihre Finger bewegten sich geschickt und hielten den Stößel fest umgriffen. »Einmal hab' ich ein Stein mit einem Ei verwechselt, und ja, das ist dann geschlüpft und hat sich selbstständig gemacht.«

Shin scheute es davor, genauer nachzufragen, aber siese Neugier war nun geweckt und wollte befriedigt werden. »Um welche Art von Ei hat es sich dabei gehandelt?«

»Um ein Diamantameisenei.« Sie lächelte sien etwas verkniffen an, als wäre das nicht alles, was es dazu noch zu erzählen gab.

»Das klingt nach einer Rarität«, warf sier ein und brannte darauf, mehr zu erfahren. »Was genau ist dann geschehen?«

»Ähm … Phuu … Also … Na ja, ich hab' natürlich nicht nur eins mitgenommen, sondern gleich einen ganzen Beutel gefüllt. Bei so einem Fund muss man doch zuschlagen, oder?« Sie machte kurz eine Pause, aber Shin dachte nicht daran, ihr dazwischenzureden. »Das war vielleicht dumm. Ich hätte mich fragen sollen, warum ich so viele perfekte Diamanten an einer Stelle gefunden habe. Aber du musst wissen, dass diese Eier nicht rund oder besonders glatt sind. Sie sehen wirklich aus wie halbgeschliffene Edelsteine und sind bei Dämmerlicht nicht als das zu erkennen, was sie wirklich sind. Ja, ich denke, du kannst dir vorstellen, was sie für ein Chaos angerichtet haben.«

Nachdenklich beäugte Shin das Durcheinander um sich herum und zweifelte daran, dass es noch schlimmer hätte aussehen können. »Es muss fürchterlich gewesen sein. Wie bist du mit den Ameisen verfahren?«

»Ich hab' sie eingefangen und weit abseits der Siedlung wieder freigelassen«, verkündete sie voller Stolz und lächelte siem freudig entgegen. »Für lebendige Wesen hab' ich keine Verwendung, weil diese nicht mir gehören, sondern den Göttlichen. Es wär' sozusagen Diebstahl.«

Mit mehr als nur drei Fragen, die mittlerweile in siesem Kopf umherschwirrten, versuchte sier trotzdem, weiterhin ihrem abstrusen Gedankengang zu folgen. »Ich glaube nicht, dass –«

»Oh! Hallo, Rurák«, unterbrach Luven sien.

Instinktiv wandte sier sich zum Eingang und sah den Sorkár dort stehen. Erleichterung schwemmte siese Anspannung hinfort und löste den Krampf in siesen Fingern, sodass diese endlich aufhörten zu zittern.

Stärker hinkend als sonst näherte er sich ihnen, aber sein Lächeln lenkte Shin nach wenigen Schritten von dieser Tatsache ab und steckte sien mit seiner offenkundig guten Laune an.

»Störe ich euch beide bei etwas Wichtigem?«

»Nah, hast du nicht. Wir sind für heute so gut wie fertig. Du darfst sien also mitnehmen, aber nicht vergessen«, flötete sie viel zu energiegeladen für diese Tageszeit und hielt Rurák den Stößel wie eine drohende Klinge entgegen. »Morgen brauche ich sien wieder.«

»Morgen bekommst du sien nicht.« Er beugte sich leicht, um sie auf den Kopf zu tätscheln, was Shin wiederum völlig irritierte. Sier hätte ihn nicht so eingeschätzt, dass er so etwas bei anderen tat.

Luven ließ vor Entsetzen das steinerne Werkzeug sinken, starrte ihn ungläubig an, wobei ihr der Mund aufklappte. »Warum nicht? Ich hab' noch so viel zu tun.«

»Das muss warten. Morgen arbeitet niemand, wenn Rulris' Festlichkeiten eröffnet werden.«

Mit einem lauten Knall landete der Mörser auf dem Boden, sodass das Pulver aufgewirbelt wurde und ein Teil davon über dem Rest stob. »Stimmt! Das hab' ich ganz vergessen.«

»Deshalb ist auch sier morgen geladen. Ich hoffe, du verkraftest das.«

»Ich muss«, jammerte Luven, als würde eine kleine Welt für sie untergehen, aber ihre Stimmung schwappte mit dem nächsten Atemzug wieder zu einem Lächeln über. »Aber ja, dann bis morgen.« Sie winkte Rurák zu, ehe sie Shin zum Abschied auf den oberen Rücken klopfte. Die vielen Berührungen nahmen für siesen Geschmack allmählich etwas Überhand.

Sier sah es auch als sies Stichwort, aufzustehen und außerhalb ihrer Reichweite zu gelangen. »Die Götter sind mit dir, Luven.« Höflich nickte sier ihr zu und brachte damit ein weiteres freundliches Lächeln hervor.

»Und mit dir.«

»Sie mag dich«, brach Rurák das Schweigen, während sie nebeneinander hergingen.

»Das hätte ich niemals alleine erraten.« Der Sarkasmus schwang deutlich in Shins belustigtem Schnauben mit, das sier noch mit einem breiten Grinsen unterstrich.

Kein Kommentar von Ruráks Seite. Stattdessen öffnete er den Zelteingang für Shin und winkte sien hinein. Sier kam seiner unausgesprochenen Bitte nach und machte es sich sogleich im Schneidersitz auf siesem Nachtlager bequem. Wie am Morgen setzte sich Rurák neben sien, während Shin die Blasen auf sieser rechten Handfläche begutachtete. Sie brannten kaum, doch es war ungewöhnlich, dass sie sich nach nur einem Tag gebildet hatten. Andererseits war diese Art von Arbeit nicht mit sieser zu vergleichen. Wenn sier eine Klinge hielt, fühlte sich das an wie Atmen, wie Blinzeln, wie etwas Selbstverständliches. Ganz anders als der Stößel, der unentwegt an sieser Handinnenfläche gerieben hatte.

»Soll ich das verarzten?«, fragte Rurák mit sanfter, tiefer Stimme. Er konnte es nicht lassen. Ganz gleich, wie häufig sier seine Hilfe ausschlug.

Sogleich drehte Shin siese Hände um und legte sie auf die Oberschenkel. »Das wird nicht nötig sein.«

»Ich meine, du hättest dich nicht so überarbeiten müssen«, merkte er in ruhigem Ton an, doch noch etwas anderes meinte sier darin zu hören. Neben der Sorge, die seine Worte ohnehin immerzu begleitete.

»Meinst du?« Shin schnalzte mit der Zunge und lachte dann auf. »Derart rasch überarbeite ich mich nicht. Für meine Arbeit nutze ich gänzlich andere Handgriffe und Kniffe, die ich nun leider nicht gebrauchen kann. Daher auch die Blasen, aber sie werden von selbst verheilen.«

Schweigen. Wie immer, wenn Rurák nicht mit Shins Kommentaren umzugehen wusste. Als sier zu ihm herüberschaute, kratzte er sich am Kinn. Er wirkte nachdenklich, womöglich auch ein wenig eingeschüchtert, aber diesbezüglich wollte sier nichts vorwegnehmen. Normalerweise erkannte sier Ruráks Unsicherheit sofort – nur jetzt nicht.

»Enttäusche ich dich damit, dass du mir nicht helfen kannst?« Eine törichte Frage. Trotzdem glitt sie siem über die Zunge, ohne dass sier sie hätte zurückhalten können. Dabei wusste sier nicht einmal, worauf sier damit hinauswollte.

»Ein wenig«, gab er zu und überraschte Shin mit dieser ehrlichen Antwort. Sier hatte eher damit gerechnet, dass er erneut in Schweigen verfiel und sien mit diesen sorgenvollen Blicken bedachte, die immerzu auf siem lagen, aber nein ... Das tat er nicht.

»Deine Hilfe war mir vorhin sehr willkommen«, sagte Shin, hoffte, dass sich Rurák damit zufriedengab.

Er lächelte und begriff sofort, worauf sier anspielte. »War Luvens Gesellschaft so schlimm?«

Lässig lehnte sich Shin nach hinten und stützte sich mit beiden Armen ab. »Ich würde es nicht als schlimm bezeichnen. Ihre Gesellschaft wäre sehr angenehm, wenn sie einen gewissen Abstand zu mir beibehalten würde.«

»Abstand?« Sein Blick huschte kurz fragend nach unten, ehe er zu siem zurückkehrte. Sie saßen so nah beieinander, dass sich ihre Beine schon fast berührten. »Aber was ist hiermit? Soll ich mich wegsetzen?«

Um nichts Impulsives zu sagen, biss sich Shin für einen Moment auf die Zunge, überlegte, horchte in sich hinein, welche Erklärung sich nun richtig anfühlte. Sier hatte sich mittlerweile so sehr an Ruráks Anwesenheit gewöhnt, dass es sien nicht störte, wenn er siem etwas näher kam. Jedoch widerstrebte es siem, ihm siese Karten derart offen darzulegen. Shin war durchaus aufgefallen, dass Rurák bewusst siese Nähe suchte – ganz unabhängig von seiner Pflicht, sien zu bestimmten Zeiten zu bewachen. Nur weil sier für solcherlei Angelegenheiten keinen Platz in siesem Leben besaß, bedeutete dies längst nicht, dass sier blind dafür war. Für die zufälligen, sanften Berührungen, für die vielsagenden, zu lange anhaltenden Blicke. Trotzdem konnte sier sich nicht vollkommen sicher sein, was in Ruráks Kopf vorging. Es sei denn …

»Shin?«

Sier blinzelte mehrere Male und starrte Rurák mit geweiteten Augen entgegen. Er hatte sich siem ein Stück entgegengelehnt, sodass sich sein Gesicht nun gefährlich nah vor siesem befand. Trotz all der Erfahrung, die sies Alter mit sich brachte, machte sien diese Situation nervös und es kostete sien enorme Energie, es vor ihm zu verbergen. Doch was sier nicht vor ihm verstecken konnte, waren siese glühenden Wangen. Sier räusperte sich, zwang sich, siesen Blick von ihm abzuwenden, und ließ diesen stattdessen zum Zelteingang wandern. Darin sah sier die einzige Möglichkeit, siese gefühlsaufwühlende Lage noch irgendwie zu retten. »Du darfst sitzen bleiben.« Sier grinste, als wäre nichts dabei, doch wagte es nicht, Rurák in die Augen zu sehen.

»Das würde ich gerne.« Noch mehr Ehrlichkeit und es würde siem bald sehr unangenehm werden. Während siese Gedanken verrücktspielten, klopfte sies Herz ungewöhnlich stark in sieser Brust, weshalb sier sich umso mehr von siesem eigenen Körper betrogen fühlte.

Was sollte diese Freude? Diese Wärme? Und was dachte sier sich nur bei dieser Freundschaft? Das hier ging auf emotionaler Ebene zu nah, wurde viel zu rasch zu persönlich. Aber wie sollte sier dieser Verlockung widerstehen, dieser Hoffnung auf ein wenig Glück und Verständnis? Innerlich schüttelte Shin den Kopf, während sier zu Rurák hinüberlinste und ihn dabei beobachtete, wie sich seine dunkelrote Stirn kräuselte, wie sich sein Mund öffnete und sich sogleich wieder schloss, als suchte er ebenfalls nach den richtigen Worten.

»Morgen …«, begann Rurák, doch seine Stimme versagte ihm schon beim ersten Wort den Dienst und brach ab. Er hustete, räusperte sich und setzte erneut an. »Morgen werde ich vor der Eröffnung vorbeikommen und dir dabei helfen, dich für die Festlichkeit herzurichten. Ein Gewand kann ich dir heute noch besorgen und um deine Haare kümmere ich mich, sobald An zum Tag ruft. Brauchst du sonst noch etwas?«

Siem wurde ein bisschen mulmig bei dem Gedanken, dass sich Rurák erneut siesem Haar annehmen wollte. Eigentlich ließ sier es niemanden außer Hibiko berühren, aber sier schluckte diese Sorge hinunter und nahm sich vor, ihn am morgigen Tag ein weiteres Mal gewähren zu lassen. »Gegen Schminke hätte ich nichts einzuwenden. Schwarz, rot oder violett. Was auch immer du auftreiben kannst.«

»Das klingt machbar«, erwiderte er und erhob sich mit einem Lächeln. Für einen Moment lagen Shin Worte auf der Zunge, die Rurák dazu gebracht hätten, siem weiterhin Gesellschaft zu leisten. Aber sier würde sie nicht aussprechen. Sier brauchte Zeit, um zu begreifen, was momentan in siem vorging.

17. Rulris 689, ZF, 3Z

WAS SICH ALLES
VERÄNDERT ...

Konzentriert zog Shin mit einem gehärteten Kohlestift einen sauberen Strich über sies oberes Lid und zeichnete ihn nach, als er siem zu dünn erschien. Der Spiegel, den Rurák siem ebenfalls besorgt hatte, war zwar klein, aber reichte für siese Bedürfnisse aus.

»Du hast mir wahrlich nicht zu viel versprochen«, säuselte sier zufrieden, wechselte zum roten Stift, um ab der Mitte siesen Auges eine weitere Linie oberhalb des schwarzen Striches hinzuzaubern. In der Reflexion des Spiegels erhaschte sier einen Blick auf Rurák, der eben dabei war, seinen Zopf sorgfältig zu lösen, und danach auch das Band herauszog, das seine am Hinterkopf hochgebundenen Haare immer zusammengehalten hatte. Während sier sich weiter schminkte, linste sier gelegentlich zum Sorkár zurück, staunte nicht schlecht, wie er innerhalb kürzester Zeit mehrere kleinere Zöpfe in sein dunkelbraunes Haar flocht und mit diesen seine sonst offenen Strähnen in eine prachtvolle Frisur verwandelte. Und das gänzlich, ohne Schmuck zu nutzen.

Shin gab sich währenddessen keinerlei Mühe, zu verbergen, dass sier ihn beobachtete, und erntete dafür sogar ein unschuldiges Lächeln von Rurák. Ohne sich dabei etwas zu denken, erwiderte sier es, ehe sier die letzten Striche an siesen Augenwinkeln vollendete.

»Darf ich?«, fragte er, trat näher und ließ siese Hände knapp über siesen zusammengebundenen Haaren schweben.

Mit einem Schmunzeln drehte sich Shin um und sah zu ihm hoch. »Wenn ich Nein sagen würde, wärst du doch enttäuscht.«

Das Lächeln auf seinen Lippen geriet ins Wanken, aber Shin wurde ohnehin vom neu erwachenden Glühen in seinen Augen abgelenkt. Sier meinte, es bereits gestern bemerkt zu haben, als sich ihre Gesichter viel zu nah gekommen waren. Und da war es wieder – noch stärker als tags zuvor.

»Aber einmal Spaß beiseite – es sei dir gestattet.« Shin lachte leise vor sich hin, als Ruráks Fingerspitzen jäh über siesen Nacken streiften und durch sies Haar strichen. Ein Schauer glitt über siese Rückenmitte, kribbelte gar in der Wunde und hätte siem ein überraschtes Keuchen entlockt, wenn sier sich nicht rechtzeitig auf die Unterlippe gebissen hätte. Mit einem sanften Ziehen entwirrte er siese Haare, knotete dabei das schwarze Lederband auf, das er siem geliehen hatte, und ließ die seidenen Strähnen auf siesen Rücken fallen. Sobald er damit anfing, sie durchzukämmen, schloss Shin die Augen, um sich im Gefühl des Genusses zu verlieren. Dennoch blieb sier aufrecht sitzen, um Rurák die Arbeit nicht zu erschweren und um nicht zu riskieren, dass die Frisur misslang. Wäre Shin eine Katze gewesen, hätte sier geschnurrt. Stattdessen begann sier zu summen. Erst ganz leise, dann immer lauter, bis die Melodie einen vollen Klang annahm. Wieder verlor sier sich im Lied, im Gefühl, das Ruráks zarte und zufällige Berührungen in siem auslöste, in den Bildern, die vor siesem inneren Auge zum Leben erwachten und sien hineinzogen. In eine Erinnerung, die tief unter Kummer und Enttäuschung begraben lag und nun unerwartet zum Vorschein trat ...

Die Bürste zupfte immer wieder schmerzlich an siesem Haaransatz, als sich Fernis um Shins Haare kümmerte. Tränchen hatten sich an siesen Augenwinkeln gebildet, doch sier hatte sich fest vorgenommen, tapfer zu bleiben und stark zu sein für siese Schwester. Egal, was passierte.

Er zerrte an den Haaren, um sie dann zu einem hohen Pferdeschwanz nach hinten zu streichen und mit einem Lederband zusammenzubinden.

»Autsch!«, entglitt es siem, obwohl sier es sich eigentlich hatte verkneifen wollen. Allerdings bewirkte sier dadurch, dass sies Ziehvater in seiner Begegnung innehielt, bevor er etwas sanfter fortfuhr.

»Das wird keine einfache Reise für dich und Hibiko«, meinte Fernis in seiner heiseren, kratzigen Stimme. »Ihr seid noch roh und unerfahren. Noch nicht das, was ihr sein solltet. Ungeschliffen haben sie euch genannt.«

So weit es siese Position zuließ, lugte Shin über siese Schulter zu Fernis und bedachte sien mit einem fragenden Blick. »Ungeschliffen? Bin ich denn nicht genug?«

»Nein!« Ein lauter Ausruf, der sien zusammenfahren ließ und siem einen ordentlichen Schrecken einjagte. Was siem jedoch noch mehr Angst bereitete, war die Umarmung, in die Shins Ziehvater sien zog. So fest und voller spürbarer Sorge. »Nein, Kind! Du bist genug, so wie du jetzt bist. Für mich, deine Schwester und Yggdravarios. Nur reicht es nicht für die Aufgabe, für welche du geschaffen wurdest.«

»Welche Aufgabe?«, fragte Shin nach, befürchtete, dass sier ihm jede einzelne Antwort aus der Nase ziehen musste.

Seiner statt übernahm Yggdravarios, der gerade mit Hibiko in Begleitung die Schiebetür hinter sich schloss und auf die beiden zukam, die Erwiderung auf siese Frage. »Das wirst du beizeiten erfahren.«

Fernis gab sien nicht frei, um sich Yggdravarios zuzuwenden, sondern hielt sien weiterhin umarmt. Er zitterte sogar, knurrte und knirschte mit den Zähnen.

»Fernis, es wird Zeit, aufzu–«

»Nein, sie sind noch nicht bereit«, zischte er ihm dazwischen, drückte sien so sehr an sich, dass sier kaum Luft bekam.

Shin wehrte sich gegen seine Umarmung, erreichte damit jedoch nichts und gab einen frustrierten Aufschrei von sich. »Ich habe Angst!«

Gefolgt von Hibiko trat Yggdravarios näher, hielt seine Hände beschwichtigend nach oben. Seine Miene blieb unberührt, wohingegen sich siese Angst im Gesicht sieser Schwester direkt widerspiegelte. Sie sah zu ihrem Ziehvater auf, dann wieder zu Shin und fauchte, Fernis zugewandt. »Lass sien los!«

»Hör auf, Fernis. Wenn du sien weiter festhältst, wirst du siem wehtun«, sprach er beruhigend auf den Feuerelfen ein, bis er ihm nah genug kam, um ihm eine Hand auf die Schulter zu legen. »Fernis, lass los. Ich bitte dich darum.«

»Es sind unsere Kinder! Ich kann nicht zulassen, dass –«

»Dem ist nicht so, Fernis.« Es kam nicht häufig vor, dass der Eiself den Feuerelfen unterbrach, aber wenn es geschah, umgab ihn eine dunkle Aura, die jedem und jeder in unmittelbarer Nähe Gänsehaut bereitete. »Sie sind Geschöpfe, die wir nach unserem Ermessen erschaffen haben, nicht unsere Kinder.«

»Wie herzlos von dir, so etwas zu behaupten!«, brüllte Fernis laut, sodass Shin siese Tränen nicht mehr zurückhalten konnte, und wimmerte dabei still vor sich hin.

»Spielst du damit auf etwas Bestimmtes an?« Der metallene Geruch von Blut wehte zu siem hinunter, sodass sier nach oben zu Fernis' Schultern linste, um zu erkennen, dass Yggdravarios ihm die spitzen Fingernägel in die Haut trieb und rot schillernde Blutstropfen hervorlockte.

»Das ist keine Anspielung, nur die Wahrheit.« Sein Blick wanderte zu Yggdravarios' Hand, es sah aus, als würde er ihm im nächsten Moment zubeißen, wenn er sie nicht rechtzeitig zurückzog.

Der Eiself verstand die Andeutung und entfernte sie mit einem belustigten Schnauben von der Schulter des Feuerelfen. »Die Wahrheit … Welch lächerliches Konstrukt!« Er betrachtete das Blut, das an seinen Fingern klebte, machte jedoch keine Anstalten, es irgendwo abzuwischen. »Aber dann frage ich mich, warum du immerzu meine Nähe suchst, Sohn des Pharos.« Prompt entstand eine unangenehme Distanz zwischen den beiden wie eine unsichtbare Mauer, die sich aus dem Nichts erhoben hatte. »Gib es zu! Du umgibst dich einfach gerne mit Lügen und Trugbildern, weil sie dich vor dem, was kommen wird, ablenken.«

»Sei still!« In seiner Wut löste sich die Umarmung ein Stück weit, sodass Shin nach unten aus ihr hinausschlüpfen konnte, sich danach sofort erhob und einige Schritte Entfernung zwischen sich und siesen erzürnten Ziehvater brachte. Sier ließ ihn und Yggdravarios nicht aus den Augen, beobachtete sie sorgfältig, im Versuch, die Situation richtig einzuschätzen.

»Warst nicht du derjenige, der mir vorgeworfen hat, sien zu sehr zu verhätscheln? Wer hält sien nun zurück? Ich bin es nicht.« Irgendetwas stimmte nicht mit der Stimme des

Eiselfen. Sie klang zwar dunkel und angenehm wie immer, doch Shin ließ sich nicht von Yggdravarios' belustigter Miene täuschen und erhaschte den bitteren, leidenden Unterton. Seine Fassade bestand aus einer Lüge, um seine wahren Gedanken vor ihnen zu verbergen.

Unsicher schaute Shin zu Boden, versuchte, sich zu sammeln, und atmete einmal tief durch, wie es Fernis siem immer gezeigt hatte. Noch während sier den Atem ausstieß, rannte Hibiko in raschen Schritten zu siem und ergriff siese Hand. Siese Angst war von einem Moment auf den nächsten wie weggeblasen, wurde durch Entschlossenheit ersetzt und einer Wärme, die siem den Mut gab, sich gerade hinzustellen und siese Stimme gegen beide Ziehväter zu erheben. »Ich möchte nicht, dass ihr euch wegen uns streitet. Was auch immer diese Aufgabe sein sollte, Hibiko und ich werden sie meistern.«

Ein düsteres, unheilvolles Lachen durchflutete den Raum, ehe Yggdravarios auf Shin zuschritt und vor siem in die Hocke ging, um siem auf derselben Augenhöhe entgegenzuschauen. »Natürlich werdet ihr das. Ihr seid stark und tragt alles in euch, was ihr braucht.« Er berührte sien an der Wange. Trotz der Kühle seiner Finger spürte Shin eine eigenartige Wärme, die sich unterhalb sieser Haut bildete und siem Zuversicht schenkte. »Macht uns stolz.«

Instinktiv legte sier eine Hand auf seine, lächelte und blinzelte die übrigen Tränen weg. Sier öffnete den Mund, um etwas zu sagen. Jedoch …

Ruckartig öffnete Shin siese Augen und sog die Luft scharf ein, bevor sies Blick dank des Spiegels erneut Ruráks fand.

»Alles in Ordnung?« Seine beruhigenden Worte drangen zwar an siese Ohren, doch sier brauchte einen Moment, um wieder in der Gegenwart anzukommen und sie zu verarbeiten.

»Das war schön.« Er stockte kurz, als hätte er etwas Falsches gesagt. »Ich meine, die Melodie.«

Shin lächelte etwas verloren, wandte siese Aufmerksamkeit wortlos von ihm ab und erschrak, als sier sich auf sies Spiegelbild fokussierte. Siese Haare waren von kunstvoll geflochtenen Zöpfen durchzogen und mit schmalen Bändern geschmückt, sodass sier vor Staunen die Augen weit aufriss und sich ein Stück nach vorne lehnte, um noch genauer hinzusehen. »Und das hast du innerhalb dieser kurzen Zeit geschafft? Wie beeindruckend.«

Eigentlich ähnelte siese Frisur jener, die sier sonst auch trug: mit den beiden Strähnen an siesen Schläfen und dem hohen Pferdeschwanz. Nur hatte Rurák sich deutlich mehr Mühe dabei gegeben, einzelne Details mit einzubringen, um jeder Strähne eine besondere Bedeutung zu verleihen.

»Schön, dass es dir gefällt.«

»Das tut es!«

Noch immer etwas abgelenkt von der Erinnerung spielte sier mit den Spitzen der schmalen Zöpfe in siesem Pferdeschwanz, um Rurák davon abzubringen, genauer nach siesem Gemütszustand zu fragen. »Besitzen alle Sorkári die Fähigkeit, solche Meisterwerke zu schaffen?«

»Nicht alle, aber doch ein paar«, erwiderte er und legte seine Hände auf Shins Schultern. Die Wärme kribbelte selbst durch den Stoff auf siesser Haut und entfachte eine Unruhe in siem, die sich seltsamerweise zur selben Zeit aufregend wie ergötzend anfühlte.

»Rurák?« Bisher hatte sier es immer gemieden, den Namen des Sorkárs auszusprechen, aber nun kam es siem richtig vor.

»Ja?«

»Ich danke dir.« Oftmals glitten diese Worte ohne eine Bedeutung über die Lippen, doch in diesem Moment meinte Shin auch, was sier sagte. Und zwar aus siesem tiefsten Inneren. Sier ertappte sich dabei, wie sier zu Ruráks linker Hand hinüberlinste und lächelte, ehe sier hochsah. Der Sorkár schaute auf sien herab, mit einem Blick, der sien so sehr zu durchdringen schien, dass sier erschauderte.

»Gern geschehen.«

»Gehört dies neben der Wache ebenso zu deiner Aufgabe?«, lenkte sier von siesen glühenden Wangen ab, in der Hoffnung, dass sie Rurák nicht zu sehr auffielen. Ein naiver Wunsch, musste sier sich selbst eingestehen.

Der Sorkár schwieg und beantwortete damit mehr, als siem lieb war. Tatsächlich machte es sien nervös, wie er sich zu siem hinunterbeugte, um ebenfalls einen Blick in den Spiegel zu werfen. Sier räusperte sich, setzte alles daran, siese entspannte Miene aufrecht zu erhalten, und wagte es nicht, siesen Mund zu einem Grinsen zu verziehen. Wahrscheinlich wäre sier daran kläglich gescheitert und hätte siese Lage dadurch nur verschlimmert.

»Ich schätze dies als ein Nein ein.«

»Darfst du gern.« Sein warmer Atem streifte sies Ohr, sicherlich mit Absicht. Jedoch verfehlte er seine Wirkung nicht. Shins Gedanken gerieten ins Stocken, verflüchtigten sich, ehe sie sich vollständig entwickeln konnten. In einer geistigen Umnachtung erhob sier sich abrupt, drehte sich um und stützte sich mit beiden Händen auf der Tischkante ab. Trotz der plötzlichen Bewegung war Rurák ganz nah bei siem, beugte sich sogar näher zu siem herunter.

Wieder mit diesem durchdringenden Ausdruck in seinen Augen.

»Wirst du mich –?« Ein Finger berührte ganz sachte siese Lippen und brachte sien damit zum Schweigen. Ebenso zart wie seine Berührung umspielte ein Lächeln seinen Mund und ließ Shin ohne jeden Zweifel sehen, was er fühlte.

»Nur, wenn du das möchtest«, flüsterte Rurák und hauchte dem Ganzen etwas Mystisches, Verbotenes ein. Es kribbelte in siesen Fingerspitzen, in den Zehen, den Lippen – überall, während sier kaum genug Luft holen konnte, um einen klaren Kopf zurückzuerlangen. Siem fehlten die Worte und sies sonst so scharfer Verstand ließ sien ebenfalls im Stich. Nichts ergab Sinn. Alles schien fremd und neu, so war es doch viel zu lange her, seit sier solcherlei Gefühle für jemanden empfunden hatte. Jahrhunderte, Jahrtausende … Sier hatte die Jahre nicht gezählt.

Da Shins Verstand ausgesetzt hatte, nickte sier, starrte Rurák erst in die Augen, dann auf seinen Mund. Zögerlich näherte sich Rurák, hielt knapp über Shins Lippen inne, während sier schwer atmend um Fassung rang. Als wollte er sich absolut sicher sein, wartete er einen weiteren Atemzug lang, ehe er den letzten Abstand zwischen ihnen überwand und ihre Lippen aufeinandertrafen. Beide zauderten sie, doch keiner zog sich voreilig zurück. Die Leichtigkeit des Kusses überraschte Shin – im positiven Sinne. Sier küsste ihn weiter, wenn auch zögerlich, schloss die Lider, genoss das weiche Gefühl von Ruráks Lippen auf siesen, ohne sich von den Hauern irritieren zu lassen. Kurzzeitig vergaß sier sogar zu atmen, unterbrach den Kuss, um nun doch tief Luft zu holen und leckte sich dann über die bebende Unterlippe. Mit einer Hand auf Ruráks Bauch drückte sier ihn sanft von sich weg, um siese Gedanken besser ordnen zu können. Er sträubte sich nicht dagegen, sondern gewährte siem den Abstand, den sier brauchte. Mehr aber auch nicht. Rurák blieb nach wie vor nah genug bei Shin, um sien zu verwirren, siem sieser Fassung und sieses Atems zu berauben.

»War das zu viel?« Er streckte seine Rechte nach Shins Kinn aus.

Dennoch verstärkte sier den Druck an seiner Brust weiter, um ihn davon abzuhalten. Wortlos drehte sier sich weg, löste sich dabei vom Tisch und brachte einige Schritte zwischen sich und den Sorkár. Mit zittrigen Fingern berührte sier die Lippen, atmete tief durch und verzog den Mund kopfschüttelnd zu einem Grinsen. »Zu viel trifft es nicht einmal annähernd, aber uns bleibt nun keine Zeit, uns darüber unterhalten.« Was sien tatsächlich erfreute, da sier nicht gewusst hätte, wie sier an diese Angelegenheit heranzugehen hatte. So entschied sich Shin für die einzige Lösung, die für sien infrage kam: vom Thema abzulenken. »Du hattest eine Eröffnungszeremonie erwähnt. Wolltest du dir diese wirklich entgehen lassen?«

Mit einem Blick erhaschte Shin das warme Lächeln auf Ruráks Lippen, die sier zuvor noch so zärtlich hatte mit siesen berühren dürfen … Sier gab sich einen Ruck und verdrängte die Gedanken daran – zumindest vorerst. Sier befürchtete allerdings, dass sien dies noch länger verfolgen würde, besonders wenn Ruráks dauernde Anwesenheit sien aktiv daran erinnerte.

»Du hast recht.« Es kam siem vor, als strahlte er die Ruhe selbst aus, während sier innerlich noch immer mit dieser aufwühlenden Anspannung zu kämpfen hatte. Doch selbst trotz dieser Unruhe fühlte sier sich beschwingt und trat lächelnd an Ruráks Seite aus dem Zelt, um sich sogleich vom Strom der gut gelaunten Sorkári mitziehen zu lassen. Allerdings knurrten sien einige an, wenn sier ihnen zu nahe kam, oder sie vergrößerten den Abstand zu siem. Beides war siem recht und kümmerte sien nicht. Zu abgelenkt war sier von den verlockenden Düften, die in der Luft hingen, von den bunten Edelsteingirlanden, die die Zelte wie durch Zauberhand verbanden, als wögen die Steine nichts. Einzelne Lichtstreifen der Sonne ließen sie in den hellsten Farben erstrahlen und verwandelten das sonst so schlichte Dorf in einen funkelnden Tempel der Freude.

Beim großen Platz verlangsamten sich die Schritte der Sorkári, ehe sich die Menge nach links oder rechts aufspaltete, um nach und nach einen Kreis um den bernsteinfarbenen Drachen zu bilden. Dieser schlug zwei-, dreimal mit seinen Flügeln, brüllte, sodass der Boden unter Shins Füßen erzitterte, bevor er sich schüttelte und seinen Blick über die Anwesenden schweifen ließ. Shin wunderte sich, weswegen er freiwillig an diesem Ort verweilte – so gänzlich ohne Ketten oder Flügelklemmen, die ihn vom Fliegen abgehalten hätten. Mit zusammengezogenen Brauen versuchte sier, Blickkontakt zu ihm aufzubauen, aber der Drache war zu abgelenkt, um sien zu beachten. Stattdessen legte er sich auf den Bauch, damit Volruk und Benrál auf seinen Rücken klettern konnten. Sobald sie sicher darauf standen, stellte er sich wieder auf die Beine, spannte seine Flügel auf, um Eindruck zu schinden, ehe er sie faltete und an seinen Körper legte. Bei so viel Prahlerei schüttelte Shin den Kopf, doch sier behielt siese Meinung für sich.

Siese belanglosen Gedanken wurden jäh unterbrochen, als aus unterschiedlichen Richtungen das Dröhnen von Hörnern erklang. Beunruhigt sah sier sich um und erwartete bereits einen Angriff von allen Seiten, ließ sicherheitshalber eine kleine Menge sieser Magie in die rechte Handfläche fließen, um im schlimmsten Fall rechtzeitig eine Klinge zu formen.

Rurák stand direkt neben siem und griff nach siesem Unterarm. Obwohl er siem dadurch prompt ein wenig Ruhe übertrug, entzog sier sich ihm. Zu riskant schien es siem, dass Volruk die Berührung zwischen ihnen zufällig gesehen haben könnte.

»Vorsicht!«, zischte Shin zu ihm hoch, weiterhin zu angespannt, um siesen Ton zu mäßigen. Trotz der Ermahnung legte Rurák eine Hand auf Shins Schulter, in die sier zur Strafe gerne siese Zähne getrieben hätte, aber sier verkniff es sich.

»Es droht dir keine Gefahr«, sagte Rurák mit einer Leichtigkeit, die Shin fast noch mehr aufwühlte.

Mit zusammengebissenen Zähnen konzentrierte sier sich inmitten des Hornlärmes auf siese Atmung, verbot es sich, auch nur daran zu denken, dass sie den Beginn einer Schlacht einläuteten. Sier bemühte sich sogar, sich ein Beispiel an Rurák zu nehmen und sich von seiner Ruhe und Entspannung anstecken zu lassen. Und tatsächlich gingen sie rasch auf sien über, sodass sier alsbald damit aufhörte, sich wie ein aufgescheuchtes Reh umzusehen, und sier die Fassung zurückgewann.

Mit dem abrupten Verstummen der Hörner versiegten auch die Gespräche aller Sorkári. Einen Atemzug lang schwebte das Schweigen wie eine schwere Decke über ihnen, zerbrach jedoch in jenem Augenblick, als Volruk ihre grollende Stimme erhob.

»Brüder, Schwestern und Geschwister! Ihr kennt mich. Ich bin kein Freund von vielen Worten und ich halte mich gern kurz. Zu Ehren von Rulris und zum Dank für seinen Schutz erkläre ich die Festlichkeiten für eröffnet.«

Jubel überschwemmte den Platz, ließ sien zusammenzucken, obwohl sier eigentlich mit einer solchen Reaktion gerechnet hatte. Gefeit war sier dagegen trotzdem nicht.

»Wenn du willst, können wir uns auch aus der Menge zurückziehen«, raunte Rurák siem zu, sein Mund ganz nah an siesem Ohr, dass sier ihn trotz der Lautstärke der Meute hörte.

Ein Schauder rann siem übers Rückgrat, doch drehte sier das Gesicht von ihm weg und winkte seinen Vorschlag ab. Shin hatte Hunderte von Kriegen überlebt, hitzige Diskussionen zwischen Gottheiten durchgestanden, da sollte eine kleine Festlichkeit wie diese doch erträglich sein. Ganz besonders, um den Sorkári den Respekt entgegenzubringen, den sier ihnen bereit war zu zollen.

Ein Wink von Benrál und die Masse verstummte erneut. Shin hätte erwartet, dass der Schamane die Rede für Volruk ergänzte. Jedoch war es der Häuptling des Clans, der beide Hände bis zur Höhe ihrer Schultern hochhob, wodurch die Sorkár noch breiter und wuchtiger wirkte. Mit ihrem Zeichen lösten sich einige aus dem Rand des Kreises, vorwiegend Wachen und Kampferprobte, ihrer Ausrüstung nach zu urteilen. Sie alle hielten prall gefüllte Stoffsäcke und machten sich daran, von Sorkár zu Sorkár zu gehen.

»Rulris' Aspekte sollen euch begleiten und mit euch wachsen. Wie seit jeher steht euch ein Granat zu. Nehmt euch einen, um den Mut und die Kraft unseres Schöpfervaters zu ehren.«

Auch vor siem blieb eine Wächterin zögernd stehen, machte dann jedoch Anstalten, weiter zu gehen und sien auszulassen. Rurák wiederum verfolgte da andere Pläne.

»Sier hat das gleiche Recht auf einen Granat wie alle anderen auch«, setzte er sich für sien ein, was ihm zuerst einen vernichtenden Blick einbrachte. Allerdings verharrte sie tatsächlich kurz mit geöffnetem Stoffsack vor Shin, damit sier hinein fassen und sich einen Stein hinausziehen konnte. Zum Vorschein kam ein farbloses Stück Gestein ohne jeglichen Glanz, was sien nicht einmal entfernt an einen Granat erinnerte. Shin beäugte es kritisch, hoffte, so das Geheimnis des Steins zu durchschauen, aber sier wurde enttäuscht. Ganz gleich, wie nah sier ihn vor die Augen hielt – da gab es nicht mehr zu erkennen. Ein weiteres Brüllen des Drachen zog für einen Moment siese volle Aufmerksamkeit auf ihn, bevor sich der Kreis um ihn herum auflöste und sich die Sorkári in alle Richtungen verteilten. Höchst verwirrt blieb sier an Ort und Stelle stehen, hielt ihm den Stein unter die Nase. »Was macht ihr damit?«

Rurák hatte seinen bereits mit den Fingern umschlossen und trat vor sien, lächelte dabei wie ein kleiner Junge, der sich unverkennbar darüber freute, etwas erklären zu dürfen. »Wir tragen den Granat bis zum Ende des Monats bei uns. Damit gibt uns der Schöpfervater die Möglichkeit, uns in Rulris' Aspekten unter Beweis zu stellen.«

Das beantwortete nur einen Teil sieser Fragen und brachte durch seine ungenauen Worte weitere hervor. Shin versuchte, sich einen Reim darauf zu machen, denn mit Mut und Kraft konnte sier immerhin etwas anfangen. »Das ist doch kein Granat.« Eine simple Feststellung, die Rurák ein leises Lachen voll Verständnis entlockte.

»Doch, glaub mir! Die kommenden Tage werden es zeigen.« Ein freches Grinsen verirrte sich auf seinen Mund, womit Shin gar nicht gerechnet hätte. Dementsprechend verdutzt musterte sier ihn und kniff dann die Augen zusammen. Er sah nicht so aus, als würde er siem das Geheimnis des Steins verraten, ungeachtet dessen, wie lange sier ihn noch mit siesem Blick durchbohrte.

Unvermittelt packte er sien wieder am Oberarm, damit sier sich langsam mit ihm in Bewegung setzte, und führte sien vom großen Platz fort. »Sie beobachtet mich, nicht wahr?«

»Ja«, erwiderte Rurák knapp.

»Ich kann es Volruk nicht einmal verübeln. Schließlich habe ich ihr keinen Grund gegeben, mir zu vertrauen. Bisher ...« Das letzte Wort hing zwischen ihnen wie ein verheißungsvolles Versprechen. Shin grinste, während sier sich von Rurák mitziehen ließ, bemerkte nun auch die Tische und kleinen Tafeln vor den Behausungen, wo Köstlichkeiten aller Art präsentiert wurden.

»Du machst es ihr wirklich nicht einfach.«

»Soll ich das als Vorwurf verstehen?«, hakte sier nach, ohne sies Grinsen zu verlieren.

»Nein, so meine ich das nicht.« Vor einem der weniger besuchten Tische hielt er inne, ohne sien loszulassen. Vielmehr verstärkte sich sein Griff und drückte siem kurzzeitig das Blut ab. »Hast du vergessen, warum sie dich und deine Schwester nicht gehen lässt?«

»Durchaus nicht.« Neugierig beäugte sier die Speise, die neben siem stand, und griff nach einem der Spieße, die kunstvoll auf einem Teller aufeinander getürmt worden waren. Bald bemerkte sier jedoch siesen Fehler, denn an jenem Holzstück hing nichts daran, was sier bereit gewesen wäre zu essen. Geröstete Insekten und flambierte Schnecken waren nicht nach siesem Geschmack. Also legte sier den Spieß unberührt wieder zurück, brachte damit ein gutes Viertel des Turmes zum Einsturz. Allerdings landete durch Evras Gnade alles auf dem Tisch und blieb weiterhin genießbar.

Der Druck an siesem Arm und das anfängliche Kribbeln in der Hand erinnerten sien daran, dass Rurák nicht lockerlassen würde. »Ich meine es ernst. Sie wird sich nicht zu deinen Gunsten entscheiden, wenn −«

»Wenn ich sie nicht von meiner Gutherzigkeit überzeugen kann«, vervollständigte Shin an seiner Stelle und seufzte belustigt. »Sorgst du dich etwa um mich?«

Ertappt wandte sich Rurák von siem ab und lockerte seinen Griff so weit, dass sier die Hand einfach von siesem Arm abstreifen konnte. Die Frage war überflüssig, denn nach dem Kuss, den sie vor nicht einmal einer Stunde geteilt hatten, waren seine Absichten glasklar.

Shin folgte seinem Blick, um ihn ohne jedwede Berührung dazu zu bringen, Shin ins Gesicht zu schauen. Erst drehte er sich noch weiter weg, um siem zu entgehen, gab es dann sehr schnell auf und blickte siem entgegen.

»Ich bemühe mich darum, ihre Gunst zu gewinnen, da ich doch tatsächlich um das Wohl meiner Schwester bange. Sie besitzt kein ruhiges Gemüt, und wenn sie bedroht wird, entscheidet sie sich niemals dafür, niederzuknien, sondern für jene Wahl, die Gewalt und Unvernunft beinhaltet.« Ganz bewusst tippte sier mit dem Zeigefinger gegen Ruráks Brust, um ihn etwas weiter auf Abstand zu halten. »Zudem kommt die Tatsache hinzu, dass sie von mir ferngehalten wird. Für gewöhnlich sind wir nie länger als wenige Stunden voneinander getrennt. Du kannst dir sicherlich vorstellen, was das in ihr auslöst.«

»Wahrscheinlich …« Wieder verlor er sich im Schweigen und schaute bekümmert zu Boden. Das war eigentlich das Letzte, was Shin mit diesem Gespräch hatte erreichen wollen.

Sier lugte schief zu ihm hoch und schnalzte mit der Zunge. »Lass dir von mir nicht die Laune verderben. Mir ist bewusst, wie wichtig diese Festlichkeiten für dich und deinesgleichen sein müssen. Demnach solltest du sie auch in vollen Zügen genießen und nicht solcherlei Gedanken hinterherhängen.« Leichtfüßig schritt sier zurück zum Tisch und bediente sich an der anderen Schale. Dieses Mal war es tatsächlich ein Spieß mit exotischen Früchten, an welchem sier vorsichtig schnupperte. »Gibt es Speisen, die du mir empfehlen kannst?«

Rurák schien sich siesen Rat zu Herzen zu nehmen, da der Trübsinn bald aus seinem Gesicht wich und die Wärme in seine goldenen Iriden zurückkehrte. »Du musst alles probieren.«

»Alles?« Vor Überraschung weiteten sich siese Augen und sier wollte einen Schritt nach hinten treten, aber er hatte sien bereits an siesem linken Handgelenk erwischt und hinkte fröhlich voran. »Moment, Rurák! Ich werde nicht alles essen.«

Obwohl sier leicht an seinem Griff zerrte, eilte er weiter und lachte auf. »Für deinen Geschmack ist sicher auch etwas mit dabei.«

»Auch ohne Fleisch oder Fisch?«, hakte Shin nach.

»Auch ohne … wie bitte?«

18. *Rulris 689, ZF, 3Z*

MYSTERIÖSE BRIEFE

Eilig stolperte Shin ins Häuptlingszelt, während sier sich eine Hand vor den Mund drückte und mit der elenden Übelkeit rang, die sien bald bezwingen würde. Dank Evras Glück erblickte sier kaum fünf Schritte entfernt vom Eingang eine Schale mit Wasser, die sier auskippte. Keinen Wimpernschlag später beugte sier sich über sie und entledigte sich der Speisen, die Shin über die letzten Stunden hinweg zu sich genommen hatte. Irgendetwas davon schien siem den Magen verdorben zu haben. Womöglich hätte sier auch nicht den Becher mit dem Schnaps annehmen sollen, den Rurák siem in die Hand gedrückt hatte. Der hatte ohnehin nur im ganzen Mund gebrannt, als hätte sier Gift geschluckt, und fürchterlich bitter im Abgang geschmeckt. Immerhin war nun alles draußen, damit sier sich wieder auf das Wesentliche konzentrieren konnte. Darauf, was sier sich während der Feierlichkeiten als Plan zurechtgelegt hatte. Shin hatte nur den richtigen Moment abgewartet, bis alle zu beschäftigt damit gewesen waren, um sies Verschwinden zu bemerken. Viel Zeit würde siem jedoch nicht bleiben.

Sier spuckte noch ein letztes Mal in die Schale, ehe sier sich den Mund mit der Rückseite sieser Finger abwischte und siesen Blick hob. Bisher vernahm Shin keine verdächtigen Schritte von draußen. Daher wagte sier es, sich auf leisen Sohlen durch Volruks Zelt zu ihrem riesigen, dunkelhölzernen Tisch in der Mitte zu bewegen, um sich dort die Schriftrollen anzusehen, die sich auf der Fläche stapelten. Zu lange hatte sier gewartet, herauszufinden, um wen es sich bei Volruk genau handelte. Sie war ein Häuptling, hoch angesehen bei ihresgleichen, eine mächtige Kämperin, furchtlos, lautstark, aber diese Eigenschaften konnten wohl kaum den Grund erklären, warum sich eine Gottheit ihren Tod wünschte. Eine götterwidrige Tat wäre plausibel oder vielleicht hing es mit ihrer Herkunft zusammen. Irgendetwas musste sier doch finden, wenn sier schon nicht fähig war, dem Auftrag auszuführen. Etwas, das dieses Mysterium aufdeckte und siem Klarheit verschaffte. Für gewöhnlich hinterfragte sier siese Aufgaben nicht, besonders nicht jene von den Göttlichen, aber in diesem Fall stank dieser Auftrag gehörig nach üblen Konsequenzen.

Ein Dokument nach dem anderen überflog sier, fand jedoch keine Namen, die siem bekannt vorkamen, keine drohenden Worte, die auf Feindschaften hingewiesen hätten. Nichts. Mit einem frustrierten Seufzen stützte sier sich an der Kante des Tisches ab und übersah nochmals die ausgelegten Schriftrollen. Sier war sich sicher, dass eine plausible Erklärung direkt unter sieser Nase lag. Eigentlich seltsam, dass sier derart viele Briefe vorfand, wenn Volruk doch immer behauptete, eine Frau von wenig Worten zu sein. Anscheinend korrespondierte sie häufig mit anderen, obwohl es sich dabei nicht um Botschaften von anderen Clanhäuptlingen handelte. Selbst von jüngeren Sorkári erhielt sie Nachrichten, was Shin an der teilweise krakeligen Schrift erkannte. Sier nahm einen dieser Briefe in die Hand und konnte bei den herzerwärmenden Worten ein Lächeln nicht zurückhalten. Dabei fiel eine zweite Seite zurück auf den Tisch, die sich zuvor vor siem verborgen hatte. Plötzlich verlor die kindliche Nachricht jede Anziehungskraft, sodass siese Aufmerksamkeit zum Papier überschwappte, das nun auf den anderen Dokumenten lag. Bereits die ersten Worte schürten die Hoffnung in siem, etwas Brauchbares gefunden zu haben. *Werte Tochter*, stand in einer kunstvoll gezogenen Schrift.

Die Person rief ihre Tochter zur Vorsicht auf, gratulierte Volruk in den nächsten Zeilen jedoch zur Ernennung zum Häuptling. Es gab also keinen Zweifel daran, dass Volruk mit *Tochter* gemeint war. Shin las gespannt weiter, Wort für Wort, um nichts zu übersehen, obwohl ansonsten nichts von Bedeutung für sien aufgeschrieben worden war.

Bei der Signatur am Ende der Botschaft traute Shin siesen Augen nicht. Nein, das konnte nicht sein. Diese Person konnte unmöglich diese Nachricht unterzeichnet haben. Niemals! Es sei denn … Sier schüttelte den Kopf und ließ das Papier auf den Tisch sinken, ehe sier sich über die Dokumente lehnte.

»Das ist unmöglich …«, flüsterte sier vor sich hin, starrte auf die Briefe, ohne überhaupt etwas zu erkennen. Shin kam sich vor, als hätte sien jemand hinters Licht geführt und sich auf siese Kosten amüsiert. Das konnte schlichtweg nicht der Wahrheit entsprechen, sondern musste sich um ein Missverständnis handeln. Einen überaus geschmacklosen Irrtum. Das änderte alles – den Auftrag, die Umstände, die Bedingungen. Nun ergab es auch Sinn, warum Volruk mit Auftragsmördern gerechnet hatte, obgleich der Gedanke, dass sie … Wieder sträubte sies Verstand sich dagegen, es klar und deutlich zu formen. Diese vermaledeiten Göttlichen! Hatte das letzte Mal nicht gereicht? Hatte der vergangene Zykluswechsel und das dadurch entstandene Massaker die Gottheiten gar nichts gelehrt?

Wenn das stimmte, was sier vermutete, und es sich als wahr herausstellte, musste sier Hibiko warnen. Vor Wut auf sich selbst knurrte Shin leise vor sich hin und ballte die rechte Hand zur Faust. Der eigentliche Auftraggeber hatte sien schlichtweg zum Narren gehalten. Wenn sier nur in Erfahrung bringen konnte, wer dahintersteckte, dann ...

»Was bei ...? Was machst du hier?«

Shin schreckte beim Klang der vor Wut grollenden Stimme zusammen und trat instinktiv einen Schritt vom Tisch zurück. Zuerst befürchtete sier, dass Volruk eingetreten war und mit den Fäusten kampfbereit auf sien zupreschen würde. Jedoch war es Rurák, der ausnahmsweise seine Stimme erhoben hatte. Er wirkte mit seiner Größe und trotz seines Hinkens nicht weniger bedrohlich, als er auf sien zuschritt. Obwohl siese Intuition Shin zur Flucht riet, bewegte sier sich nicht von der Stelle und ließ zu, dass er sien am Unterarm packte.

»Ich hoffe, du hast eine gute Erklärung dafür, dass du Volruks Sachen durchwühlt hast. Hast du etwa immer noch vor, ihr zu schaden?« Seine sonst so ruhige, angenehme Stimme klang fürchterlich verzerrt, als hätte jemand Besitz von ihm ergriffen. Sobald sier ihm allerdings in die Augen blickte, erkannte sier hinter einem Glühen aus Wut und Enttäuschung Rurák wieder.

»Wenn sie es herausfordert, ja!«, zischte sier ihm entgegen, leiser als er gesprochen hatte. Es reichte siem, von einem Punkt zum nächsten gezerrt oder geschoben zu werden, als wäre sier nichts weiter als eine Puppe. Diener der Göttlichen hin oder her – diese Art, ausgespielt zu werden, ließ sier sich nicht bieten und es machte sien so wütend, dass sier Rurák gar die Zähne zeigte. »Aber ich werde sie nicht angreifen, wenn du das meinst. Ich wollte nur ...« Ehe Shin weitersprach, besann sier sich, an welch ungünstigem

Ort sier sich gerade aufhielt. »Ich erkläre es dir, sobald wir ungesehen aus diesem Zelt gelangt sind.«

Sein Schnaufen flachte für einen Moment ab. »Keine schlechte Idee. Volruk wird ausrasten, wenn sie dich auch nur in der Nähe ihres Zeltes entdeckt.« In langsamen, aber keinesfalls gemächlichen Schritten trat Rurák hinter sien und schob sien voran. Schmach schnürte siem die Kehle zu, doch sier unternahm nichts, was ihn weiter verärgert hätte. Wenn dieser Sorkár dieses Ausmaß an Vernunft zeigte, durfte sier es nicht vergeuden, indem sier die falschen Worte verwendete oder gar provozierende Taten ausführte.

»Du hast Glück«, flüsterte Rurák hinter siem, während er sien durch den Zelteingang trieb. »Sie schläft wegen des Alkohols mittlerweile tief und die Wachen vertrauen mir genug, dass ich trotz der Feierlichkeit ein Auge auf dich werfen kann.«

Shin lächelte schuldbewusst. »Immerhin das, obgleich sie sonst blind für dein Potenzial sind.«

Er hüllte sich in Schweigen und machte sien nervös. Das schlechte Gewissen in siesem Inneren wuchs immer mehr zu einer alles verzehrenden Bestie heran. Auf dem Weg beachtete sier niemanden, sondern starrte stur geradeaus.

Nachdem sie endlich Shins Zelt erreicht hatten, konnte sier es kaum erwarten, diese unerträgliche Stille zu brechen. Sier drehte sich um, sobald die Plane hinter ihnen zugefallen war, und ergriff das Wort. »Ich musste es tun. Niemand, absolut niemand hätte mir offenbart, was für mich nun lang genug im Dunkeln lag.«

Mit einem tiefen Seufzen schaute Rurák auf sien herab, rieb sich dann mit geschlossenen Augen die Nasenwurzel, als wüsste er sich selbst keinen Rat mehr. »Shin, du bist zu weit gegangen.« Ein Blick voller Vorwürfe und Enttäuschung begegnete siem, als Rurák seine Lider aufschlug.

Jedoch verbot es siem der Frust, diesen Ausdruck schlichtweg so hinzunehmen. »Zu weit gegangen? Ich bin zu weit gegangen? O nein, Rurák! Ich wäre zu weit gegangen, hätte ich meine Klinge gezückt und Volruk kaltblütig ermordet. Das würde immerhin deine Reaktion rechtfertigen, aber das habe ich nicht getan. Ich habe mit meiner Tat niemandem geschadet und ich hatte es auch nicht vor. Nicht mehr.«

Rurák kämpfte sichtlich darum, Ruhe zu bewahren und siem erst einmal zuzuhören. »Nicht mehr? Was bedeutet das?«

»Der Auftrag ist nichtig, sodass dein Häuptling nichts mehr von mir zu befürchten hat«, erklärte Shin ihm und löste seine Hände, die sier zuvor zu Fäusten geballt hatte. »Ich werde Hibiko darüber informieren, was ich erfahren habe. Dann wird auch sie nicht länger nach Volruks Leben trachten.«

Während Shin siese Hand nachdenklich betrachtete, überwand Rurák den restlichen Abstand zu siem, bis er kaum eine Ellenlänge vor siem stand und beide Hände zögerlich auf siese Oberarme legte. »Was hast du herausgefunden?«

Sier wandte siesen Blick ab und sagte nichts.

»Shin, es ist wichtig«, beharrte er darauf, löste eine Hand von siesem linken Arm, um sien am Kinn zu berühren und siesen Kopf anzuheben. Shin mied weiterhin den direkten Augenkontakt zu ihm, atmete bedacht und überlegte, was sier Rurák verraten sollte. Nur Bruchstücke der Wahrheit oder gleich alles? Immerhin war Volruk seine Ziehmutter und er hatte vor allen anderen das Recht zu erfahren, was sie zu verbergen hatte.

»Dir muss allerdings bewusst sein, dass dieses Wissen nie an die falschen Wesen gelangen darf.« Sier platzierte eine Hand über seinem Herzen, spürte, dass es viel zu heftig pochte. »Jedoch ist das bei genauer Betrachtung ohnehin zu spät. Ansonsten wäre ich nicht an diesen Ort geschickt worden.«

Rurák schien zu warten, bis Shin zu Ende sprach, blinzelte langsam und schaute sien durchdringend an. Es kostete sien plötzlich enorme Anstrengung, seinem Blick standzuhalten, und dass nicht einmal aus Angst davor, wie er auf die Wahrheit reagierte. Wenn sier es aussprach, würde es sich von einem Moment auf den anderen zu einer unvermeidbaren Problematik entwickeln, den geschriebenen Worten eine Form verleihen, die im schlimmsten Fall in einem Desaster von kriegerischem Ausmaß endete.

»Volruk ist die Tochter einer Gottheit«, offenbarte sier ihm flüsternd, damit auch niemand außer Rurák imstande war, es zu hören. »Und nicht nur von irgendeiner Gottheit, sondern von –«

»Ich weiß …«

Im Unglauben wich sier langsam zwei Schritte zurück, während siem der Mund aufklappte. »Wie bitte? Du weißt darüber Bescheid?«

»Der ganze Clan weiß es.«

Shin fiel aus allen Wolken. Überfordert mit diesem Wissen drehte sier sich von ihm weg und rieb sich vehement die Hände, um besser nachdenken zu können. Die Situation war schlimmer, als sier gewagt hatte, sich auszumalen. Wie töricht sich die Sorkári doch benahmen und derlei Wissen über schier Unmögliches unter sich geteilt hatten. Die Narren waren sich nicht einmal der Gefahr bewusst, der sie ihren Häuptling auslieferten, womit sie ihren sicheren Tod besiegelten.

Eigentlich hätte es sien kaltlassen müssen. Schließlich war sier nicht hier, um sich in fremde Angelegenheiten einzumischen, aber allmählich drang die Erkenntnis zu siem vor, dass es mittlerweile um durchaus mehr ging als weltliche Begebenheiten. Shin machte nicht den Fehler, Volruk als Anomalie anzusehen. Sie mochte die Erste sein, von welcher sier in diesem Zyklus gehört hatte, aber Weitere ihrer Art würden bald über Vaerys wandeln und die Grundfeste der Welt erschüttern.

Damit sier nicht der Panik unterlag, die über siesen Nacken kroch und sich um Brust und Kehle zu schlingen drohte, atmete Shin kontrolliert ein und aus. Dennoch fühlte sich sies Körper an, als wäre sier geradewegs durch einen Blitz hindurchgeflogen, und bebte so sehr, dass sier sich mit siesen eigenen Armen umschlang.

»Du siehst nicht aus, als würde es etwas Gutes bedeuten«, bemerkte Rurák und Shin hörte an seinen Schritten, wie er sich näherte.

»Natürlich bedeutet es nichts Gutes.« Sier wandte sich zu siem um. »Wenn neue Gottheiten entstehen und aufsteigen, gerät die Welt in ein Ungleichgewicht. Kummer und Chaos werden über sie hineinbrechen.«

Die Falte zwischen seinen Brauen vertiefte sich. »Neue Gottheiten?«

Natürlich verstand er es nicht. Wie sollte er auch? Er lebte nicht lange genug, um diese Ebene des Weltengeschehens zu begreifen. »Je mehr sie über ihre Herkunft, ihre Fähigkeiten und über die Geschichte ihres Vaters und seinesgleichen erfährt, desto präsenter wird sie von Gefahr umgeben sein. Mehr Auftragsmörder werden in diese Siedlung eindringen, mehr Göttliche werden versuchen, sie an ihrem Ziel zu hindern.«

Rurák überlegte kurz, wirkte jedoch überfordert. In Shins Innerem sah es ähnlich aus. »Und was ist ihr Ziel?«

Sier konnte wohl kaum erwarten, dass er das kleine Detail, was sier diesbezüglich bereits erwähnt hatte, eingefangen hatte. Demnach unterdrückte sier auch das verärgerte Seufzen und schluckte stattdessen, um ohne einen vorurteilsvollen Unterton zu antworten. »Sie wird bald danach streben, zur Göttin aufzusteigen und damit ihr Überleben zu sichern.«

»Zur Göttin …« Während seine Stimme versagte, setzte er sich auf die Kante von Shins Nachtlager. Er hielt sich den Kopf, starrte zu Boden. »Das klingt so …« Rurák suchte nach einem passenden Wort, schien es jedoch nicht zu finden.

»… abstrakt?«, schlug sier vor, schenkte ihm ausnahmsweise von sich aus ein verständnisvolles Lächeln, als er zu siem hochblickte und nickte. Für Shin war es nur schwer nachvollziehbar, wie schwierig es für Rurák sein musste, derlei Wissen zu verarbeiten und zu verstehen. »Vielleicht ist es das, aber …« Sier kämpfte gerade selbst mit den richtigen Worten. »… ich hoffe, du bedeutest ihr genug, dass sie dich von allerlei Götterangelegenheiten fernhält.«

»Sie hat mir alles erzählt, was sie herausgefunden hat.«

»Dann ist sie eine Närrin«, erwiderte Shin kühl, sah jedoch, dass sier ihn damit verletzte. Er betrachtete sien traurig, als hätte sier ihn gerade bis aufs Mark beleidigt. Sier bereute siese harschen Worte sofort, aber andererseits sollte Rurák erfahren, welcher Gefahr Volruk ihn und ihren ganzen Clan indirekt aussetzte, wenn sie derart offen über ihre Herkunft sprach. Selbst ihr Vater hatte sie davor gewarnt, zu freizügig mit dieser Information umzugehen, aber das schien sie aus irgendeinem unerfindlichen, egoistischen Grund nicht zu kümmern.

»Nicht dich habe ich als Narr bezeichnet.« Etwas unbeholfen berührte sier Ruráks Rücken und klopfte sanft darauf, tröstend, obwohl er gar nicht weinte. Sich mit Wesen aller möglichen Rassen zu unterhalten und zu verhandeln, fiel siem noch nie schwer. Mit allem, was über Worte hinaus ging und Nähe zu jemandem involvierte, hatte sier jedoch Probleme. Dafür war sier nicht geschaffen worden – für Nähe, für diese Art von Beziehung zu anderen. Aber was dachte sier da? Es herrschte noch lange keine engere Verbindung zwischen ihnen vor, nur weil sie sich einmal geküsst hatten. Ein Kuss bedeutete nichts. Die Blicke, die Berührungen, die Gesten ... alles vergängliche Momente, die Shin bald wieder vergessen würde.

Verwirrt von den Empfindungen, die wie ein wirbelnder Sturm in siesem Inneren tobten, lehnte sier sich mit dem Kopf gegen Ruráks Schulter und seufzte niedergeschlagen.

»Es tut mir leid. Ich wollte dir damit nicht zu nahe treten«, entschuldigte sich Shin und fühlte sich gleich besser, weniger schuldig, sodass sier sich entspannen konnte. Mit einem Lächeln schloss sier die Augen und schmiegte sich an ihn, genoss die Wärme, die er ausstrahlte.

Nur für einen flüchtigen Augenblick, ermahnte sich Shin, aber verlor sich in dem Moment, als Rurák sien unerwartet in eine Umarmung zog. Mit seiner Kraft erdrückte er sien beinahe, hinderte sien durch seine Inbrünstigkeit daran, Luft zu holen. Dennoch fühlte sier sich geborgen, umfangen von seinen kräftigen Armen und seiner beruhigenden Ausstrahlung, seiner Wärme, seinem Geruch, bis er Shin so weit freigab, dass sier wieder zu Atem kommen konnte. Doch auch das nur kurz, denn nach siesem ersten Atemzug lagen Ruráks Lippen auf siesen, ließen sien vergessen, wo sier war und was sier zuvor über den gestrigen Kuss gedacht hatte. Warum hatte sier sich verboten, die Süße des Lebens auf diese Art zu kosten? Liebesdiener und leichte Mädchen verschafften siem zwar die schönsten, körperlichen Ekstasen. Aber das Gefühl, das Rurák siem durch seine Umarmung und den Kuss vermittelte, erinnerte sien daran, dass es nicht immer die Wahl war, siese Empfindungen zu unterdrücken. Die guten wie die schlechten.

Trotzdem – ganz gleich, wie beflügelnd es sich anfühlte – durfte Shin nicht hintanstellen, was sier war, und worauf sier sich einließ, wenn …

Ehe sier den Gedanken zu Ende spann, entzog sier sich Ruráks Lippen und wandte sies Gesicht ab. »Rurák, wir dürfen diese Grenze nicht überschreiten.«

»Wovon sprichst du?« Er neigte sich siem entgegen und hauchte siem einen Kuss auf die Schläfe. Seine Hauer streiften siese Haut, hinterließen dadurch eine eigenartige Kühle, die siem das Nachdenken erschwerte.

»Ich …« Siese Gedanken überschlugen sich, während siese sonst so spitze Zunge ihren Dienst verweigerte. Shin konnte sies Glück kaum fassen, dieses Hochgefühl, jemandem etwas zu bedeuten. Trotzdem plagte sien die Angst davor, welche Konsequenzen ihre Verbindung heraufbeschwören würde. Sier würde es nicht verantworten, ihn ins Unglück zu stürzen und sein Leben zu zerstören, nur damit sier sich während eines kurzen Lebensabschnittes lang Eos' Umarmung hingeben konnte. So sehr sier sich auch danach sehnte, in seinen Armen zu verharren, löste sier sich sieserseits von ihm. »Ich bin eine göttliche Angelegenheit, ein Werkzeug, welches die Gottheiten nutzen, um Kämpfe zu bestreiten und Kriege zu gewinnen. Du solltest dich nicht auf mich einlassen und mir nicht vertrauen. Wir …« Wieder fehlten siem die Worte. »Du … Ach!« Mit einer geschmeidigen Bewegung erhob sier sich und drehte sich von ihm weg, frustriert über siese eigene Wortlosigkeit. Der Wahrheit zu folgen, anstatt ein Geflecht aus Lügen und Intrigen zu spinnen, gestaltete sich so viel schwieriger, als sier es sich jemals hätte vorstellen können. Aber es lag siem sehr am Herzen, ihn weder mit falschen Versprechungen zu siesen Gunsten um den Finger zu wickeln noch ihm zu viel Hoffnung zu schenken, dass aus dem, was sich zwischen ihnen abspielte, mehr entstehen konnte.

»Niemand darf von uns erfahren!«, platzte es aus Shin heraus, allerdings gelang es siem noch rechtzeitig, siese Stimme zu zügeln, sodass es in ein leises Zischen mündete. »Und wir dürfen uns auch nicht näherkommen. Ich möchte dich in nichts hineinziehen, was dein Leben gefährden könnte.« Sien ergriff der Drang, sich zu verwandeln und sich einen Ort zu suchen, wo sier in aller Ruhe siese Gedanken ordnen konnte. Nun war aber der falsche Zeitpunkt, um davon zu rennen – schon allein wegen der Tatsache, dass Volruk diese Entscheidung als eine Zuwiderhandlung aufnehmen und siese Schwester im Affekt dafür bestrafen würde. Egal, wie sier die momentane Lage drehte und wendete, sier durfte siesen Gefühlen oder Bedürfnissen nicht nachgeben.

»Shin? Deine Hände … Sie sind …«, merkte Rurák an, sodass sier sie anhob und die schwarzen, mit feinen Schuppen überzogenen Finger betrachtete. Im Ärger über den kleinen Ausrutscher sieser Magie verkrampfte sich Shins Kiefer, bevor siem ein Aufschrei entglitt und sier auf die Knie sank. Zu überwältigend schlugen Frust, Wut und Verzweiflung über sien ein, als dass sier sie noch länger hätte unterdrücken können. Siese Brust fühlte sich zum Bersten angespannt an, während siem Tränen in die Augen traten und unaufhaltsam über siese Wangen rannen. Shin hätte erwartet, dass Rurák ging, sien alleine zurückließ, damit sier sich beruhigte. Allerdings tat der Sorkár selten, was siesen Erwartungen entsprach. Auch jetzt blieb er bei siem, ging gar neben siem in die Hocke, doch dieses Mal, ohne sien zu berühren.

»Ich verstehe, dass du mein Leben nicht riskieren möchtest, aber …« Er hielt inne, als haderte er damit, den Satz zu Ende zu führen. »Auch ich habe Geheimnisse, die nicht ganz ungefährlich sind.«

»Was tut das zur Sache?« Mehr als ein Flüstern brachte sier durch die Tränen und das Zittern nicht zustande.

»Damit will ich sagen, dass ich meine eigenen Entscheidungen treffe, um mein Leben zu lenken«, erläuterte Rurák weiter, ehe er sich gänzlich niedersetzte. »Das heißt nicht, dass ich mich immer gut entscheide. Ich bin nicht ohne Grund der rangniedrigste Sorkár des Clans, aber daran arbeite ich mit deiner Hilfe.«

Ein warmes Lächeln erstrahlte auf Ruráks Gesicht, als Shin zu ihm hinüberlinste, und brachte damit nur weitere Tränen hervor. Sier ließ siese Hände, die allmählich wieder blasser wurden, auf dem Schoß ruhen. Woher nahm er nur diese Lebensfreude, wenn sier ihm doch gerade an den Kopf geworfen hatte, dass aus ihnen niemals mehr werden würde? Konnte es nicht. Durfte es nicht. Trotzdem begriff sier, was Rurák damit andeuten wollte. Er ermutigte sien dazu, sies Leben selbst in die Hand zu nehmen, ungeachtet sieser Herkunft und siesen Aufgaben, um das Bestmögliche daraus zu schöpfen.

»Es ist zu früh, um aufzugeben«, sagte er, stand auf und hielt siem eine Hand hin. »Das passt gar nicht zu dir.«

Mit einem leisen Knurren ergriff sier sie und ließ sich von Rurák zurück auf die Beine helfen. »Das ist nicht dasselbe. Hier geht es um weitaus mehr als …« Als Ruráks Finger siese Wange berührte, versagte siem prompt die Stimme.

»Denke darüber nach, was ich gesagt habe, aber ich glaube, jetzt würde dir ein wenig Ablenkung guttun.«

Shin zog die linke Augenbraue nach oben. »Ablenkung?«

Der Sorkár wich drei Schritte vor siem zurück, ehe er sich mit festem Stand aufbaute und ihn mit sicherem Blick betrachtete. »Kämpfen wir!«

»Einen Kampf würde ich niemals ausschlagen«, erwiderte sier freudig, sodass die Tränen sogleich versiegten und siese Gedanken sich etwas beruhigten. Vielleicht war es noch nicht an der Zeit, sich zu entscheiden. Vielleicht …

VOLRUKS WARNUNG

Fäuste flogen durch die Luft. Allerdings entging Shin ihnen mit leichtfüßigen Ausfallschritten – einmal nach rechts, zweimal nach hinten und wieder nach links. Sier wirbelte damit Staub unter siesen Füßen auf und entlockte nicht selten einen Laut des Erstaunens von den zuschauenden Sorkári. Die rechte Hand sieses Gegners öffnete sich und setzte zu einem Stoß in Richtung sieses Brustkorbes an. Anstatt diesen zu treffen, schlug der Angriff ins Leere, was Shin ausnutzte, um sies Gegenüber am Handgelenk zu packen, ihn nach vorne zu zerren und ihn damit ins Straucheln zu bringen. So weit der Plan. Dank der täglichen Übungen, die Shin ihm auferlegt hatte, blieb er jedoch standhaft und ging sogleich in einen Gegenangriff über. Nun zog er abrupt an Shin, sodass sier an seiner statt stolperte, und er siese Blöße nutzte, um siem einen Schlag in die Seite zu verpassen. Einige Sorkári um sie herum jubelten Rurák zu, während weitere herbeikamen, um sich den Schaukampf mitanzusehen. Er behielt seine konzentrierte Miene bei und erlaubte es sich nicht, sich von seinesgleichen ablenken zu lassen, was Shin wiederum freute. Rurák schien diesen Kampf, obwohl er nur der Schau galt, überaus ernst zu nehmen. Immerhin war es auch seiner Idee entsprungen, sien öffentlich zu einem Kampf herauszufordern. Damit wollte er bei seinem Clan Eindruck schinden, um sich womöglich noch im Laufe dieses Monats einen besseren Rang zu sichern. Außerdem würde er damit auch beweisen, dass er imstande war, das Gelernte umzusetzen.

Kaum merklich berichtigte Rurák die Stellung seines schwächeren Beins, ohne dabei seine Verteidigung zu vernachlässigen oder sien aus den Augen zu lassen. Shin trat ihm zwei Schritte entgegen und deutete ein Ausweichmanöver nach links an, was Rurák nicht durchschaute. Stattdessen fiel er direkt in siese Falle hinein und schlug in diese Richtung. Mit einer abgeschwächten Drehbewegung zog sier das rechte Knie an und revanchierte sich für den Schlag vorhin, ohne ihn wirklich zu verletzen. Das Ungleichgewicht, das sier damit auslöste, übersah sier geflissentlich und duckte sich unter einem seiner weniger sauber gesetzten Hiebe hinweg. Allmählich wurde er unvorsichtig und dadurch angreifbarer, aber ihm zum jetzigen Zeitpunkt die Schwachstellen zu offenbaren, hätte seinem Ruf nur wieder geschadet. Daher startete Shin einen unüberlegten Angriff und zielte mit der Faust auf sein Kinn. Gerade rechtzeitig wehrte er sie ab, umfasste sie sofort mit festem Griff und verpasste siem mit der anderen Hand einen Hieb gegen die Brust. Sier rutschte einige Schritte über den sandigen steinigen Grund, stolperte dramatisch über siese eigenen Füße und landete unsanft auf dem Boden.

Mit Hochrufen und Gebrüll belohnte die Menge Ruráks Sieg über Shin. Obwohl er siem die Hand entgegenstreckte, erhob sier sich, ohne seine Geste anzunehmen. Rurák ließ sich davon nicht kränken, sondern bedachte ihn mit einem freundlichen Blick, der zu lange andauerte. Selbst noch als sier an ihm vorbei zu Volruk schaute, die mit verschränkten Armen am Rand stand und sien mit zusammengekniffenen

Augen anstarrte. Sier unterdrückte sieser Schwester zuliebe ein Grinsen, aber allein der Blick in ihre Richtung schien zu genügen, um den Hass in ihr zu entfachen. Eine junge Herausforderin trat gerade an Rurák heran, als sich Volruk vom Rand löste und angestapft kam. Da es ohnehin nichts brachte, vor ihr davonzulaufen, wartete sier und hielt still, als sie ihre Finger im Stoff sieses Oberteils versenkte.

»Forderst du mich etwa zu einem Kampf heraus, Volruk?«, fragte sier direkt.

Sie zog Shin noch näher an sich und knurrte siem ins Gesicht, bevor sie sien – ohne ein Wort – von sich wegstieß. Mit einem grunzenden Naserümpfen gab sie siem zu verstehen, vorauszugehen. Neugierige Blicke folgten ihnen beiden. Sobald die Sorkári etwas weiter weg standen, verdeutlichte Volruk ihnen mit einem grollenden Laut, sich um ihre eigenen Angelegenheiten zu kümmern. Ausnahmslos kamen sie ihrem stummen Befehl nach und konzentrierten sich auf den nächsten Kampf, der bald beginnen würde, während sier sich lächelnd zu ihr umdrehte.

»Hätte ich nicht kämpfen dürfen? Ich dachte, jeder –«

»Lass das!«

»Was soll ich lassen? Du solltest dich etwas genauer –« Sie gab siem keine Chance, sich auszusprechen, sondern fiel siem direkt wieder ins Wort.

»Hör auf, meinen Sohn um deine dreckigen Finger zu wickeln!« Sie baute sich drohend vor siem auf, knackte mit ihren Fingerknöcheln, als ob sie sien damit beeindrucken könnte.

Shin schnaubte belustigt und machte eine kreisende Bewegung mit seinem rechten Zeigefinger. »So etwas würde ich niemals wagen.« Es klang ironischer als beabsichtigt, da es wirklich nicht länger in siesem Interesse lag, Rurák auf diese hinterlistige Weise zu täuschen.

Anfangs vielleicht.

»Lügner! Du tust es.« Sie reckte ihr Kinn ruckartig nach vorn, bevor ein grollendes Knurren aus ihrer Kehle drang. Sier hingegen senkte siese Hand und hielt mit entspannter Miene ihrem Blick stand. »Ich sehe es. Ich sehe, was du tust, Finsterdrachenanbeter!«

Diesen Ausdruck hatte sier lange nicht mehr vernommen. Dennoch wusste sier, was er bedeutete. Und sien traf es nicht einmal als Beleidigung, denn es stimmte. Sier verehrte den Drachen mit den nachtschwarzen Schuppen, den Finsterdrachen, Yggdravarios. Ihm hatte sier sies Leben zu verdanken, aber dieses Wissen konnte sie unmöglich besitzen, da es unter den Sterblichen längst in Vergessenheit geraten war.

»Weit daneben liegst du damit nicht, aber ich schwöre in Pharos' Namen, dass ich deinen Sohn nicht für irgendwelche perfiden Zwecke missbrauche. Ich unterrichte ihn lediglich in der Kunst des waffenlosen Kampfes«, erwiderte sier und staunte nicht schlecht, als sie sien dieses Mal nicht unterbrach.

Ihr Grollen verstummte, jedoch glänzten Hass und Zorn nicht weniger intensiv in ihren Augen. »Er sollte nicht kämpfen. Der Bogen in seiner Hand ist schon genug der Unehre.«

»Er möchte aber.« Bei ihrer Aussage kam siem die Galle hoch. »Und sich einen Meister des Bogens zu nennen, fordert genauso viel Ehre und Mut, wie eine Klinge zu führen. Rurák ist stark und sollte für das, was ihn ausmacht, niemals erniedrigt werden.«

»Was weißt du schon von …« Sie beendete ihren Satz nicht einmal, sondern stürzte sich direkt auf Shin und zielte mit beiden Händen auf siesen Hals ab. Allerdings dachte sier nicht daran, sie auch nur in die Nähe sieser Kehle zu lassen, und entging im letzten Moment ihrer wortwörtlich halsbrecherischen Attacke. Volruk bewegte sich schwerfälliger als sier, dafür würden ihre Schläge siem deutlich mehr Schmerzen zufügen, als siem lieb war. Damit niemand zu Schaden kam, musste sier diesen Kampf möglichst schnell zu einem Ende zwingen – im besten Fall mithilfe weniger, wenn auch riskanter Kniffe. Während sie sich allmählich zu siem umdrehte, nahm sier einen tiefen Atemzug. Die Zeit schien sich zu verlangsamen und schenkte siem die Möglichkeit, rasch zu handeln. Shin preschte vor, umfasste, als sier sie erreichte, umgehend ihre Taille und riss Volruk dank der Gunst des Überraschungsmoments schwungvoll von den Füßen. Die Wucht des Aufpralls verschaffte siem einen weiteren Augenblick. Gleichzeitig griff sier nach dem Gelenk von Volruks Waffenhand und beschwor einen kleinen Dolch in sieser freien Hand. Trotz der enormen Kräfte, die auf sie wirkten, hielt sier ihr die Klinge kontrolliert gegen die Kehle, ohne sie aus Versehen zu schneiden.

»Du …!« Mit ihrer Linken packte sie siesen Pferdeschwanz und zerrte daran.

Sier stieß ein Ächzen aus, behielt aber sonst die Oberhand und verstärkte den Druck auf die Klinge. »Das würde ich dir nicht raten.«

Ein panischer Ausdruck trat in ihre Augen, während sier sies Spiegelbild darin erkannte. Sier wirkte wilder als sonst, zu allem bereit, aber eigentlich war Shin nur wütend, weil sie es als Mutter – selbst als Ziehmutter – hätte besser wissen müssen.

»Ich möchte dich nicht verletzen, aber ich möchte, dass du aufhörst, deinen Sohn und seine Wünsche zu unterdrücken«, flüsterte sier Volruk zu, ehe sier die Klinge verschwinden ließ und siese vorteilhafte Position aufgab. Sie hätte siesen Nacken einfach ergreifen und mit einem Ruck sies Leben beenden können. Doch sie entschied sich ebenfalls dagegen, riss stattdessen schmerzlich an siesen Haaren und zwang sien, von ihr herunterzuklettern. Erst als sies Rücken auf dem rauen Boden aufkam, ließ sie von Shins Pferdeschwanz ab und stand auf.

»Bringt sien ins gleiche Zelt wie siese Schwester und kettet sien fest!«, wies sie drei Wachen an, die sich zusammen mit einigen schaulustigen Sorkári um sie versammelt hatten.

Sier wurde vom Boden gepflückt und ohne Umweg zu Hibikos Zelt geschleift. Für sien war dies jedoch keine Schmach, sondern ein kleiner Triumph. Volruk hatte nicht nur aufgehört, siem das falsche Geschlecht zuzusprechen. Nein, sie hatte zugehört, sodass sier sich sicher sein konnte, dass sich Ruráks Leben von nun an zum Besseren wenden würde.

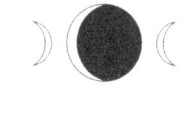

IN KETTEN

Shin schreckte auf, als ein unangenehmer Ruck durch siesen gesamten Körper jagte. Es lag sicherlich nicht daran, dass sier auf barem Grund lag. Damit fand sier sich immer überaus schnell ab. Vielmehr hing etwas in der Luft – eine bekannte Präsenz, die sier meist wahrnahm, bevor sier die Person mit einem anderen sieser fünf Sinne erkannte.

Als sich Shin von der Seite auf den Rücken drehte, rasselten die Ketten, die die Sorkári sowohl an siesen Hand- wie Fußgelenken befestigt hatten. Dabei hatten sie beides so eng zusammengebunden, dass sier nicht imstande sein würde, siese Hände zu nutzen. Immerhin drückte siem das Metall nicht das Blut ab.

»Schwester?« Auch ihre Fesseln klirrten, als sie sich siem zuwandte. Sie schien bereits länger wach zu sein als sier, wirkte dementsprechend müder als Shin. Immerhin sah sie nicht ganz so zerrupft und dreckig aus wie zur Mitte des Monats. Mittlerweile schien sich sogar jemand die Zeit zu nehmen, sie regelmäßig zu waschen, ihr Haar zu kämmen und sich generell um sie zu kümmern. Glücklicherweise hatte sie auch niemand mehr gezwungen, die Halbmaske, die ihren Mund verdeckt hatte, zu tragen.

»Ja?«, knurrte sie, heiser von den vielen Dutzend Beleidigungen, die sie bei sieser gestrigen Ankunft den Wachen und Volruk an den Kopf geworfen hatte. Mit Schwung setzte Shin sich auf, legte danach siese zusammengekettete Hände in den Schoß, um sie nachdenklich zu betrachten.

»Einer der Göttlichen ist hier.«

»Wer?«

Sier zuckte mit den Schultern. »Ich bin mir nicht sicher.«

»Wieder eine deiner Vermutungen?«

Mehrere Stimmen erklangen unmittelbar vor dem Zelteingang und ließen sie beide aufhorchen. Trotz der gedämpften Lautstärke des Gesprächs erkannte sier Volruk und Benrál, aber bald mischte sich eine dritte Stimme ein, mächtiger, voller und zugleich gefasst. Shin blickte wieder zu sieser Schwester, die wiederum zu siem herübersah. Worüber sie diskutierten, war eindeutig: über das Schicksal von Hibiko und siem.

»Er ist es!«, flüsterte Shin sieser Schwester zu.

Sie nickte bestätigend und formte Rulris' Namen mit ihren Lippen.

»Wird er nun über uns richten? Uns dafür bestrafen, dass wir Volruks Leben bedroht haben?« Eine tiefe Angst kämpfte sich an die Oberfläche und brachte Shin zum Zittern.

»Er wird dir kein Haar krümmen!«, versicherte sie siem knurrend und zeigte ihre Zähne.

»Du bist angekettet, Schwester! Vielleicht —«

»Die Ketten werden mich nicht halten!« Ein Fauchen entglitt ihr, so laut, dass es auch diejenigen, die sich vor dem Zelt unterhielten, gehört hatten und in ihrer Konversation innehielten. »Ich bin dein Schild und werde dich immer beschützen!«

Wärme legte sich um sies angsterfülltes Herz und entlockte siem ein Lächeln. »Dasselbe gilt für dich, Schwester. Ich

bin deine Klinge und werde immerzu für dich kämpfen.«
Ihre Blicke blieben starr aneinandergeheftet, als sie sich im
Geist gegenseitig eine Umarmung schenkten.

»Es tut mir leid, dass ich unsere Überlebenschance möglicherweise verwirkt habe. Ich bin Volruk eventuell ein wenig zu nahe getreten, als ich ihr eine Klinge gegen die Kehle gedrückt habe.«

Anstatt sien zu schelten, brach Hibiko unerwartet in ein
schallendes Lachen aus. »Das hätt' ich gern gesehen.«

Siem gelang es nicht, sich von ihrer Laune anstecken zu
lassen, auch wenn ihr erfreuter Anblick sien etwas beruhigte. »Es ist ernst, Schwester. Wir könnten noch vor Beginn
des nächsten Monats sterben.«

»Werden wir nicht.«

»Wie kannst du –?«

»Hör auf, dir Sorgen zu machen. Volruk ...« Hibiko
schnaubte verächtlich und zog ihre Nase kraus. »Weiber
wie sie fresse ich normalerweise mit Haut und Haar.«

Ein Schaudern ergriff sien allein beim Gedanken daran.
»Bitte erinnere mich nicht daran! Dein Ausmaß an Grausamkeit war an jenem Tag fürchterlich mitanzusehen.«

»Nur weil du dir zu fein dafür bist«, unterstellte sie siem
mit einem breiten Grinsen.

»Wie bitte? Das hat nichts damit zu tun!«

»Doch!«, piesackte sie Shin weiter. »Zu eitel und zu fein,
um sich die Finger schmutzig zu machen.«

Sier schüttelte vehement den Kopf und reckte gespielt
eingeschnappt das Kinn. »Alles nur falsche Behauptun-
gen! Immerhin erwische ich auch die richtigen Opfer und
verfehle die eigentlichen Ziele nicht andauernd.«

Nun sog sie verärgert die Luft ein. »Nicht andauernd! Das
ist mir bis jetzt nur fünfmal passiert.«

»*Nur* fünfmal?«

Sier zog die Augenbrauen hoch, als sier ihr einen vorwurfsvollen Blick zuwarf. »Wohl eher fünfmal zu häufig.«

Da ihr offenkundig die Worte ausgingen, knurrte sie und gab sich geschlagen. Stirnrunzelnd wanderte ihr Fokus zu Boden, ehe ihre Aufmerksamkeit wieder vollends siem galt. »Wenn's hart auf hart kommt, zerbrech' ich die Ketten und metzl' alle nieder.«

»Dann werde ich zuvor alles Notwendige unternehmen, damit dieses Desaster auf keinen Fall eintritt«, entgegnete sier wenig begeistert von ihrer Radikalität, aber so war siese Schwester nun mal. Wer es wagte, sie als Feind zu erwählen, bekam es mit der reinsten Form des Zorns zu tun, die selbst Fernis' Aspekten in nichts nachstand.

»Du bist zu nachsichtig mit ihnen.«

»Du zu fordernd und brutal«, konterte Shin und grinste. »Aber ich möchte nicht mit dir streiten, Schwester.«

»Ich auch nicht mit dir.«

Eine angenehme Stille legte sich zwischen sie. Energie, beinahe greifbar, wirbelte um sie und half ihnen auf ihre eigene Art und Weise zu meditieren. Zusammen bildeten ihre Auren einen Kreis, verschmolzen stetig miteinander und trennten sich wieder, als wären sie eine sich immerzu bewegende Einheit. Mit geschlossenen Augen und auf dem Rücken liegend atmete Shin erneut tief ein, hörte dann von draußen her unvermittelt Schritte, danach das Rascheln der Plane, die zur Seite geschlagen wurde.

»Hier bist du also gelandet!«, rief Luven aus und kam mit einem Stapfen direkt neben siesem Kopf zum Stehen. »Du solltest mir doch bei der Arbeit zur Hand gehen und nicht …« Sie brach mitten im Satz ab, legte einen Finger an ihr Kinn und musterte die Ketten.

Sier lächelte entschuldigend. »Ich würde ja helfen, aber Volruk hat wohl anderes für mich im Sinn.«

»Ich rede mit Volruk. Das kann es wirklich nicht sein. In Ketten nützt du mir gar nichts und es gibt noch so viel zu tun.« Mit gespitzten Lippen schweifte ihre Aufmerksamkeit zu Hibiko, die sie schon die ganze Zeit über wortlos beobachtet hatte. Sobald sich ihre Blicke trafen, drehte sich Luven zügig weg, doch Shin entging nicht, wie sich ein verlegener Ausdruck auf ihrem Gesicht manifestierte und sich ihre Wangen verdunkelten. Siese Schwester hingegen zeigte sich davon unberührt. Dank ihres nicht vorhandenen Feingefühls war es nicht auszuschließen, dass sie es schlichtweg übersehen hatte oder sich nichts dabei dachte.

»Braucht ihr noch etwas? Essen? Wasser?«, fragte die Nayruni hastig, räusperte sich und gab sich alle Mühe, den direkten Augenkontakt mit Hibiko zu meiden.

Mit einem freundlichen Lächeln nickte sier ihr zu, tat so, als hätte sier nichts Außergewöhnliches bemerkt. »Wasser wäre angenehm.«

Ihr Schweif zuckte freudig, obwohl sie weiterhin nervös wirkte. Egal, wie sehr sie es versuchte zu verbergen, jede Bewegung und jeder Gesichtsausdruck verrieten, dass sie etwas beschäftigte. »Dann werde ich zuerst ein ernstes Wörtchen mit Volruk reden, bevor ich dir frisches Wasser bringe. Bin gleich wieder da!«

Sie floh regelrecht aus dem Zelt, als hätte sie eine Erdbiene in den Hintern gestochen, und ließ eine eigenartige Stimmung zurück. Eins und eins zusammengezählt, begriff Shin sofort, was vor sich ging. »Du hast wohl eine neue Verehrerin dazugewonnen, Schwester.«

Mit gerümpfter Nase knurrte sie siem an. »Von wem sprichst du?«

»Das weißt du ganz genau«, säuselte sier amüsiert, genoss es ein bisschen zu sehr, dass sier Hibiko damit aufziehen konnte. »Ich meine Luven.«

»Halt deinen Mund!« Ihr Fauchen war eindeutig.

»Dann weißt du es schon?«

»Schnauze, habe ich gesagt!«

Dass sie siese Provokation so nah an sich heranließ und eine grimmige Schnute zog, amüsierte sien nur noch mehr. »Ach, Schwester, ich muss wirklich gestehen, dass ich es vermisst habe, dich zu ärgern.«

EINE NEUE GEFAHR

Außer Luven beehrte sie niemand mit ihrer Anwesenheit, sodass sich Shin weit in den Nachmittag hinein mit Hibiko unterhielt. Jedoch ohne sie weiter mit den Anhimmelungen der Nayruni zu behelligen. Sier würde es im Auge behalten und siese Schwester beizeiten fragen, was sie von Luven hielt, aber für den Moment hatte sier sie genug damit geärgert.

»Schwester«, begann Shin nach einer längeren Schweigepause, während sier an siesen Handketten herumspielte, die sien nach wie vor an diesem Ort festhielten.

Ihre Aufmerksamkeit galt sofort siem. »Hm?«

»Wir sollten uns in Zukunft davor hüten, jeden Auftrag anzunehmen. Ganz besonders vor jenen, die für zu wenig Informationen zu viel Geld versprechen.«

»Woher kommt das?«, fragte sie nach und brachte sien damit jedoch zum Stutzen. Sier schaute sie schief an.

»Wovon sprichst du?«

»Dieser Sinneswandel? Ich habe dich gewarnt, dass an diesem Auftrag etwas faul ist«, erinnerte sie sien direkt an ihre Worte.

»Ja, du hast dich nicht getäuscht … ausnahmsweise.« Sier grinste breit, ermöglichte ihr allerdings nicht, dazwischen zu reden, sondern schüttelte und rüttelte an siesen Ketten. »Ich habe meine Lektion gelernt, aber allmählich wird es Zeit, über meine Fehler hinwegzusehen und einen Plan zu überlegen, wie wir aus unserer Lage entkommen.«

»Wenn wir schon hier sind, können wir Volruk töten, bevor wir –«

»Nein!«, grätschte Shin dazwischen. Siem verging das Grinsen sofort, während sich siese Kehle verengte und eine schmerzhafte Kälte an siesem Rückgrat hinaufzog. Sier hätte sich am liebsten selbst geohrfeigt. Aus Freude, wieder mit ihr vereint zu sein, hatte sier vollkommen vergessen, ihr mitzuteilen, dass Volruks Ermordung nicht länger infrage kam. Hibiko wusste noch rein gar nichts von dem Pech, in das sie beide geraten waren. Mitten zwischen die Fronten zweier Götter.

»Wir werden sie nicht umbringen.«

»Hat dir Phisylei in den Kopf gepisst oder ziehst du jetzt wirklich den Schwanz ein?«

Allein von der bildlichen Vorstellung der ersten Frage wurde Shin übel und verzog das Gesicht vor Graus. Dabei ächzte sier angewidert. »Es geht nicht um mich. Es geht darum, wer Volruk ist. Bei ihr handelt es sich um keinen normalen Sorkár.«

»Sondern?« Skepsis schwang in ihrer Stimme mit, aber immerhin hörte sie siem nach wie vor zu.

Shin zögerte, es ihr zu sagen – aus Angst, sie könnte überreagieren, was leider gar nicht so selten passierte. »Sie ist eine Erkorene.«

Kaum hatte sier es ausgesprochen, weiteten sich Hibikos Augen und ihre Kinnlade fiel herunter. »Was? Eine Erko… Nein, unmöglich. Du musst dich täuschen. So etwas gibt es nicht mehr.«

»Scht, nicht so laut«, ermahnte sier sie.

»Trotzdem! Sie müssen dir etwas gegeben haben. Du hast Halluzinationen.«

Verständnislos schüttelte sier den Kopf. »Das haben sie nicht. Mein Verstand ist so klar wie eh und je. Glaube mir, Schwester. Ich wünschte mir, dass ich mich irre, aber ich weiß es mit absoluter Bestimmtheit.«

»Woher?«

»Das tut nichts zur Sache!« Warum hörte sie siem nicht einfach zu, anstatt siese Worte anzuzweifeln und unnötige Fragen zu stellen? »Wir möchten uns nicht mit einem Gott anlegen. Solcherlei Angelegenheiten enden immer allzu prekär für uns. Hast du das etwa vergessen?«

Knurrend murmelte sie etwas Unverständliches vor sich hin, zerrte an ihren Ketten. Gleichzeitig verfinsterte sich ihre Miene. »Ich kann dem anderen Sorkár aber nicht durchgehen lassen, dass er dich verletzt hat.«

Prompt sackte siem das Herz in die Magengrube. »Darum musst du dich nicht kümmern. Er hat sich entschuldigt und ich habe ihm vergeben.«

Mit krauser Nase starrte sie sien ungläubig an. »Eine Entschuldigung reicht nicht. Er soll vor dir niederknien und dich um Gnade anbetteln.«

»Du übertreibst.« Shin winkte ihre Worte ab, als nähme sier sie nicht ganz ernst. Jedoch war sier umgehend um Ruráks Wohlergehen besorgt und wollte sich nicht ausmalen, was Hibiko ihm antäte, sobald sie ihn in die Finger bekam.

»Falls er sich weigert, dreh ich ihm den Hals um!«

»Hör doch endlich auf, Schwester! Du tust nichts dergleichen, verstanden?«, fauchte Shin sie an, wobei die Wut in siese Inneren derart heftig überschwappte, dass eine kleine, schwarzgraue Rauchwolke aus siesem Mund drang.

»Was ist los? Verachtest du ihn nicht? Er hat dir weh getan!«

»Ich weiß, aber …« Die Erklärung blieb siem auf der Zunge haften. Sier ärgerte sich innerlich, wie sehr sien dieser Ort, diese Sorkári und ganz besonders Rurák beeinflussten und sien zum Nachdenken brachten. Siese sonst so spitze Zunge gehorchte siem nicht, wie sie es sollte, machte es siem schwer, sich klar auszudrücken. Sier imitierte einen klassischen Wesenszug sieser Schwester und gab ein frustriertes Knurren von sich, anstatt ihr zu antworten.

Ihr Blick ruhte auf Shin, ließ sien ihre Sorge mehr spüren, als es Worte jemals erreicht hätten.

»Ich kann es dir nicht erklären … noch nicht«, erwiderte sier forsch, atmete dann aber tief durch, um sich zu fassen. »Du musst mir bezüglich der Sache mit Volruk glauben. Ich wünschte, es wäre nur ein Gerücht, aber es gibt genug Indizien, die es beweisen.«

Mit einem nachdenklichen Grummeln wandte sie sich von siem ab. »Ich glaube …« Sie sprach nicht einmal den Satz zu Ende, sondern horchte auf. Auch Shin spürte, wie sien ein Ruck durchfuhr und sien von einem Moment auf den anderen in Alarmbereitschaft versetzte.

»Spürst du das?«, flüsterte sier Hibiko zu. Sie nickte als Antwort, stierte dabei mit zusammengekniffenen Augen zum Eingang. Dort war niemand zu erkennen, doch Fremde lauerten in den Schatten und bedrohten durch ihre Gegenwart die Sicherheit der Siedlung. Es schien, als wären nun andere wie sie gekommen – Auftragsmörder, Meuchler und dergleichen. Shin spürte es. Wie sie ihre Klingen zückten und erstes Blut floss.

Und plötzlich gab es einen markerschütternden Schrei aus dem Westen, der bis zu siesen Ohren vordrang. Mehrere Hörner dröhnten, warnten die Sorkári bezüglich der Gefahr und verrieten die Anwesenheit der Mörder. Shin packte der Drang, aufzuspringen, Klingen zu beschwören und selbst am Kampf teilzunehmen. Aber die metallenen Ketten hielten sien von diesem Verlangen ab. Sollte sier versuchen, sie zu sprengen, um sich und siese Schwester zu befreien? Vielleicht konnten sie in dem Chaos fliehen. Einfach würde es nicht werden, da sier noch immer nicht siese vollen Kräfte zurückerlangt hatte. Dies würde deutlich mehr Zeit in Anspruch nehmen, die siem nun nicht zur Verfügung stand. Während sier überlegte, rupfte Hibiko ihrerseits an den Ketten, brüllte laut auf, bevor sie eine Stichflamme ausstieß.

»Das nützt nichts, Schwester. Du wirst nur wieder das Zelt in Brand setzen«, entgegnete sier forsch.

»Das ist unsere Chance. Durch die Ablenkung der anderen können wir Volruk –«

»Hast du mir gerade nicht zugehört? Volruk ist nicht länger unser Ziel. Zu viel steht für uns auf dem Spiel, wenn wir sie gedankenlos ausschalten.« Shin hatte siese Stimme lauter erhoben als sonst und schämte sich direkt dafür, sie in diesem derart grausigen Ton anzuschreien. »Ich würde den Sorkári lieber helfen, als sie um ihren Häuptling zu bringen.«

»Meinst du das ernst?«, vernahm sier Ruráks Stimme. Er stand halb im Eingang, halb draußen, während sein Blick von Hibiko zu Shin wechselte. Mit weit aufgerissenem Mund fauchte sie ihn an, aber sier sah, wie er all seinen Mut zusammennahm und trotz sieser Schwester gänzlich ins Zelt trat. Er trug einen Bogen bei sich, den er in sicherem Abstand zu Shin gleich neben der offenen Zeltplane platzierte. Für einen Augenblick galt seine Aufmerksamkeit ganz Hibiko, als er sich siem Schritt um Schritt näherte. Er wollte offenbar sichergehen, nicht von ihr in Brand gesteckt zu werden. Keine unberechtigte Angst, denn verdächtiger Rauch qualmte aus ihren Nasenlöchern, während ihre Augen wie flüssiges Gestein glühten.

Sier knurrte drohend in ihre Richtung. »Schwester! Halte dich gefälligst zurück!«

Ihre Augen huschten zum Bogen, dann wieder zu Rurák. »Du! Hast du auf sien geschossen?«

»Schwester, ich bitte dich. Dafür ist jetzt nicht der richtige Zeitpunkt.«

»Wann dann?«, entgegnete sie zischend, zerrte derart vehement an den Fesseln, dass Shin meinte, die Pfosten, an denen die Ketten befestigt worden waren, ächzen zu hören. »Er soll leiden, wie du gelitten hast. Du bist fast ge-«

»Aber das bin ich nicht!«, fiel sier ihr ins Wort, bevor sie es hätte aussprechen können. Das war etwas, was sier definitiv nie aus ihrem Mund hören wollte, da sier wusste, dass sie sich deswegen schwere Vorwürfe machte. »Ich bin hier. Die Wunde heilt und meine Magie kehrt ebenfalls bald zu ihrer früheren Stärke zurück.« Mit ernster Miene wandte sier sich als Nächstes Rurák zu. »Und ja, ich meine es so ehrlich, wie ich es ausgesprochen habe. Ich möchte euch helfen, diesen Angriff abzuwehren. Sieh es als Wiedergutmachung für unseren Fehler.«

Seine angespannte Miene wurde für einen Wimpernschlag lang weicher, ehe er neben siem in die Hocke ging. Direkt vor sieser Nase öffnete er seine linke Faust und offenbarte darin einen Schlüssel, der verdächtig in derselben Farbe wie die metallenen Ketten glänzte. Kurz stockte Shin vor Überraschung der Atem und sies Herz machte vor Freude einen Satz.

»Weiß Volruk Bescheid?«, fragte sier ihn flüsternd und konnte sich vor Erleichterung ein Lächeln nicht verkneifen. Rurák schüttelte den Kopf, machte sich dann sogleich an den Ketten an siesen Fußgelenken zu schaffen.

»Ihr solltet fliehen. Volruk ist vorbereitet und wird den Angriff mit der Hilfe der besten Kämpfenden überstehen.«

Rasch lösten sich die Fesseln von siem, sodass Rurák sich gleich mit den Nächsten an siesen Handgelenken beschäftigte.

»Ihr unterschätzt eure Angreifer doch nicht etwa?« Die Ketten hörten auf zu rasseln. Mit einer Berührung seines Daumens auf sieser Unterlippe brachte er sien zum Schweigen.

»Das ist nicht mehr deine Sache. Du solltest verschwinden, damit Volruk kein todbringendes Urteil über dich fällen kann.«

»Aber ich möchte mich an mein Wort halten. Das ist mir wichtig.« Siese Stimme war nicht zu mehr als Geflüster imstande, doch sie zauberte Rurák ein Lächeln auf die Lippen. Seine Berührung verschwand. Dafür entfernte er im nächsten Moment die Ketten vollständig und wagte dann einen Seitenblick zu sieser Schwester.

»Wird sie mich verbrennen, wenn ich sie befreie?«

»Das wird sie nicht.« Um siesen Worten noch mehr Wirkung zu verleihen, blickte sier finster zu Hibiko. Mit noch etwas versteiften Beinen stand sier auf und trat neben sie. »Bitte.«

Sie verdrehte schnaubend die Augen, zerrte einmal an den Ketten und unterdrückte dabei ihr Knurren. Erleichtert atmete Shin auf, ehe sier Rurák zuversichtlich zunickte. Sier vertraute zwar darauf, dass sie sich zurückhalten würde, aber sier verharrte trotzdem weiterhin neben ihr, um sich im allerschlimmsten Fall einzumischen.

Doch tatsächlich, sobald die Ketten mit einem klirrenden Aufprall auf dem Boden landeten, kam sie auf die Füße, rieb sich die Handgelenke und starrte ihn lediglich böse an. Sie sprang ihm nicht an die Gurgel, wirkte keine Magie, um eine Waffe heraufzubeschwören, und atmete auch nicht tief genug ein, um ihm gleich einen Schwall Feuer entgegen zu speien. Die Stimmung blieb dennoch angespannt, da sie ihm gegen die Brust tippte und knurrend die Nase krauszog. »Ich warne dich. Wenn du sien noch einmal verletzt, bring ich dich um.«

Ernst schaute Rurák zu ihr hinab, bewahrte eine bedachte Miene, obwohl Shin bemerkte, dass seine Hände leicht zitterten. »Ich habe nicht vor, sien —«

»Das ist auch besser so, sonst weißt du ja, was dir blüht.«

»Schwester! Das reicht jetzt aber wirklich«, zischte Shin, setzte dann allerdings ein Lächeln auf, in der Hoffnung, damit die angespannte Atmosphäre zumindest ein wenig lockern zu können. Der Umstand, dass draußen bereits ein Kampf tobte, erstickte dieses Vorhaben jedoch im Kern, denn Rurák entfernte sich von Hibiko, um seinen Bogen zu ergreifen. Keine weitere Aufforderung war vonnöten, damit Shin ebenfalls handelte. Sier verließ hinter ihm das Zelt, dicht gefolgt von Hibiko.

Die Luft war erfüllt von Schreien und dem Gestank von Blut. Klingen prallten aufeinander, während einige der jüngeren Kinder zwischen den Unterkünften versteckt weinten. Der beißende Geruch von Rauch stieg siem in die Nase. Die Eindringlinge hatten einige Behausungen in Brand gesteckt.

Shin schlich dicht an Rurák vorbei und bewegte sich auf den Hauptkampf auf dem großen Platz zu, doch eine Hand an sieser Schulter hielt sien zurück.

»Sei vorsichtig«, flüsterte er siem zu, kam siem mit seinem Gesicht gefährlich nah. Sacht streifte sier seine Hand ab und nahm einen Schritt Abstand.

»Mit meiner Schwester an meiner Seite werden die Angreifer vor uns erzittern.« Magie brannte in siesen Armen, als sie in siese Handflächen floss und sier beide Hände aneinanderpresste. Shin atmete kontrolliert, schloss kurzzeitig die Augen, ehe sier die rechte Hand nach oben und die linke nach unten zog. Gedanklich stellte sier sich die Waffe vor, wie sie sich aus Schatten und Feuer formte und riss die Augen auf, sobald sier die kühle Stange der Lanze auf sieser Haut wahrnahm. Schweigend, allerdings mit einem breiten Grinsen auf siesem Mund, sprintete Shin los. Hibiko holte rasch auf, ebenfalls bewaffnet mit einer beschworenen Lanze in derselben Form und Größe. Hervorragend vorbereitet, um gemeinsam im Einklang mit siem zu kämpfen und die Gegner in kürzester Zeit niederzustrecken.

Als Shin auf dem großen Platz ankam, glich der Kampf einer Schlacht. Die Eindringlinge waren zahlreicher als gedacht, nicht weniger als fünf Dutzend, aber wie viel ihre Streitkraft tatsächlich zählte, konnte sier in dem Durcheinander nicht ausmachen. Die meisten von ihnen schienen sich jedoch hauptsächlich auf diesem Platz aufzuhalten, obwohl Shin auch weiter entfernt noch den Klang von Klingen vernahm.

Volruk schwang ihr Breitschwert inmitten des Kampfgetümmels, hieb immer wieder drohend die schwere Waffe in Richtung der sechs Angreifer, die sie umzingelten. Shin nickte Hibiko zu, preschte dann weiter vor. Niemand kam ihnen in die Quere, da ausnahmslos alle in einen Kampf auf Leben und Tod verwickelt waren. Mit einem gezielten, schwungvollen Hieb trieb sier einem der Gegner die Spitze sieser Lanze durchs Rückgrat. Es passierte so rasch, dass er zu keiner Gegenwehr fähig war. Sier spießte ihn ohne Zurückhaltung auf, bis die Spitze auf der anderen Seite zum Vorschein kam. Sofort knickten seine Knie ein und mit etwas Verzögerung formte sich ein gurgelnder Schrei, der sich überschlug, als Shin die Lanze ruckartig aus ihm herauszog. Blut spritzte siem entgegen, landete auch auf siesem Gesicht, aber es ließ sien kalt. Dank Shins Manöver kämpfte Volruk nur noch gegen zwei Angreifer gleichzeitig. Die beiden Übriggebliebenen – Hibiko hatte sich zwischenzeitlich ebenfalls um einen gekümmert – erhoben ihre Waffen gegen sien und siese Schwester.

In den Augen sieser Gegnerin funkelte Furcht, doch sie machte keine Anstalten, sich zurückzuziehen. Sie hielt ihre Axt sicher in ihren Händen, schien zu überlegen, welche Art von Angriff am erfolgreichsten wäre. Shin überlegte nicht, brauchte nicht darüber nachzudenken, was sier als Nächstes tat, sondern ließ links die Stange los, sodass das stumpfe Ende auf dem Boden aufkam. Zwischen den Fingern sieser linken Hand beschwor sier drei Nadeln, die bald über siese Fingerspitzen herausragten, hob dann siese Hand an und zog sie in einem schrägen Streich nach unten. Sie sausten durch die Luft, trafen die Drago unerwartet an drei Stellen – am rechten Knöchel, am Bauch, wo die dünne Spitze jedoch abprallte, und am Hals. Letztere durchbohrte ihren Kehlkopf mit solch einer Präzision, sodass sie nicht einmal mehr imstande war, die Nadel herauszuziehen. Stattdessen glitt ihr die Axt direkt aus den Händen, ehe sie vornüberkippte und sich röchelnd am Boden den Hals hielt. Damit sie nicht unnötig lange litt, trat Shin auf sie zu und verpasste ihr einen Todesstoß mitten ins Herz. Dabei glitt die Klinge sieser Lanze durch die Rüstung wie durch die weiche Schale einer Frucht. Sie hauchte noch ihren letzten Atemzug, als sier die Waffe zurückzog und sich gerade zum rechten Zeitpunkt Volruk zuwandte, um zu sehen, wie ein Speer in einem tödlichen Bogen auf sie zuflog.

Sier zögerte nicht, auf sie zuzurennen und sich direkt in die Flugbahn der Waffe zu stellen. Mit einem eleganten Streich wehrte sier den Speer ab, wobei dessen Spitze gar an sieser Lanze zerbarst und stumpf abprallte. In hohem

Bogen flog sie durch die Luft, weit fort aus Volruks Reichweite und nutzlos für weitere Angriffe.

Volruk schien nichts von ihrem Glück bemerkt zu haben, wohingegen Hibiko sehr wohl mitangesehen hatte, welcher Gefahr sich Shin gerade ausgesetzt hatte. Nachdem sie ihrem Gegenüber den finalen Schlag versetzt hatte, rannte sie zu siem, packte sien wütend am Unterarm und zerrte sien von der Sorkár weg. »Das hättest du nicht tun sollen.«

»Es ist nichts geschehen«, meinte sier mit erhobener Stimme, damit der Kampfeslärm sien nicht übertönte.

»Nichts? Du hast dein Leben für sie riskiert.«

Shin zuckte die Achseln. »Solcherlei Angriffe habe ich bereits Tausende Male abgewehrt. Das weißt du.«

»Aber nicht für sie.« Der Griff um siesen Arm verstärkte sich, aber noch war der Druck erträglich.

»Es geht hierbei um deutlich mehr als allein um Volruk. Du möchtest es nur nicht verstehen«, warf sier ihr vor und wand sich aus ihrer Berührung. »Hilf mir lieber dabei, das restliche Gesindel zu vertreiben, bevor wir uns streiten.«

Murrend gab sich Hibiko geschlagen, bevor sie sich gemeinsam mit siem ein weiteres Mal in den Kampf stürzte.

Sowohl Hibiko als auch Shin hielten ihre wahre Identität verborgen, gaben beide nicht dem Bedürfnis nach, ihre Drachengestalt anzunehmen, um die Angreifer dem Erdboden gleichzumachen. Die Sorkári schlugen sich ohnehin gut genug. Gemeinsam wehrten sie den Angriff innerhalb kürzester Zeit ab. Die übrige Hälfte der Eindringlinge kauerte auf dem Platz versammelt auf den Knien.

»Wer von euch hat diesen Angriff angeführt?«, brüllte Volruk mit laut grollender Stimme, sodass einige unter ihnen zusammenzuckten.

»Antwortet!« Ihre Ungeduld vibrierte fast sichtbar in der Luft, zog über ihre Köpfe hinweg und ließ Shin ebenfalls nicht kalt. Sier stand ganz in der Nähe des Häuptlings, doch nicht, ohne dass sien jemand bewachte. Rurák hielt sien am rechten Oberarm fest. Dasselbe tat Benrál bei Hibiko. Sie wurden vorerst beide dank Shins hilfsbereiten Einsatzes geduldet, aber siem war bewusst, dass sich Volruk siem und sieser Schwester zuwenden würde, sobald sie sich um die Angreifer gekümmert hatte.

Eine Frau mit hochgebundenen, blonden Haaren, gekleidet in schwere Fellrüstung, erhob sich aus der Menge und stellte sich gerade hin.

»Ich habe sie angeführt«, antwortete die Menschenfrau in der Gemeinsprache und erweckte damit von allen Seiten Unverständnis in Form von Gemurmel oder Beleidigungen. Kaum jemand außer Shin und Hibiko schien sie zu verstehen. Luven löste sich auf einen Wink von Volruks Seite und machte zwei Schritte auf die Frau, umgeben von den kauernden Gefangenen zu.

»Wer hat dich beauftragt?«, entgegnete die Nayruni ihr sehr gebrochen, aber verständlich genug.

»Niemand! Es wurde ein hohes Kopfgeld auf deinen Häuptling ausgesetzt. Da konnte ich nicht Nein sagen.« Shin folgte den Bewegungen der feinen Tätowierungen, die von ihrer Lippe über ihr Kinn bis zu ihrem Hals verliefen, während sier die Worte in sich aufnahm. Wieder verblassten die Hinweise, die auf den wahren Auftraggeber hingedeutet hätten.

»Kopfgeld?« Luven wandte sich mit höchst beunruhigendem Gesichtsausdruck zu Volruk um und übersetzte für sie. Erstaunlicherweise bewahrten die anwesenden Sorkári Ruhe und blickten zu ihrem Häuptling.

Shin hätte sich gerne eingemischt, zögerte aber, dies vor allen zu tun. Mit der unerlaubten Befreiung hatte sier sich für heute bereits genug geleistet und sier befürchtete auch, dass Rurák, sobald Volruk erfuhr, dass es sein Werk gewesen war, einer Strafe ebenfalls nicht würde entgehen können. So zog sier es vor, den Mund zu halten, und beobachtete, wie Volruk auf Luvens Informationen reagierte.

Der Blick ihrer roten Augen wanderte umher, blieb an einigen Sorkári hängen, denen sie mit einer Geste ihrer Hand zu verstehen gab, die Kauernden zu bewachen.

»Benrál, du kommst mit mir. Ich brauche deinen Rat.« Sie wandte der Menge den Rücken zu und schaute zum Schamanen. »Sie da sperren wir wieder ein.« Ihre Aufmerksamkeit zog weiter zu Rurák herüber. »Genauso wie sien.«

»Volruk! Hör mich bitte an! Sier könnte uns helfen.«, widersprach Rurák seiner Ziehmutter mit einer Hartnäckigkeit, die selbst sien überraschte. Er kam deutlich mehr aus sich heraus, als er es sich sonst getraut hatte.

Da Volruk ihm erst ihr Gehör geschenkt hatte, aber noch nicht zu irgendwelchen Gegenargumenten angesetzt hatte, nutzte er die Gelegenheit, um ihr gleich zu erläutern, wie sier sie unterstützen konnte. »Sier ist selbst ein Auftragsmörder und weiß sicher, wie diese vorgehen.«

Misstrauen funkelte in ihren Augen, während sie die Nase verachtend nach oben reckte. »Warum soll ich siem vertrauen? Die beiden haben versucht zu fliehen.«

Räuspernd senkte Rurák seinen Blick. Dieser blieb an jener Hand hängen, mit welcher er sien noch immer an seiner Seite hielt. Shin hoffte, dass er sich jetzt nicht selbst verriet, kannte ihn mittlerweile aber so gut, dass er es niemals mit seinem Gewissen hätte vereinbaren können, es vor Volruk zu verheimlichen.

»Das stimmt nicht. Sie haben es nicht versucht«, entgegnete Rurák. Wieder überbot er Shins Erwartungen und blickte auf, direkt in Volruks Augen. »Ich habe sie befreit, weil ich wusste, dass sie mit uns gegen diese Feinde kämpfen würden. Und ich habe recht behalten: Sie haben sich weder gegen uns gestellt noch sind sie geflohen.«

Obwohl sie ihn regelrecht mit ihrem Blick durchbohrte, hielt Rurák diesem stand, aber sie zeigte ohnehin wenig Interesse daran, diese Diskussion vor allen Anwesenden auszutragen.

»Über dein Verhalten reden wir noch.« Ihre Stimme glich einem mürrischen Knurren, ehe sie den Blickkontakt unterbrach, um Hibiko zu beäugen. »Sie sieht nicht so hilfsbereit aus.«

Siese Schwester unterstrich ihren Kommentar – wie zu erwarten – mit einem ebenso angewiderten Zischen. Diese beiden schienen sich schlichtweg von Natur aus abzustoßen, ganz gleich, welcher Situation sie ausgesetzt waren. Darauf wusste auch Rurák nichts zu erwidern und schwieg stattdessen.

»Das tut sie nie«, warf Shin ein, zog damit die Aufmerksamkeit aller auf sich. »Aber ich bin so frei, dir meine Hilfe anzubieten. Somit wird von meiner Schwester nicht länger eine Gefahr für dich ausgehen.«

Hibiko knurrte laut, zeigte sich davon wenig begeistert, doch Einwände brachte sie keine vor. Ohne einen Kommentar ging Volruk voraus. Benrál und Rurák folgten ihr – gezwungenermaßen auch Shin und Hibiko.

»Du bist immer noch vorlaut. Weißt du das?«, warf Volruk siem vor, sobald sie alle von der Sicherheit ihres Zeltes umgeben waren. Sie stand direkt vor siem, erneut viel zu nah für siesen Geschmack, aber sier zog es nicht in Betracht, zurückzuweichen – zumal Rurák sien ohnehin daran gehindert hätte.

»Sier hat nichts gesagt, was deine Autorität untergraben hätte. Eigentlich hat sier damit genau das Gegenteil –«

»Du hast gerade gar nichts zu melden, Rurák!« Sie hob den Finger drohend in seine Richtung, während sie Shin jedoch am Ansatz sieses Pferdeschwanzes packte. »Dann sprich! Wie kannst *du* mir dabei helfen, meinen Clan vor solchen Angriffen zu beschützen?«

Ihre Finger vergruben sich unangenehm in siesem Haar, zupften schmerzlich an einigen Strähnen, sodass sier die Zähne zusammenbiss, um nicht nach Luft zu schnappen.

»Volruk! Auf diese Weise kann sier dir nicht antworten«, schaltete sich Benrál ein, hielt mit einem festen Griff um ihren Oberarm Hibiko im Zaum.

Knurrend blinzelte die Sorkár dreimal, ehe sie ihre Finger aus siesen Haaren löste. Der Schmerz ließ umgehend nach und damit kehrte auch sies Selbstbewusstsein zurück.

»Solche Angriffe werden in Zukunft unvermeidbar sein, da du den Fehler begangen hast, dein wahres Wesen zu offenbaren«, sagte Shin.

Da sier damit den Nagel direkt auf den Kopf getroffen hatte, packte sie sien grob am Kinn.

»Volruk! Lass sien!«, warf Rurák ein.

»Halt dich da raus!«

»Nein! Das werde ich nicht tun.« Abrupt ließ Rurák von siem ab, um ihm den Freiraum zu gewähren, den sier dazu benötigt hätte, sich ihrer groben Berührung zu entwinden.

Aus dem Augenwinkel sah Shin die Überraschung in Ruráks Augen, als sier ergebend die Hände erhob und sich mit keinem Muskel darum bemühte, freizukommen. Wenn sier sich Volruks Respekt verdienen wollte, musste sier ihr erst beweisen, dass sier niemandem im Clan etwas antun wollte. »Ihr solltet euch nicht wegen mir streiten und dafür das Band zwischen euch riskieren.«

»Dem muss ich zustimmen. Streit nützt niemandem etwas.« Benrál schien mittlerweile der Einzige neben Shin im Raum zu sein, dem es gelang, einen kühlen Kopf zu bewahren.

»Streit führt zu Uneinigkeit«, fuhr sier fort und ließ sich von Volruks Fingern an siesem Kinn nicht irritieren. »Uneinigkeit beschwört Feindseligkeit zwischen Freunden und treibt Keile zwischen engste Vertraute. Je weniger Verbündete du in deinen Reihen zählst, desto angreifbarer machst du dich für deine Feinde.«

»Ergibt Sinn«, erwiderte Volruk.

Shin meinte tatsächlich, nicht richtig gehört zu haben, wahrte jedoch die Fassung, um weiterzusprechen. »Nun möchte ich allerdings wieder zurück zum Wesentlichen kommen. Die Angriffe werden sich nicht länger vermeiden lassen. Dein Kopfgeld scheint offenbar in die Höhe geschossen zu sein, wenn bereits ganze Söldnerscharen bei helllichtem Tag in deine Siedlung einfallen.«

Volruks Finger lösten sich von siem und gaben sien frei. Ein nachdenklicher Ausdruck legte sich über ihre Züge, ließ sie dadurch deutlich zugänglicher wirken als Augenblicke zuvor.

»Was schlägst du vor?«

»Schneide dir deine Hauer ab, damit wir sie als Beweismittel für deinen Tod nutzen können, und lass meine Schwester und mich gehen. Auf diese Weise können wir —«

»Das kannst du gleich wieder vergessen. Ich täusche nicht meinen Tod vor wie ein Feigling, der sich vor Revi fürchtet. Noch weniger lasse ich euch ziehen. Euer Urteil steht noch aus, und das ist mein letztes Wort.« Rasch drehte sich Volruk von siem weg und trat zum Tisch. »Ich verschwende nur Zeit, wenn ich dir zuhöre.«

»So meinte ich das nicht«, wand Shin ein, doch zweifelte sier daran, dass sie dafür noch Gehör besaß.

»Du willst nur deine eigene Haut retten und meinem Urteil entgehen, aber das wird nicht passieren.« Wenn auch nicht elegant, jedoch mit einer enorm ausdrucksstarken Ausstrahlung wandte sie sich ihnen wieder zu und streckte ihre Brust raus. »Rurák! Du bringst sien zurück in sies Zelt. Und Benrál, teile ihr ein eigenes Zelt zu. Achte darauf, dass sie bis zum Ende des Monats getrennt bleiben.«

Ihre Worte versetzten siem einen Stich und ließen sien zusammenzucken. »Nein, Volruk! Trenne mich nicht erneut von meiner Schwester.«

Bei siesem Ausruf zog sie die Nase kraus. »Dann geh auf die Knie und zeig Demut, oder wie auch immer das genannt wird.«

Abscheu setzte sich in siesem Hals fest.

»Ist das wirklich notwendig?«, mischte sich Rurák erneut ein, aber dieses Mal brachte Shin ihn mit einem leichten Kopfschütteln zum Schweigen.

Obwohl sich alles in siem sträubte, sich auf Volruks demütigenden Befehl einzulassen, schmerzte der Gedanke, sieser Schwester erneut so viele Tage fernzubleiben, zu sehr, um sich dem Häuptling zu verwehren. So riss sier sich mit aller Kraft zusammen, sank auf die Knie. Hibiko zerrte indes weiterhin an Benrál.

»Nein, was soll das? Lass dich von diesem Weib nicht demütigen! Hörst du mich?«

Sier blendete ihre Worte aus und setzte sich sogar auf siese Fersen, um mit gesenktem Haupt auf ihre baren Füße zu starren. »Du spielst mit dem Feuer, Volruk. Da ich aber meine Hilfe aus freiem Willen heraus angeboten habe und ich zu meinen Worten stehe, lasse ich diese Demütigung ohne Konsequenzen über mich ergehen.«

Mit ernster Miene linste sier zum Schamanen herüber, dessen Anspannung spürbar auf sien überschlug. Ihm war schließlich bewusst, wen sein Häuptling gerade verhöhnte, und das sier indessen eine unterschwellige Drohung ausgesprochen hatte.

»Volruk …«, begann Benrál, doch hielt er inne, als der Häuptling die Arme vor ihrer Brust verschränkte.

»Du und deine Schwester seid nicht wie die anderen Mörder, die sich getraut haben, in meine Heimat einzudringen.«

»Nein, das sind wir wahrlich nicht.«

Wieder kam für kurze Zeit Schweigen auf, während dem sie sich gegenseitig betrachteten – diesmal jedoch weniger verachtend oder urteilend, sondern vielmehr prüfend, als wollten sie jeweils allein durch das Gesehene mehr über ihr Gegenüber in Erfahrung bringen.

»Immerhin seid ihr beide nicht feige.« Sie gab eine Mischung aus einem Seufzen und einem Knurren von sich. »Ihr steht immer noch unter Bewachung, aber ich werde euch nicht mehr daran hindern, euch zu treffen. Die getrennten Zelte bleiben.«

Mit einem erleichterten Lächeln nickte Shin ihr zu. »Ich danke dir.« Da nun genug der Demut getan war, erhob sier sich und klopfte sich den Staub von der Hose. Zusammen mit Rurák wandte sier sich bereits zum Gehen, nur brachte sien Benráls Zögern ebenfalls dazu, innezuhalten.

»Was ist mit denjenigen, die sich ergeben haben?«

»Gibt es keine Elixiere, um sie vergessen zu lassen, was sie hier wollten?«, erwiderte Volruk mit einer Gegenfrage.

»Doch.«

»Dann kann dir Luven sicher dabei helfen.«

»Das wird sie.« Er schien geradezu erleichtert, dass sie sich für eine unblutige Variante entschied, die Feinde loszuwerden. Mit dieser Meinung war er sicherlich nicht allein.

Ein Teil von Ruráks Anspannung fiel ebenfalls vom Sorkár ab, ehe er einen Arm um siese Schultern schlang und ihn zum Zelteingang lenkte. Die anderen beiden diskutierten noch, während Rurák den schweren Stoff für Shin zur Seite schob. Hibiko und sier tauschten einen letzten Blick, bevor ihr Gesicht hinter der Plane verschwand.

ERKENNTNIS

Shin lag bereits seit Stunden wach auf seinem Nachtlager und starrte gedankenverloren an die Decke, als eine Wache ihren Kopf ins Zelt hineinsteckte. »Hey da! Jemand will dich sprechen.«

Hey da …

So weit war es gekommen, dass sien jemand damit ansprach. Sier seufzte, erhob sich schwungvoll und band sich im Gehen die Haare mit einer Kordel zusammen, die sier sich am Abend zuvor locker ums Handgelenk gewickelt hatte. Die Wache hatte ihren Kopf längst wieder zurückgezogen und stand neben dem Eingang zu sieser Rechten, als Hibiko sien mit einer stürmischen Umarmung überrumpelte und sien an sich drückte. Ihre Wärme vertrieb den kühlen Morgenwind, der siem um den Nacken zog, und erfüllte sien mit Zuversicht. Mit geschlossenen Augen ließ sier sich auf ihre Nähe ein, schmiegte sich an sie und schlang siese Arme um ihre Taille.

»Guten Morgen, Schwester. Womit verdiene ich das?«

»Tust du nicht«, erwiderte sie in einem überraschend harschen Ton, ehe sie Shin von sich wegdrückte. Prompt riss sier die Augen auf und gleichzeitig spürte sier, wie sich sies Herzschlag beschleunigte. Verwirrt hob sier eine Augenbraue, nahm jedoch einen weiteren Schritt nach hinten Abstand, als sier ihr wutverzerrtes Gesicht erblickte.

»Was ist los?«

»Frag nicht!«, zischte sie, wobei eine kleine, graue Rauchwolke aus ihrem Mundwinkel entwich.

Shin seufzte zerknirscht. »Müssen wir uns erneut streiten? Ich bin einfach nur glücklich, dich zu sehen.«

Ihre Miene entspannte sich ein wenig, aber ihre Wut verblasste nicht so rasch, sondern gab lediglich etwas Platz für Sorge frei. »Du bist vor ihr auf die Knie gegangen.«

Sier wandte siese Augen ganz bewusst ab und presste die Lippen aufeinander. Mit Stolz brüstete sier sich dadurch auch nicht, aber sier sah nicht ein, warum siese Schwester darauf herumritt. Siem war es zu verdanken, dass Hibiko nun überhaupt vor siem stand und nicht erneut in Ketten festgehalten wurde. So daneben, wie sie sich gestern in Volruks Gegenwart benommen hatte, hätte sie sich womöglich eine noch schlimmere Strafe eingeholt, wenn sier nicht siesen eigenen Stolz hinuntergeschluckt hätte.

Hibiko packte sien an den Schultern, begann, an siem zu rütteln wie ein unreifes, trotziges Kind. Damit erreichte sie nichts, da Shin absichtlich nicht darauf einging. Denn erst als sie damit aufhörte, huschte sein Blick zurück zu ihr.

»Hast du dich endlich beruhigt?«, fragte sier sie, wobei sier den leichten Ärger in seiner Stimme nicht vor ihr verbarg. Sie sah verletzt aus, knirschte mit den Zähnen, während sich tiefe Zornesfalten über ihre Stirn zogen.

»Wir haben es nicht nötig, vor diesem Weib in die Knie zu gehen.« Und mit gemäßigter Stimme fuhr sie fort. »Wir dienen Gottheiten, nicht den Sterblichen. Ihre Befehle sind so bedeutungslos wie ihre Leben.«

»Ist dem so?«, flüsterte sier, ohne jedwede Gefühlsregung zu zeigen.

Das trieb sie schier in den Wahnsinn und feuerte ihre Wut umso mehr an.

»Ich meine es so.«

»Das dachte ich auch, Schwester, aber dieser Ort hat mich während der letzten Tage eines Besseren belehrt.« Shin hasste es, wenn sie sich ernsthaft stritten. Es schmerzte in sieser Brust, raubte siem den Atem, als würde jemand sien unter Wasser drücken und gefangen halten, damit sier an diesem Übermaß an negativen Empfindungen ertrank. Siese Stimme verkümmerte zu einem kaum hörbaren Flüstern. »Wir stehen näher zu den Sterblichen als zu den Göttlichen.«

Hibiko schüttelte den Kopf, dachte offensichtlich nicht daran, endlich ihre Hände von siesen Schultern zurückzuziehen. »Tun wir nicht. Woher kommt dieser verdammte Sinneswandel?«

Sier musterte sie mit einem intensiven Blick. »Ich hätte sterben können, Schwester.«

»Das ... Du ...« Verkrampft suchte sie nach passenden Worten, schien sie aber nicht zu finden, haderte trotzdem weiter mit sich. »Niemals ...« Mehr wollte ihr nicht über die Lippen kommen. Um ihr etwas von dieser Unsicherheit zu nehmen, legte Shin ihr siese Hände auf die Wangen, damit sie sich Stirn an Stirn ganz nah gegenüberstanden.

»Ich bin hier.« Wieder nichts weiter als ein Wispern.

Tatsächlich beruhigte sich ihre Atmung, wechselte von einem aufgewühlten Schnaufen zu kontrollierten Atemzügen. Das Glühen in ihren Augen erlosch und ein Teil ihrer Anspannung fiel von ihr ab.

»So ist es gut«, sprach sier weiter beruhigend auf sie ein. »Bitte, lass uns nicht weiter streiten.«

»Ich hätte es mir nicht verziehen, wenn —«

»Verschwende keinen weiteren Gedanken daran, Schwester. Ich bin hier und werde bei dir bleiben.«

»Und ich bei dir«, erwiderte sie in beinahe sanftem Ton und zog sich ein Stück zurück, ohne siese Schultern loszulassen.

Shin schenkte ihr ein Lächeln und wischte ihr mit beiden Daumen über die Wangen, ehe sier von ihr abließ. Mit dem Ende des Streits verblasste der Schmerz in siesem Inneren und ließ siem Raum für andere Gedanken. Und natürlich – so zufällig wie Ramus Gemüt – schoss siem ein Geistesblitz in den Sinn, mit welchem sier ihren Ärger bestimmt wieder entfachen würde. Dieses Mal jedoch auf eine angenehmere Weise.

»Schwester.« Allein, dass siese Stimme um eine Oktave in die Höhe stieg, deutete auf den frechen Kommentar hin, der siem auf der Zunge lag. Auch siese Schwester verzog vorgewarnt das Gesicht. »Du hast noch kein Wort darüber verloren, warum deine bloße Gegenwart die werte Luven derart in Verlegenheit bringt.«

»Vergiss es!«, keifte sie und wandte sich prompt von siem ab, ehe sie sich in Bewegung setzte. »Darüber reden wir nicht.« Sie blieb gar nicht mehr stehen, sodass ihr die Wache, die sie offenbar hierherbegleitet hatte, hinterhereilen musste, um mit ihr Schritt zu halten.

Ein Ort aus
alter Zeit

Guten Morgen, Luven«, grüßte Shin die Nayruni, die bereits eifrig darin vertieft war, Kräuter zu zerhacken. Dennoch hielt sie ob sieser guten Laune inne und schielte zu siem herüber, sobald die Zeltplane hinter siem zufiel.

»Hast du etwas ausgefressen?«

Sier lächelte ihr mit Unverständnis zu. »Wie bitte?«

Mit der freien Hand vor ihrem Mund kicherte sie. »Planst du, dich heute ein weiteres Mal davonzuschleichen, um irgendwelchen Unsinn anzustellen?« So wie sie es sagte, kam es siem vor, als spräche sie mit einem Kind.

Sier schmunzelte belustigt und strich sich eine lose Strähne hinters linke Ohr. »Unsinn würde ich es nicht nennen.« Aber damit sie nicht weiter darauf einging, drehte sier den Spieß um. »Mir ist aufgefallen, dass du an einer gewissen Person mehr Interesse zeigst, als gut für dich wäre.«

Ihr Kichern verstummte augenblicklich. Überrascht riss sie die Augen weit auf, blickte zu siem, dann wieder weg.

»Aber ich nehme an, du himmelst sie auf jene Art an, wie Helden verehrt werden, nicht wahr?«, bohrte sier nach, um sicherzugehen, dass der Schuss nicht nach hinten losging. Wie im Trotz zückte Luven erneut das Messer und hackte auf den Kräutern herum, als seien sie schuld an der Verlegenheit, die sich auf ihren dunkler werdenden Wangen widerspiegelte. Während sie das Brett darunter ebenfalls malträtierte, zeigte sie mit ihrer freien Hand zum Platz, wo normalerweise Shin gesessen hatte, um zu arbeiten. »Da liegt was für dich.«

Wie siese Schwester lenkte auch Luven direkt vom Thema ab, was herrlich mitanzuschauen war. Hibiko war es unangenehm, wenn sie als Heldin verehrt wurde. Luven hingegen schien rasch in Verlegenheit zu geraten, wenn jemand bemerkte, dass sie eine bestimmte Person anhimmelte. Aber diese Bewunderung kam nicht einfach von irgendwoher. Schließlich schien Benrál nicht der Einzige zu sein, der über ihre wahre Identität Bescheid wusste.

»Von dir?« Shin trat zu siesem Platz, wo sier sich zwischen Töpfen, Gläsern und unbehandelten Wurzeln niederließ, um sich das Stück Papier zu besehen. Es war mehrere Male zusammengefaltet und schien aus einer größeren Schriftrolle oder einem Buch getrennt worden zu sein, wenn sier die ausgefransten Kanten genau betrachtete. Sier drehte es um und fand ein schön geschwungenes S auf der Rückseite.

»Nein«, reagierte Luven mit etwas Verspätung, da sier sie mit siesem Kommentar bestimmt überrumpelt hatte. »Hat Rurák fallen lassen.« Sie blies ihre Wangen auf und linste zu siem herüber, ganz so, als wollte sie ihre Meinung äußern, aber fand den Mut dazu nicht. Von ihrem Platz aus konnte sie jedoch nicht erkennen, was auf dem kleinen Zettel geschrieben stand. Sier faltete ihn auseinander und erblickte darauf eine grob skizzierte Karte der Siedlung. Am südwestlichen Rand davon hatte Rurák ein Kreuz gesetzt, darunter auch gleich eine Bemerkung hingekritzelt:

Rulris ist zugegen und die Wachen sind weniger aufmerksam. Ich will dir dort etwas zeigen, bevor der Mond den obersten Punkt am Himmel erreicht.

Poesie lag Rurák wirklich nicht im Blut, trotzdem stieg warme Verzückung in Shin auf und lockte ein Lächeln hervor.

»Was steht da?«, fragte Luven nach. Sier sah aus dem Augenwinkel, wie sie ihren Hals reckte, um doch noch einen Blick auf den Zettel zu erhaschen, aber Shin hielt ihn sich bereits vor den Mund. Mit einem gezwungenen Husten gelang es siem tatsächlich, eine winzige Flammenzunge heraufzubeschwören, womit sier das Papier direkt versengte.

Luvens Kinnlade klappte herunter, während sie sien ungläubig anstarrte. Mit einem Scheppern fiel ihr das Messer aus der Hand, landete durch Evras Gnaden etwas abseits von ihren Knien. »Zeigst du mir, wie dieser Trick funktioniert?« Staunen glänzte in ihren Augen und löste allmählich den Unglauben ab.

Dass sich das, was ihre Neugierde entzündet hatte, in Luft auflöste, schien sie nicht einmal zu kümmern. Die schwarze Asche rieselte zwischen siesen Fingern hindurch, als sier diese aneinander rieb. Sier grinste breit und war versucht, es ihr erneut zu zeigen, aber die Demonstration zusammen mit der Wahrheit, die daraufhin folgen würde, hätte sie bloß ernüchtert. Denn es handelte sich um keinen Trick. Es war siese Magie, und wie sollte sier ihr etwas erklären, was sich für sien wie Atmen anfühlte? Nicht dass siem die Worte dafür gefehlt hätten. Dennoch wäre es wahrlich eine Herausforderung, es ihr begreiflich darzustellen.

»Ich würde es vorziehen, mit meiner Arbeit zu beginnen«, erwiderte sier stattdessen, sodass Luven enttäuscht schnaubte.

»Komm schon. Warum nicht?«

»Deswegen.« Sier tippte mit dem Zeigefinger auf eine Wurzel, wobei sofort etwas Erde abbröckelte.

»Und später?« Aus einem siem unerfindlichen Grund genoss er es in dem Moment, dass sier mit einer derart simplen Tat das Kind in ihr hervorgelockt hatte. Ihr Interesse war echt und so aufrichtig, denn sie zappelte sogar ein klein wenig, als sier nicht sofort antwortete. Aber vermutlich erinnerte es Shin an sien selbst. An siese Kindheit. Daran, wie sier jedes Mal vor Neugier hätte platzen können, wenn sier die Möglichkeit bekommen hatte, neue Dinge zu entdecken. Seufzend versank sier in Gedanken.

»Vielleicht …«, erwiderte sier mit gedämpfter Stimme. Mehr brachte sie während der nächsten Stunden nicht mehr aus siem heraus.

Aus dem Vielleicht wurde natürlich nichts, denn sier dachte nicht im Traum daran, ihr zu erklären, wie sie sich die Kunst des Feuerspeiens aneignen konnte. Es gab bestimmt Tricks, die besonders feuerspuckende Gaukler vollführten, aber dazu wären Hilfsmittel notwendig. Utensilien, die sier nicht besaß. Evra sei Dank fragte Luven nicht weiter nach, als sier die letzten Wurzeln von der mittlerweile getrockneten Erde befreite und in kleinere Stücke schnitt. Siese Finger zitterten und glühten förmlich, aber sier hielt weiterhin wacker das Messer in der Hand.

»Für heute reicht's«, gab sie siem munter zu verstehen, kniete sich neben sien und nahm siem vorsichtig die Klinge aus der bebenden Hand. An einigen Stellen haftete der

Griff regelrecht an sieser Haut. Besonders dort, wo sich Blasen gebildet hatten.

»Warum hast du nichts gesagt?« Sie verstaute das Messer in dem ledernen Futteral, das zwischen zwei der vollkommen überfüllten Töpfe lag, und packte Shin am Handgelenk, um sich die Verletzungen genauer zu betrachten. Sier ließ es einfach über sich ergehen, ohne zu jammern oder ihr die Hand zu entziehen. Schließlich meinte sie es nur gut und sowieso hätte er sich mit dem Zittern in siesen Fingern nicht selbst verarzten können. So schaute sier ihr zu, wie sie eine blassgrüne, kühlende Paste auf die schlimmsten Blasen und Rötungen schmierte und siem danach einen Verband anlegte. Auch die andere Hand inspizierte sie aufs Genauste, aber diese hatte sier durch die Arbeit lange nicht so sehr in Mitleidenschaft gezogen wie siese Rechte.

»Du brauchst dich doch nicht zu quälen«, bemerkte sie, erhob sich schwungvoll und tänzelte zurück zu ihrem Arbeitsplatz.

»Ich danke dir, Luven.« Sier hob die verbundene Hand ein Stück an. Die Tätowierungen brannten nach wie vor. »Manchmal vergesse ich, wie rasch sich Blasen bilden können.« Was war das für eine lächerliche Erklärung? Natürlich war siem bewusst gewesen, dass so etwas geschah, wenn sier nicht aufpasste.

»Gern geschehen.« Wie ein Wirbelwind huschte sie umher, räumte die vollen Töpfe in eine Ecke und versuchte, etwas Ordnung in ihr Chaos zu bringen. In Shins Augen verursachte sie nur ein weiteres Durcheinander. Allerdings schien sie zu beschäftigt, um zu merken, dass sier aufgestanden war und sich zum Ausgang bewegt hatte.

»Die Götter seien mit dir, Luven«, verabschiedete sier sich von ihr und lugte durch den Spalt hindurch. Sier erkannte, dass die Wache seufzend in Richtung Hauptplatz starrte. Grinsend schüttelte Shin den Kopf, wie einfach sie es siem machten, sich erneut davonzuschleichen. Rurák hatte demnach wirklich recht behalten. Trotz des Angriffs von vor mehreren Tagen nahmen die Sorkári es sich zu Gunsten der Festlichkeiten heraus, unvorsichtig zu sein. Keine besonders vernünftige Einstellung in Zeiten wie diesen. Aber Shins Rat wäre sicherlich bloß auf taube Ohren gestoßen. Leise wie ein Schatten schlich sier sich in die entgegengesetzte Richtung, in welcher die Wache stand. Die bewaffnete Person streckte sich gerade ausgiebig, als sier sich über einen kleinen Umweg zum vereinbarten Treffpunkt aufmachte.

Natürlich war Rurák nicht dort, als sier die Stelle auskundschaftete, die er siem auf der Karte angekreuzt hatte. Der Eingang der Höhle war leer und keine Spur von Rurák ersichtlich. Kaum verwunderlich, denn er hatte siem ausdrücklich geschrieben, erst nachts hier zu erscheinen, aber in sieser Vorfreude hatte sier es vollkommen vergessen. Shin ging hinein, sah sich nach einer Stelle um, die sien im Fall, dass sien jemand suchte, vor verräterischen Blicken schützen würde. Als sier die Wand berührte, bröckelte die oberste Schicht des Gesteins ab, sodass kleinere Bestandteile zu Boden fielen. Wachsam schaute sier sich um, um sicherzugehen, dass es niemand gehört hatte. Aber sier war wirklich allein, bis auf ein paar Eidechsen und Käfer, die gelegentlich an den Wänden entlang flitzten und krabbelten. Sier störte sich nicht an ihnen, weswegen sier sich im Schutz der Dunkelheit auf dem Boden niederließ. Im Schneidersitz lehnte sier sich gegen den Felsen, legte dabei beide Hände auf siese Knie, atmete ruhig und tief ein. Kurze Zeit hielt sier die Luft an, ehe sier sie lautlos aus siesem Mund entließ, nun endlich frei von jedweder Anspannung.

Shin wartete und wartete, bis die Dämmerung allmählich über die Welt hinwegzog und der Nacht ihren Platz schuf. Dabei dachte sier an nichts Bestimmtes, ließ siese Gedanken schweifen, wohin sie von selbst trieben, und meditierte. Allerdings fiel es siem von Moment zu Moment schwerer, sich zu konzentrieren, da die Sorkári mit dem Schwinden des Tageslichts immer vehementer brüllten und ihre Instrumente heftiger den Boden unter siesem Hintern erzittern ließen. Die Hörner, die Trommeln – dies alles mischte sich mit den Stimmen, mit dem Gejubel der Sorkári, wenn sie jemanden im Kampf anfeuerten. Immerhin schirmte sien die Höhle ein Stück vom Lärm ab, ansonsten hätte sier sich längst in einer Panikattacke verloren. Sier hielt weiter an sieser ruhigen Atmung fest, schob jedoch vermehrt Gedanken beiseite, die das Getobe heraufbeschworen hatte. Ohne etwas zu erkennen, starrte sier weiterhin vor sich in die Luft, atmete ein und wieder aus.

Ein und …

Sich nähernde Schritte rissen sien aus der Meditation und ließen sien aufhorchen. Mit einem Blinzeln wandte sier den Blick zum Höhlenzugang, hörte, wie der Boden dort unter jemandes Füßen knirschte, bevor sier die Silhouette einer breitschultrigen Person erblickte.

»Rurák?« Siese Stimme ließ gerade nichts weiter als ein gehauchtes Flüstern zu. Noch wagte sier es nicht, sich von der Wand zu lösen. Schließlich hatte sier sich diese Stelle nicht umsonst ausgesucht. Die Dunkelheit umgab sien wie eine schützende Decke, hielt sien so lange vor unerwünschten Blicken verborgen, bis sier siese Gegenwart freiwillig durch eine weitere Bewegung preisgab.

Gut drei Schritte von siem entfernt blieb die großgewachsene Gestalt stehen und blickte sich suchend um. »Wie lange wartest du schon auf mich?« Seine Stimme füllte den Raum zwischen ihnen mit ihrem tiefen Klang, doch auch Sorge schwang in ihr mit, was ihr etwas an Ausdrucksstärke nahm.

»Macht das für dich wirklich einen Unterschied?«, erwiderte Shin, nachdem auch sier siese Stimme wiedergefunden hatte. »Ich bin deiner Einladung nachgekommen, ohne bisher irgendwelchen Aufruhr verursacht zu haben.« Sier erhob sich, schaute zu Rurák hoch, ohne sein Gesicht zu erkennen.

»Das stimmt nicht ganz«, widersprach der Sorkár siem mit einem verkniffenen Lachen, kam noch näher auf sien zu. »Sie hat zwei Wachen beauftragt, nach dir zu suchen.«

»Ist dem so?« Sier erlaubte Rurák, den Abstand zwischen ihnen weiter zu vermindern, damit er siese Wange berühren konnte. »Hat Volruk dir den Umgang mit mir verboten oder warum hat sie nicht einfach dir den Auftrag erteilt, nach mir zu suchen?«

Auch wenn die Schatten den Ausdruck auf seinem Gesicht verbargen, spürte sier, wie intensiv er sien betrachtete, dass sich sogar sies Herzschlag beschleunigte. Um trotzdem die Kontrolle über die Lage zu behalten, räusperte sier sich. »Wirst du mich bloß anstarren oder möchtest du mir nun zeigen, womit du mich hierhergelockt hast?«

Er schwieg weiterhin, aber siem kam es immerhin so vor, als würde er über siese Fragen grübeln. »Ich habe dich vermisst.«

Shin schnaubte ungläubig. »Nach so wenigen Tagen sehnst du dich bereits nach meiner Gegenwart?«

Wieder fehlten ihm die Worte, aber dieses Mal beließ er es nicht bei einem Schweigen, sondern neigte seinen Kopf nach unten und hauchte siem einen Kuss auf die Stirn. Seine Liebkosung fühlte sich so unglaublich zärtlich an, dass sier sich wünschte, er würde …

Sachte drehte sier sich aus seiner Berührung heraus und unterdrückte sies Bedürfnis nach mehr Zuneigung.

»Was möchtest du mir zeigen?«, wiederholte sier kühler als beabsichtigt, aber vielleicht war es sogar besser so. Nun war sier ganz froh darum, sein Gesicht nicht zu erkennen, da sier ahnte, was sier darin erblickt hätte.

»Komm«, sagte Rurák trotzdem besonnen, bevor er nach sieser linken Hand griff.

Eine Weile gingen sie schweigend nebeneinander, ohne dass der Sorkár irgendwelche Anstalten machte, Shins Hand loszulassen. Seine war angenehm warm, etwas rau vielleicht, aber diese Art von Berührung ertrug sier deutlich besser als seine Küsse. Sie gab siem ein Gefühl von Sicherheit, während zu viel Nähe siem fast den Boden unter den Füßen wegzog.

»Tut mir leid«, entschuldigte sich Rurák mit gesenkter Stimme, als hätte er Shins Empfindungen direkt gespürt und als fühlte er sich dafür verantwortlich.

Zu einem Teil lag es auch an ihm, aber sier hätte ihm diese Schuld niemals zugesprochen. Wie sier mit diesen Emotionen umging, war gänzlich siese Sache. Wenn sier es sich einfach machen wollen würde, hätte sier ihn längst von sich gestoßen und ihm klar verdeutlicht, dass sier kein Interesse an seiner Person besaß. Aber sier konnte sich nicht dazu überwinden, den simplen Weg zu wählen. Schon allein der Gedanke daran bereitete siem Übelkeit. Da sier nicht direkt auf seine Entschuldigung reagierte, setzte er erneut an. »Ich will ehrlich sein. Volruk hat es mir wirklich verboten, dich weiterhin zu bewachen, und zuerst habe ich mich nicht getraut, mich gegen ihren Befehl aufzulehnen. Ich komme ihren Bitten sonst immer nach, aber dieses Mal kann ich das nicht. Ich will mich nicht von dir fernhalten. Ich ...« Rurák brach ab, als Shin abrupt stehen blieb, dabei die Augenbrauen angestrengt zusammenzog.

»Du solltest auf Volruk hören«, riet sier ihm und trieb sich mit siesen eigenen Worten einen Dolch in die Brust. Natürlich hatte sier sich nicht innerhalb weniger Tage in Rurák verliebt – darum ging es siem gar nicht. Es tat nur weh, dass sier sich selbst die Aussicht auf ein bisschen aufrichtiges Glück verwehrte.

Gemeinsam hatten sie so viel Arbeit in Ruráks Kampffähigkeiten gesteckt, damit sein Ansehen im Clan endlich stieg. Durch eine törichte Liebelei würden sie dies nur zunichtemachen.

»Das werde ich nicht tun«, erwiderte er schroff.

»Sei vernünftig! Du kennst nicht einmal meine wahre –« Eine Hand legte sich siem auf den Mund und brachte sien zum Schweigen. Durch die unerwartete Berührung zuckte sier zusammen, suchte in der Dunkelheit nach Ruráks Gesicht, sah jedoch nichts.

»Genug. Ich lasse dich ausreden, nachdem ich dir die Überraschung gezeigt habe.«

»Und wenn ich sie nicht länger sehen möchte?« Die Worte entglitten siem einfach, ohne dass sier über sie nachgedacht hatte. Doch Rurák durchschaute sien offenbar augenblicklich, zog seine Hände zurück, um sien im nächsten

Moment am Rücken und an siesen Kniekehlen zu ergreifen. Mit Schwung hob er sien auf seine Arme. Shin kämpfte nicht dagegen an, obgleich Rurák sien eindeutig damit überrumpelt hatte. Niemand sonst wagte es, sien auf diese Art zu packen, sien an sich zu drücken. Außer Rurák. Seine Wärme, seine Ruhe, seine Stärke – dies alles verursachte ein furchtbares Durcheinander in siesem Inneren, welchem sier selbst mit siesem Maß an Lebenserfahrung nicht trotzen konnte.

»Ich glaube dir nicht«, sagte der Sorkár gefasster, als sier sich fühlte. Diese Unschlüssigkeit machte siem zu schaffen.

Shin seufzte schwer »Rurák, hör mir zu.«

»Später.«

Kurzzeitig wand sier sich in seinen Armen, doch dadurch verstärkte sich sein Griff nur weiter. »Darf ich wenigstens –«

»Nein, jetzt nicht.« Diese herrische, wenn auch weiterhin ruhige Seite an Rurák erstaunte sien zusehends, aber sier widersprach ihm nicht. Hätte sier es wirklich gewollt, hätte sier ihn mühelos dazu bringen können, sien wieder auf dem Boden abzusetzen, aber sier vertraute ihm.

Er trug sien durch die Finsternis, ohne auch nur einmal wegen des felsigen Grunds unter seinen baren Füßen zu stolpern. Es fühlte sich an wie Stunden, aber sier konnte sich dabei auch täuschen. Immerhin ließ sien der Orientierungssinn nicht im Stich. Sie bewegten sich die ganze Zeit über in Richtung Südsüdwesten, der Küste entgegen, die jedoch noch viele Meilen entfernt lag. Und während er sien trug, dachte sier angestrengt darüber nach, wie sier dem Sorkár genug Vernunft beibrachte, damit er endlich auf sien hörte und das, was sich zwischen ihnen entwickelt hatte, losließ. Es wäre besser für ihn und seinen Clan.

»Wir sind da«, weckte Rurák Shin aus siesen Gedanken und setzte sien endlich auf dem Boden ab. Sier blinzelte, da sier siesen Augen nicht gänzlich traute. Ein fahles Orange drängte sich in sies Blickfeld und lockte siese Aufmerksamkeit zum Durchgang, der am Ende der Höhle nach den Stunden der Dunkelheit regelrecht erstrahlte.

»Wo sind wir?« Mittlerweile war sier auch wieder imstande, Rurák zu erkennen, und schaute ihm direkt in die Augen, die doch tatsächlich vor Vorfreude glänzten. Er lächelte sien warm an, zeigte siem dann an, vorauszugehen.

»Sieh es dir an.« Mehr sagte er nicht dazu.

Shins Neugier verbot es siem, Rurák mit Fragen zu löchern, trieb sien stattdessen weiter voran bis zum Durchgang, der sich als Torbogen herausstellte. Dies war keine schlichte Höhle. Nicht einmal ansatzweise. Der Ort glich mehr einem Tempel der Götter. Kunstvoll verzierte Säulen drängten an den Wänden entlang zur Decke, wo sie alle im Mittelpunkt davon aufeinandertrafen. Fresken und Malereien in sanften Naturfarben überzogen die Wände und erzählten Geschichten aus alten Zeiten. Staunend ging Shin umher und versuchte, alles in sich aufzunehmen, was sier erblickte. Gelegentlich berührte sier auch die leuchtenden Steine, die in die Säulen eingelassen worden waren, als hätte man sie geschmolzen und wie Maserungen ins andere Gestein einfließen lassen. In der Mitte des Tempels stand eine gigantische Statue, die bis zur Decke reichte. Sie stellte nicht nur eine einzelne Figur dar, sondern gleich jede der Herbstgottheiten, vereint in einem Monument – Ambar, Tyro, Rulris, Dune und Yggdravarios in ihrer göttlichen Gestalt. Mit Klauen und spitzen Zähnen. Mit Flügeln und peitschenden Schweifen. Schuppen, Hörnern und Augen wie funkelnden Edelsteinen. An diesem Ort hätte selbst eine Herbstgottheit ihre wahre Gestalt annehmen können, ohne gleich die hohe Decke zu erreichen oder den Tempel zum Einsturz zu bringen.

In Ehrfurcht fiel sier vor der Statue auf die Knie, berührte mit den flachen Händen den Boden und begann betend vor sich hin zu flüstern. Die Macht dieses Ortes drückte sien an siesen Schultern nieder, verlangte nach Worten der Verehrung und sieser vollkommenen Hingabe. Shin zitterte am gesamten Körper, bewegte jedoch nur die Lippen.

»Shin?« Rurák war ganz nah bei siem, doch berührte er sien nicht. Sier beachtete ihn nicht, sprach weiter siese Gebete und hielt dabei die Augen geschlossen.

»Kennst du diesen Ort?«

Zu sehr in die Gebete vertieft ignorierte sier seine Frage. Shin atmete kaum, bebte, vergaß sich indes völlig, als wäre sier in einer Trance gefangen.

»Shin?« Eine einzige Berührung an der Schulter riss sien aus diesem erdrückenden Zustand und erlaubte es siem, siese Lunge mit neuem Atem zu füllen. Sier hob abrupt sies Gesicht, starrte erneut zur Statue hoch und blickte dann nach links, zu Rurák.

»Ich war noch nie hier«, erwiderte sier, noch nicht ganz bei sich, schluckte und blinzelte mehrere Male. »Aber ich kann spüren, welche Macht und Mysterien er in sich birgt.«

»Ich wollte dich damit nicht überrumpeln.«

Shin zwang sich zu einem Lächeln. »Du konntest nicht ahnen, wie ich darauf reagiere.«

Ruráks Zögern war unverkennbar, als überlegte er, überhaupt weiterzusprechen oder doch lieber zu schweigen. Er entschied sich wohl für Ersteres. »Ich habe mir einiges durch den Kopf gehen lassen.« Er setzte sich nun endlich neben sien und winkelte sein gesundes Knie an, um seinen linken Arm darauf zu stützen. Dadurch wirkte er lässig, selbstbewusst, und gleichzeitig gelassen. Ebendiese Ruhe ging auf Shin über und nahm siem alsbald das Zittern aus den Gliedern, damit auch sier siese Beine in einem gemütlichen Winkel anzog. »Als du mir zum ersten Mal deinen Namen genannt hast, kam er mir bekannt vor. Du meintest zwar, ich soll keine Gedanken daran verschwenden, aber ich musste herausfinden, woher ich diesen Namen kenne. Also habe ich Benrál gefragt und er konnte mir einiges darüber erzählen.« Sein Blick wanderte von siem über siesen Kopf hinweg zur Wand zu sieser Rechten. »Zu diesen zwei Drachen dort.«

Shin wandte sich ebenfalls um und betrachtete die Malerei zwischen den Säulen. Zwei schwarze Drachen zierten mit ihren langen, geschwungenen Leibern die Wand, schienen ohne Flügel durch die Luft zu gleiten und wirkten überaus angriffslustig. Der eine mit leuchtend rubinroten Augen, der andere mit glänzenden Amethysten, die seine Iriden darstellten.

»Shin und Hibiko«, sprach Rurák ihre beiden Namen aus. Er klang nach wie vor gefasst, hegte offensichtlich keinen Groll gegen sien, da sier keinen vorwurfsvollen Unterton in seiner Stimme vernahm. Seufzend stand Shin auf, näherte sich dem Kunstwerk, um es von Nahem zu begutachten. Selten hatte sier eine derart lebensechte Darstellung von sieser Schwester und siem gesehen, sodass sier staunend davor stehen blieb und eine Weile lang schwieg. Rurák übte sich ebenfalls in Geduld, vermied es, die Stille zu unterbrechen, und blickte ihm aufmerksam entgegen, als sich Shin wieder zu ihm umdrehte.

»Wolltest du mir dieses Bild zeigen?«, fragte sier nach, beäugte dabei seine Miene aufs Genauste.

»Unter anderem, aber eigentlich möchte ich zuerst wissen, ob du wirklich nach diesem Drachen benannt wurdest.« Wieder schwang diese gewisse Unsicherheit in seiner Stimme mit, doch Shin nahm wahr, dass Rurák sich noch kein Urteil dazu gebildet hatte.

»So einfach lässt sich das nicht erklären.« Nun kam der Moment der Wahrheit. Wenn sier sich ihm nun offenbarte und ihn damit von sich stieß, gehörten all siese Sorgen der Vergangenheit an und sie wären in der Lage, beide wieder ihre eigenen Wege zu gehen. Sier wollte siem dieses Wissen nicht länger verwehren. Er hatte ein Recht darauf, zu erfahren, wer sier war und was das bedeutete. »Lass es mich dir zeigen.«

In gemächlichen Schritten trat sier in die Nähe der Statue, hielt jedoch inne, als Rurák Anstalten machte, sich zu erheben. »Nein, bleib sitzen.« Er sank zurück, doch die Falte zwischen seinen Brauen grub sich tief in die Haut hinein.

Sobald Shin hinter der riesigen Statue und somit außerhalb seines Sichtfeldes stand, löste sier alle Schnüre und entkleidete sich, ohne dabei auf das unangenehme Ziehen an siesem Rücken zu achten. Siese Hände zitterten indes. Siese Kehle fühlte sich furchtbar trocken an, während sies Herz siem bis zum Hals schlug. Sich vor siesen Feinden zu offenbaren, fiel siem deutlich leichter als vor jemanden, für den sier …

Sier atmete schwer, unterdrückte den Gedanken, ehe sier ihn zu Ende spann, aus Angst, wohin er führte. Obwohl die frische Narbe unentwegt brannte, gelang es siem, die Dunkelheit heraufzubeschwören, die sich stets um sien legte, wenn sier sich wandelte. Die Angst in siesem Inneren wuchs mit der Größe sieser Gestalt, brachte Unsicherheit und Schmerz zustande, die sier unmöglich herunterschlucken konnte. Sier musste sich Rurák stellen, ihm endlich sies größtes Geheimnis anvertrauen, um sich darüber Gewissheit zu verschaffen, was sich da zwischen ihnen entwickelte.

»Sh-Shin?«, hörte sier Ruráks zittrige Stimme und vermutete, dass er bereits ein Teil von siem erblickt hatte. Sies

Schweif peitschte vor Aufregung unkontrolliert durch die Luft, aber sier wirkte dem entgegen, als sier sich endlich überwand und auf der anderen Seite der Statue hervortrat.

Ihre Blicke begegneten sich. Rurák sprang sofort auf, behielt allerdings denselben Abstand bei, ohne einige Schritte von siem weg zu stolpern.

»Du bist es.« Der angenehme Klang seiner Stimme brach weg und verlor sich in einem Flüstern.

Shin nickte. Mit leicht gesenktem Kopf und stetem Atem kam sier zu ihm, streckte ihm langsam siese Schnauze entgegen. Er zögerte, eine Hand auszustrecken, aber das erwartete Shin auch gar nicht. Ehe er sich überhaupt dazu überwand, eine Hand zu erheben, stupste sier ihn bereits sachte an der linken Schulter an und stieß siesen Atem laut durch siese Nüstern aus.

»Du bist dieser Drache aus den Legenden. Die Klinge der Götter …« Seine Stimme hörte sich rau an, als könnte er es immer noch nicht ganz fassen, wen er vor sich stehen hatte. Er zitterte und schwitzte stärker als Augenblicke zuvor.

Furcht drang in Shins Nase. Eine Reaktion, mit der sier eigentlich hätte rechnen müssen.

Erneut nickte sier.

Um ihm etwas Raum zu lassen, trat Shin an ihm vorbei zu der Wandmalerei, zog jedoch auch von dort weiter, zurück hinter die Statue. Sier hätte sich denken können, dass siese wahre Gestalt Rurák Unbehagen bereiten würde. Was hatte sier auch erwartet? Akzeptanz? Offenheit? Verständnis? Töricht!

Selbst die Dunkelheit vermochte es nicht, sein aufgewühltes Gemüt zu beruhigen, während sier siese elfenhafte Form wieder annahm und sich ankleidete. Doch anders als zuvor blockierte sien etwas so sehr, dass siem kein Schritt weiter gelang. Sier verharrte hinter der Statue, halb in der

Hocke, halb kniend, knirschte mit den Zähnen und rang um Fassung. In siesem Frust betrachtete sier siese verletzte Hand, da sich der Verband durch die Verwandlung gelöst hatte, ballte sie zu einer Faust. Es schmerzte, aber es lenkte sien für kurze Zeit vom Chaos in sieser Brust ab.

Plötzlich hörte sier Schritte von vorn und hob den Kopf. Entgegen aller Vernunft hatte Rurák gegen seine Instinkte angekämpft und nicht die Flucht ergriffen. Er kam sogar näher, ohne irgendwelche Vorsicht walten zu lassen. Direkt neben siem ging er mit offenen Armen in die Knie und gab Shin auf diese Weise nicht einmal die Möglichkeit, etwas dagegen einzuwenden. Er zog sien in eine Umarmung, drückte sien fest an sich.

»Ich bin froh, dass ich es jetzt weiß«, flüsterte er siem ins Ohr. Sier war sich hingegen nicht sicher, ob er seine Umarmung überhaupt erwidern oder sich lieber sanft daraus winden sollte.

»Was bringt dir dieses Wissen? Es zeigt uns nur, dass wir uns in zwei vollkommen unterschiedlichen Welten bewegen, die sich normalerweise niemals treffen.«

»Genau deshalb ist es etwas Besonderes. Wir haben uns getroffen. Wir konnten uns unterhalten, mehr voneinander lernen.« Er klang so hoffnungsvoll, dass es Shin vor Verzweiflung und Schmerz Tränen in die Augen trieb.

»Ich kann nicht«, gab Shin kaum hörbar von sich.

»Kannst du nicht oder willst du nicht?« Eine berechtigte Frage, von der sier gehofft hatte, dass er sie siem niemals stellen würde. Sier schlang nun doch siese Arme um ihn, schmiegte siese Wange an ihn und hielt wortlos in dieser engen Umarmung inne.

»Shin?« Die Wärme in seiner Stimme zerriss sien schier von innen, zerbrach jedoch auch etwas anderes in siem. Etwas in siem, was siese Wünsche, siese Empfindungen, siese Träume viele Jahre lang in sich geborgen hatte. All dies trat frei, flutete sies Inneres wie eine Sturmwelle, wirbelte sie umher und löste siese Fassade einer furchtbaren Verspannung gleich von siem. Langsam hob Shin den Kopf an, um ihm lange in die goldenen Iriden zu blicken und das Spiel zu durchschauen, dass er mit siem spielte. Aber da war nichts in seinen Augen, was auf ein hinterhältiges Intrigenspiel hingewiesen hätte. Er tat dies alles nicht, um sien zu manipulieren, zu quälen oder zu täuschen. Dazu schien Rurák wahrlich nicht fähig zu sein. Es wirkte alles so erschreckend echt. Die Wogen sieses inneren Chaos' flachten allmählich ab, doch sies Herz pochte so laut in siesen Ohren. Sier hätte nichts verstanden, wenn der Sorkár mit siem gesprochen hätte. Er schien geduldig zu warten, bewegte sich nicht, bis Shins Blick zu seinen Lippen huschte und ihm ein wenig entgegenkam. Rurák begriff sofort, sank herab und küsste sien. Erst sacht, dann etwas heftiger, als Shin siese Finger im Stoff seines Oberteils versenkte. Mit sieser Zungenspitze neckte sier ihn, indem sier ihm über die Unterlippe leckte, sich dann aber wieder zurückzog, sobald er seinen Mund etwas öffnete. Nach dem dritten Mal löste sier sich von ihm, schenkte ihm ein breites Grinsen und küsste ihn inniger, leidenschaftlicher als die Male zuvor. Irgendwann schlang sier die Arme um seine Schultern und ließ zu, dass er sien der Wand entgegendrängte, um sien dann gegen eine der Säulen zu drücken. Sobald sier mit dem Rücken aufkam, entglitt siem ein erregtes Seufzen, das sofort von einem weiteren Kuss verschluckt wurde. Seine Hände wanderten zu siesen Hüften, schoben dort sies Oberteil so weit hoch, dass er bald die bare Haut um siesen Bauchnabel berührte.

»Rurák …«, presste Shin hervor, packte ihn dafür am Hinterkopf, damit er kurz von siem abließ. »Dieser Ort ist heilig und verlangt nach einem gewissen Maß an Zurückhaltung, was den Akt der körperlichen Zuneigung betrifft.« Die Frühlingsgottheiten wären sicherlich entzückt gewesen, wenn sie sich in einem ihrer Tempel vereint hätten, aber die Golddrachen hätten es als bodenlose Frechheit angesehen.

Sie atmeten beide schwer, als sier den Griff aus seinen Haaren löste und Rurák den Stoff sieses Oberteils wieder zurechtzupfte. Wieder berührten sich ihre Lippen, ehe sich eine Hand auf siese Wange legte.

»Lass es uns versuchen«, flüsterte er zwischen zwei Küssen. »Ich habe geahnt, dass noch ein großes Geheimnis zwischen uns steht, aber jetzt können wir uns endlich richtig kennenlernen.«

Shin lachte leise in den Kuss hinein. »Willst du die Mühen wirklich auf dich nehmen?«

Er zog sich eine Handbreite zurück und musterte sien eindringlich. »Das ist es mir wert.«

Shins Herz machte einen Satz und bescherte siem damit eine weitere Welle des Hochgefühls, das siese Sinne sanft benebelte. Sier fühlte sich in diesem Moment so viel jünger, als sier in Wirklichkeit war, und kam sich vor wie ein gewöhnliches, sterbliches Wesen ohne Verbindung zu den Göttlichen. Während sie intensive Blicke austauschten, schwelgte sier noch etwas länger in diesen Empfindungen, bis sich Rurák erneut zu siem herunterbeugte. Doch dieses Mal legte sier ihm einen Finger auf den Mund, um ihm den nächsten Kuss zu verwehren.

»Wir sollten zurückkehren«, schlug sier vor und zerstörte sogleich die elektrisierende Stimmung, die zwischen ihnen herrschte und angenehm auf sieser Haut prickelte.

Seine Schultern sackten leicht nach vorne, doch sein Blick blieb auf sien geheftet. »Du hast recht. Ich sollte Volruk erklären, warum wir so lange fortgeblieben sind.«

»Aber du darfst ihr niemals die Wahrheit offenbaren«, entgegnete Shin rasch. »Verstehst du? Niemand darf hiervon erfahren.«

Sein Daumen streichelte über siese Wange, während ein Lächeln, das sowohl Traurigkeit wie auch Zuversicht in sich bar, sich auf seinen Mund stahl. »Ich verstehe.«

»Wirklich?« Sier bezweifelte, dass er tatsächlich begriff, welche Gewichtung dieses Geheimnis in sich trug, aber sier musste darauf vertrauen, dass er wusste, worauf er sich hiermit einließ.

Rurák nickte. »Ja.«

GEHEIME LIEBSCHAFT

Der Morgen zog rasch an Shin vorbei, obwohl Luven siem verbot, auch nur einen Finger zu rühren. Deshalb beobachtete sier sie dabei, wie die Nayruni faustgroße Früchte mit einer Sichel auftrennte, um danach die Samen aus ihnen zu kratzen. Ihre Finger hatten sich durch das dunkle, wenn auch spärlich vorhandene Fruchtfleisch schwarz verfärbt. Da sie sich gelegentlich die Stirn mit dem Handrücken abwischte, hatte sie auch dort einige Schlieren auf der Haut, aber vorerst sagte sier nichts. Was brachte es, wenn sie es jetzt wegwischte und danach doch wieder etwas davon abbekam?

»… aber ihr bringt neuen Wind in die Siedlung, was ich sehr zu schätzen weiß«, plapperte sie weiter, wie sie es schon die ganze Zeit über getan hatte, achtete aber nach wie vor darauf, sich nicht versehentlich zu schneiden. »Du hast Volruk gestern zwar wirklich verärgert, weil du dich davongeschlichen hast, aber ich meine, du bist zurückgekommen. Das ist doch die Hauptsache.«

»Würdest du mir denn vertrauen?«, fragte sier sie und brachte sie damit dazu, mitten in ihrem Handwerk innezuhalten.

»Ich denke schon.« Sie klang alles andere als sicher. »Mit der Zeit«, fügte sie stirnrunzelnd hinzu und überzeugte sien damit schon eher. »Mir wolltet ihr auch nicht schaden. Deshalb hab' ich auch keinen Grund, einen Groll gegen euch zu hegen.«

Shin schmunzelte amüsiert und rieb sich vorsichtig über den Verband an sieser rechten Hand.

Während sie damit beschäftigt war, die Frucht auszuhöhlen, räusperte sie sich, doch sier bemerkte, wie sie ganz bewusst siesen Blick mied und absichtlich konzentriert das Obst anstarrte. »Ich habe eine Frage zu deiner Schwester.«

Sier genoss, in welche Richtung sich dieses Gespräch entwickelte, und grinste. »Wie lautet diese?«

»Sie hat in letzter Zeit kaum was gegessen und ich frage mich, ob es etwas gibt, was sie wirklich mag. Eine Leibspeise vielleicht? Wenn das jemand weiß, dann du.«

»Sorge dich nicht allzu sehr um meine Schwester. Wahrscheinlich hat sie sich aus Trotz einem momentanen Hungerstreik verschrieben, aber das legt sich bald wieder«, erwiderte sier, ohne auf ihre Frage einzugehen. Als sie sien dann doch erwartungsvoll anschaute, dachte sier nochmals genauer darüber nach. »Sie mag geröstete Grillen, was ich überhaupt nicht nachvollziehen kann. Gegen einen saftigen Vogelbraten hat sie auch nichts einzuwenden. Falls du den Aufwand betreiben möchtest, einen solchen zuzubereiten.«

Ihr Gesicht erstrahlte sogleich vor Freude. »Das lässt sich beides organisieren.«

»Das würde ihre Laune sicherlich heben.« Noch während sier sprach, schweiften siese Gedanken ab. Zuerst zu Hibiko und als Nächstes zu Rurák.

»Ich hoffe doch sehr. Es tut mir so leid für sie, dass Volruk es ihr so selten erlaubt, ihr Zelt zu verlassen. Ich würde ihr gerne ganz viel Gutes tun, damit —«

»Du magst sie wirklich«, stellte sier nachdenklich fest, obwohl siem das längst klar geworden war. Wieder wurden ihre Wangen dunkler und sie blickte nervös weg. »Das ist nichts, wofür du dich schämen solltest. Meine Schwester ist nicht aus Stein und wenn du mit ihr sprichst, werdet ihr euch sicherlich bald hervorragend verstehen.«

»Sie ist nur immer so abweisend und distanziert, aber ich denke, ich weiß, warum.« Da sie ihre Arbeit ohnehin vernachlässigte, legte sie die Frucht und ihr Werkzeug auf dem Boden ab, schaute dann nachdenklich zu siem herüber. Sie schluckte hörbar. »Sie hat bestimmt schon zu viel gesehen und traut niemandem.« Ein Zögern hing in der Luft, als sie sien prüfend musterte, doch Shin verzog keine Miene, sondern hörte ihr geduldig zu. »Als ich euch beide das erste Mal sah, wusste ich direkt, mit wem ich es zu tun habe. Ursprünglich habe ich ein Studium in Alchemie und Geschichte der vergangenen Zeitalter absolviert.«

»Alles schön und gut«, sprach Shin, als Luven zu einer Atempause angesetzt hatte, »aber was möchtest du mir damit sagen? Sind dir unsere Namen etwa bekannt?«

Sie bestätigte siese Vermutung mit einem heftigen Nicken.

»Wer weiß davon?«

»Nur Benrál und ich.«

»Rurák hat es ebenfalls herausgefunden. Es ist demnach nur eine Frage der Zeit, bis Volruk es erfährt«, erklärte sier mit einstudierter Ruhe, wenngleich sich Furcht in siesem Nacken festsetzte.

Viel zu rasch sprang sie auf, huschte zu Shin herüber und streckte bereits eine Hand nach siem aus, doch auch sier erhob sich, um einen Schritt zur Seite zu treten. Sie verstand den unausgesprochenen Hinweis, kam direkt vor siem zum Stillstand. »Wird sie nicht, bei Pharos! Nicht von mir, nicht von Benrál und am Allerwenigsten von Rurák. Bei ihm ist es ja nicht zu übersehen, wie wichtig du ihm bist.« Wieder hatte sie geplappert und offenbar mehr ausgeplaudert, als ihr lieb war. Ihre Augen weiteten sich, nachdem sie es selbst bemerkt hatte, und sie biss sich vor Ärger auf die Unterlippe.

Shin massierte sich mit Daumen und Zeigefinger die Stelle zwischen den Augenbrauen, seufzte dabei. »Ich wusste, dass es zu offensichtlich ist.« Warum hatte sier nicht besser aufgepasst?

»Ist doch nichts Schlimmes dabei«, meinte Luven und lächelte zurückhaltend. »Es tut Rurák gut, endlich jemanden gefunden zu haben, der mehr in ihm sieht als bloß seine Schwächen.«

»Darum geht es nicht. Volruk … ach, vergiss es.« Sie wäre eindeutig die falsche Wahl, um bei ihr sies Herz auszuschütten. Genauso wie sie es nicht verdient hatte, dass sier siesen Ärger bei ihr entlud.

»Ihr gebt ein tolles Paar ab.« Das ging nun definitiv zu weit.

»Wir sind kein Paar!«, widersprach sier ihr und fauchte sie an. Instinktiv sträubten sich siese Haare, während sie vor Schreck einige Schritte zurückwich, um dann über ihre eigenen Füße zu stolpern und hinzufallen. Bei ihrem verstörten Anblick gebot sier sich zur Ruhe und atmete tief durch. Mit etwas gemäßigterer Stimme sprach sier weiter. »Luven, es gibt Angelegenheiten, die besser nicht in Worte gefasst werden sollten.«

Sier widerstand dem Drang, näher an sie heranzutreten und sich drohend über sie zu beugen, aber sier wollte ihr keine Angst einjagen. Auf jeden Fall nicht bewusst.

»Aber er mag dich sehr. Er meinte, dass du –«

Mit einem Wink brachte sier sie zum Schweigen. »Ich möchte es gar nicht wissen.« Allerdings beschäftigte ihn dennoch eine Frage. »Hat er mit dir über mich gesprochen?«

»Ja, hat er, aber ich habe ihm bei Pharos versprochen, es bei niemandem auszuplaudern.«

»Außer bei mir natürlich?«

Betretenes Schweigen.

So langsam schwante Shin, dass sie eigentlich auch siem nichts hätte sagen dürfen. »Wie auch immer. Du solltest wahrlich auf deine Zunge achten, damit du dich nicht in Volruks Anwesenheit verplapperst. Das wäre für uns beide, Rurák und mich, sehr ungünstig.«

»Ich verstehe«, erwiderte sie kleinlaut und blickte schuldbewusst zu Boden. »Ich will euch beiden nicht schaden und ich werde mich in Zukunft nicht mehr einmischen.«

Ihre Geste besänftigte siesen Zorn ein wenig. »Das ist sehr freundlich von dir.«

Sier wandte sich bereits zum Gehen, aber Luven packte sien am Ärmel und hielt sien davon ab. »Warte! Ich will meinen Fehler wiedergutmachen.« Da sies Blick auf ihrer Hand genug aussagte, was in siem vorging, zog sie diese rasch wieder zurück.

»Das musst du nicht, Luven.«

Wie zum Trotz stampfte sie mit ihrem linken Fuß auf. »Doch, ich muss. Ich hab' es bei Pharos geschworen und mich nicht daran gehalten. Es wäre aber auch nur eine Gefälligkeit, oder besser ein Ort, an dem du dich ungestört waschen könntest.«

Bei ihren Worten rollten Erleichterung und Freude über sien hinweg, sodass sier umgehend siese Meinung änderte. »Dagegen habe ich keineswegs etwas einzuwenden, sondern wäre dir überaus dankbar, wenn du mich jetzt gleich zu dieser Stelle führen könntest.«

»Sicher.« Sie ließ alles andere stehen und liegen und tänzelte zufrieden lächelnd voraus.

Der Ort befand sich in derselben Höhle, durch die Rurák sien bereits tags zuvor geführt hatte. Nur trug Luven eine Fackel bei sich, anstatt blind durch die Finsternis zu stapfen, und zweigte schon wenig später nach Eintritt in die Höhle nach links ab. Der Durchgang verengte sich, reichte dennoch in seiner Höhe aus, damit Shin in der Lage war, aufrecht zu gehen. Die Wände fühlten sich an einigen Stellen grobbehauen und rau, an anderen glatt an, was wohl bedeutete, dass einst verschiedene Gesteinsarten ineinandergeflossen waren. Von Neugier gepackt hielt sier inne und versuchte, im Licht der Fackel zu erkennen, um welchen Edelstein es sich handeln konnte. Allerdings blieb Luven nicht stehen, sondern eilte geflissentlich weiter, sodass auch sier ihr folgte.

»Hier.« Die Nayruni trat zur Seite und bot siem den Zugang zu einer ausladenden Höhle, die vor Hitze und Feuchtigkeit dampfte. Auch durch diese Felswände zogen sich Edelsteinadern, die durch das Feuer golden glänzten. Shin schritt voran zur Quelle, die sich beinahe über den ganzen Boden der Höhle streckte und so verlockend aussah, dass sier Luven über die Schulter hinweg zugrinste, ehe sier sich an den Schnüren sieser Kleidung zu schaffen machte.

»Ich werde am Eingang der Höhle Wache halten, damit Volruk nicht schon wieder Wachen auf dich hetzt«, informierte sie sien, scharrte mit dem Fuß verlegen über den Boden und klemmte die Fackel in einen Spalt. »Die lass ich dir hier.«

Der Stoff glitt bereits über siese Schultern, als sier leise auflachte. »Ich danke dir, Luven.«

»Gern geschehen.« Im nächsten Moment wurde sie von der Dunkelheit aufgenommen und verschwand.

Nachdem sier sich aller Kleidungsstücke entledigt hatte, tunkte sier einen Zeh ins Wasser, um zu prüfen, wie heiß es sich auf sieser Haut anfühlte. Bei der angenehmen Hitze, die siem sogleich das Bein hinauffuhr, atmete sier wohlig auf, sodass sier sich entschied, einmal gänzlich ins dampfende Quellwasser einzutauchen. In der Mitte der Quelle reichte das Wasser so tief, dass sier, obwohl sier sich senkrecht hielt, ganz und gar im Nass versank. Ein leichter Druck betäubte sies Gehör, drückte ebenso dumpf auf siese Haut, während die Hitze diese aufwärmte. So lange, wie es siese Lunge zuließ, hielt sier die Luft an, zögerte es noch ein wenig weiter hinaus, bis der Drang, nach Atem zu schnappen, so präsent wurde, dass Shin mit siesem Gesicht die Wasseroberfläche durchbrach und ihm nachgab.

Zurück am Rand rieb sier sich das Wasser aus den Augen und strich sies Haar nach hinten, ehe sier sich an einer geeigneten Stelle halb anlehnte, halb hinsetzte. Es tat so gut, sich zu waschen, auch wenn es eine derart simple Sache war.

Sier seufzte entspannt und ließ sich erneut bis zum Kinn ins Wasser sinken, als sier wie aus dem Nichts jemanden direkt hinter sich wahrnahm. Abrupt drehte sier sich um und erblickte zu sieser Überraschung Rurák, der dort am Rand kniete, sien anlächelte, als wäre es das Selbstverständlichste auf dieser Welt.

»Du hast mich erschreckt«, gab Shin zu, ließ sich dann trotzdem von seinem Lächeln anstecken.

»Dann sind wir quitt.« Sier wusste sofort, worauf er sich bezog, verschränkte die Arme übereinander, um sich am Rand der Quelle abzustützen. »Man trifft nicht jeden Tag auf lebende Legenden.«

»Dem ist wohl so.« Nachdenklich stieß Shin ein Seufzen aus. »Geschweige denn, dass …«

Sier hielt inne. Ja, was wollte sier ihm mitteilen? Dass sier anfing, Gefühle für ihn zu entwickeln?

Erwartungsvoll schaute Rurák zu siem herab, wartete auf eine Fortsetzung des Satzes, den sier so plötzlich abgebrochen hatte. Anstatt dort anzusetzen, senkte sier siesen Blick. »Es tut mir aufrichtig leid, denn es lag nicht in meiner Absicht, dir mit meiner wahren Natur einen Schrecken einzujagen. Ich weiß, es ist …« Als Rurák mit seiner linken Hand sies Kinn berührte, verstummte sier.

»Ich bin froh, dass du sie mir gezeigt hast.« Er beugte sich tief zu siem herab, um sien sanft zu küssen. Nur kurz. Nur flüchtig. »Aber ich habe dabei vergessen, dass ich dir eigentlich etwas geben wollte.«

Shin musterte ihn argwöhnisch und bemerkte erst jetzt, dass er etwas in seiner geschlossenen Hand vor siem verborgen hielt. Ein fahles Leuchten drang zwischen seinen Fingern hervor, reizte sien noch mehr, ihn danach zu fragen, um was es sich handelte. »Du hast dich tatsächlich darum bemüht, ein Geschenk für mich aufzutreiben?« Sier konnte sich nicht daran erinnern, wann siem zuletzt jemand etwas geschenkt hatte außer Fernis und Yggdravarios. Gab es überhaupt jemanden? Je länger sier darüber nachdachte, desto ernüchternder fiel die Wahrheit aus. Nicht einmal siese Schwester hatte siem bewusst etwas anderes geschenkt als Aufmerksamkeit, Gesellschaft und Unterstützung. An Materiellem hatte sie selbst nie Interesse gezeigt und deshalb schien es ihr auch zu wenig wichtig vorgekommen zu sein, um siem etwas dergleichen darzureichen.

»Das war doch keine Mühe.« Er lachte sanft, was Shins Herz schneller pochen ließ, öffnete dann seine Hand, sodass ein golden leuchtender Stein aus ihr fiel. Dieser war mit kunstvollen Verknüpfungen an einer ledernen Schnur befestigt worden und schimmerte im selben Licht wie die Edelsteinadern am geweihten Ort. »Ich bin nicht besonders talentiert, was das Kunsthandwerk betrifft, aber ich hoffe, es gefällt dir. Den Stein habe ich sogar von hier genommen.«

Ungläubig hob Shin eine Augenbraue und schaute sich instinktiv um, erkannte im schwachen Licht der Fackel jedoch nur, dass der Fels an einigen Stellen durch das Feuer schimmerte, an anderen wiederum nicht.

»Warte! Ich zeige es dir.« Etwas unbeholfen, da er sich, während er sich erhob, direkt nach rechts drehte, ging er zur nächsten Wand und berührte diese. Von dieser Stelle aus begann das glänzende Gestein zu leuchten, bis bald auch die Felswand hinter siem in einem warmen Licht erstrahlte. Beim Eingang selbst blieb es dunkel. Shin wandte sich um, fühlte, wie siem der Mund aufklappte. Alles wirkte so verwunschen, unwirklich. Der Dampf, der über der Quelle aufstieg und die Farbe des Edelsteins absorbierte, vervollständigte dieses Bild. Da sich Shin zu sehr von der Schönheit der Umgebung ablenken ließ, gelang es Rurák, nah genug an sien heranzukommen, um siem das selbstgemachte Schmuckstück anzulegen.

Ein überraschtes Keuchen entglitt siem, ehe sier sich zügig umdrehte und sich dabei an die Brust griff. Mit rasendem Herzen starrte sier Rurák an, dessen Gesicht so nah war, dass sier ihn erneut hätte küssen können, wenn sier sich getraut hätte. »Ich sollte das nicht derart offen tragen.«

»Niemand wird es beachten«, erwiderte er gelassen, lächelte sien sogar an.

»Trotzdem wird Volruk ihre Schlüsse ziehen.« Sier hielt den Edelstein fest umschlossen, sträubte sich allerdings dagegen, sich so bald von ihm zu trennen. Er freute sich doch über dieses Geschenk, aber in Anbetracht der Umstände

273

fiel es siem schwer, diese Freude auch zu zeigen. Rurák hingegen schien sich von derlei Folgen nicht beeinflussen zu lassen, sondern berührte siese Wange, schaute siem dabei tief in die Augen.

»Es ist mir egal, wie sie dazu steht.«

Shin rollte seufzend die Augen bei so viel Sturheit. »Wie gesagt, das sollte es nicht.« Aber selbst siese Worte schienen an ihm abzuprallen, als würde er eine Rüstung aus undurchdringlichem Stahl tragen.

»Ich werde dazu stehen *und* mich endlich unter Beweis stellen. Dank dir habe ich jetzt eine Chance, als ernstzunehmendes Mitglied des Clans wahrgenommen zu werden.«

»Aber du verwirkst diese Chance, wenn du —« Wieder ließ er sien nicht ausreden, sondern legte den Zeigefinger auf siese Lippen.

»Genug! Ich diskutiere nicht mehr darüber.« Sein Lächeln war zuvor kurz verschwunden, doch es kehrte sogleich zurück. »Obwohl ich mich sehr geehrt fühle, dass du dich um mich sorgst.«

Es überraschte sien selbst, wie immens sich siese Beweggründe verändert hatten. Anfangs hatte sier ihn nur als Mittel zum Zweck nutzen wollen, um näher an Volruk heranzukommen, doch nun dachte sier nicht länger daran, überhaupt irgendetwas in Bezug auf den ursprünglichen Plan auszuführen. Zudem war sier es schlichtweg leid, siese Bedürfnisse zu vernachlässigen. Nach all diesen Jahren wurde es endlich Zeit, dass sier aufhörte, alles herunterzuschlucken, anstatt sich mit siesen Empfindungen und Gedanken zu konfrontieren. Und die Torheit des Plans und die Angst vor einem weiteren Krieg zwischen den Göttern bestärkten sien umso mehr in sieser Meinung.

»Shin? Was hast du?« Die Falte zwischen seinen Augenbrauen vertiefte sich.

»Du erstaunst mich, Rurák. Ich … mir fehlen gerade die Worte«, flüsterte sier, überfordert von den wiederkehrenden, heißen Wogen, die siem das Nachdenken erschwerten. In diesem Moment fühlte sier sich nicht wie ein Jahrtausend alter Drache, ein Werkzeug der Göttlichen, eine Bestie, sondern wie eine normalsterbliche Person, die – beflügelt von Eos' Umarmung – zu einem liebgesonnenen Mann aufschaute. Um das Wort »Geliebten« in den Mund zu nehmen, war es reichlich früh. Dazu würde sier Zeit benötigen, jedoch reichte dieses simple Flattern in sieser Brust, um dieser potenziellen Zukunft überhaupt eine Chance zuzusprechen – im Falle, dass Volruk ein Urteil zu Shins und Hibikos Gunsten aussprach.

Die Sorge fiel von ihm ab und glättete seine Stirn. »Man muss nicht immer fähig sein, zu reden.«

»Doch! Ich wurde so geschaffen, dass mir immerzu eine passende Erwiderung in den Sinn kommt.«

»Ist das nicht anstrengend?« Eine einfache Frage, aber sie wog schwer auf Shins Schultern.

»Manchmal, aber darüber möchte ich mich nicht beschweren. Meine spitze Zunge hat mich und meine Schwester bereits aus der aussichtslosesten Situation gerettet. Also möchte ich diese Fähigkeit auch nicht missen«, antwortete sier, grinste dabei breit.

»Stimmt. Wenn man es so betrachtet, hat es auch Vorteile.« Nachdenklich musterte er siese Lippen, während siese Wangen zu glühen begannen. »Darf ich dir Gesellschaft leisten?«

Sier konnte sich ein Schmunzeln nicht verkneifen, denn sier hatte eigentlich schon längst mit dieser Frage gerechnet. »Nicht heute, Rurák. Ich möchte mich tatsächlich nur kurz waschen und Luven nicht durch meine zu lange Abwesenheit Probleme bereiten.«

»Stimmt, ich habe sie am Eingang gesehen. Du bist also der Grund, warum sie dort Wache hält«, schlussfolgerte er. Shin sah ihm seine Enttäuschung deutlich an, aber Rurák nahm es so hin, wie es war. Um ihn nicht gänzlich enttäuscht gehen zu lassen, packte sier ihn mit der Linken am Nacken und zog ihn zu einem Kuss zu sich herab. Froh darum, dass das Wasser siese Erregung verbarg, leckte sier ihm über die Unterlippe und löste sich von ihm, ehe der Kuss zu innig wurde. Rurák lehnte sich sogar etwas vor, in der Erwartung nach mehr, aber mehr würde er an diesem Tag nicht bekommen.

»Jetzt geh«, hauchte sier ganz nah an seinen Lippen, blickte ihm dann in die Augen. »Bis bald, Rurák.« Siese Hand glitt von seinem Nacken, sodass sier wieder ein Stück hinabsank, etwas weiter weg von der Versuchung.

»Ich freue mich darauf.« Er kam auf die Beine, wobei sein Blick noch mehrere Wimpernschläge lang auf siem ruhte, ehe er sich umwandte und in der Dunkelheit der Höhle verschwand. Seufzend sah sier ihm nach, fühlte, wie er ein Teil sieser inneren Wärme mit sich nahm. Sie wollte lachen und gleichzeitig auch weinen, hin- und hergerissen zwischen dem, was sich richtig anfühlte und was der Vernunft diente. Dennoch stand nun siese Entscheidung fest, denn siese letzten Worte waren ein Versprechen gewesen. Ein Versprechen dafür, dass sier ihm niemals wieder fernbleiben wollte.

WAHRE GESTALTEN

Ein heftiges Beben rüttelte sien wach, doch sier brauch-te einen Moment, um zu realisieren, dass sich nicht der Boden bewegte, sondern sien jemand durchschüttelte.

»Shin, wach auf!«, brüllte siem eine verzweifelte Frauen-stimme entgegen, die derart verzerrt klang, dass sier sie beinahe nicht als diejenige von Luven erkannt hätte. Sofort öffnete sier die Augen und setzte sich auf, so rasch, dass die Nayruni zurückwich.

»Ist etwas geschehen?«, fragte Shin noch etwas heiser von der morgendlichen Müdigkeit.

Ihr gehetzter Blick verscheuchte den Schlaf aus sienem Körper, sodass in siem bereits alle Alarmglocken läuteten. »War Hibiko bei dir?«

Sier schüttelte den Kopf. »Nein, nicht dass ich wüsste. Sie hat mich jedenfalls nicht geweckt.«

»Bei Tyro, wo steckt sie nur?« Es galt mehr ihr selbst als Shin, aber sier konnte ahnen, wo sich Hibiko herumtrieb, hoffte allerdings, dass sier sich irrte.

»Wann hast du sie zuletzt gesehen?«

»Als ich ihr Frühstück gebracht habe. Das war vielleicht vor einer halben Stunde. Damit sie in Ruhe essen konnte,

hab' ich ihr Zelt verlassen, aber als ich wieder hineinge-
gangen bin, war sie weg.«

»Wo ist Volruk?«

»In ihrem … Du denkst doch nicht etwa, dass Hibiko –«
Weiter kam sie nicht, denn Shin hatte sich aus dem Bett
erhoben und schlüpfte in siese Schuhe.

»Doch!« Sier befürchtete bereits das Schlimmste. Ohne
Zeit zu verlieren, ließ Shin die Nayruni stehen und rannte
quer durch die Siedlung zum Häuptlingszelt. Jedoch war
sier nicht die einzige Person, die sich dorthin begab. Mehrere Wachen eilten ebenfalls in jene Richtung. Eine entdeckte sien und lief direkt auf sien zu. »Halt!«

Eine Hand griff nach Shin, aber sier duckte sich darunter
hinweg und ließ sich von der Wache nicht aufhalten. Nicht
von ihr, sondern dem Gebrüll, das den Boden unter siesen
Füßen und die Luft erzittern ließ. Sies Herz sackte siem in
die Magengrube und bestätigte siese schlimmsten Befürch-
tungen. Im nächsten Moment hob ein schwarzer Drache
seinen Kopf, mit einem übergroßen Fetzen Stoff in seinem
Maul. Mit einem größeren Sprung huschte sier hinter dem
letzten Zelt hervor, das zwischen siem und der Unterkunft
des Häuptlings stand, und traute siesen Augen nicht.

»Schwester! Hast du jetzt vollkommen den Verstand verloren?«, schrie sier zu ihr hoch und schaute zum Zelt, worum sie ihren langen Körper geschlungen hatte. Das Gerüst
stand noch in seinen Grundfesten, aber die Plane hatte bereits stark gelitten.

»Schwester!«

Sie ließ den Stoff fallen und richtete ihren Blick auf sien.
Ihre Augen glühten gefährlich, ehe sie ihren Kopf schüttelte und mit einer ruckartigen Bewegung ihren Körper enger
um das Zelt presste.

»Das reicht!«, schrie sier enttäuscht und wütend.

Sier wurde dann jedoch von hinten an beiden Armen gepackt. Ein Fauchen entwich siem. »Nehmt eure Finger von mir! Schw–« Sier hatte Hibiko erneut entgegen rufen wollen, doch dann bewegte sich unerwartet das ganze Zelt. Es bäumte sich regelrecht auf. Trümmer erhoben sich, getragen von hellroten Schuppen, die sich nach und nach unter diesem Haufen offenbarten. Flügel breiteten sich aus, verursachten mit ihrer Wucht einen solch kräftigen Luftstoß, dass einige Wachen ins Straucheln gerieten. Sier hingegen blieb davon unberührt, nutzte die Gelegenheit, um sich aus den Griffen zu winden und zu befreien. Ein gehörnter Kopf schüttelte die Überreste der Unterkunft von sich, gab ein Grollen von sich und zog die Lefzen hoch. Rulris konnte es nicht sein, aber … Die Erkenntnis traf sien wie einen Blitz: Volruk!

Schatten sammelten sich auf siesen Befehl um sien, hüllten Shin ein und gab sien erst wieder frei, als sier ebenfalls in siesser Drachengestalt vor Hibiko und Volruk stand.

»Genug, ihr beiden!« Siese Stimme dröhnte über die beiden hinweg. Shins Schweif peitschte drohend hinter siem durch die Luft, doch sier achtete darauf, nicht versehentlich Behausungen oder gar die Sorkári selbst zu treffen. Volruk und Hibiko hielten für einen Atemzug inne, erachteten es allerdings nicht als notwendig, auf sien zu hören, und zeigten sich stattdessen die Zähne.

Shin preschte vor, sobald Hibiko ihren Körper enger um Volruk zog. Sier packte siese Schwester, zerrte an ihr, um ihren gefährlichen Griff zu lockern, doch anstatt es als helfende Geste anzusehen, schnappte Volruk indes nach siem. Um ihrem Biss zu entgehen, wich sier zurück, knurrte erst sie, dann siese Schwester an, die mit der Spitze ihres Schweifes in siese Richtung peitschte. Ein eindeutiges Zeichen dafür, dass sie diese Einmischung nicht duldete.

Drohgebärden wurden ausgetauscht, während sich die beiden Drachen anstarrten. Doch dann gingen sie aufeinander los. Volruk trat mit ihren Hinterläufen wild um sich, um aus Hibikos todbringender Umarmung zu gelangen, kratzte sie dadurch mehrere Male und schürte ihren Hass auf sie. Siese Schwester schnappte nach ihrem Nacken, verfehlte sie durch Evras Gunst jedoch knapp und biss ins Nichts. Auch Volruk scheiterte daran, sich in Hibikos linke Schulter zu verbeißen, und rupfte Hibiko stattdessen nur ein Büschel feiner Federn aus der Mähne aus, den sie direkt wieder ausspuckte. Ehe sie ihrem Gegenüber ernsthaften Schaden zufügen konnten, sprang Shin zwischen die beiden und drückte ihnen jeweils eine Klaue gegen die Schnauze. »Genug, sagte ich!«

Ein Flügel schlug siem um die Ohren, traf sien an der Schläfe, aber sier ließ sie nicht los. Nicht, ehe sie und Hibiko endlich ihren Kampf aufgaben.

»Sie hat keine Ahnung, Shin. Keine Ahnung. Und sie hört mir nicht einmal zu —«

»Bei allen Göttern, lass es! Dieser Wahnsinn endet jetzt!«, unterbrach sier siese Schwester, doch auch siese Worte wurden von einem lauten, gebietenden Brüllen verschluckt, das keinesfalls von Volruk stammen konnte. Als hätte es siem von einem Moment auf den anderen entzogen, verließ Shin der Mut, sodass sier zitternd seine Klauen von ihren Mündern nahm und sie ganz nah an siese Brust hielt, in der sies Herz raste.

Dies konnte nur eines bedeuten: Rulris war gekommen, um einzugreifen. In seiner enormen Drachengestalt kreiste er einmal über ihre Köpfe hinweg, verdunkelte mit seinen mächtigen Schwingen kurzzeitig den Himmel, ehe er zur Landung ansetzte. Er fand kaum genügend Platz zwischen den Zelten, um auf allen vieren auf dem Boden anzukommen. Er schlug kräftiger mit seinen Flügeln, um seinen massiven Körper aufrecht zu halten und nur auf seinen beiden Hinterläufen zu landen.

»Lasst von ihr ab!« Das Gestein unter siesen Füßen erbebte, als die Gottheit ihre Stimme gegen sie erhob. Shin wich umgehend zurück, senkte siesen Kopf, linste jedoch gleichzeitig zu Hibiko hinüber. Sie erweckte nicht den Eindruck, als würde sie Rulris' Befehl Folge leisten.

»Schwester, nicht!«, zischte sier ihr zu, aber sie hatte lediglich ein Fauchen für sien übrig, bevor sie mit ihrer rechten Klaue ausholte und …

Volruk biss ihr rücksichtslos in die Flanke, brachte sie dazu, aufzukreischen. Ein Ruck ging durch Shin, zog sien zu Hibiko, doch mit seinem Schweif versperrte Rulris siem den Weg. Er wirkte viel zu gefasst im Angesicht des Kampfes, der sich vor ihren Augen abspielte.

»Ich lasse nicht zu, dass sie ernsthaft verletzt wird«, erwiderte Shin mit hochgezogenen Lefzen.

»Das Gleiche gilt für Volruk.«

Sier nickte ihm zu. Sogleich gab er siem den Weg frei, um es Shin zu ermöglichen, sich hinter Hibikos Rücken aufzustellen, bereit zu handeln.

Die Gottheit tat dasselbe bei Volruk, packte sie jedoch bereits an den Wurzeln ihrer Flügel, woraufhin sie vor Schreck ihren Biss löste. In ebendiesem Augenblick umfasste Shin siese Schwester unter ihren Armen und zerrte sie von ihrer Gegnerin weg. Sie wehrte sich, zappelte wie ein Fisch an Land, wenn auch halbherziger als erwartet. Immerhin schien sie zu bemerken, wer sie festhielt.

»Beruhige dich, Schwester«, flüsterte sier ihr zu, dachte nicht daran, sie loszulassen.

»Sie soll uns nicht in dieses Dilemma hineinziehen und dein Leben dadurch gefährden.« Sie klang verzweifelt und

Shin erkannte Angst in ihrer bebenden Stimme. Allerdings galt diese nicht Volruk, sondern sier wusste, dass sie sich um sien sorgte. Das tat sie immerzu.

»Es ist in Ordnung, Schwester. Ich bin hier und mir wird nichts geschehen.« Worte ohne Garantie darauf, dass sie der Wahrheit entsprachen oder einer Lüge dienten. Sier gebot die Dunkelheit zu sich und befahl dieser im selben Atemzug, auch Hibiko mit ihrer Umarmung einzuhüllen und zu wandeln. Ihre Größe schwand dahin, Federn und Schuppen wurden wieder zu glatter Haut und seidenem Haar. Selbst als sie in ihrer elfengleichen Gestalt dastanden, drückte sich Shin weiterhin an sie. Der unangenehme Geruch nach Blut drang siem in die Nase, beunruhigte sien und lockte die Angst ganz nah an die Oberfläche sieser Fassade. Doch sier bot dieser keinen Raum, nicht jetzt, nicht, wenn sier umgeben von all den Sorkári war, die sich ihnen mit erhobenen Waffen näherten.

»Ergib dich freiwillig und vielleicht werden Volruk und Rulris in ihrer Strafe Milde walten lassen. Bitte«, flüsterte sier ihr zu, löste sich von ihr und entfernte sich zwei Schritte, die Hände ergebend in der Luft.

Von Weitem sah sier, wie Volruk dahergestapft kam und ein wütendes Brüllen von sich gab, dicht gefolgt von Rulris, der sehr viel kontrollierter mit seinen Empfindungen umzugehen wusste. »Jetzt reicht's mir! Ich habe euch genug Chancen gegeben, aber ihr seid nicht mehr zu retten.«

Ehe sien die Wachen daran hätten hindern können, stellte sich Shin zwischen Hibiko und Volruk, damit sie sich nicht erneut aufeinander stürzten wie zwei vernunftbefreite Narren.

»Tritt beiseite, Shin! Die Diskussion zwischen Volruk und mir war noch nicht zu Ende«, hörte sier von hinten aus Hibikos Mund, während Volruk siem ebenfalls etwas entgegenknurrte. »Aus dem Weg!«

»Ich werde nichts dergleichen tun, bis ihr aufhört, euch wie kleine Kinder zu benehmen«, machte Shin siesen Standpunkt klar und fand trotz Volruks bedrohlicher Gesten den Mut wieder. »Du, Volruk, hast uns versprochen, dass du uns bis Ende des Monats Zeit gewährst, um uns zu beweisen. Diese Zeit ist noch nicht vorüber.«

Sier wagte einen Blick zurück über die Schulter. »Und dir, Schwester, habe ich bereits mehrere Male verdeutlicht, dass du dich zurückhalten sollst. Begreife das doch!«

Volruk trat noch einen weiteren Schritt auf sien zu, hob ihren Finger und tippte siem damit gegen die Brust. »Du hast recht. Das habe ich und du hast dich bisher mehr oder weniger bewährt, aber deine Schwester gibt sich keine Mühe. Wachen, bringt sie in ihr Zelt zurück!«

Ohne zu zögern, näherten sich drei der umstehenden Wachen gleichzeitig und packten Hibiko von mehreren Seiten an Schulter und Armen. Sie zischte auf, wehrte sich glücklicherweise nicht.

»Tut ihr nicht weh!« Shin wollte sich bereits ihr zuwenden, als Volruk sien unsanft am Arm packte und näher an sich heranzog.

»Wenn sie sich nicht wehrt, wird ihr nichts geschehen. Ihr Verhalten wird mein Urteil aber beeinflussen. Das kann ich dir sagen.«

Rulris hielt sich schweigend im Hintergrund, doch Shin entging nicht, wie sein Blick prüfend auf siem ruhte, als versuchte er herauszufinden, was in siem vorging. Doch bei der Gnade aller anderen Gottheiten würde er es nie erfahren.

»Oder wusstest du, dass sie mich aufsuchen würde?«

»Nein, sie hat mich nicht eingeweiht«, gestand Shin, während sier den Wachen nachsah, die siese Schwester fortzerrten.

»Wird sie sich wieder gegen mich auflehnen?«

Seufzend rang sier um Fassung, schaute Hibiko nach, ohne anzudeuten, dass sier sich aus Volruks Griff befreien wollte. »Ich weiß es nicht.« Shin hoffte, dass sier dieses Mal zu ihr vorgedrungen war, aber sicher konnte sier sich nicht sein. »Würdest du sie wirklich dafür hinrichten lassen?«

»Wenn sie weiterhin den Frieden dieses Ortes bedroht, dann ja, würde ich«, erwiderte sie trocken, aber für ihre Verhältnisse sehr gefasst.

»Ihr würdet dies zulassen?« Diese Frage richtete sier direkt an Rulris. Sogleich stieß Volruk sien in die entgegengesetzte Richtung des Gottes und überrumpelte ihn damit derart überraschend, dass sier stolpernd zu Boden fiel.

»Rulris schuldet dir keine Antwort!«, entgegnete sie unwirsch und befahl zwei weiteren Wachen, sien fortzubringen. »Siem steht es frei, sich zu bewegen, aber …«, nun wieder an sien gewandt, »… noch ein Fehltritt von dir und ich lege dir persönlich Ketten an.«

Sier schluckte nur, fragte sich innerlich, wie und wann sier derart die Kontrolle über diese Situation verloren hatte. Nur drei Male war dies bisher in siesem langen Leben geschehen, aber umso weiter lagen diese Ereignisse zurück, weshalb diese Angelegenheit sien umso mehr bedrückte und verunsicherte. Woran lag es? Wann hatte sier falsch gehandelt? Sier konnte beide Fragen nicht beantworten.

Obgleich es Shin erlaubt gewesen wäre, setzte sier keinen Fuß außerhalb sieses Zeltes. Stattdessen lag sier bäuchlings auf dem Nachtlager, ließ sich die letzten Tage nochmals durch den Kopf gehen und grübelte darüber, was sier hätte besser machen können. Enttäuschung nagte an siem und die Verzweiflung wuchs wie ein Geschwür in siem heran, ließ sien gar Gedanken durchspielen, wie sier Hibiko notfalls mit Gewalt befreite, um sie vor einem tödlichen Urteil zu bewahren. Wenn es denn sein musste, würde sier vor nichts zurückschrecken. Jedoch bereitete siem Rulris' Präsenz Kopfzerbrechen. Der Gott würde eingreifen, sobald Shin gegen Volruks Willen handelte. Was sollte sier tun? Nichts war niemals die richtige Antwort, aber solange sier keinen ausgereiften Plan vorzulegen hatte, wäre es töricht, übereilt zu handeln. Sier wollte schreien, all diese Wut aus siesem Inneren von sich werfen, aber damit war niemandem geholfen.

Shin massierte sich mit aufgestütztem Ellbogen die schmerzende Schläfe, überlegte und kam doch zu keinem Schluss. Tief durchatmend krallte sier sich in die Decke unter sich, suchte Halt, wo es keinen gab.

Ein Räuspern erklang am Eingang und zog siese Aufmerksamkeit in diese Richtung. Rurák stand da, musterte sien mit Sorge in den Augen. »Darf ich eintreten?«

Wenn es nach der Unruhe in siem gegangen wäre, hätte sier ihn angefaucht und ihm Dinge an den Kopf geworfen, wofür er nichts konnte.

Also beließ sier es dabei, schluckte siesen Frust herunter und entschied sich für eine schlichte Antwort. »Sicher, du darfst mir gerne Gesellschaft leisten.«

»Es tut mir leid«, entschuldigte sich Rurák, während er neben siesem Nachtlager in die Hocke ging. Er streckte eine Hand nach sieser Schulter aus, doch sier musterte diese argwöhnisch, sodass er diese vorerst auf die Bettkante legte.

»Die Schuld liegt nicht bei dir.«

»Trotzdem! Ich hätte eingreifen sollen.« Dennoch behielt er die Ruhe bei, die er auch sonst immer ausstrahlte und welche Shin nun ebenso dankbar in sich aufnahm.

»Du warst vernünftig genug, es nicht zu tun«, erwiderte Shin kühl, wandte siesen Blick ab und starrte geradeaus gegen die Zeltwand. »Rulris hat die Initiative ergriffen und den Kampf beendet, bevor dieser hätte ausarten können. Du hingegen wärst nicht in der Lage gewesen, etwas gegen uns oder Volruk auszurichten.«

»Wahrscheinlich.« Seine Stimme klang nachdenklich. »Weißt du, warum deine Schwester überhaupt versucht hat, Volruk ein weiteres Mal anzugreifen?«

Shin schnaubte verächtlich, ehe sier ein ironisches Lachen von sich gab. Hatte Volruk siem nicht beinahe dieselbe Frage gestellt? »Vielleicht liegt es an mir. An meinem Sinneswandel. Ich bringe sie dadurch ebenso ins Wanken wie mich selbst.«

»Wie meinst du das?«

Sier drehte sich auf siese rechte Seite, um Ruráks Gesicht sehen zu können. Allerdings schüttelte sier langsam den Kopf, anstatt siem darauf zu antworten. »Das könntest du nicht verstehen.«

»Ich kann es versuchen.« Ruráks Hand löste sich von der Kante und berührte im nächsten Augenblick siese Wange.

»Und wenn ich es dir nicht erklären möchte? Wenn es schlichtweg zu kompliziert für jemanden außer mir selbst ist, um es zu begreifen?«

»Dann musst du es mir nicht sagen«, meinte er so geduldig wie eh und je, schaute siem dabei tief in die Augen.

»Könntest du einfach bei mir bleiben und mich in den Armen halten?« Eine Bitte, die Shin lange nicht geäußert hatte, aber sie fühlte sich richtig an und nach dem, was sier gerade brauchte.

Rurák stutzte, zog seine Augenbrauen zusammen und lächelte dann aber, da er offensichtlich nicht damit gerechnet hatte. »Gern.«

Ohne ein weiteres Wort rutschte Shin etwas näher zur anderen Kante des Lagers, um ihm ein wenig Platz zu machen. Es war eng, aber sobald Rurák sien in seine Arme nahm, wurde der Platzmangel ohnehin bedeutungslos. Sier schmiegte sich an ihn, genoss seine Umarmung, seine Wärme und den Kuss, den er siem sanft auf den Scheitel hauchte.

»Rurák?«, flüsterte sier und ließ siese linke Hand von seiner Brust langsam zur Taille wandern.

Seine Finger lösten das Band in Shins Haaren, vergruben sich danach in ihnen. »Hm?«

»Möchtest du …?« Siese Stimme brach, doch als sier schluckte und zu einem zweiten Anlauf ansetzen wollte, reagierte Rurák schneller.

»Ja …« Ein Knurren mischte sich in seine Ruhe, vibrierte in seiner Brust. Allein das schürte Erregung in Shin, bis Hyaszines Triebe sien schier überwältigten. Es zog in siesen Lenden, während das Pochen zwischen siesen Beinen intensiver wurde. Rurák schien es kaum anders zu ergehen. Allerdings rieb er sich mit kreisenden Hüftbewegungen an siem, mit nichts als zwei Schichten Stoff zwischen ihnen.

Die Ungeduld in siem wuchs, sodass sier kurzerhand entschied, sich den Schnüren an Ruráks Hosen anzunehmen, um dessen bereits hartes Glied von der Kleidung zu befreien. Er zitterte am ganzen Leib, als Shin mit dem Daumen sanft über seine empfindliche Spitze streichelte, knurrte siem leise ins Ohr, ehe er siem am Ohrläppchen knabberte. Ein Schaudern rieselte siem den Nacken hinab, ließ sien aufkeuchen, ehe sier seinen Mund zu einem Grinsen verzog. Wer hätte gedacht, dass es jemals so weit kommen würde?

Weit weniger zimperlich als sier zupfte Rurák siem die Schnüre aus dem Hosenbund und schob diesen so weit herunter, dass auch er sies Geschlecht direkt berühren konnte. Shin gab einen Laut der Verzückung von sich, als er es umfasste und anfing, es zu massieren. Auch sier hörte nicht auf, packte fester zu, was ihn zusammenfahren ließ. Durch den Druck sieser Finger schwoll sein Glied noch ein Stück an, zuckte in sieser Hand, als lechzte es nach mehr Befriedigung. Leider ließen der wenige Platz und der Winkel sieser Hand kaum zu, ihm stärker entgegenzukommen.

»Rurák…«, flüsterte Shin lustvoll und spürte sogleich seine Lippen auf siesem Kinn. Er hinterließ auf sieser Haut eine Spur von zarten Küssen, ehe er siesen Mund für sich einnahm. Der letzte Rest an Abstand zwischen ihnen verschwand, sodass sier siese Erregung noch enger an seinen drückte und sich an ihm zu reiben begann. Für siesen Geschmack trugen sie beide deutlich zu viel Kleidung, aber um sich auszuziehen, blieb ihnen keine Zeit. Sier kratzte bereits so verzehrend nah an siesem Höhepunkt, dass siem Vorfreude auf die bevorstehende Wonne ein erneutes Keuchen entlockte. Er machte es siem nicht einfacher, als er sein Glied noch fester gegen sieses drängte. Und da – sier konnte sich nicht länger zurückhalten – überkam sien eine süße Welle. Gleichzeitig brachte Rurák sien mit einem weiteren, innigen Kuss zum Verstummen, während er selbst tiefe, erregte Laute von sich gab. Gerade rechtzeitig legte er seine Hand über ihre Spitzen, um die gröbste Sauerei zu verhindern.

In sieser Lust krallte sier sich an Ruráks Schulter fest, küsste ihn so lange weiter, bis die Hitze zwischen ihnen allmählich etwas abflaute und es siem erlaubte, wieder zu denken.

Doch sier verlor sich noch einige Zeit länger in Ruráks Umarmung, hoffte in der Naivität des Moments sogar, dass sier ihn niemals wieder loslassen musste.

Allerdings wurden siem solcherlei Wünsche selten erfüllt.

EINSAMKEIT

Zu Shins Bedauern hatte Rurák sien bald darauf allein in siesem Zelt zurückgelassen. Es war das einzig Vernünftige gewesen, aber es schmerzte trotzdem, ohne ihn in der Unterkunft zu verweilen. Wirre Empfindungen hielten sien wach, sodass siem zum Ende der Nacht nichts anderes übrig geblieben war, als ein wenig vor sich hinzudösen.

Zur ersten Stunde Ans zwang sich Shin aus siesem Nachtlager, wusch sich und achtete darauf, sein Haar zu einem ordentlichen Pferdeschwanz zusammenzubinden, ehe sier das Zelt verließ. Erst spazierte sier ziellos durch die Siedlung, immer dicht gefolgt von einer Wache, bis sier sich dazu entschied, den Rand des Kampfplatzes für sich einzunehmen. Noch war es zu früh, als dass sich die Sorkári gegenseitig zu Schaukämpfen herausgefordert hätten. Deshalb bot siem der Platz die Fläche, die sier brauchte, um sich im Kampf frei zu bewegen. Damit Shin niemanden mit siesen beschworenen Waffen beunruhigte, bediente sier sich an einer der Kisten, die am Rand standen, und fischte einen Stock heraus, der ungefähr siese Armlänge entsprach. Sier schwang ihn durch die Luft, drehte ihn kunstvoll in sieser Hand und streckte ihn dann nach vorne aus. Obgleich sier keine Klinge hielt, brannten die Tätowierungen auf siesem Handrücken und siesen Fingern nicht. Und auch die Reibwunden auf den Handflächen waren so weit verheilt, dass diese ebenfalls nicht direkt schmerzten, wenn sie mit etwas in Berührung kamen.

Shin nahm eine elegante Kampfposition ein, ehe sier tief einatmete und sich auf jeden Muskel konzentrierte, der sich dabei bewegte. Achtsam verharrte sier in dieser Haltung, wartete ab. Ein Windstoß zerrte an siesen Haaren, zupfte an sieser Kleidung, während die Morgensonne siese Haut allmählich aufwärmte. Mit dem zunehmenden Licht kamen auch die Sorkári aus ihren Zelten, erhoben ihre Stimmen, gingen ihren Arbeiten nach. Dennoch wartete Shin noch etwas länger.

Fünf lange Atemzüge tat sier, ehe sier plötzlich die Augen öffnete, nach vorne preschte und eine Parade von mindestens dreißig Klingenhieben vollführte. Anschließend setzte sier zu einer mehrfachen Drehung um siese eigene Achse an, stand dabei lediglich auf einem Bein und nutzte den Schwung, um einen letzten, vernichtenden Schlag auszuführen. Allerdings hatte sier diese Kraft genügend unter Kontrolle, um den Stock nicht gleich gegen den Boden zu schmettern.

Kaum vier Schritte neben ihm gab jemand einen Laut des Erstaunens von sich – ein Sorkárkind, nicht älter als fünf Zwillingsmonde stand dort, die Augen weit aufgerissen und der Mund geöffnet.

»Isch will dasch auch können«, nuschelte es laut, schaffte es jedoch nicht, die Worte deutlich auszusprechen.

Shin hielt die Waffe gesenkt und wandte sich ihm lächelnd zu, ohne näher heranzutreten. »Wenn du früh damit beginnst, wirst du bald ein Meister der Klinge sein.«

»Wirklich?« Es drückte seine Hände ganz nah gegen die Brust, schien etwas in ihnen zu halten.

»Natürlich! Übe dich jeden Tag in der Kunst der Klinge und bald wirst du sehen, wie deine Waffe zu deinem stärksten Verbündeten wird.«

Ein fragender Ausdruck trat auf sein Gesicht, da es nicht gänzlich zu verstehen schien, was Shin meinte. Geduldig schmunzelte sier, ging in die Hocke, um das Kind nicht einzuschüchtern, und streckte ihm den Stock entgegen. »Hier, damit solltest du beginnen.«

Zögerlich näherte sich das Kind und nahm siem den Stock ab. Da es so die Hände von seiner Brust löste, erkannte sier nun, dass es in seiner Rechten etwas hielt, aber was es war, konnte sier nicht ausmachen.

Während das Kind vor Freude auflachte und mit dem Stock wild durch die Gegend fuchtelte, wich Shin den unkontrollierten Hieben geschickt aus, ehe sier auf die Hand des Kindes zeigte. »Was hast du da?«

»Stimmt! Rurák sagt, ich soll dir das geben.« Die Spitze des Stockes knallte auf den Boden, als das Kind siem den rötlichen Gegenstand aus seiner Hand entgegenstreckte.

Dankend nahm sier ihn an, erhob sich und entfernte sich sogleich vom Kind, um aus dessen Reichweite zu gelangen. Siese Augen hafteten allerdings längst an dem grob behauenen Stein, in den Windungen eingearbeitet worden waren, um einen länglichen Körper darzustellen. Auch Arme und Beine hatte Rurák nicht vergessen. Es sah zwar aus, als hätte es ein Kind hergestellt, aber das scherte sien nicht. Sier war vielmehr überwältigt, zugleich trübte es siese Laune, da sier es siem nicht persönlich übergeben hatte. Vor allem nach dem, was gestern Abend geschehen war, hätte sier ihn gerne getroffen und sich mit ihm unterhalten. Sier wünschte sich in diesem Moment nichts sehnlicher, als ihm nahe zu sein.

Obwohl siem nach wie vor eine Wache, still wie ein Schatten, folgte, spazierte sier durch die Siedlung und hielt gelegentlich Ausschau nach Rurák. Dieser war jedoch nirgendwo zu entdecken. Da es ohnehin nichts nützte, gab sier die Suche bald auf und zog sich in sies Zelt zurück. Außer mit Luven, die siem etwas zu Abendessen vorbeibrachte, wechselte sier an diesem frustrierenden Tag mit niemandem mehr ein Wort.

GEZEITENHARZ

Auch während den darauffolgenden Tagen trieb es sien entlang der Zeltreihen, ohne dass sier ein Ziel vor Augen hatte. Momentan fühlte es sich ohnehin nur so an, als wartete sier ab, bis sich der Monat endlich seinem Ende zuneigte. Die Langeweile hätte sier dabei erdulden können, doch die Einsamkeit machte siem zu schaffen. Wo Volruk siese Schwester hatte hinbringen lassen, war siem nicht bekannt, denn als sier ihr Zelt aufsuchte, fand sier sie dort nicht vor. Rurák blieb, wie tags zuvor, ebenfalls verschollen, was siese Enttäuschung nur weiter verstärkte.

Als sier vor Luvens Zelt innehielt, sah sier an den Eingang geheftet einen Zettel, auf dem stand, dass sie zusammen mit Benrál zurzeit auf der Suche nach Zutaten sei und erst gegen Abend zurückkehren würde.

Also zog Shin weiterhin siese Kreise durch die Siedlung, beobachtete die feiernden Sorkári und bediente sich gelegentlich an den Köstlichkeiten, die nach wie vor überall verteilt standen. Sier hatte nichts dagegen, dass die heitere Stimmung noch bis zum Ende des Monats anhalten würde. Mittlerweile hatte sier sich auch an die Geräusche gewöhnt, aber es brachte siem keine Freude, die Feierlichkeiten allein verbringen zu müssen. Zweifelsohne würde sich keiner der Sorkári in sieser Nähe sehen lassen, geschweige denn mit siem unterhalten wollen. Weshalb sollten sie auch? Sier war ihnen fremd, ein Eindringling und noch dazu jemand, der versucht hatte, ihren Häuptling zu meucheln. Deshalb nahm sier es ihnen nicht übel, dass sie sien mieden. Von ihrer Perspektive aus gesehen hätte sier dies bestimmt nicht anders gehandhabt.

Zum fünften Mal an diesem Tag ging sier am Eingang des provisorischen Häuptlingszelts vorbei, hielt jedoch – entgegen den anderen Malen – davor inne. Ein strenger Geruch stieg siem in die Nase. Nicht, dass er stank, ganz im Gegenteil. Trotz seiner Intensität behagte siem der Duft wohl und schmeichelte siesem Geruchsinn, versuchte, sien mit seiner schweren Süße über seine Tücke hinwegzutäuschen. Da fiel es siem wie Schuppen von den Augen. Prompt verblasste das angenehm warme Gefühl in sieser Brust. Das konnte nicht sein …

Ohne um Einlass zu bitten, schob sier die Zeltplane am Eingang beiseite, trat mit vorgereckter Nase ein. Volruk stand an einem Tisch am Rand des Zeltes, träufelte gerade eine zähe Flüssigkeit in den Becher vor sich – dem Anschein nach so konzentriert, dass sie sien nicht bemerkte. Jedoch sobald sier einen weiteren Schritt tat, schnellte ihr Blick zu siem. Sie stellte die Phiole auf die Tischplatte, gleich neben dem Becher, starrte sien an, als hätte sier den Verstand verloren. Dabei war sie es, die in siesen Augen gerade einen Fehler beging.

»Du solltest das nicht trinken«, erhob Shin siese Stimme. Allerdings nicht zu sehr, um nicht zu harsch oder zu belehrend herüberzukommen.

Ihre Miene verfinsterte sich dennoch zusehends, während sie ihre Nasenflügel vor Verachtung hochzog. »Aha.« Sie klang vollkommen unbeeindruckt, griff nach dem Kelch und setzte ihn an. Diese Geste selbst erweckte in siem Ärger, sodass sier sich zusammenreißen musste, nicht einfach vorzupreschen und ihr das Trinkgefäß aus der Hand zu schlagen. Sie schien absichtlich laut zu schlucken und gab zudem noch schmatzende Geräusche von sich, sobald sie ihre Lippen vom Rand löste.

»Ist dir überhaupt bewusst, was du zu dir genommen hast?«

»Sicher.« Kein Zögern und keine Unsicherheit hallten in ihrer festen Stimme nach. Das war nur umso mehr ein Indiz dafür, wie ignorant sie mit dieser gefährlichen Zutat umging.

»Wenn dem so ist, kannst du es mir gerne genauer erläutern, worum es sich dabei handelt«, beharrte Shin darauf und wagte es sogar, einen Schritt näher an sie heranzutreten.

Als sie knurrte, blieb sier umgehend stehen und hob siese Hände, um ihr zu zeigen, dass sier keine Waffe bei sich trug. In diesem Fall wäre diese Tatsache ohnehin irrelevant, da sier jederzeit eine Klinge hätte beschwören können. Das Wissen darüber schien sie allerdings nach wie vor nicht zu besitzen, sonst hätte sie sien definitiv nicht frei herumlaufen lassen.

Sie schnaubte verächtlich. »Als ob ich dir eine Antwort schulde.«

»Eine Antwort wäre das Mindeste. Immerhin bin ich vor einigen Tagen direkt in die Schussbahn eines Speers gesprungen, um diesen abzuwehren und dir das Leben zu retten. Ist das etwa deinem Gedächtnis entfallen?«

»Nein«, erwiderte sie mit zusammengebissenen Zähnen. Sie krallte sich an der Tischkante fest, wandte ihren Blick jedoch nicht von siem ab. »Ich weiß, wie ich mit dem Harz eines Gezeitenbaumes umzugehen habe.«

Siem wurde plötzlich ganz klamm. Alles in siem spannte sich an, als bereitete sich siese Psyche bereits unterbewusst auf einen Kampf vor.

»Gezeitenharz …« Es aus ihrem Mund zu hören, gestaltete die gesamte Situation nicht weniger prekär. Sier hatte es längst geahnt, nein, gewusst, dass sie es mindestens einmal zu sich genommen haben musste. Ansonsten wäre sie nicht dazu imstande gewesen, ihre Gestalt abzulegen und sich in einen Drachen zu verwandeln. »Hör zu, Volruk! Hierbei steht mehr auf dem Spiel als das Wohl deines Clans. Niemand sollte über deine wahre Herkunft Bescheid wissen, sonst setzt du Ereignisse in Bewegung, die schreckliche Konsequenzen nach sich ziehen werden.«

Ihr Knurren ließ zwar nicht nach, aber anstatt siem zu widersprechen, schwieg sie. Ihre Augen huschten zum Becher in ihrer Hand, zur Phiole auf dem Tisch, dann wieder zu siem zurück. »Welche Art von Konsequenzen?«

Shin kämpfte schier mit sich, um sich siese Angst nicht anmerken zu lassen. »Du könntest damit einen Krieg zwischen den Göttlichen heraufbeschwören.«

Schnaufend entließ sie die Luft aus ihrer Lunge, schüttelte dabei zähnefletschend den Kopf. Es war kaum verwunderlich, warum Hibiko und sie nicht in denselben Raum gehörten. Sie ähnelten sich dafür viel zu sehr. »Woher willst du das wissen?«

»Von zuverlässigen Quellen, aber woher genau tut nichts zur Sache«, antwortete sier kühl und atmete tief durch. Die Spannung, die zwischen ihnen herrschte, trieb siese Nervosität nur weiter an die Spitze.

»Das hast nicht du zu entscheiden.«

»In dieser Hinsicht schon, Volruk. Schließlich bin ich die einzige Person, die tatsächlich den Ernst der Lage erkennt«, kritisierte Shin sie, doch anders als sonst war siem dieses Mal nicht zum Lachen zumute. Shin beabsichtigte nicht, sie damit zu provozieren oder zu verärgern. Es ging siem nur darum, einen möglichen Krieg im Keim zu ersticken und dadurch viele unschuldige Leben zu schützen – mitunter auch sich siese Mitwirkung in einem neuen Götterkrieg zu ersparen.

»Red' nicht drumherum! Was meinst du damit?« Sie stapfte zu siem, hielt eine Armlänge vor siem inne, um auf sien herabzuschauen.

Vor Unglauben schüttelte sier den Kopf. »Hat dir Rulris denn nichts erklärt? Dir nichts über die Geschichten vergangener Götterkinder erzählt?«

»Hat er«, erwiderte sie nach kurzem Nachdenken.

So wurde das nichts. Wenn sie weiterhin derart rar mit Informationen handelte, würde siem die Geduld ausgehen, bevor sier etwas Relevantes in Erfahrung gebracht hatte. »Auch, was mit ihnen geschehen ist?« Siese Stimmlage nahm einen fahrigen Ton an, doch ermahnte sier sich weiterhin zur Ruhe. Sier musste erfahren, was sie wusste und ob es womöglich noch weitere Erkorene gab.

»Nein, davon hat er mir nichts gesagt.«

Zu einem Teil konnte Shin nachvollziehen, warum Rulris seiner Tochter die grausamen Details der Wahrheit verschwiegen hatte. Andererseits brachte sie das Halbwissen, das sie bereits besaß, in ein weitaus übleres Dilemma, als Shin befürchtet hatte. Bis zu dem Zeitpunkt, während dem sie zur Göttin aufstieg, würde sie von unzähligen Parteien gesucht und gejagt werden.

Daran bestand kein Zweifel.

Shin packte das quälende Bedürfnis, sich sieser Verzweiflung und sieser Angst hinzugeben, zu Boden zu sinken und dort direkt vor Volruks Augen zu verschwinden, aber dieser Wunsch wäre siem verwehrt geblieben. Vor diesem Schicksal gab es kein Entrinnen – außer es gelang siem, es abzuwenden.

Jedoch hatte sier für heute genug mit ihr gesprochen.

Siese Energie reichte nicht für weitere Erklärungen aus, besonders keine ausführlichen. Diese musste also warten.

»Woher weißt du all das?«, wiederholte sie ihre Frage und packte sien am Arm, als sier sich zum Gehen umwandte.

»Wo ist meine Schwester?«, stellte sier eine Gegenfrage, doch siese Stimme klang müde und zu gedämpft durch Erschöpfung, um sie bedrohlich zu erheben.

Es dauerte keinen Wimpernschlag, ehe sich Volruks Miene verhärtete und sie ihre Schultern anspannte. »Du bekommst sie bis zum Urteil nicht mehr zu Gesicht.«

Shin seufzte, erschöpft von diesem verwirrenden Sturm in siesem Inneren. »Na gut. Dann nicht.« Sier hielt kurz inne und ging doch auf Volruks Frage ein. »Sprich mit Rulris über sie und in welchem Zusammenhang sie zum letzten Götterkrieg stehen.« Mit siesem Blick fokussierte sier ihre Hand und sammelte genügend Hitze in siesen Lungenflügeln, um sie in Form einer kleinen Flammenzunge auszustoßen, ohne Volruk tatsächlich zu treffen. Überrascht ließ sie sien los. Dennoch spürte sier ihren Blick im Rücken, als sier das Zelt verließ.

Trotz sieser Worte setzte sier nicht darauf, dass sie Rulris direkt danach fragen würde. Zudem konnte sier es sich auch nicht leisten, sie nicht darüber aufzuklären, was sie erwartete, obwohl sie siese Schwester noch immer als Geisel hielt. Er würde es Volruk erklären müssen, wenn sier verhindern wollte, dass sich der Lauf der Geschichte wiederholte. Ganz gleich, wie bitter es auf sieser Zunge schmeckte.

Volruks Schicksal war noch lange nicht in Stein gemeißelt. Shins und das sieser Schwester ebenso wenig.

RURÁKS RÜCKKEHR

Dunkelheit umgab Shin, spendete siem Energie und ein Gefühl der Geborgenheit. Sier lächelte sogar, trotz der Langwierigkeit, mit der die letzten Tage vergangen waren. Ruhig atmete sier ein und wieder aus, spürte den rauen, sandigen Grund unter sich. Ein sanftes Plätschern, das von den Höhlenwänden widerhallte, drang in siese Ohren, doch sier hielt siese Augen weiterhin geschlossen. Sier neigte siesen Oberkörper so weit nach vorne, wie es der Schneidersitz zuließ, wisperte Gebete vor sich hin – mal lauter, dann wieder leiser. Nacheinander widmete sier sich allen Göttlichen, ließ selbst die friedlicher gesinnten Faungottheiten nicht aus, obgleich sie seit Anbeginn sieser Zeit nie einen Nutzen aus siem gezogen hatten. Nachdem sier die Namen von genau dreißig Gottheiten genannt hatte, blieben zwei weitere übrig. Zwei, die siem ebenso viel bedeuteten wie siese Schwester.

»Fernis? Yggdravarios?« Siese Stimme zitterte, als sier ihre Namen aussprach und sich dabei gerade hinsetzte, weniger in Demut, sondern um sich dem Gefühl hinzugeben, sich mit beiden Göttern auf Augenhöhe zu unterhalten. »Ihr werdet mich vermutlich nicht erhören, aber ...« Sier schluckte schwer im Versuch, sich zusammenzureißen und siese Gefühle im Zaum zu halten. »Dennoch werde ich euch niemals außer Acht lassen. So mögen deine Schwingen immer das größte Inferno entfachen, Fernis, und deine Lügen immer den süßesten Beigeschmack haben, Yg...« Siese Stimme brach. Tränen liefen siem über die Wangen und ein unterdrücktes Schluchzen entglitt siem trotz all sieser Gegenwehr. Alles in sieser Brust zog sich schmerzlich zusammen, raubte siem den Atem. Hibiko hätte sien in diesem Moment einen Schwächling genannt und tatsächlich fühlte sier sich schwach. Verletzlich. Zu angreifbar.

Doch sier war allein. Wer hätte siesen Gefühlsausbruch sehen können, um diesen gegen siese Gunsten zu wenden? Nicht hier, hoffte sier. Allerdings schien sich Ramu gerne hin und wieder einen Spaß damit zu erlauben, Hoffnungen der Willkür willen zerplatzen zu lassen.

Shin sah zwar nichts, selbst wenn sier mit offenen Augen in die Dunkelheit gestarrt hätte, aber die leisen Schritte entgingen siem nicht. Jemand versuchte, sich an sien heranzuschleichen. *Ihr und Eure vermaledeiten Scherze, Ramu!*

»Wer ist da?«, fragte sier heiser ins Schwarze hinein, sprang umgehend auf die Füße und sah sich nach allen Seiten um, obgleich sier nichts erkennen würde. Sier reckte das Kinn und schnupperte, um in der Luft sogleich eine angenehme Note nach Amber und einem knisternden Feuer wahrzunehmen. »Rurák?«

Sier kam nicht einmal dazu, zu blinzeln, als die Edelsteine in den Felswänden in einem sanften Dämmerlicht zu schimmern begannen. Und tatsächlich stand Rurák an der Wand und berührte diese mit seiner rechten Hand. Sein Blick ruhte auf siem, während sich ein trauriges Lächeln auf seiner Miene widerspiegelte. Sein Gesicht war zerkratzt und seine Haare, obwohl sie von einem Zopf zusammengehalten wurden, zerrupft, an einigen Stellen gar verdreckt. Er trug nichts weiter als eine Hose und ein sauberes, grob um sich gewickeltes Tuch an seinem Oberkörper. Zumindest seine Kleidung schien er gewechselt zu haben, ehe er diesen Ort aufgesucht hatte.

»Wo warst du?« Für mehr als ein Flüstern reichte es nicht, doch immerhin gehorchten siem die Beine, sodass sier sich langsam auf Rurák zu bewegte. »Du warst fort.« Eine Tatsache, die ihm sicherlich ebenso bewusst war wie siem, aber sie musste ausgesprochen werden. »Dabei hätte ich mich gerne mit dir darüber unterhalten, was zwischen uns vorgefallen ist.«

Der Sorkár rührte sich nicht von der Stelle. Obwohl sich sein Kiefer anspannte, hielt er Shins Blick stand, schien auf etwas zu warten.

»Womöglich bist du auch nicht geschaffen dafür, offen darüber zu reden, aber mir hat es gefallen, dir so nah zu sein. Näher als sonst jemandem«, fuhr Shin unbeirrt fort und spürte, wie neue Tränen siese Wangen benetzten. »Und ich möchte es nicht länger missen – dieses Gefühl, jemanden in meiner Nähe zu wissen. Ich habe dieses Bedürfnis zu lange mit unverbindlichen Körperlichkeiten betäubt. Nun reicht es mir.«

»Shin …«, setzte er an, doch sier stand ihm bereits so nah gegenüber, dass sier bloß siese Hand ausstrecken musste, um ihm einen Finger auf den Mund zu legen. Mit seiner Linken umfasste er sies Handgelenk und zog sien sachte weg. »Tut mir leid, dass ich dich allein gelassen habe. Ich wollte dir keine Sorgen bereiten. Es hatte aber nichts mit dir zu tun, dass ich nicht da war. Falls dich das beruhigt.«

Etwas verkniffen lachte Shin auf und strich sich die Tränen von den Wangen. »Tut es tatsächlich. Warum warst du überhaupt fort?«

Rurák entließ sies Handgelenk, blinzelte dann nachdenklich. »Benrál, ich und einige andere haben einen weiteren

Angriff im Süden aufgehalten …« Seine Miene verfinsterte sich. »Ich glaube nicht, dass es ein gut durchdachter Anschlag war. Sie haben sehr schnell aufgegeben.«

Shin ließ zu, dass die Traurigkeit verging, ehe sier selbst über Ruráks Worte nachdachte. »Das klingt mir nach einem miserabel geplanten Ablenkungsmanöver und nicht wie nach dem eigentlichen Attentat. Habt ihr Volruk bereits darüber in Kenntnis gesetzt?«

»Benrál ist gerade dabei.«

»Gut.« Shin wollte sich schon von ihm abwenden, um sich an der Quelle die Tränen vollständig vom Gesicht zu waschen, aber plötzlich berührten zwei von Ruráks Fingern sies Kinn.

»Ich habe nicht damit gerechnet, dass du meinetwegen weinen würdest«, meinte er und knirschte vor sichtlich schlechtem Gewissen mit den Zähnen.

Das brachte sien jedoch zum Lächeln. »Die Tränen galten nicht dir, Rurák. Ich mag dich sehr, aber dass ich jemandes wegen weine, muss viel geschehen.«

Erleichterung vertrieb das Knirschen, ehe er sich zu siem hinabbeugte, um siem einen sanften Kuss auf die Stirn zu hauchen. »Ich hoffe, wir können das andere bald wiederholen.«

»Das andere?« Sier zog eine Augenbraue hoch, grinste so breit, dass siem die Wangen beinahe wehtaten. Der Sorkár räusperte sich, doch bevor er sich deswegen hätte zieren können, übernahm Shin den nächsten Kuss, diesmal auf seine Lippen. »Keine Sorge, Rurák. Mir ist bewusst, wovon du sprichst, und wer weiß: Vielleicht bald.«

»Hoffentlich bald.« Tatsächlich klang er in diesem Moment so ungeduldig, beinahe so frustriert, wie sich Shin während der letzten Tage gefühlt hatte, dass sier nicht anders konnte, als sich aus seinem Griff zu winden und laut aufzulachen. Rurák stimmte bald mit ein.

Sier war einige Schritte von ihm weggetreten, um sich dann wieder ihm zuzuwenden. »Zuerst sollten wir uns allerdings um diese Unannehmlichkeit kümmern, die sich alsbald anbahnt.«

Zustimmend nickte er in siese Richtung, löste sich von der Wand und kehrte mit siem in die Siedlung zurück.

VERTRAUEN

Angespannt, jedoch geduldig stand Shin mit Rurák an sieser Seite vor Volruks Zelt. Die Sonne hatte sich erst vor Kurzem vom Horizont erhoben. Wenn es nach siem gegangen wäre, hätte sier bereits abends zuvor dieses Gespräch geführt. Allerdings hatte Volruk es siem ausgeschlagen und sien auf heute vertröstet. Nur eine Zeit hatte sie nicht genannt. Deshalb musste sie nun damit leben, dass sier zu dieser frühen Stunde Ans um eine Audienz bat.

»Volruk! Es ist wirklich wichtig, dass wir diesen angeblichen Angriff besprechen«, erhob Shin siese Stimme, in der Hoffnung, sie würde siesen Worten endlich Beachtung schenken.

Mit einem lauten Stapfen trat sie durch den Eingang, ihre Zähne gebleckt, ihre Nasenflügel nach oben gezogen. »Mit dir bespreche ich solche Dinge nicht. Und jetzt verschwinde!« Sie schenkte siem nicht einmal einen Moment ihrer Zeit, um sich zu erklären, sondern zog sich nach ihrem harschen Kommentar direkt wieder in ihr Zelt zurück.

Shin spürte Ruráks mitfühlenden Blick auf sich, aber sie hatte damit nicht siese Gefühle verletzt. Vielmehr war sier wütend auf ihre Ignoranz. Darauf, wie leichtfertig sie mit ihrer Lage umging. Sie konnte jede Hilfe gebrauchen, die ihr angeboten wurde. Allen voran Shins, da sier sich mit solcherlei Angriffen vorzüglich auskannte.

»Du kannst Benrál deinen Vorschlag vorbringen, damit er es ihr mitteilen kann. Auf ihn wird sie hören«, schlug Rurák vor. Es klang durchaus nach einer vernünftigen Option, jedoch zweifelte sier daran, dass sier den Sorkár dazu überreden konnte, siem in dieser Hinsicht zu vertrauen.

»Wird er auf mich hören?«

Rurák kratzte sich am Nacken, mied plötzlich siesen Blick.

»Rurák? Wird Benrál meinen Ratschlag beachten?«, wiederholte sier und warf ihm über die Schulter einen kritischen Blick zu.

»Wahrscheinlich nicht. Nach der Sache mit Hibiko ist auch er vorsichtiger geworden. Auch wenn's um dich geht.«

»Welch wundervolle Neuigkeiten!«, entglitt es siem, wobei siese Stimme vor Ironie nur so triefte. »Dann erübrigt sich dein Vorschlag.«

Rurák verfiel in Schweigen, sodass sier fast hörte, wie er angestrengt über die nächsten Schritte nachdachte. Schweigen allein würde weder Volruk noch ihren Clan weiterbringen. Sie mussten handeln, wenn sie die Pläne der lauernden Söldner vereiteln wollten – vorzugsweise gestern als morgen.

»Die Angriffe werden niemals ein Ende nehmen«, erläuterte sier in gehässigem Ton und wandte sich dann Rurák zu. »Die Schuld dafür liegt bei Rulris und seiner Tochter. Sie sind unachtsam mit dem Wissen umgegangen, welches hätte verborgen bleiben sollen.«

»Ich glaube, es nützt nichts, wenn wir uns gegenseitig die Schuld zuschieben.«

»Da irrst du dich. Volruk muss wissen, wessen Schuld es sein wird, wenn ihrem Clan durch die bevorstehenden Attentatsversuche etwas passiert. Als Häuptling trägt *sie* die

Verantwortung für *ihr* Volk!« Unbewusst war sier plötzlich lauter geworden. Woher kam nur diese Wut? Lag es daran, dass sier sich um Rurák Sorgen machte und in Folge dessen auch um diesen Ort? Volruks Wohl interessierte sien nicht, aber sies Glück lag nun ihretwegen auf Messers Schneide.

Sichtlich nervös sah Rurák sich um, doch niemand schien Shins Ausbruch zu kümmern, weswegen er sien in die schmale Gasse zwischen zwei Zelten drängte und sien noch etwas weiter trieb. Ohne sich dagegen zu sträuben, ließ Shin es zu. Sie blieben nicht eher stehen, bis sie den Höhleneingang erreichten, der siem mittlerweile sehr vertraut war.

»Warum hast du mich hierhergeführt?«, fragte Shin und berührte den rauen Felsen.

Anstatt zu antworten, trat er neben sien, wartete darauf, dass sier sich auch ihm zuwandte und strich siem dann mit einem Finger über die Wange. »Gib ihr etwas Zeit.«

»Die Zeit steht nicht auf ihrer Seite.« Die Wut in siesem Inneren ließ sich kaum zügeln, sodass sier ihn am Handgelenk packte und ihn eine Ellenlänge von sich wegdrückte.

Sier hatte sich dem Gedanken an Glück hingegeben, ihn so weit zugelassen, dass sier das Schicksal ignorierte, welches siem das Orakel Khadira prophezeit hatte. Zu lange hatte sier es gemieden, durch so etwas wie Nähe zu einer anderen Person als zu sieser Schwester glücklich zu werden. Zu viele Jahrhunderte hatte sier auf Empfindungen verzichtet, die für gewöhnliche Sterbliche zum Alltag gehörten. Und das nur wegen einer vermaledeiten Prophezeiung. Shin reichte es endgültig. Weder Khadira noch Volruk würden siem diese Hoffnung auf ein wenig Glück zerstören. Dafür wäre sier sogar bereit, sies Leben zu riskieren und mit all sieser Kraft einzustehen.

»Hier geht es um mehr als um Volruk«, stellte Rurák in einem ruhigen Ton fest, der siese Wut ein wenig besänftigte.

»Damit liegst du goldrichtig.« Sier mied seinen Blick und fuhr mit siesen Fingern über die spitzen Steine der Wand. Trotz der scharfen Kanten schnitt sier sich daran nicht, aber auf Rurák musste es anders wirken. Er trat plötzlich hinter sien, berührte sien am Oberarm, damit sier aufhörte, über die Wand zu streichen.

»Vorsicht!«, ermahnte er sien, ehe sier seinen warmen Körper direkt hinter sich spürte. »Du verletzt dich noch.«

Ein Grinsen stahl sich auf siesen Mund, als sier sich zu ihm umdrehte und zu ihm hochsah. »Durch weltliches Gestein könnte ich niemals verletzt werden. Drachen sind in dieser Hinsicht unglaublich robust.«

»Nicht alle.«

»Ich schon.« Sier stellte sich auf die Zehenspitzen und hauchte siem einen Kuss auf den Mund. »Dass du mich mit einem Pfeil niedergerungen hast, zählt nicht. Du hast die Spitze in ein magieraubendes Elixier getunkt und mich durch eine Unachtsamkeit erwischt, die mir nie wieder unterlaufen wird.«

»Welche Unachtsamkeit?«, hakte er nach, legte siem dabei eine Hand in den Nacken.

»Ich habe mich von Vorurteilen täuschen lassen. Es hieß immer, kein Sorkár benutze der Ehre wegen jemals eine Schusswaffe. Das war wohl ein Fehler meinerseits, mich auf solche Gerüchte zu verlassen.« Sies Grinsen verschwand, um wieder mehr Platz für den bitteren Ernst einzuräumen, der ihnen allen bevorstand. »Aber wir sind gerade vom Wesentlichen abgeschweift. Wir müssen etwas unternehmen, Rurák. Und zwar jetzt!«

»Wie? Volruk und Benrál vertrauen darauf, dass die verstärkten Wachposten sie rechtzeitig informieren werden, falls jemand Fremdes eindringt.«

Shin schüttelte mit einem langsamen Blinzeln den Kopf.

»Das wird nicht ausreichen. Wenn Volruk mir erlauben würde, mich frei und ohne jedwede Beobachtung durch eine Wache zu bewegen, könnte ich beim höchstgelegenen Posten Wache halten und gelegentlich patrouillieren.«

»Das wird sie nicht zulassen.« Rurák seufzte schwer, denn er schien zu wissen, dass Shins Vorschlag den Sorkári einen gehörigen Vorteil verschaffen würde. »Aber ich versuche, sie davon zu überzeugen.« Und mit einem warmen Lächeln fügte er hinzu. »Ich vertraue dir, Shin.«

Die Kehle trocknete siem umgehend aus und jede Erwiderung war wie weggefegt, doch siese Gedanken kehrten zurück, sobald sier sich räusperte. »Vertrauen ist in Zeiten wie diesen ein sehr törichtes und gefährliches Wort.«

»Trotzdem weiß ich, dass ich dir vertrauen kann«, meinte er erneut und wandte sich zum Gehen von siem ab. »Am besten informierst du Luven über unseren Plan. Sie wird dir sicher zuhören.«

»Das denke ich auch.«

»Ich komme nach, sobald ich mit Volruk geredet habe.« Länger blieb er nicht stehen, sondern eilte – weiterhin mit diesem leichten Hinken in seinem Gang – zu seiner Ziehmutter. Shin sah ihm hinterher, das Nachhallen seiner Worte in den Ohren. Er vertraute siem, hatte er gesagt. Zweimal innerhalb weniger Atemzüge. Vertrauen – ein Wort, das sier sonst nur mit Hibiko teilte, und doch fühlte sier sich bereit, es auch bei Rurák zu versuchen.

Wie Rurák es vorhergesehen hatte, hatte Luven Shin zugehört und siesem Vorschlag sogar zugestimmt. Jedoch warteten sie bis zum Mittag auf Rurák, ohne dass er zu ihnen stieß.

»Meinst du, es ist etwas passiert?«, durchbrach die Nayruni nach einer Weile die quälende Stille, die die Warterei im Laufe des Morgens zwischen ihnen heraufbeschworen hatte. Shin saß gleich neben dem Eingang im Schneidersitz auf dem Boden und spähte durch den Spalt der Plane nach draußen.

Sier vertraute darauf, dass er sich an seine Worte hielt, aber allmählich weckte Ruráks Abwesenheit auch in siem Bedenken. In Anbetracht der Umstände war es unmöglich, zu vermuten, was ihn derart lange davon abhielt, Luvens Zelt aufzusuchen.

»Wahrscheinlich«, erwiderte sier knapp, erhob sich und schlängelte sich elegant durch den Spalt hinaus. Sier sah sich um, entdeckte dabei die eine oder andere Wache, deren Blicken sier begegnete. Ein unangenehmer Ruck jagte überraschend durch siesen Körper, rüttelte die Stimme sieses Instinkts wach, die siem mitteilte, dass siem jemand auflauerte. Mit einem ziependen Brennen im Nacken analysierte sier aufmerksam die Umgebung, bis sier Rulris ins Auge fasste. Der Gott steuerte direkt auf sien zu, mit raschen, aber gefestigten Schritten. Seine Miene wirkte eisern, undurchdringlich und es zeichnete sich nichts darauf ab, was Schlüsse auf seine Gedanken zugelassen hätte. Wie es der Respekt verlangte, sank Shin auf sies linkes Knie und neigte siesen Kopf. »Seid gegrüßt, Rulris.«

»Sei gegrüßt«, wiederholte er die Floskel und hielt keine Armlänge von siem entfernt inne. Auch an diesem Tag sah er den Sorkári, obgleich er sie geschaffen hatte, nicht ähnlich, sondern schien nach wie vor – so gut wie alle Golddrachen – die Gestalt eines großgewachsenen Nayruni zu bevorzugen. Dementsprechend besaß er Klauen, statt Hau-

ern oder Zehen, und einen Schweif, der beim Gehen mitschwang.

»Dein Mut ist bewundernswert, aber vergiss dabei deinen
wahren Platz nicht.« Wie üblich redete er nicht um den heißen Brei herum, sondern kam direkt zum Punkt.

Seufzend schaute Shin zu ihm hoch und zog die Augen-
brauchen zusammen. »Daran müsst Ihr mich nicht erinnern.«

»Offenbar schon. Du mischst dich in Volruks Angelegenheiten ein und meinst es besser zu wissen, wie sie sich und
ihren Clan zu beschützen hat«, merkte Rulris mit tiefer, ge-
setzter Stimme an. Allein seine Präsenz genügte, um Shin
einzuschüchtern, und trotzdem nicht genug, damit er sien
zum Schweigen brachte.

»Ihr nehmt das Risiko in Kauf, dass die Existenz Eurer
Tochter einen neuen Götterkrieg begünstigt? Damit möchte ich natürlich nicht sagen, dass Ihr Volruk töten sollt, aber
hättet Ihr sie nicht besser im Unwissen gelassen, um ihr ein
gewöhnliches Leben unter ihresgleichen zu schenken?«

Ein schweres Durchatmen seinerseits erzählte Shin mehr,
als Worte siem hätten mitteilen können. Sier bewegte sich
mit sieser Anmaßung auf ganz dünnem Eis. »Deine Aufgabe ist eine andere.«

»Es geht mir nicht darum, mich einzumischen ...«, erwiderte sier darauf, doch rasch fiel siem auf, dass sier dem
Gott wohl kaum siese wahren Beweggründe offenbaren
konnte.

Gemächlich blinzelte Rulris, musterte sien mit seinen ru-
binfarbenen Augen. »Sondern?«

»Ich ...« Siem blieben die Worte im Hals stecken, während seine Aufmerksamkeit durchdringlich auf siem lag.
Lange hielt sier dieser Intensität nicht stand, senkte wiederum siesen Blick, um sich zu sammeln. »Ich habe erst

vor Kurzem erfahren, dass wieder Erkorene auf Vaerys erscheinen. Meint Ihr nicht, das rechtfertigt meine Sorge?«

»Das tut es«, gab er zu. Shin spürte umgehend, wie sich die Stimmung zwischen ihnen entspannte. »Allerdings möchte ich Volruk auf das vorbereiten, was kommen wird. Unwissen würde ihr Leben kosten.«

Es beruhigte Shin, dass sich Rulris seiner Taten bewusst war, und obwohl sier ihm nicht gänzlich zustimmen konnte, wagte sier es nicht, der Gottheit zu widersprechen.

»Wisst Ihr mehr über das, was geschehen wird?«

»Nein.« Rulris verschränkte die Arme vor der Brust und blickte über sien hinweg, als dachte er über etwas nach. »Tyro weigert sich, mit mir darüber zu reden, und das Orakel schweigt, wenn ich es auf dieses Thema anspreche.«

»Das Orakel?« Shin schnaubte verächtlich. »In letzter Zeit behält sie sehr viele Wahrheiten für sich und meidet viele Gottheiten – habe ich mir sagen lassen.«

»Ihr Bestien seid alle nicht besonders umgänglich. Das wart ihr nie«, stellte er klar. Wieder wagte sier es nicht, siese Meinung kundzutun, sondern lenkte das Gespräch zurück zu einer Frage, die sier bereits zu Anfang hatte stellen wollen.

»Was gedenkt Ihr, gegen die Angriffe zu unternehmen?«

Rulris' Blick fand zurück zu siem, ehe er seine Augenbrauen anhob. »Ich werde mich mit Volruk besprechen.«

»Bei dieser Angelegenheit könnte ich Euch von Nutzen sein«, schlug sier vor und setzte ein wohlwollendes Lächeln auf, um ihm siesen Vorschlag schmackhafter zu machen.

»Wie bereits erwähnt: Mut besitzt du, aber ich habe keine Verwendung für dich.«

»Ihr bringt Tod über die gesamte Siedlung, wenn Ihr nicht –«

Sein ganzer Körper spannte sich an, sein Blick wurde intensiver. »Du vergisst dich, Shin.«

Instinktiv trat sier einen Schritt zurück, schluckte und spürte, wie siem das Herz bis zum Hals schlug.

»Du wirst dich nicht länger in irgendwelche Ereignisse einmischen.« Trotz seiner ruhigen Stimme schwang ein bedrohlicher Unterton mit, der Shin dazu brachte, ihm beschwichtigend zuzunicken. »Wenn du dich daran hältst, werde ich ein gutes Wort für deine Schwester einlegen. Vielleicht spricht Volruk danach ein mildes Urteil für sie aus.«

»Ich danke Euch.« Es blieb siem nichts anderes übrig, als sich in dieser Angelegenheit geschlagen zu geben. Das Wohl sieser Schwester stand über allem.

»Versprechen kann ich dir nichts«, fügte Rulris hinzu und dämpfte siese Freude, die beinahe vollends aufgekeimt wäre.

Sier verhärtete siese Miene, ließ keine Gefühlsregung nach außen hin dringen. »Natürlich.«

Mit einem höflichen Nicken wandte er sich von siem ab und ging in gemächlichen Schritten an den Behausungen entlang. Shin wurde die Kraft zu viel, die er dabei ausstrahlte, drehte sich Halt suchend weg und kehrte zu Luven ins Zelt zurück.

»Und?«, fragte sie direkt, kam näher auf sien zu.

Unvermittelt schüttelte sier den Kopf und zwang sich zu einem Lächeln. »Unauffindbar, aber es scheint alles in Ordnung zu sein.«

Skeptisch kniff sie die Augen zusammen, während sich ihre Lippen zuspitzten. »Du lügst, aber egal. Heute wird das sowieso nichts mit dir. Du bist viel zu abgelenkt.«

»Bin ich ni–« Da sie mit ihrer linken Hand wild vor siesem Gesicht herumfuchtelte, hielt sier mitten im Satz inne.

»Doch bist du! Keine Widerrede!«

»Wie du meinst.«

Anstatt die Zeit zu nutzen, um nach Rurák zu suchen, steuerte Shin ohne Umwege sein Zelt an – natürlich wieder mit einer Wache, die siem wie ein Schatten folgte – und meditierte darin für den Rest des Tages.

Draußen war es längst dunkel, als sien das wallende Geräusch von schwerem Stoff aus dem Schlaf riss. Shin verharrte auf siesem Nachtlager, verhielt sich so, als schliefe sier tief und fest. Und tatsächlich gab es keinen Grund zur Beunruhigung. Zwar näherte sich siem jemand mit schweren Schritten, doch nur, um sich neben sieser Schlafstätte niederzulassen und siem übers Haar zu streichen.

»Es tut mir leid, dass es so lange gedauert hat«, entschuldigte sich Rurák im Flüsterton. Ohne ein Wort machte Shin ihm Platz und rückte bis zum Rand.

»Du darfst dich morgen ausführlich entschuldigen«, flüsterte Shin verschlafen. Trotz sieser Wut schmiegte sier sich an ihn, genoss dabei die Wärme, die sofort auf sien überging.

Der Sorkár lachte leise auf und schlang einen Arm um sien. »Sicher.«

314

DER KAMPF UM HIBIKOS FREIHEIT

In Ruráks Armen wachte Shin auf. Sier hatte sich, seit sier wieder eingeschlafen war, nicht gerührt, und fühlte sich so ausgeruht wie lange nicht mehr. Das Lächeln auf siesen Lippen verstärkte sies Wohlbehagen, ehe siem ein wohliges Seufzen entglitt.

»Shin …«, flüsterte Rurák hinter siem, drückte sien noch näher an sich, bis sier dank der langsam von siem abfallende Müdigkeit etwas Hartes an siesem Steißbein bemerkte.

Schlaftrunken lachte sier auf und drehte siesen Kopf zu ihm. »Wir sollten nicht allzu lange in dieser Position verweilen. Wenn uns jemand so nah beieinander erwischt, dann …«

»Es wissen sowieso schon alle«, murmelte er in siesen Nacken, bevor er diesen mit sanften Küssen übersäte.

»Tun sie das wirklich?« Mittlerweile nahm sier auch das Pochen sieses eigenen Glieds wahr, dessen Spitze unangenehm gegen den Stoff sieser Hose rieb.

Ruráks Hand glitt langsam von sieser Schulter hinab über siesen Bauch, erweckte damit eine prickelnde Vorfreude in siem.

»Nicht jetzt.« Shin packte ihn am Handgelenk, bevor er Shins Hosenbund erreichte.

315

Sier verlangte nach seinen Berührungen, nach mehr Küssen, engeren Umarmungen, aber dafür waren die Sorkári außerhalb sieses Zeltes bereits zu wach. »Und ich muss dir widersprechen, Rurák. Wenn Volruk ahnte, wie nahe wir uns stehen, würde sie alles daransetzen, uns voneinander fernzuhalten.«

Er leckte siem über die Ohrspitze und jagte siem damit erregende Blitze durch den Leib. »Das hat sie versucht, aber das hält mich nicht auf.«

Sobald Shin siesen Griff lockerte, legte Rurák seine Hand auf siese Hüfte und ließ sie dort ruhen. »Du bist mir wichtig.«

Sier atmete zittrig ein, schob dann seine Hand von sich weg, um siese erregten Gedanken wieder unter Kontrolle zu bekommen. Die Hitze, die Nähe, die Vertrautheit. Shin wünschte sich, sier hätte sich dem einfach hingeben können, aber etwas hielt sien davon ab – Vernunft, Unsicherheit oder gar Angst?

Mit einem Seufzen setzte sier sich auf und Rurák tat es siem nach.

»Soll ich das lieber nicht sagen?« Ein schmerzlicher Ausdruck trat auf sein Gesicht, sodass sier nicht anders konnte, als ihm tröstend eine Hand an die Wange zu legen.

»Nein, keineswegs. Es könnte jedoch sein, dass ich mich erst an solche Worte gewöhnen muss, und dass wir uns weiterhin etwas zügeln sollten. Ich hoffe, ich muss dir die genauen Gründe nicht noch einmal erläutern.«

»Musst du nicht.« Wieder berührte sein Mund Shins Stirn und entlockte siem damit ein Lächeln, obwohl es ein Entschluss, den sier nun endlich fasste, gleich wieder vertrieb.

»Es wäre sogar besser, wenn du mir heute fernbleibst.«

»Warum?«, fragte er nach.

Shin wandte siesen Blick ab, unfähig, siem dabei in die Augen zu sehen. »Ich kann nicht länger warten. Meine

Schwester ist bereits zu lange in Volruks Gewalt und ich werde den Häuptling heute zum Kampf herausfordern.«

Plötzlich spürte sier eine warme Hand im Nacken. Instinktiv schaute sier ihm doch wieder ins Gesicht.

»Bitte tu das nicht.«

»Es reicht, Rurák. Ich bin zu alt, um mich noch länger hinhalten zu lassen und geduldig zu warten, bis sich Volruk doch für den Tod meiner Schwester entscheidet. Ich werde kämpfen, wenn dies die einzige Möglichkeit sein sollte, um sie vor dem Urteil des Häuptlings zu retten.« Die Entschlossenheit vertrieb alles, was sien zuvor hatte zaudern lassen. Sier mochte Rurák, aber sier würde sich niemals dieser Art von Zuneigung vollends hingeben können, solange Hibiko in Gefahr schwebte.

»Sie wird deine Herausforderung nicht annehmen«, erwiderte er, klang dabei aber gar nicht so sicher.

»Das bezweifle ich, und du weißt, warum.« Das hier bereitete siem längst keine Freude mehr. Früher hatte sier es geliebt, mit Feinden siese Spielchen zu treiben, um sie zu provozieren, sie zu verwirren, sie in ihrem Innersten zu treffen und zu verletzen, aber diese Art von Freude verspürte sier nicht in Ruráks Gegenwart. »Würdest du mich dafür verachten, wenn ich es trotzdem tue?«

Schweigend senkte er seinen Blick und trotz alldem zog er seine Hand nicht zurück. Die Falte zwischen seinen Brauen vertiefte sich, ließ ihn um zehn Jahre altern.

»Würdest du mich dafür hassen und mich von dir wegstoßen?«, wiederholte Shin. Sier bewegte siese Hand weiter und streckte sich ihm etwas entgegen, um ihm Stirn an Stirn gegenüberzusitzen.

»Ich kann dich nur darum bitten, es nicht zu tun. Aber ich verstehe dich.« Der Griff in siesem Nacken verstärkte sich. »Und nein, ich kann dich nicht hassen.«

Siese Lippen bebten, während sier gegen einen leisen Schluchzer ankämpfte, der sien zu überwältigen drohte. So sehr berührten sien seine Worte. So sehr überraschten sie sien, obwohl sier es von Rurák hatte erwarten müssen. Es gelang siem, die Tränen zu unterdrücken und sich zusammenzureißen, stattdessen lachte sier auf. »Du machst es mir schwer, dir nicht zu glauben. Dennoch ... Ich werde die Wahrheit deiner Worte erst erkennen, wenn es ernst wird.«

Erneut suchte sien das Gefühl heim, entzweigerissen zu werden. Als müsste sier sich nun tatsächlich zwischen dem Wohl sieser Schwester und dem Glück, das sier zusammen mit Rurák empfand, entscheiden. Sier spürte zwar, dass er sien nicht anlog, aber wie konnte sier sich sicher sein, dass er sich im Angesicht des aktiven Geschehens auch daran hielt? Das Leben hatte sien des Öfteren eines Besseren gelehrt, als solcherlei leeren Versprechungen Glauben zu schenken – ganz gleich, von wem sie stammten.

Rasch entwand sier sich ihm, kleidete sich vollends an und band sich sies Haar wie üblich zu einem strengen Pferdeschwanz zusammen. Nur zwei Strähnen hingen siem – ebenfalls wie gewohnt – ins Gesicht, doch sah sier davon ab, sich zu schminken. Es passte nicht in den Moment und hätte unnötig viel Konzentration gekostet, die sier nun ohnehin nicht besaß.

Während sier sich vorbereitete, beobachtete Rurák sien schweigend, sah dabei so verletzt aus, dass der Stich in siesem Herzen noch heftiger wehtat.

»Wann forderst du Volruk heraus?«, durchbrach er irgendwann die unerträgliche Stille zwischen ihnen und veranlasste Shin dazu, direkt vor dem Zeltausgang innezuhalten.

»Noch in dieser Stunde werde ich sie zum Kampf auffordern und erfahren, wie viel Mut in ihr schlummert.« Siese Stimme zitterte dabei – allerdings nicht aus Angst vor Volruk, sondern dass sier mit dieser Herausforderung selbst alles verlieren könnte, was siem lieb und teuer war. Und das innerhalb eines Tages.

»Warte, Shin!« Rurák sprang auf, zupfte seine Kleidung zurecht und strich sich den Zopf über die linke Schulter. »Ich begleite dich.«

»Nein, das geht nicht. Ich möchte nicht riskieren, dass du dein hart erarbeitetes Ansehen meinetwegen wieder verlierst«, widersprach sier, redete jedoch nach wie vor gegen eine Wand.

Er nutzte, dass Shin noch immer stand, und trat vor sien, um siem den Durchgang nach draußen zu versperren. »Ich begleite dich oder ich stelle mich dir in den Weg. Für mich gibt es nur diese zwei Möglichkeiten.«

Sier hätte sien einfach auf die Seite stoßen oder ihn bedrohen können, doch sier brachte es nicht über sich. »Rurák, bitte! Geh mir aus dem Weg!«

»Du kennst meine Bedingungen«, erwiderte er, so gefasst wie immer. Er schluckte zwar schwer, was Shin ganz genau hörte, aber er schien all seinen Mut zusammenzunehmen, um nicht zur Seite zu treten. Egal, was sier sagte, er würde sich nicht von seiner Entscheidung abbringen lassen. Instinktiv spannte sich Shins Kiefer an, aber sier verzog siesen Mund sogleich zu einem breiten Grinsen.

»Sind wir schon so weit, dass wir uns gegenseitig Bedingungen stellen? Wie du möchtest. Begleite mich, aber bitte, mische dich nicht in den Kampf zwischen Volruk und mir ein.«

Mit seiner Rechten strich Rurák siem über den Scheitel, ließ sie über siese linke Wange gleiten und berührte dann sies Kinn mit zwei Fingern. »Werde ich nicht.« Dem Funkeln in seinen roten Augen vertraute sier sofort. »Versprochen.«

»Volruk!«, rief Shin über den Hauptplatz hinweg dem Häuptling zu, sodass sie sich von Rulris abwandte und siem zuwandte. Sie schien sich mit ihm über etwas unterhalten zu haben, doch es konnte sich um nichts von Wichtigkeit gehandelt haben, wenn sie sich so schnell davon ablenken ließ.

Sie schenkte siem einen Blick, als wünschte sie siem direkt Revi an den Hals, erweckte allerdings nicht den Eindruck, als würde sie einer Konfrontation direkt ausweichen. »Was willst du?«

Rulris bewegte sich ebenfalls nicht von der Stelle und schien aufs Genauste zu beobachten, was vor sich ging. Er vertraute Shin nicht. Das war siem bewusst, aber von siesem Vorhaben würde er sien nicht abhalten können. Fünf Schritte vor ihr kam sier abrupt zum Stillstand, starrte ihr mit festem Blick entgegen.

»Ich fordere dich zum Kampf heraus!«

Überraschung huschte über ihre Miene, ehe sie sich fing und schnaubend auflachte. »Ein Kampf? Du?«

Der Ton ihrer Stimme kam einer Beleidigung gleich und entlockte siem kurzzeitig ein leises Knurren, das sier während des nächsten Atemzuges gleich wieder verstummen ließ. »Ich kämpfe um das Lebensrecht meiner Schwester.«

»So funktioniert das nicht«, entgegnete sie kopfschüttelnd.

»Dann lehnst du demnach meine Herausforderung ab?« Wie geplant verfehlte die Schlussfolgerung ihr Ziel nicht und brachte sie ins Stocken.

»Das habe ich nicht gesagt!«, berichtigte sie harsch und trat näher zu siem heran. »Dieser Kampf wird nichts an meinem Urteil über sie ändern. Egal, ob du gewinnst oder verlierst.«

»Da liegst du falsch, Volruk«, schaltete sich Rulris ein. Er folgte ihr, für den Fall, dass Shin doch auf irgendwelche törichten Gedanken kam. »Sier kann dieses Recht beanspruchen, wenn sier nach der Freilassung der Schwester für sie bürgt. Dabei wird –«

Volruk klappte der Mund auf. »Was? Das kann jetzt nicht … Rulris, ich …« Ihr entfuhr ein frustriertes Knurren. »Mein Urteil steht fest.«

Noch während sie zum Gott gewandt gesprochen hatte, war Shin mit festem Schritt vorgetreten, um siesen Standpunkt klarzumachen. »Ich erhebe Anspruch auf –«

Mitten im Satz wurde sier unterbrochen. Etwas schlug siem mit voller Wucht gegen die linke Seite sieses Gesichts. Ein hoher Ton schallte in siesem Ohr, während sier nach rechts taumelte und mit Mühe und Not sies Gleichgewicht wiederfand. Sier hatte Volruks Schlag schlichtweg nicht kommen sehen, aber sier würde es ihr mit gleicher Münze zurückzahlen.

»Feigling! Du versuchst, dich damit nur vor einem Kampf zu drücken«, brachte Shin heraus, obwohl siese Unterlippe am linken Mundwinkel aufgeplatzt war und heftig pochte.

Eine weitere Faust sauste auf sien nieder, doch dieses Mal mischte sich Rulris zu Shins Erstaunen ein und hielt, ohne mit der Wimper zu zucken, ihre geballte Hand mitten in der Luft auf. »Genug! Dieses Recht steht siem zu und setzt dein Urteil vorerst außer Kraft. So verlangt es das alte Gesetz von Vaerys.«

Sie murmelte einige unverständliche Flüche vor sich hin und warf Shin einen vernichtenden Blick zu, den sier gekonnt ignorierte. Sier war ohnehin zu beschäftigt mit sieser blutenden Lippe, drückte die Hand dagegen, sah dann jedoch bald ein, dass sier die Blutung nur mit einem Tuch und viel Geduld stillen konnte. Wie sier es hasste, im Gesicht verletzt zu werden. Nach siesem Gefühl schmerzte es dort am meisten.

Sobald Rulris sie losließ, senkte sie ihre Hand, doch ihre bebenden Nasenflügel sprachen Bände. »Ich nehme deine Herausforderung an. Aber«, ihre Brust schwoll deutlich an, »wir kämpfen ohne Waffen.«

»Ich hätte nichts anderes verlangt«, erwiderte sier kühl und fand sich damit ab, dass siem das Blut nun übers Kinn lief, siem somit auch aufs Oberteil tropfte.

»Gut. Dann folg' mir.« Sie stapfte voran bis zur Mitte des Hauptplatzes. Rulris sah davon ab, ihnen nachzukommen, und Rurák hatte sich – wie versprochen – ebenfalls nicht eingemischt. Trotz Volruks überraschenden Gewaltausbruchs.

Am Rand versammelten sich bereits einige Sorkári. Die Kunde des Kampfes verbreitete sich so rasch, dass bald beinahe das gesamte Dorf einen Kreis um sie bildete. Und das, noch ehe sie überhaupt ihren ersten Hieb ausführten. Vielleicht lag es auch daran, dass Volruk eine Weile wartete, nachdem sie stehengeblieben war, und sich kurz umsah. »Was erhoffst du dir von diesem Kampf?«

»Ich habe dir den Grund bereits genannt«, antwortete sier angespannt und blickte ihr ernst entgegen, während sie sich Auge in Auge gegenüber aufstellten, mit kaum mehr als sieben Schritten Abstand zwischen sich.

»Du wirst verlieren.« Sie klang sich ihrer so sicher.

»Unterschätze mich nicht. Wäre dies ein Kampf auf Leben und Tod, wärst du bereits in Revis Armen«, konterte sier und hob siese Hände zur Verteidigung leicht an, atmete dabei tief durch. »Aber ich werde nachsichtig mit dir sein.«

»Ruhe!«, brüllte sie, machte sich ebenfalls bereit zum Angriff, indem sie ihre Fäuste bis zur Höhe ihrer Brust anhob.

Dieses Mal ließ sie sich nicht zu einem übereilten Schlag provozieren, sondern schien sich tatsächlich eine Strategie für den bevorstehenden Kampf zurechtzulegen.

Um sich einen Vorteil zu verschaffen, riss Shin die Ehre des ersten Angriffs an sich und preschte vor. Natürlich nicht kopflos, denn anstatt auf sie einzudreschen, täuschte sier lediglich den ersten Schlag an, bremste allerdings kurz vor ihr ab, um einen Schritt zur Seite zu treten. Wie erwartet verteidigte sie ihre Front, offenbarte jedoch eine Verteidigungslücke zu ihrer Linken, die Shin ausnutzte, um ihr einen Tritt in die Seite zu verpassen. Volruk strauchelte, schnappte hörbar nach Luft, doch fing sich rasch, um selbst im nächsten Moment in den Angriff überzugehen. Mit donnernden Schritten raste sie auf sien zu, sodass der Boden unter siem erbebte. Sier bewahrte Ruhe, stieß sich mit der Hilfe des leichten Elements kräftig vom Boden ab und schlug über sie hinweg einen Salto, um in einiger Entfernung hinter ihr wieder sicher auf dem Grund zu landen. Ihr auszuweichen, war nicht sies primäres Ziel, aber bei solch brutalen Attacken würde sier kaum etwas ausrichten können. Sier musste also mit Bedacht vorgehen. Ihre Sterblichkeit machte sie durchaus nicht zu einer schwachen Gegnerin. Keineswegs. Und dass sie bereits Gezeitenharz gekostet hatte, bereitete siem zunehmend Kopfzerbrechen. Welche Macht hatte sie durch das Blut der Gezeitenbäume erweckt? Welche Fähigkeiten schlummerten noch tief in ihrem Inneren? Fragen, die siem zu diesem Zeitpunkt niemand beantworten würde, obgleich sie für sien wie für die Welt von höchster Wichtigkeit waren.

Rasch wandte sier sich um und erkannte, dass auch Volruk sich siem wieder zugedreht hatte. Sier machte einen Schritt nach links. Der Häuptling tat es siem nach, sodass sie sich einige Schritte im Kreis bewegten, ohne den Abstand zwischen sich zu schmälern. Sie schien Shin ebenso zu analysieren wie sier Volruk, knurrte und stürzte sich erneut auf sien. Allerdings bebte der Boden unter siesen Füßen so heftig, dass sier einen großen Teil sieser Konzentration darauf lenkte, siese Balance beizubehalten. Sie schummelte, bemerkte sier und grinste. Die Beherrschung eines Elements – in ihrem Fall des Gesteins – zählte für sie wohl nicht als Nutzung einer Waffe, wenngleich die Elementarmagie ebenso tödliche Wunden verursachen konnte wie eine Klinge.

Ihre Interpretation erlaubte es siem, die Regeln auch sieserseits zu beugen, sodass sier einen Windstoß beschwor, den sier in ihre Richtung lenkte. Ihre Schritte verlangsamten sich, das Beben nahm ab. Sobald sie stehen blieb, rief auch Shin siesen Zauber zurück. Sier würde allerdings aufpassen müssen, dass sier sie mit sieser Magie nicht verletzte. Diese war zwar unter sieser Kontrolle nicht wild, doch auf ihre eigene Weise durchaus gefährlich. Gewöhnliche Wesen beherrschten in ihrem Leben höchstens eines der Elemente, je nachdem, welcher Art sie angehörten, aber sier, als Schöpfung zweier Gottheiten, verfügte über die Macht, mehrere Elemente zu kontrollieren – Feuer, Schatten und Wind. Ironischerweise gehorchte siem Gestein nicht, obwohl durch siese Adern Drachenblut floss. Es wollte sich ihm einfach nicht beugen.

Der Gegenangriff hielt sie nicht lange auf. Wieder erschütterte sie mit einem Stampfen die Erde, trieb dieses Mal direkt unter siem Felsen aus dem Boden heraus, um Shin sies Gleichgewichts zu rauben. Allerdings tänzelte sier leichtfüßig über die neuen Erhebungen, näherte sich ihr Schritt um Schritt und stieß sich mit Anlauf von einem schmalen, erhöhten Steingebilde ab, um mit dem rechten Fuß in einer zügigen Umdrehung auf ihr Gesicht zu zielen. Zu langsam, um siem auszuweichen, traf sier Volruk, sodass sie stolperte und durch die fehlende Balance auf dem rauen Grund landete. Sobald sier zwei volle Umdrehungen vollführt hatte, nutzte sier den Schwung weiter aus und schmetterte ihr die Faust gegen die Seite ihres Knies. Ein fürchterliches Knacken drang siem in die Ohren, bevor ein greller Schmerz siese rechte Hand aufsuchte. Verzögert schrie sier auf, wich zurück, siese Rechte mit der anderen Hand umfasst. Damit hatte sier nicht gerechnet.

Mit einer Rolle zur Seite kam Volruk wieder auf die Beine und ergriff für sich die Chance sieser Schwäche, um zurück in siese Nähe zu geraten. Zwar hatte der Schmerz sien abgelenkt, doch aus den Augen hatte er sie trotzdem nicht gelassen, weshalb sier ihrer Faustparade auswich und jedem einzelnen ihrer Schläge entging. Inmitten der Attacke entdeckte sier eine weitere Lücke, zielte und traf sie mit der linken Faust direkt in den Magen, sodass sie ein lautes Grunzen von sich gab und in gekrümmter Haltung einige Schritte nach hinten tat. Geifer tropfte ihr aus dem Mund. Shin war beinahe froh darum, dass es kein Blut war. Denn dann hätte sier es übertrieben.

Sier holte schon zum nächsten Angriff aus, als siese Füße plötzlich in den Boden einsanken und sien an Ort und Stelle festhielten. Panik schoss siem in die Brust, doch die Zeit reichte aus, dass sier trotzdem reflexartig siese Arme vor dem Gesicht kreuzte, um den ersten Schlag aufzuhalten. Der zweite schmetterte gegen siese Rippen und der dritte landete tiefer, als es sich überhaupt jemand wünschen würde. Weiße Punkte zusammen mit Dunkelheit umsäumten sies Blickfeld, als sier ächzend auf die Knie sank und im selben Moment auch aus dem Griff des Gesteins entlassen wurde. Siem wurde schlecht vom schmerzlichen Pochen in siesem Geschlecht, aber sier nahm sich zusammen, um sich nicht vor all den versammelten Sorkári zu übergeben.

»So tief zielst du also?«, presste sier zwischen zusammengebissenen Zähnen hervor und rang nach Luft. Sie stand über ihm, packte sien an den Haaren, um sien dazu zu zwingen, siesen Blick anzuheben.

»Gib auf und der Kampf ist vorbei.« Ihre Miene wirkte eiskalt und nichts hätte auch nur auf einen Funken der Genugtuung hingewiesen.

Die Übelkeit flaute etwas ab, sodass sier sich traute, siesen Mund nochmals zu öffnen. »Wenn es um das Leben meiner Schwester geht, werde ich niemals aufgeben.« Sier rappelte sich auf, spürte jedoch, wie siese Knie zitterten. Die Schwäche nagte an siesem Ego, erinnerte sien daran, wie sehr sier sich während eines waffenlosen Kampfes immer auf Hibiko hatte verlassen können. Dasselbe musste nun allerdings für sien gelten. Das Leben sieser Schwester lag in siesen Händen und sier würde diese Chance nicht vertun. Um sich auf das, was sier vorhatte, vorzubereiten, sog sier die Luft in sich ein, nahm sogleich auch deren Magie vollends in sich auf.

Volruk zögerte und hielt Shin nicht auf, was siem einen Vorteil verschaffte. Shin warf sich mit ausgestreckter linker Hand nach vorn, manifestierte die gesamte Luft, die sier gerade noch eingeatmet hatte, auf sieser Handfläche und schleuderte ihr die geballte Kraft des Windes in voller Konzentration entgegen.

Sie flog quer über die Kampffläche und krachte gut zwanzig Schritte entfernt auf den Boden. Ächzend und hustend zwang sie sich auf alle viere, während Shin auf sie zurannte.

Sie hob ihren Blick, sprang auf und schon prallten sie aufeinander. Shin packte sie am Oberteil, Volruk sien an den Haaren, sie knurrten sich dabei gegenseitig bedrohlich an. Und mit einem Mal drückte sie in die neue Narbe an siesem Rücken, erweckte den Schmerz, der eben vor wenigen

Tagen abgeebbt war, zu neuem Leben. Sier schrie auf in einer Mischung aus Pein, Frust, Enttäuschung und Verzweiflung. Mittlerweile sah sier keinen einzigen Ausweg mehr, als Volruks Kehle mit der verletzten Hand zu umfassen und zuzudrücken. Jedoch, je mehr Kraft sier auszuüben versuchte, desto gnadenloser ging auch sie mit siem um. Warum war sier ohne siese Schwester nur so schwach? Oder lag es etwa daran, dass sier sich zu sehr um Rücksicht bemühte? Aber …

Sie schleuderte sien zu Boden, wo sier mit Schwindel und Übelkeit kämpfte, und presste siem einen Fuß ins Kreuz. Über siese Schulter zischte sier ihr drohend entgegen, aber siem war bewusst, dass sier drauf und dran war, zu verlieren. Mit einer Klinge holte sier niemals eine Niederlage ein, aber mit der Faust allein war sier schlichtweg zu nichts zu gebrauchen …

»Gib auf!«

»Nein!«

Sie ging in die Hocke, sodass sich ihr Gewicht noch deutlicher auf sien verlagerte. »Es ist vorbei.«

»Niemals!« In sieser Wut beschwor sier einen Dolch in sieser rechten Hand, blickte über die Schulter weiterhin zu ihr hoch. Sie entdeckte die Klinge, blieb jedoch unbeeindruckt.

»Greif mich damit an und du verlierst erst recht«, verdeutlichte sie siem das für sien bereits Offensichtliche.

Prompt löste sich die Waffe wieder auf. »Dann töte mich an ihrer Stelle und schenke ihr die Freiheit.«

»Du kennst mein Urteil noch nicht«, erwiderte sie trocken, hielt jedoch inne. »Aber wenn du nicht warten kannst, werde ich es morgen zur letzten Stunde Ans aussprechen. Und jetzt steh auf!« Sie nahm ihren Fuß aus siesem Kreuz.

Ohne zu zögern, kam sier auf die Beine, nickte ihr für das vorgezogene Urteil dankend zu und schritt, ohne sich die Schmerzen anmerken zu lassen, über den Hauptplatz. Sier hielt nicht an, um Rurák Gesellschaft zu leisten, sondern zog an ihm vorbei. Jedoch schenkte sier ihm ein schwaches Lächeln, das der Sorkár mit sorgenvollem Ausdruck erwiderte.

Shin betrachtete siese eingebundene Hand, widmete siese Aufmerksamkeit vor allem dem Verband, der den Ringfinger und den kleinen Finger fest zusammenhielt. Laut Benrál war der Ringfinger gebrochen, der kleine geprellt, und was sier nun benötigte, war Ruhe, um sich zu erholen.

Seit Benrál Shin verarztet und sies Zelt verlassen hatte, saß Rurák neben siem und starrte sien die ganze Zeit über schweigend an. Sier mied seinen Blick, grinste jedoch belustigt, da sier sich denken konnte, was ihm durch den Kopf ging. »Was liegt dir auf der Zunge, Rurák? Ich weiß, dass du mir etwas mitteilen möchtest.«

Arme schlangen sich um siese Taille, ehe er seinen Kopf auf sieser Schulter ablegte. Shin atmete überrascht auf.

»Ich hatte Angst um dich«, erwiderte er matt und erneut beinahe regungslos. »Aber ich bin froh, dass du dich zurückgehalten hast. Ich glaube, Volruk wäre nicht mehr am Leben, wenn du ernsthaft gegen sie gekämpft hättest.«

Shin zog eine Augenbraue hoch. »Ich habe ernsthaft gekämpft.« Doch sier spürte, wie diese Lüge siem gleich danach die Kehle zuschnürte. Ruráks Umarmung verstärkte sich und strafte sien mit Wärme und Nähe dafür, dass sier ihn angelogen hatte.

»Ich bin einfach froh. Ich habe mich nicht in dir getäuscht und das macht mich glücklich.« Er hauchte einen Kuss auf siese Schulter, löste sich von siem, um sich auf dem Nachtlager abzustützen und sich siesem Gesicht entgegenzulehnen.

»Immerhin du kannst Freude empfinden. Morgen ist es so weit. Das Urteil naht und ich wage nicht zu hoffen, dass es zugunsten meiner Schwester ausfallen wird.«

»Es ist noch nichts verloren. Volruk wird sich richtig entscheiden, glaub mir«, meinte Rurák, wirkte seiner dabei so sicher.

»Wird sie das?« Sier war es müde, zu spekulieren, aber irgendetwas in seinen Augen erweckte einen kleinen Funken Hoffnung in siem. Hoffnung für siese Schwester, weniger für sich selbst. Wie auch immer Volruk urteilte, sier würde alles daransetzen, siese Schwester lebendig aus der Siedlung herauszubekommen – auch unter Einsatz sieses eigenen Lebens. Obgleich sien dieser Gedanke erneut innerlich entzweiriss.

»Das wird sie«, sprach er weiter und übertönte mit seiner ruhigen Stimme siese verzerrenden Gedanken.

Trotz der Wirkung, die diese auf sien ausübte, schluckte sier schwer und räusperte sich. »Falls dies mein letzter Abend auf Vaerys sein sollte, möchte ich dich um etwas bitten.«

Er strich siem die linke Strähne hinters Ohr, um dann siese linke Wange zu berühren. »Ja?«

»Schlafe mit mir!«

»Shin …«

»Wenn nicht jetzt, wann dann?« Sier seufzte und sah weg. »Mir ist bewusst, was ich gesagt habe. Dass wir vorsichtig sein sollten, damit uns niemand erwischt, und das sollten wir auch weiterhin bleiben, aber …« Schon berührten Ruráks Lippen siese, erstickten die letzten Worte im Keim.

»Es ist in Ordnung«, flüsterte er sanft und hauchte siem einen weiteren Kuss auf den Mund, ehe er weitersprach. »Niemand wird eintreten und niemand wird uns ...«, er zögerte kurz und lächelte tatsächlich etwas verlegen, »... erwischen.«

Shin spürte, wie Hitze in siese Wangen stieg und siem vor Aufregung schwindelte. »Wie kannst du dir dessen so sicher sein?«

»Es sind die letzten Tage von Rulris' Monat. Solange keine unmittelbare Gefahr bevorsteht, feiern sie alle. Rulris' Anwesenheit macht es noch einzigartiger«, erklärte er. Das klang einleuchtend. Und dennoch.

»Und bei dieser Gelegenheit verweilst du bei mir?«

»Warum nicht?«

Shin lachte leise auf. »Ja, warum nicht? Was ist mit deinen Plänen, weiter im Rang aufzusteigen?«

Behutsam zog er Shins Oberteil aus sieser Hose, um seine Hand unter den Stoff gleiten zu lassen. Sobald er siese nackte Haut an der linken Seite berührte, erschauderte sier und öffnete mit dem nächsten Atemstoß siesen Mund leicht.

»Dafür bleibt mir ab übermorgen genug Zeit.« Mehr erwiderte er nicht. Stattdessen zerrte und zupfte er weiter an den Schnüren und Säumen, bis sich Shin entschied, das Oberteil selbst auszuziehen und über die obere Kante sieses Nachtlagers zu werfen. Doch auch sier störte sich am Stoff, der Ruráks Brust bedeckte, schob ihn ihm ebenfalls über den Kopf, um ihm gleich danach um den Nacken zu fallen und sich an seine Haut zu pressen. Sier küsste ihn, ungeachtet der Verletzung an sieser Unterlippe. Rurák wiederum packte sein, hob sien auf seinen Schoß und vergrub seine Finger ins Shins Haaren, während siese Zunge seine berührte. Er packte sien, hob sien auf seinen Schoß und vergrub seine Finger in Shins Haaren. Seine Berührungen hielten jeden Schmerz, jede Sorge von siem fern und gewährten siem die Freiheit, etwas zu empfinden, ohne es sogleich unterdrücken zu müssen. Niemand verurteilte sien für seine Gefühle – nicht in Ruráks Umarmung, nicht innerhalb dieses Zeltes. Sier war frei.

Etwas unsanft landete sier auf dem Rücken und Rurák auf siem, ehe sich der Sorkár an seiner Hose zu schaffen machte. Mit einem Lächeln versuchte auch sier, sich vom Rest sieser Kleidung zu befreien, aber Rurák blockierte sien mit seinen Beinen. »Hilfst du mir dabei?«

Nickend lächelte er und beugte sich herab, um sien knapp unterhalb sieses Bauchnabels zu küssen. Sier seufzte auf, überwältigt von dieser zarten Geste, während sier ihn dabei beobachtete, wie er die Schnur am Hosensaum löste und das Kleidungsstück langsam von siem abstreifte. Sobald der Stoff beiseitegeschafft war, fuhr er mit seiner Zungenspitze an der Innenseite sieses linken Oberschenkels entlang bis zu siesem Knie. Er berührte sien so bedacht, so sanft, dass Shin zitternd nach mehr lechzte und sich die Hand auf den Mund presste, um keine zu lauten Töne von sich zu geben. Dasselbe tat er auch bei siesem anderen Oberschenkel, befeuerte damit siese Lust und brachte sies Glied zum Pochen. Doch er vermied, es zu berühren, als er sich von siem löste, um im nächsten Moment wieder siesen Bauch zu küssen.

»Das machst du mit Absicht«, keuchte Shin zwischen siesen Fingern hervor und knurrte erregt.

»Was denn?« Der Blick, den er siem zuwarf, hätte unschuldiger nicht sein können.

»Mich hinhalten.« Ein Zucken jagte durch siesen Körper, als die Spitze seines Gliedes jene Stelle streifte, wo er zuvor darüber geleckt hatte.

»Magst du das nicht?« Er rückte wieder näher zu siem, sodass sein Gesicht bald auf derselben Höhe lag wie sieses. Sier wagte es nicht, irgendwelche unüberlegten Bewegungen zu machen, die siese Verletzungen hätten verschlimmern können. Ansonsten säße sier längst auf ihm und hätte die Kontrolle über die Situation an sich gerissen.

Begierig musterte er sien, als erwartete er eine Antwort. Jedoch gab Shin ihm keine. Sier schlang einen Arm um seinen Nacken und zwang ihn, sich weiter zu siem herunter zu lehnen. »Lassen wir die Zärtlichkeiten für heute. Du darfst dich gerne auf den Rücken legen.«

Etwas irritiert zögerte er im ersten Moment, zog sich dann zurück, um sich in der unteren Hälfte des Bettes auf seinen Unterschenkeln niederzulassen. Shin kam auf die Beine und näherte sich mit sicherem Schritt dem Tisch, auf welchem der Spiegel stand. Sier betrachtete sich kurz darin, erkannte sich selbst kaum wieder, aber verlor keinen Gedanken daran. Stattdessen griff sier direkt nach der dickbäuchigen Phiole daneben, drehte sich zurück zu Rurák um und hielt es mit einem verheißungsvollen Grinsen vor sich. Er wirkte erst verwirrt, doch sobald sier auf ihn zutrat, schien ihn die Erkenntnis zu treffen, sodass er endlich sieser Bitte nachkam und sich flach auf den Rücken legte. Als wäre nichts dabei, setzte sier sich auf seine Oberschenkel und öffnete das Glasfläschchen. Sier träufelte erst sich selbst etwas vom Öl auf siese linke Hand, dann auch auf Rulráks, als er siem diese offen hinhielt.

Wieder dicht verschlossen legte sier sie auf den Boden neben sies Nachtlager, bevor sier die duftende Flüssigkeit gleichmäßig auf siesen gesunden Fingern verteilte. Der angenehme Duft von Kiefernzapfen und Herbst stieg siem in die Nase, während sier den Anblick von Rurák genoss, der sien neugierig beobachtete. Erst verharrte er ruhig, doch das änderte sich, als sier sein angeschwollenes Geschlecht berührte. Er machte bereits Anstalten, sich aufzusetzen, aber Shin wackelte tadelnd mit siesem rechten Zeigefinger und schnalzte mit der Zunge. »Nichts da! Du bleibst schön liegen und genießt es.«

Schweigend legte er sich wieder zurück und schloss die Augen. Mit schmerzenden Fingern begann Shin, ihn zärtlich zu massieren, und entlockte ihm entzückende, wenn auch unterdrückte Laute. Sein Glied wuchs noch ein ganzes Stück, bis sich der erste Tropfen an dessen Spitze zeigte. Nun ärgerte sier sich darüber, dass sier noch nicht gut genug für ihn vorbereitet war.

Jedoch, als hätte er siesen Ärger vernommen, setzte Rurák sich nun auf, packte sien an beiden Oberarmen und zog sien näher an sich. Mit einem Arm drückte er sien fest an sich, den anderen streckte er aus, um weiter nach unten zu gelangen. Seine Finger strichen erst über die linke Seite sieses Hinterns, fuhren dann über eine der empfindlichsten Stellen sieses Körpers. Sier zuckte zusammen, beschwerte sich aber nicht.

Sie kreisten um den erogenen Punkt, neckten ihn, schürten siese Vorfreude, bis ein Finger in sien drang. Langsam, doch stetig weiter hinein. Um still zu bleiben, biss sier sich auf die Unterlippe.

Sein pochendes Glied an siesem Bauch brachte sien beinahe um den Verstand, ließ sien danach verlangen, es endlich in sich zu spüren, doch wieder war sier in einer Lage, wo sier sich nicht bewegen konnte. Rurák besaß die Kontrolle und gab das Tempo für sie beide vor – so gelassen und geduldig, als hätten sie alle Zeit der Welt.

»Rurák …« Es klang flehender als beabsichtigt, aber sier hoffte, dass er den Wink verstand. Mit einem Kuss auf siesen Scheitel lockerte er seine Umarmung und zog seine

Hand zurück. Shin ergriff die Chance des Augenblicks, stemmte sich hoch und ließ sich auf der Spitze seines Glieds nieder. Auch wenn er kaum in sie eindrang, gab Rurák ein lautes Stöhnen von sich, sodass Shin ihm eine Hand auf den Mund presste.

»Scht! Sei leise!« Allerdings hatte sier nie behauptet, sier wäre eine gute Person, weshalb sier es ihm absichtlich schwer machte und sich etwas weiter hinabsinken ließ. Ein flehender Ausdruck vermischt mit der Lust des Moments trat auf sein Gesicht. Shin dachte nicht daran, die Hand zurückzuziehen, sondern ließ sie auf seinem Mund ruhen und nahm ihn Stück für Stück weiter in sich auf. Es schmerzte ein wenig, bereitete siem zur selben Zeit auch Lust.

Schwer atmend begegnete sier seinem erregten Blick. »Kannst du dich kontrollieren?«

Er nickte und presste die Lippen aufeinander, sobald sier die Hand wegnahm. Sier strich ihm mit derselben über die feuchte Stirn, küsste diese, wie er es so häufig bereits bei siem getan hatte. Dann bewegte sier sich leicht, machte kreisende Bewegungen mit siesen Hüften und ließ sich ganz auf die Empfindungen ein, die Rurák in siem auslöste.

Auch er schien ganz und gar durch das Begehren zu siem aufzugehen, bewegte sich im Einklang mit siem, drang gänzlich in sien ein. Sie verschmolzen miteinander, liebten sich, liebkosten sich und ließen einander vergessen, was sie am nächsten Tag erwarten würde.

34. Rulris 689, ZF, 3Z

DAS URTEIL DES ROTEN DRACHEN

Es war noch dunkel, als Shin Haut an Haut in Ruráks Armen erwachte. Ein wohliges Gefühl begrüßte sien – süße Erschöpfung von den vergangenen Stunden. Alles roch nach ihm und seine Wärme brachte sien zum Lächeln. Sier schmiegte sich an ihn, spürte dann, wie sich der Arm um sien herum anspannte und sien näher gegen Rurák drückte.

»Shin? Bist du wach?«

Sier öffnete siese Augen und hob siesen Kopf etwas an. »Ja, bin ich.«

Anstatt das Gespräch weiterzuführen, verfiel er in Schweigen. Keines der angenehmen Sorte. Shin spürte seine Sorge regelrecht in der Luft über ihnen hängen, wie ein Schwert, das nur noch an einer dünnen Schnur befestigt war.

»Ich habe es genossen«, warf sier ein, um die bedrückende Stimmung zu vertreiben. Sicherlich war es nicht Shins geistreichster Kommentar, aber alles war besser als dieses Schweigen.

»Hm?« In Gedanken strich er siem mit den Fingern über siese Seite und schien siem nur mit halbem Ohr zugehört zu haben.

»Ich meinte letzte Nacht. Um ehrlich zu sein, kann ich mich nicht daran erinnern, wann ich mich zuletzt auf diese

Weise habe fallen lassen. Obwohl …« Sier stockte direkt, denn sier merkte, dass sier nun selbst langsam dort ankam, wo sich der Tag hinbewegen würde. Noch wollte sier es nicht zulassen, sondern sich ein wenig länger im Wohlgefühl suhlen, welches Ruráks Nähe siem bereitete.

Sier fühlte, wie seine Brust bebte, ehe sier sein leises, zufriedenes Lachen hörte. »Mir fehlen dafür die Worte, aber ja, es war wunderschön.« Einfach ausgedrückt, aber damit fasste er es gut zusammen. Zu schnell verstummte er und bot der bedrückenden Stimmung viel zu viel Raum. »Ich kann das nicht, Shin.«

Sier stellte das Kinn auf seiner Brust ab, um sein Gesicht zu betrachten. »Was kannst du nicht?«

»Ich kann nicht zulassen, dass Volruk dir wehtut. Weder körperlich noch seelisch durch deine Schwester.« Etwas glänzte an seinem rechten Augenwinkel, während seine Falten ihn älter wirken ließen als sonst.

»Sorge dich nicht darum, Rurák. Warst du nicht derjenige, der mir stets eingebläut hat, dass Volruk gerecht über meine Schwester und mich urteilen würde?« Sier lachte auf, doch es war kein ehrlicher Ausdruck.

»Ich kann nicht —«

Shin unterbrach ihn mit einem Kuss, schloss dabei die Augen. »Nicht! Je intensiver du darüber nachdenkst, desto schlimmer wird es. Du wirst Haltung bewahren müssen, ganz gleich, wie ihr Urteil lautet.«

»Ich weiß«, flüsterte er und hielt sien fest umarmt. »Ich will dich nur nicht verlieren.«

»Das wirst du nicht, Rurák. Ganz gleich, was geschehen wird.« Eine seltsame Zuversicht lag in siesem Ton, von der sier selbst nicht wusste, woher sie stammte. Sier folgte lediglich einem Gefühl, womöglich einer Hoffnung, damit sier selbst nicht die Fassung verlor.

»Kannst du mir das versprechen?« Wieder eine seiner naiven Fragen.

»Ich verspreche dir, dass du mich nicht verlieren wirst.«

»Wirklich?«

Seiner Unnachgiebigkeit wegen lachte sier traurig auf. »Wirklich.«

Die Stunden zogen sich quälend langsam dahin, doch ihnen war klar, dass Rurák nicht bis zum Ende bei siem verweilen durfte. Noch vor dem Mittag verließ er Shins Zelt. Widerwillig, aber er ging.

Dann war Shin allein. Wie in Trance richtete sier sich her, schminkte sich gar, um sich ein bisschen mehr wie sier selbst zu fühlen. Siese Hände zitterten vor Angst, doch nach einiger Zeit gelang es siem, alle Schnüre sieser Bekleidung festzuziehen und den Stoff zurechtzuzupfen. Wie lange sier dafür benötigte, konnte sier nicht sagen. Doch sobald es nichts mehr zu tun gab, setzte sier sich im Schneidersitz auf sies Nachtlager und meditierte. Sier verlor sich vollkommen, kapselte sich von siesen leidlichen Gedanken ab und gab sich vollends dem Zustand der Ruhe hin.

Ein Räuspern riss sien aus der Meditation. Sier reagierte nicht sofort, sondern ließ sie langsam von sich abfallen, um nicht dem Gefühlschaos zum Opfer zu fallen, das irgendwo tief in siem verborgen auf sien wartete.

»Shin.« Es war Benráls Stimme, die sier direkt vor sich vernahm, ehe sier die Augen aufschlug. Als Erstes fiel siem der Schmuck an seinem Hals auf, der hauptsächlich aus Federn und Klauen bestand, ehe sies Augenmerk auf die dunkle Gesichtsbemalung fiel. »Es ist so weit.«

Shin atmete ein letztes Mal tief durch und nickte ihm zu. Schweigend erhob sier sich, ließ zu, dass der Schamane sien am rechten Oberarm ergriff, um sien nach draußen zu führen. Angst drohte, sien so manches Mal zum Stocken zu bringen, doch sier widerstand dem Drang, stehen zu bleiben, immer wieder, und ging weiter. Entlang der Zelte. Vorbei an Sorkári, die siem teils ehrfürchtige oder skeptische, teils mitfühlende Blicke zuwarfen. Keiner ignorierte sien. Dafür hatten zu viele von ihnen siese Drachengestalt erblickt. Dennoch war siem schmerzlich bewusst, dass sich keiner von ihnen für sien einsetzen würde – außer Rurák.

Sier seufzte schwer, hielt sies Kinn jedoch gerade, um keine Schwäche zu zeigen. Mit kühler Miene trat sier auf den Hauptplatz, auf den Benrál sien geführt hatte, sah sich um und erblickte siese Schwester, gefesselt und geknebelt, in der Mitte. Ein Ruck ging durch siesen Körper, doch der Schamane verstärkte seinen Griff. Viel zu langsam für siesen Geschmack näherten sie sich Hibiko, die sich gegen die Fesseln wehrte, jedoch zu kaum einer Bewegung fähig war.

Volruk stand direkt vor ihr, mit Rulris zu ihrer Linken, und fixierte sien mit ihren Augen. Im warmen Licht der Abendsonne schillerten diese wie Edelsteine und verstärkte den harten Ausdruck in ihnen. Ohne Regung hielt sier ihrem Blick stand, schritt weiter auf sie zu.

Die Sorkári, die der Urteilsverkündung beiwohnten, sprachen nicht miteinander, sodass sich eine Stille über den Ort legte, wie es Shin selten in siesem Leben erlebt hatte.

Keine Armlänge von sieser Schwester entfernt brachte der Schamane siem zum Stehen, entließ sien zu sieser Überraschung aus seinem Griff.

»Schau nicht so überrascht«, erhob Volruk ihre Stimme und zog ihre Nase kraus. »Du hast mir keinen Anlass gegeben, dich in Ketten legen zu lassen.« Darauf erwiderte sier nichts, sondern wandte sich sieser Schwester zu, die sien beinahe sehnsuchtsvoll anstarrte. »Sie hingegen hat nichts Besseres verdient.«

Auch auf diesen Kommentar ging sier nicht ein und schwieg. Das schien Volruk wiederum kurz aus dem Konzept zu bringen, aber sie fing sich rasch. »Ich bin kein Freund von langen Reden und unnötigem Geschwätz. Deshalb werde ich mein Urteil rasch aussprechen. Shin und Hibiko …«

Sies Herz blieb einen Wimpernschlag lang stehen. Wie war dies möglich? Woher kannte sie ihre Namen? Und vor allem, seit wann? Siese Augen hatten sich kaum merklich geweitet, aber Volruk schien siese Reaktion dennoch bemerkt zu haben und grinste kurz. An Shin gerichtet fuhr sie fort. »Auf deinen Wunsch habe ich mein Urteil vorgezogen und –«

»Stopp!«, rief eine Frauenstimme dazwischen, ehe sich jemand zwischen den Sorkári am Rand durchzwängte. Sie rannte quer über den Platz auf sie zu, fiel neben Hibiko auf die Knie und umarmte sie, soweit es die Fesseln zuließen, bevor sie ihren Kopf wieder hob. Trotz lag in ihrem Blick, als sie ihre Lippen spitzte und Volruk fixierte. »Ich kann nicht zulassen, dass du den beiden Schaden zufügst. Nein, nein und nochmals nein. Das werde ich nicht!«

Benrál trat auf sie zu, streckte auch schon eine Hand nach ihr aus, die sie einfach wegschlug. »Nein, auch du kannst mich nicht aufhalten. Bei den Göttern gebt den beiden nochmals eine Chance! Bitte, Volruk!« Tränen traten in Luvens Augen. »Es kann doch für dich nicht infrage kommen, sie beide kaltblütig zu ermorden.«

»Luven …«, begann Volruk, wurde allerdings direkt wieder unterbrochen.

»In meinen Augen haben sie sich bewiesen. Shin würde alles für siese Schwester tun. Auch Hibiko bereut, was sie getan hat.« Wenn Volruk ihre Namen bis eben noch nicht gekannt hätte, hätte sie sie spätestens jetzt erfahren.

»Luven.«

»Nein, Volruk!« Ihr Blick huschte vom Häuptling zu Shin und dann auch zu Rurák. Sier schluckte schwer, als sie sich gegenseitig anblickten, während Shins verräterisches Herz einen aufgeregten Satz machte, den sier im ganzen Leib spürte. »Hibiko hat mir alles erklärt und —«

»Luven!«, brüllte die Sorkár ihr regelrecht entgegen und brachte sie zum Schweigen. »Lass mich endlich ausreden!«

Die Nayruni zuckte vor Schreck zusammen, zitterte, vergrub ihr Gesicht in Hibikos Halsbeuge. Dabei hätte sie — wenn sie der Logik gefolgt wäre — mehr vor sieser Schwester zu befürchten als vor Volruk. Trotzdem erwärmte dieses Bild der Vertrautheit sies Herz noch mehr, als es Ruráks Anblick in der Ferne bereits tat, und schenkte siem neuen Mut.

»Fahre fort, Volruk«, warf sier ein. »Ich erwarte dein Urteil.«

Sie knurrte, während sie sien mit zusammengekniffenen Augen und hochgezogenen Nasenflügeln musterte. »Mein

Urteil, hm?« Sie schnaubte verächtlich, schaute von Hibiko zu siem, dann zu Rulris und nickte dem Gott zu. Er blinzelte einmal zustimmend, ehe er seinen Kopf zu Shin drehte und ihn mit einem strengen Blick bedachte.

»Shin, Klinge der Götter«, begann sie und fing damit siese Aufmerksamkeit sofort ein. »Ich sehe davon ab, euch beiden euer Leben zu nehmen. Ich habe voreilig geurteilt, aber du hast mir gezeigt, dass zumindest in dir mehr steckt als ein blutrünstiges Monster.«

Sier traute siesen Ohren nicht, glaubte nicht daran, was sier gerade aus Volruks Mund vernommen hatte. Ungläubig starrte sier sie an, doch kein Wort wollte siem über die Lippen kommen.

»Du hast den Kampf gestern absichtlich verloren, oder? Obwohl du für deine Schwester hättest gewinnen müssen?«, fragte sie und dieses Mal schwang ehrliches Interesse in ihrer Frage mit.

»Was hätte es mir gebracht, wenn ich dich in meinem Zorn um jeden Preis hätte besiegen wollen? Ich hätte dich schwer verletzt, wenn nicht gar getötet. Aber ich musste es zumindest versuchen, in einem waffenlosen Kampf gegen dich zu kämpfen. Um meiner Schwester willen.« Es klang selbst aus siesem Mund bizarr. Dieses Hin- und Hergerissene. Verstand sie überhaupt, was sier damit aussagen wollte?

»Ich bewundere deinen Mut«, durchbrach sie siesen Gedankengang, woraufhin sier die Stirn runzelte. Sier kramte kurz in ihrer Hosentasche und holte einen rot leuchtenden Stein hervor. »Dieser Stein hier gehört dir. Du hast ihn gestern im Kampf verloren.« Zwischen Daumen und Zeigefinger hielt sie ihn vor sich, damit alle ihn sehen konnten. »Er leuchtet heller als meiner, heller als Benráls Stein. Und mit meinen eigenen Augen habe ich gesehen, wozu dein Mut dich bringt.« Sie schnippte den Stein in siese Richtung und

Shin fing ihn instinktiv auf. »Deshalb gebe ich dir die Chance, dich an dein Versprechen zu halten, und mir und meinem Clan bis zum nächsten Drillingsmond zu helfen, die Angriffe abzuwehren. Wie du mir versprochen hast, wirst du für deine Schwester bürgen und darauf achten, dass sie sich nicht gegen meinesgleichen wendet.«

Shin war schier überwältigt von den Gefühlen, die dieses Urteil in siem auslöste. Es kam so unerwartet. Ganz anders, als sier es sich ausgemalt hatte. Sier hatte bereits mit allem gerechnet, nur damit nicht. Nicht nach der Niederlage von gestern. Nicht nach der Auseinandersetzung zwischen Hibiko und Volruk. Da schienen siem die Zwillingsmonde, die sie beide zwangen, hierzubleiben, mehr ein Gewinn als eine Strafe zu sein.

Rulris löste die Fesseln an Hibikos Handgelenken und befreite sie vom Knebel, half ihr sogar auf die Beine, bevor er zur Seite trat, damit Shin sie mit einer Umarmung überfallen konnte. »Hast du gehört, Schwester?«, rief sier vor Freude aus, mäßigte dann siese Stimme zu einem Flüstern. »Es existiert doch noch Hoffnung in dieser Welt.«

Ohne die Zurückhaltung, die sie sonst an den Tag legte, erwiderte sie siese Umarmung. »Ja, Shin, scheint so.«

»Könntest du deine Anfeindungen mit Volruk in Zukunft unterlassen?«, bat sier sie mit einem ironischen Lächeln.

»Wenn sie sich benimmt, halte ich mich daran.« Eine typische Antwort – und jetzt erst merkte sier, wie sehr er solche Bemerkungen von ihr vermisst hatte. Sie löste sich aus sieser Umarmung und deutete so etwas wie ein Lächeln an.

»So! Genug Gerede für heute! Der Monat ist beinahe rum und wir sollten diese letzten Tage noch genießen«, dröhnte ihre Stimme über den Platz. Sogleich jubelte ihr Clan ihr zu, ehe sich die Sorkári in alle Himmelsrichtungen verteilten und ihren Worten folgten. »Ihr seid ebenfalls eingeladen, teilzuhaben.« Die Verachtung war aus Volruks Gesicht verschwunden, doch die verschränkten Arme vor ihrer Brust deuteten darauf hin, dass es noch einige Zeit in Anspruch nehmen würde, bis Shin ihr Vertrauen für sich gewann.

»Gegen ein feierliches Trinkgelage hätte ich wahrlich nichts einzuwenden«, erwiderte Shin und wagte einen Blick zu Rurák, der sich ebenfalls vom Rand gelöst hatte, um sich siem zu nähern. Entgegen allem, was sier diesbezüglich gesagt hatte, streckte sier einladend eine Hand nach ihm aus, obwohl Volruk dadurch sofort erkennen konnte, wem diese Geste galt. Sie grummelte vor sich hin, beobachtete erst sien, dann Rurák, aber wandte ihren Blick ab, sobald siese Hand die seine berührte.

»Übertreib es nicht, Shin. Darüber reden wir ein anderes Mal«, meinte sie, unternahm aber nichts dagegen. Sie entfernte sich von ihnen. Rulris und Benrál folgten ihr schweigend.

Shin grinste verschmitzt, sah jedoch nicht länger eine Gefahr darin, dass sier an Ruráks Seite seinem Ruf schaden könnte.

»Ausnahmsweise stimme ich Volruk zu«, grummelte Hibiko und warf siem einen finsteren Blick zu.

Verwundert zog sier die Brauen nach oben, während sier und Rurák die Finger ineinander verschränkten. »Was meinst du, Schwester?«

»Darüber«, sie zeigte abwechselnd auf sien und ihn, »reden wir noch.«

»Ach, das.« Sier lachte auf und tat Hibikos Kommentar mit einem Wink ab. »Darum musst du dich nicht sorgen, Schwester.«

Eine Ader trat an ihrer Stirn hervor. »Er hat dich –«

»Das gehört der Vergangenheit an«, fiel sier ihr ins Wort. »Du könntest dich da gerne nach Luvens Beispiel richten und ihm nochmals eine Chance geben. Klingt das so verkehrt?«

Sie ballte schon ihre Hände zu Fäusten, knurrte und musste auf Rurák alles andere als freundlich wirken, doch sie gab ein grummelndes Seufzen von sich und verdrehte die Augen. Ihre Schultern entspannten sich etwas, während sie sich sichtlich darum bemühte, ihm keine weiteren Todesblicke zuzuwerfen.

»Bitte, Schwester«, legte sier nach und sah unschuldig zu ihr hinüber. »Es ist mir wichtig.«

»Ausnahmsweise«, presste sie hervor. Rurák endlich gänzlich zugewandt hob sie drohend ihren Zeigefinger. »Ich behalte dich im Auge.«

Der Sorkár schluckte nervös, doch Shin drückte seine Hand etwas fester und schenkte ihm ein warmes Lächeln, bevor sier ein verwegenes Grinsen aufsetzte. »Das solltest du vielleicht lassen, Hibiko. Alles möchtest du auch nicht sehen oder soll ich dir verraten, wie groß –«

»Nein, genug! So viel will ich gar nicht wissen.«

»Dachte ich es mir doch.« Sier lachte erleichtert auf, froh um die Wendung, die sier niemals vorausgesehen hätte, froh um das Glück, das Evra siem und sieser Schwester schenkte. Froh um Eos' Umarmung.

Sier blickte hoch, direkt in Ruráks rote Augen.

FÜNF ZWILLINGS-
MONDE SPÄTER ...

Sobald die Sonne den Horizont berührte, tauchte sie die Welt in ein Meer aus roten, orangenen und violetten Farbtönen, zu unwirklich, um wahrhaftig der Realität zu entstammen. Shin fühlte sich, als befände sier sich in einem Traum, umgeben von all den fein geschmückten Sorkári mit ihren erwartungsvollen Mienen.

Rurák, der vor siem stand.

Benrál, der ihre beiden rechten Arme mit einer kunstvollen Kordel verband und die Enden sorgsam zusammenknüpfte.

Shin schluckte schwer. Tränen standen siem in den Augen. Nicht aus Trauer, sondern aus Freude. Hibikos Hand landete vorsichtig auf sieser Schulter. Als sie zu ihr blickte, schenkte sie ihm sogar ein Lächeln.

Sier konnte kaum fassen, was geschah, welches Ritual sie vollführten. Zitternd sah sier zum Band, dann zu Rurák hoch und wollte ihn nur noch küssen. Ihm um den Hals fallen. Sich siesem Liebsten gänzlich hingeben.

Während der fünf Zwillingsmonde, die sier an Ruráks Seite verbracht hatte, hatte sier gelernt, was Eos' Liebe alles bedeuten konnte. Sier liebte diesen Mann. Und der Gedanke daran, siese Seele mit seiner zu verbinden, machte sien so unendlich glücklich.

Sier streckte eine Hand nach ihm aus, um seine Wange zu berühren, und brachte Rurák damit zum Lächeln.

»Nun sei Eos mit euch, ungeachtet der Zeiten, die ihr durchlebt. Möge sie euch durch Glück und Not geleiten und eure Verbindung für immer aufrechterhalten«, sprach Benrál. Mit seinen Worten beschwor er eine tiefreichende Wärme in Shins Innerem. Sier fühlte Eos' Nähe und suchte gleichzeitig noch mehr Intimität zu Rurák, indem sier auf die Zehenspitzen trat und sich ihm sehnsüchtig entgegenstreckte. Ihre Lippen berührten sich beinahe. Es fehlte nicht viel.

»Möget ihr euch im Kuss verbinden und Eos' Segen besiegeln«, erklang die letzte Formel des Rituals aus Benráls Mund, bevor sich Shin in Ruráks zärtlicher und doch inniger Berührung verlor.

Sier weinte und lächelte in den Kuss hinein, fühlte Liebe und Sicherheit.

Und eine gewisse Genugtuung. Sier hatte das Schicksal ausgetrickst, denn nun – dank Eos' Segen – gab es nichts, was sien jemals von Rurák hätte trennen können. Weder die wiederkehrenden Angriffe von Söldnern noch siese Pflichten als Klinge der Göttlichen.

Kein Unglück.

Kein Krieg.

Nicht einmal der Tod.

Doch jedes noch so schöne Glück währt nicht ewig …

ANHANG

CONTENT NOTES

Blut

Erbrechen

Explizite Gewaltdarstellung

Misgendering

Panikattacken

PTSD

Sexuelle Inhalte (explizit, mit Consent)

GLOSSAR

AMBRAURI
Währung, mit der auf allen Kontinenten gehandelt wird

DARAVAL
Stadt an der Küste des Kontinents Fernias/Cor῀hjrs

DRAGO
Kulturschaffende Drachenart, die zwar ausgeprägte Drachenattribute besitzt, aber die Fähigkeit verloren hat, eine vollständige Drachengestalt anzunehmen. Ein Drago ist deutlich kleiner als ein Nayruni. Ihnen ist der aktive Gebrauch von Magie fremd. Stattdessen sind sie besonders begabt in der Verarbeitung von Metallen und Gesteinen jeglicher Art.

DRAVADOR
Insel im Süden der Cardronischen See

DUNSTSCHAKAL
Hundeartige Wesen, die ihrer Beute in Wüsten und anderen Trockengebieten auflauern

ERDBIENEN
Friedliche Bienenart, die die Größe eines ausgewachsenen Elfen erreichen kann

KUPFERKAR
Ein kupferfarbener Käfer mit silbern glänzenden Flügeln

NAYRUNI
Kulturschaffende Drachenart, die sowohl eine zweibeinige Gestalt als auch eine Drachengestalt annehmen kann. Einige von ihnen sind sogar in der Lage, dank ihrer hohen Affinität zu den Göttlichen und ihrer ausgeprägten Intuition mögliche Versionen der Zukunft vorauszusehen.

ORAKEL
Ein von den Göttlichen erschaffenes Wesen, welches die Fähigkeit besitzt, in die Vergangenheit, Gegenwart und Zukunft anderer zu blicken. Dabei handelt es sich bei Letzterem nicht um Möglichkeiten, sondern um Visionen, die sich stets bewahrheiten.

SORKÁR
Kulturschaffendes Wesen mit Hörnern und Hauern. Die Sorkari leben oft abgeschieden auf der Insel Dravador. Obgleich sie Schaukämpfe mögen, verabscheuen sie Gewalt und Krieg.

VAERYS
Bezeichnung der Welt

ZWILLINGSMOND
Er läutet das Ende des Jahres ein und wird am letzten Tag des Sommers in unmittelbarer Nähe des Nordmonds am Himmel sichtbar.

Personenverzeichnis

AMBAR
Gott des Handels, des Reichtums und der Schmiedekunst

AMIR ELAABAR
Ein Botschafter der Göttlichen

AN
Himmelsfuchs des Lichts, Personifikation des Tages

BENRÁL
Schamane des Volruk-Clans

EOS
Göttin der Liebe, der Wärme und der Anmut

FERNIS
Gott der Zerstörung und des Zorns,
Herr über die wilde Magie

HIBIKO
Schild der Göttlichen

LUVEN
Kräuterkundige Nayruni des Volruk-Clans

MYSTRILIA
Göttin des Lebens und der Wälder

NANDWA
Eine Wache des Volruk-Clans

PHAROS
Gott der Wahrheit

PHISYLEI
Gott der Torheit

REVI
Gottheit des Todes und der Wiedergeburt

RULRIS
Gott des Mutes und der körperlichen Kraft

RURÁK
Ziehsohn von Volruk,
einziger Bogenschütze des Volruk-Clans

SHIN
Klinge der Göttlichen

TARLAS
Tochter von Benrál

VOLRUK
Häuptling des Volruk-Clans

YGGDRAVARIOS
Gott des Diebstahls, der Schatten und der Illusion, Herr über Lug und Trug, Schutzpatron der Diebe, Söldner, Halunken und Huren, auch als »Gott der einfachen Leute« bekannt

ZÙ
Himmelsfuchs der Dunkelheit, Personifikation der Nacht

DAS VAERYSISCHE ZEITPRINZIP

Anders als bei unserer Zeitrechnung beginnt der Tag auf Vaerys mit dem ersten Sonnenstrahl und wird als erste Stunde Ans bezeichnet. Die Nacht wiederum bricht an, sobald der Nordmond aufsteigt. Dieser Zeitpunkt gilt als die erste Stunde Zùs. Je dreizehn Stunden zählt sowohl die Nacht als auch der Tag.

Im aktuellen Zeitalter, dem Zeitalter des Frühlings, dauert ein Monat 34 Tage und das Jahr 13 Monate an. Die Faun- und Frühlingsgottheiten Alcea, Zeelin, Efyon und Hyaszine dominieren mit ihren Aspekten den vaerysischen Jahresverlauf, sodass auch der Frühling alljährlich am längsten andauert und die anderen Jahreszeiten im Verhältnis dazu jeweils kürzer ausfallen. Daher der Name dieses Zeitalters.

Monat	Jahreszeit
Kalileth	Schattenzeit
Rulris	
Ambar	Herbst
Feysirion	Winter
Alcea	
Zeelin	
Efyon	
Hyaszine	Frühling
Dawa	
Cardrona	Regenzeit
Eos	
Ignis	
Pharos	Sommer

DANKSAGUNG

Dieses Projekt hat deutlich mehr Zeit in Anspruch genommen, als ich ursprünglich geplant habe. Allerdings muss ich auch dazu sagen, dass die Idee zum Plot generell sehr spontan entstanden ist und dieses Buch ursprünglich auch gar nicht auf meinem Veröffentlichungsplan stand.

Ein großes Dankeschön geht an meine Eltern, die an mich und meine Bücher glauben und mir auf fast allen Messen als Helfer zur Seite stehen. Ohne euch wäre den Weg, den ich vor zwei Jahren gewählt habe, nicht möglich.

Dank euch, Desi und Nat, bin ich nicht nur besser mit meinem neuen Buchsatz- und Designprogramm klargekommen, sondern ihr habt mir auch sehr beim Design des Buches geholfen.

Mir ist Feedback immer sehr wichtig, darum bin ich froh, dass ich euch, Cati, Schelli & Nat den Text nach der ersten Überarbeitung zum Testlesen geben durfte. Das hilft immer sehr, damit die ersten groben Fehler bereits vor dem Lektorat ausgemerzt werden können. Danke für eure Unterstützung.

Auch dieses Mal hast du einen Teil zu diesem Buch dazu beigetragen, Len, und hast ein wundervolles Partnerbild von Shin und Rurák gezeichnet. Ich liebe es sehr und freue mich darauf, es mit dem Buch zusammen zu präsentieren.

Auch ihr, meine werten Patrons, tragt einen großen Part dazu bei, dass ich Projekte finanziell umsetzen kann: Jayce, Micha, Nat, Mindriel, Kimberly, Anastasia, Sandro & Kristian.

Zu guter Letzt möchte ich mich für die tolle Zusammenarbeit mit Anna Lisa (Lektorat), Sabrina (Korrektorat) und Nadine (Coverdesign) bedanken. Es lief alles super und ich bin euch so dankbar dafür, dass ihr mir geholfen habt, das Beste aus dem Text und dem Cover herauszuholen.

März 2025,
Alenor J. Stevens

ÜBER DEN SCHREIBERLING

Schon im Kindesalter hat Alenor J. Stevens die Lust am Schreiben gepackt und seither nicht wieder losgelassen. Die Queere Phantastik spielt im Leben des Schreiberlings dabei eine besonders große Rolle. Während der Buchhändlerlehre sammelte Alenor Erfahrung im Bereich Selfpublishing und arbeitet seit Sommer 2019 am umfangreichen Fantasy-Projekt »Vaerysarium« und seit 2022 auch an der Vampirbuchserie »Nox Londinium«.

Zusammen mit drei bezaubernden Katzen und einem ebenso kreativen Mitbewohner wohnt Alenor in einer kleinen Künstler-WG in der Ostschweiz.

*

Ihr wollt noch mehr erfahren? Über den QR-Code erhält ihr Zugang zu allen wichtigen Links:

In den Schatten von Qurta'bar ist der Auftakt eines queeren High-Fantasyepos' in der Welt von Vaerys.

Eine Kapitänin auf der Spur eines Geheimnisses.
Ein Dieb auf seinem persönlichen Rachefeldzug.
Eine Wächterin auf der Suche nach einem verlorenen Freund.
Ein Liebessklave auf dem Weg zurück zu sich selbst.

Obgleich sie aus vier unterschiedlichen Welten stammen, beschreiten sie in der Handelsstadt Qurta'bar alle denselben schicksalhaften Pfad, der einen neuen Anfang in der Geschichte von Vaerys markiert. Einer Welt, die vielfältiger nicht sein könnte, jedoch genauso viele Gefahren birgt. Noch ahnen sie nicht, was es mit ihren scheinbar zufälligen Begegnungen auf sich hat, aber nach und nach finden sie heraus, dass sie in weitaus mehr verwickelt sind als in die Belange einfacher Sterblicher.

In den Schatten von Qurta'bar, BoD, 1. Auflage, 462 Seiten,

Erschienen am 18. Mai 2023, ISBN 9783750435575

Ein queerer Kurzroman aus dem Vaerys-Universum.

Als Scylldeyra ist es Cytaaras Aufgabe, für den Schutz der Riffe und ihrer Bewohner zu sorgen. Dieser Bestimmung geht er mit Übereifer nach, während Dawa, der Gott der Freiheit, ihn gleichzeitig auf Händen trägt. Sein Leben könnte kaum besser sein, doch Cytaara ist weit davon entfernt, inneren Frieden zu finden. Seit er seinen Schützling verloren hat, sucht ihn die Einsamkeit regelmässig heim. Und noch etwas anderes nagt an ihm: die Gier nach Rache. Bald schon ergibt sich die Möglichkeit auf Vergeltung. Doch der Angriff auf das Schiff, auf dem die vermeintliche Mörderin seines Schützlings mitsegelt, bleibt nicht ohne Konsequenzen ...

Cytaaras Rache, BoD, 1. Auflage, 180 Seiten,
erschienen am 16. März 2024, ISBN 9783758363023

Wenn es auch etwas düsterer sein darf ...

Für den missverstandenen Prinzen Sebastian verändert sich in einer einzigen Nacht alles. Wegen eines mysteriösen Fluchs erfährt er von Geheimnissen, die nie ans Licht hätten kommen dürfen.
Doch zu welchem Preis?

Eine düstere, queere Kurzgeschichte.

Als Kindle eBook auf Amazon erhältlich.

Der Fluch der Feuerhand,
25 Seiten, erschienen am 31. Oktober 2023

London 1998

Für Sean sind die Nächte in den Gassen voller Graffiti und lauter Musik immer etwas Besonderes. Erst recht, da er sie mit seinem besten Freund Art erleben darf. Sie lenken ihn von der lästigen Drecksarbeit ab, die Seamus, der Vampirlord von London, regelmäßig auf ihn abwälzt.

Doch dieses Gefühl von Freiheit schwindet dahin, als er einem lange verschwiegenen Geheimnis auf die Schliche kommt. Es könnte Arts Tod bedeuten, wenn Sean nichts unternimmt.

Nun muss er sich entscheiden:
Bleibt er den Prinzipien treu, denen er seit Jahrhunderten folgt? Oder wirft er sie über den Haufen, um Art zu helfen und ihm ein neues Leben zu schenken?

Nox Londinium, Episode 1, BoD, 1. Auflage, 120 Seiten,
am 6. April 2023 erschienen, ISBN 9783751903554